故乡在纸上

潦寒 —— 著

江苏凤凰文艺出版社
JIANGSU PHOENIX LITERATURE AND
ART PUBLISHING, LTD

图书在版编目（CIP）数据

故乡在纸上 / 潦寒著. — 南京：江苏凤凰文艺出版社，2019.1
ISBN 978-7-5594-3016-8

Ⅰ.①故… Ⅱ.①潦… Ⅲ.①散文集－中国－当代 Ⅳ.①I267

中国版本图书馆 CIP 数据核字(2018)第 228784 号

书　　　名	故乡在纸上
主　　编	潦　寒
责任编辑	万馥蕾　张　黎
出版发行	江苏凤凰文艺出版社
出版社地址	南京市中央路 165 号，邮编：210009
出版社网址	http://www.jswenyi.com
印　　刷	苏州越洋印刷有限公司
开　　本	880×1230 毫米 1/32
印　　张	11.25
字　　数	280 千字
版　　次	2019 年 1 月第 1 版　2019 年 1 月第 1 次印刷
标准书号	ISBN 978-7-5594-3016-8
定　　价	52.00 元

（江苏文艺版图书凡印刷、装订错误可随时向承印厂调换）

序：

悲悯的行者

夏坚勇

潦寒的书读完了，是一口气读完的。也许因为我是个在饥饿年代长大的乡下人吧，他的作品让我想起刚出锅的烙饼，新鲜、热香，咬一口有筋道，有余韵。这样的联想虽然粗俗，却也无伤大雅，汪曾祺先生就曾为他的文集这样介绍过：春初新韭，秋末晚菘，滋味近似。说到底，美食与美文之间总是灵犀相通的。

一本书，40篇文章，将近20万字，就写一个叫栗门张的村庄。写了村庄的历史和当下，日常生活和婚丧嫁娶，柴米油盐和风花雪月，才子佳人和村夫村妇，英雄豪杰和地痞流氓，还有逸闻、疑案、仇杀、偷情。真可谓光怪陆离，洋洋大观。从表面上看，笔调似乎很散漫，信马由缰，写到哪里是哪里。可仔细品味，无论是作品的精神指向还是语言形式都体现了民间写作的朴素真诚和原汁原味。更加难能可贵的是，潦寒的笔下流溢出强烈的悲悯情怀和追问精神，这种精神指向又并不是穿鞋戴帽，而是渗透在那"化不开的乡愁和近距离的伤感"之中，即使是那些看似平淡无奇的语句，如果稍稍琢磨与体味，一股淳厚而真诚的情感就会在我们的胸中升腾。在《一个人的消息》中，一开始有这样两段文字：

　　妇女们天黑以后才掌灯做饭，在熏得漆黑的厨房里扑嗒扑嗒地拉着有数十年历史的老风箱。

对厨房和老风箱的修饰用语看似寻常，但是我相信，没有长期农村生活经历的人是写不出来的。这是真正的民间生活形态。
接着说到大伯的儿子走失，这样写：

　　我大伯的儿子也就是从效成家出来时，手里拎着碗往家返的途中走丢的。我大伯的儿子走丢了，碗也丢了。

文中的黑点是我加的，我觉得这样的文字很精彩。
可作者还没有完，在这篇文章的末尾，又出现了这样一段：

　　一个三十多岁的大老爷们儿，晚上九点手里拎着碗从一百米外往家返的途中走丢了，如同被蒸发掉一样，无声无息地消失了，同时包括他手中的碗。

黑点当然还是我加的，老实说，这样的文字只要读上一两段，一个作家和一部作品的品位就大体有数了。
按照某种约定俗成的观念，散文被认为是一种很精致的文体，特别是这些年来，所谓的晚报文体大行其道，那种浅近而抒情的散文几可铺天盖地，而笔底风光，要么充斥着贺卡式的甜腻和无病呻吟的伤感；要么就是油嘴滑舌，喋喋不休地卖弄小聪明。看惯了那样的文字，再来看潦寒的这本书，起先你可能有点小小的迷惑：这样的文字，一点花头也没有，是散文吗？但随着阅读的深入，你得承认，这是一本好看的书。等读完了全书，你发一阵呆，终于认定：这是一本有分量的书。

好看和分量源于生活本身的魅力，那种不加雕饰的生命情态以及古老乡村的粗糙感和疼痛感被表现得笔酣墨满，形神俱见。读过《父亲这一辈子》，我们就忘不了那个出自寒门又心灵手巧的"父亲"，他学习绘画，是将一张黑漆大方桌当纸，买一瓶墨水掺些锅黑兑些水，这般因陋就简打下绘画基础的；他学做裁缝，是从村里老裁缝处用三包烟换回一本旧裁剪书，自己琢磨几天便学会全部手艺的；装楼大约是个技术含量相当高的活计，三叔跟着老木匠做了两年仍不得要领，父亲却只是独自捣鼓一阵又去老木匠那儿观摩一阵，很快就做出了自己的一张新楼。这种乡土民间生活标本式的实录，在潦寒的乡邻系列中也有文心独运的抒写，例如《二犟》里凡事论死理的农村青年二犟，《英雄四爷》里胳膊上跑马拳头上站人的热血男儿四爷，还有《羊的门》中把羊当亲人，把羊当命根子的孤老汉绑紧……作者不只勾画出了主人公们的一笑一颦，一抬头一回眸，他甚至还让我们听到了主人公内心深处幽眇而悠长的叹息。这就是潦寒的手艺。尼采说："艺术家是一个呈现者。"潦寒就这样把他的乡亲们一个一个地"呈现"出来，从而完成了他关于故乡的整体呈现，也完成了他对精神故乡的深刻凭吊。这样，他的故乡就不仅是在纸上，而是以其鲜活的情态走进了我们心湖的深处。

散文是自由的文体，但又是很考验作家素质力的文体，作家的情感、思想、学养、语言，以及想象力皆裸露无遗。这里所说的想象力不是虚构——散文是不允许虚构的——而是一种艺术灵性的张扬。像史铁生在《我与地坛》中关于园子与四季的对应描写，谁能说那不是想象力呢？在潦寒的这本书中，这种灵性的翅膀亦随处可见。例如,《羊的门》里绑紧老汉丢羊后,作者用饱蘸了忧伤的笔写道:"……我从小长这么大,还没有看到这么绝望的神情,绑紧喃喃地说这话时,仰着脸,那泪珠顺着那刀刻般的皱纹里一点点地向外浸渗,能让人清晰地看到那泪珠中的盐分。"我们见过太多的关于眼泪的描写,但面对着潦寒笔下看到"盐分"的眼泪,仍然会为之心动。如何以艺术的眼光和独到的创作技巧向人类的生存以及精神状态予以冲击,是评判作家艺术才情的主要标准之一。在这一点上,潦寒用他的作品证明了自己的能力。

关于潦寒的这本书我已经说了不少,其实我和潦寒素不相识,对他的人生道路和心灵历程一无所知,因此,当春风文艺出版社的王维良先生要我为这本书"序"几句时,我踌躇了许久。好在法国大散文家蒙田曾说过这样的话:"假如国王陛下已经认识了我的作品,那他就认识了我的为人了。"说这话的背景是国王提议要认识他,蒙田却不肯给面子。在我看来,这恐怕不光是一种文人的傲气,也是一句关于文学原理的大实话,因为真正的散文必然属于灵魂的裸显与生命的直呈,所以读其文大体上也就可以想见其人了。既然如此,我也就斗胆应承下来。而且,读完了这本《故乡在纸上》,我也确实认识了那个"靠读书和写作从农村一步步走到省城"的潦寒,以及他那"体验生命痛感和出走欲望的最原始的出发点"——栗门张。

是为序。

自序：

好作家是一只见过天的井底之蛙

　　西方有一个作家提议，文章发表时作者应当注明写时的年龄，当时，我觉得荒唐可笑。作品与年龄有什么关系？骆宾王写"鹅，鹅，鹅，曲项向天歌。白毛浮绿水，红掌拨清波"时，只有七岁；王勃写《滕王阁序》时，也乳臭未干；甘罗十二岁就任高官了，我村的锤子八十岁时还光棍着呢！随着年龄的增长我才明白，骆宾王之所以是骆宾王，因其父任青州博昌县令。王勃祖上更厉害，祖父王通是隋末大学问家、教育家，父亲王福畴是太常博士。在那个平民百姓吃饱饭都是梦想的年代，他们家学渊源，是上流社会的精英，有着最容易成名的终南山捷径……尽管如此，他们也只是在诗与骈文上有所成就，这些属于励志与情绪的短句范畴，论其学问，还真是需要商榷一下。尤其是我想到当代的"天才作家"韩寒，九岁出散文集的蒋方舟等，他们稚嫩的文笔以及娱乐化的宣传，甚至是造假与代笔的非议……不由地感慨：天大的聪明也超越不了时间。

　　俗话说："舞蹈要早，文学要老。"诗歌也可以早，小说与散文却不能。因为,小说与散文不仅需要感情,更需要感情沉淀。马尔克斯四十岁写魔幻般的《百年孤独》,七十岁写自传时总结说:"可信与否,取决于讲故事的神态。"这个讲故事的神态,就是岁月沉淀后的沧桑与悲悯,所以才有了多少代人总结的"文学要老"。

我写《故乡在纸上》的开篇文章《高高的栗木门楼》时才十八岁,刚刚离开家乡。那时,全国都在追逐繁华都市与小康生活,关于村庄的话题没有现在这么热。我凭借着一腔热情与敏感,将生于斯长于斯的村庄洋洋洒洒地写了万余字投稿到《东方艺术》,迟迟不见发表就电话询问。"你多大岁数了?"《东方艺术》的姚金成总编问。"十八岁!""哎!人过中年了,关于村庄我也没写出这个味!"姚总编的这句感慨一下子激发了我创作系列随笔的热情,可是十年后,这篇文章在《中州今古》发表时,其结尾拷问的仍是村庄建设的"空心化"问题,根本没有上升到伦理的高度。2007年,三十而立的我在春风文艺出版《故乡在纸上》,书中对农村人的生存状态、实用主义至上,乃至道德沦丧引发的伦理崩溃着笔不少,但对其文化成因、社会变迁的因素缺少深度分析与解构。其实,农村的这些问题是中国社会城镇化引发的——社会工业化极速发展,举国打工导致的农民迁徙,人口的不断混杂以及生活节奏的加快,人们产生的漂泊感与不确定性瓦解着存在上千年的血缘与地理纽带关系形成的生存规范与社会伦理。尤其是从农村出来怀揣着"优雅生活的梦想"的年轻人对城市产生依赖后,又因种种原因无法融入现代城市的网格化管理与隔离性群体生活,容易成为孤立迷惘的一代,失去信仰的一代,甚至是无所事事的一代。这是联系越来越方便的互联网时代个人失去存在感的根本原因,也是文化层次越低的人越容易沉迷于网络游戏的社会原因,更是汪峰的《北京北京》能让"北漂"们热泪盈眶,《存在》传唱大江南北的原因所在。

每一个时代有每一个时代的流行,每一个时代也有每一个时代的伤痛。二十世纪七八十年代，中国最大的社会问题是"计划生育"。八九十年代，年轻人遇到的痛苦是"高考"。九十年代与世纪之末，年轻人遇到的痛苦是"暴富之梦"。2010年之后，人们开始反思中国农村城市化后的农村"留守儿童问题"与农村的衰败没落。意大利的哥尔多尼说："没有离开过故乡的人充满了偏见。"2012年，《故乡在纸上》在河南文艺出版第二版时，我已经在郑州生活了近十年，在一家颇有影响的大媒体工作了近十年。在离开故乡十多年的反思与追问中，我清楚故乡有两个：一个在纸上，一个在心上。

引发我修订《故乡在纸上》的最大动因是，我们村一个八十岁的老太太无故喝农药自杀后众人的反应！我顿然醒悟中国五千年的农耕文明将要土崩瓦解，在农耕文明与工业文明转型的阵痛中，网络文明又如洪水猛兽般冲击着无所适从的"80后""90后"。他们将梦想由最初的村庄转移到城市，将视野由城市扩张到大都市，激情、欲望乃至攀比心理在社会的加速度发展中愈加躁动与喧嚣⋯⋯那年，父亲病重，我将目光从省会转回到故乡："我又一次次悄然潜回到我们的村子，寻找生死离别中的希望，寻找悲欢离合中的人文精神，以及正在延续的起起落落的人生故事，便写出了《传说中的寨墙》《沧桑的缅怀》这些以前未曾发现的人文价值与道德传统。用一种发掘的心态，我不仅继续关注这片土地上的悲欢离合、世事沉浮，更有了修正自己的勇气——删除一些情绪性较强的文字，续写了《纸上的痛苦》。"

笛卡尔说："如果没有感情，灵魂无理由附于身体片刻。"2016年，美国一家出版公司要求出版《故乡在纸上》时，我重读之后蓦然发现，除了感情，我有必要将故乡探究到灵魂的最深处，在记忆深处打捞被视为过眼烟云的人与事，以回忆儿时食物味道的灵敏还原那个时代的悲欣交集⋯⋯大家都在学习汪曾祺的恬淡，却无法淡泊名利，美其名曰"原生态写作"！在匆忙出版了海外版后，我一直思虑如何将"故乡"这个点和"很大的世界"结合起来,形成自己的"味道"……反复阅读阎连科的《我与父辈》,王鼎钧的系列散文,眼界大开,尤其是读了土家野夫的《乡关何处》后恍然大悟,个人命运是可以和波澜壮阔的时代结合在一起的,主要是"讲故事的神态"。

"瞎武一辈子强梁,老了老了落个什么也不是。儿子赖毛结婚后,更不甩乎他。初春后,他想吃肉,说几次,赖毛都不吭声。借着饭咸饭淡,骂赖毛不孝顺。赖毛眼一瞪:'我再不孝顺,也没有从我爹手里夺碗。'瞎武一听,脸红得像紫茄子一样。(1942年河南大饥荒)三十一年光景,他从爹手里夺过碗!"想到与逝世十年的父亲有关的三十多年前的一个场景,我行云流水地记下来后才明白——文字耐读不是将故事写得很复杂,而是用简单的笔调写出故事的复杂性。这个简化的过程,则需要作家有一种直面惨淡人生的勇气与数十年如一日的精神坚守。

麦考莱在《历史》中说:"一个作家阐述的真理比别人更少,仅仅因为他讲述了更多的真实。"我在郑州卫生路45号院生活了十五年,在故乡同样生活了十五年。有关郑州的随笔,我一直写不出来,村庄的故事却能源源不断——远景中的故乡比身在其中更适于观察。这时,我才明白死人的分量有多重——事实无须证明,落笔即为真实发生。《父亲这一辈子》《时间,让往事成为传奇》涓涓流出……人书俱老不仅是年龄长幼,还有心路历程。但是大多数人从出生到青年时代只关注未来,而忽视过去。真正的写作不仅是来源于生活而高于生活,而是来源于生活又理解生活,如《人》《家丑》;真正的写作不仅是讲述过去,而是讲述能够理解的过去,如新写的《豪强列传》《消失在口头的民间大事件》;真正的写作不仅是追问,而是传递一代又一代人的人生疑问,如《说到底》……圣保罗说:"文字让人死,精神让人活。"其实,即使是精神,也需要文字记录下来。没有被记录下来的，注定要消亡。如果没有《史记》，改道无数次的河流，变迁了几百代的人，怎么还能被人记住。所以，文字让它们活了下来。栗门张村出生长大的我，使命是让这村子与村子里的人与事活下来，才有了《丢人》《那些远去的人和事》的赘述，有了《归来去兮人已非》童年记忆的放大。尤其是四十岁这年，我平生第一次写母亲，《母亲七十岁》竟能让妻子读得泪眼婆娑……

我明白了写作就是说人话——平凡之处见真章！作文如做人，身边的人是很重要的评判标准。

十四岁时，我读马尔克斯的《百年孤独》，发现语言需要这么巨大的想象力。这个魔幻世界中我印象最深的人物是"最小吃泥土的蕾培卡"和"坐着飞毯上天的美人儿雷梅苔丝"。四十岁时，我读到马尔克斯在自传《活着为了讲述》中说："他的亲妹妹玛尔戈特小时候几天不吃不喝也不哭不闹，后来发现她只爱吃花园里湿润的泥土和用指甲从墙上抠下的石灰块。玛尔戈特脾气不饶人，和恋人分手后终生未嫁……"这时，我突然明白作家需要回家，需要从内心重新创造一个记忆中的故乡，从无限的世界回到真实的成长经历中，把无限大的外在世界与内心的"故乡"完美地拼接起来。

四十不惑！为了写作，我心甘情愿做一只井底之蛙，一只见过天的井底之蛙，一只正直孤独的见过天的井底之蛙，体悟佛陀的感慨：一叶一菩提，一花一世界。

目　录

序：悲悯的行者/夏坚勇　　　　　　　　　　001
自序：好作家是一只见过天的井底之蛙　　　001

上篇：村庄供词

高高的栗木门楼　　　　　　　　　　　002
豪强列传　　　　　　　　　　　　　　015
消失在口头的民间大事件　　　　　　　024
传说中的寨墙　　　　　　　　　　　　032
沧桑的缅怀　　　　　　　　　　　　　041
二爷与大姑　　　　　　　　　　　　　051
父亲这一辈子　　　　　　　　　　　　060
寂寞的人都是天生的　　　　　　　　　071
纸上的痛苦　　　　　　　　　　　　　080
生命的歌哭　　　　　　　　　　　　　091
忧伤的惋惜　　　　　　　　　　　　　098

邪子	103
斯人已随风雨去	111
归来去兮人已非	116
丢人	122
一个人的消息	130
那些远去的人和事	134
无知岁月，我们的那些快乐	143
时间，让往事成了传奇	151

中篇：乡村演义

人	162
家丑	166
二犟	171
恶毒，恶毒	185
孝	190
说到底	196
羊的门	201
英雄四爷	208
谭毛爷与他的情人	214

下篇：独立秋风

在记忆中奔跑	234
饥馑的碎片	242
疼痛的抚摸	250
被偷窃的少年	257
叫魂	265
遥远得难以触摸	269

幽暗的记忆	275
最隐蔽的沟通	279
灵魂难以走远	286
抵达生命的彼岸	292
无法打捞的忧伤	299
失落的精神家园	306
十年忆父亲	313
母亲七十岁	321

附录：

在远方了解故乡（第一版序）	332
时间为众生守夜（第二版序）	335
为责任而写作/李铁城	339
行走的忧伤/郑彦英	342

上篇：村庄供词

> 我必须在铁一般事实的利齿间，淬炼我的每一个句子。
>
> ——威廉·詹姆斯

高高的栗木门楼

> 每一个村落的形成与演变,都是一部可歌可泣的民族史。
> ——题记

> 历史不会走向某个目标,它只会产生某种后果。
> ——雅克·巴尔赞

> 哲学是一种乡愁,是一种无论身在何处都想回家的冲动。
> ——诺瓦利斯

一

我的祖先哪里来
山西洪洞县大槐树
祖先故居叫什么
大槐树上的老鸹窝

这首传唱了七百余年的歌谣,在历史的夹缝中,在缺牙少齿的老年人晶莹的泪光中,饱含着历史变迁的无限沧桑与背井离乡的无限苍凉。当我翻开还弥漫着墨香的《郾城县志》时,一串串泪珠潸然滴落……

"元末兵灾连年,赤地千里,人死殆尽。境内大多居民由山西洪洞县迁来。明洪武年间(1368—1398年),户1621,人12345,与宋金时万户相比,减少约百分之九十。"《鄄城县志》仅用寥寥数语,便把迁民的原因、背景以及当时悲壮、荒凉的情景通过有形的文字与无形的遐想鬼魅一般勾画出来。我细心研读一下才发现人口的杜撰性,12345,这种随意性的约数更深一步地说明了当时的荒凉,也是历史上著名的洪武迁民与永乐迁民的悲剧所在。

据史书记载,从元世祖四年(1263年)至民国二十九年(1940年)——三十六年有灾,其中一次连续七年洪水不下。从元世祖十九年(1278年)至民国三十一年(1942年)共出现蝗灾十一次、地震十次,这是有五千年历史文明的鄄城有明确记载的天灾。而人祸更是比洪水肆意,比地震暴虐,比瘟疫凶猛。元末的战争使中原大地东西六七百里、南北近千里无人烟。朱元璋建立明王朝后,为了巩固政权,医治元末以来的战争创伤,迅速发展生产,采纳了郑州知州苏琦、户部侍郎刘九皋等人的建议,做出了向中原大规模移民的战略决策。《明实录》记载的洪武四年(1371年)河南人口1891000人,而山西人口却达到4030454人。山西人口最稠的地方是地处交通要道的洪洞县。洪洞县的大槐树植于汉代,明时大槐树身粗数围,荫遮数亩,树上筑满了老鸹窝,乃是方圆数百里独一无二的槐树。迁民只有从洪洞县开始向外迁了。

俗话说故土难离,为了当时迁民的顺利,明政府设置了骗局。在移民的汾州府、辽州府、沁州府、泽州府、路安府、平阳府等地广贴告示,晓谕乡民,凡不愿迁移者三日内到洪洞县大槐树下领取免迁证,愿移民的可在家等着。于是四面八方的人汇集大槐树下,几天内竟达十几万人,老实的庄稼人还未喘过气来,便被官兵团团围住,这时才知道上当了,愿移也得移,不愿移也得移。官兵们把他们绑起来，连成长队，分别向全国100多个府县押解。那抛妻别子、依依惜别的泪水洒满了这片土地。人们纷纷折槐为记，并以图腾的方式牢牢地记着故乡的槐树，升华成一种心灵的安慰与民谣，世世代代地传唱，经久不衰。传说在当时移民的途中，人们仍幻想重返故土，为了便于以后确认，便把小脚指甲剪为两瓣。时至今日，小脚指甲为两瓣的，多是大槐树迁民的后裔。"解手"一说，也是源于此。移民时，人们的手都被绑着，大小便就得向押解禀报："老解，我要撒尿，请解手。"次数多了，大小便就简化成了"解手"……

二

我的祖先也是这次移民中从山西洪洞县迁来的。

遥想当年，曹操在"许昌屯田"，下令开挖运粮河，从许昌经郾城，过上蔡，最后进入淮河。由北向南蜿蜒数百里，一是为攻打东吴做准备，二是灌溉农田。时光荏苒，山河变迁。曹操的运粮河已经干涸，与运粮河有关的地名，比如离栗门张村不远的卸载村，上蔡县华陂镇的报载村（报名载货的意思，现更名为史彭村）证明了这条河流曾经的繁华。过去陆路交通不便，水路便捷，栗门张恰在曹操的运粮河岸边。我的祖先是顺水而下，从许昌坐船而来的。据我爷爷的上几辈说，我的祖先是在天未亮时弃船登岸的，天一片漆黑，四周雾蒙蒙的。我的祖先听到有鸡鸣，并看到有灯火，用扁担挑着儿女，领着妻眷，顺着灯光寻来。亮灯的地方是现在我村村委西称为王路口的那条街。那时，我村最早的住户姓王，在王路口开家小店，以便来往的客人就餐饮马。我的祖先到王家，四周到处荒草湖泊，狐兔出没，蒿草没人。从草的长势来看，我的祖先认定这片土地也定肥沃，便在此定居下来，一代一代延续下来……

"当我读历史的时候,我总是企图渗入人类现象的背后去研究隐藏在现象背后的东西,然而我被这条规律惊呆了。"汤因比的话在我的笔记中显得异常醒目,大千世界,日月运行,总是有天道可循。或许人类的生死繁衍、吉凶福祸,也有一个潜在的规律。我的爷爷的爷爷的爷爷也说不清楚,我村最早的王路口的王家人怎么消失了?姓胡的人家在我村繁衍了几代?一个叫殷渡沟的地方是什么来历?我寻找了好长时间的家谱也未曾找到,而各种石碑的记载,除张家祠堂门楼匾牌上写着乙亥光绪年间为最早的记载外,都是一些世代口传的种种带着神秘色彩的传奇故事,真正能记在本上、印在书上说得清清楚楚的,便是后来荒年进我们村唯一的一家外姓——王家……

我们村姓张的百余年间保持纯姓,男子没有一个外姓的,并约定俗成外姓男子不得入赘我们村。一代代口传家谱"一本同善良,宗祖德克昌。和顺敬承道,礼义振家邦"。从村东到村西每家每户按家谱的辈分,见到姓张的该怎样称谓就怎样称谓,丝毫不乱,且同村男女不得嫁娶。

清初,黄河两岸闹饥荒,黄河北岸的情况比南岸的情况糟糕。草吃完了,树皮也吃完了,最后只得向黄河南岸逃荒要饭。

这一天大雪封河,四处白茫茫一眼望不到边。黄河北沿一位王姓青年面黄肌瘦地挑着一个挑子,前后筐里坐着儿女,又饥又寒的孩子坐在筐里不住地小声哭泣。王姓青年站在河岸不住地徘徊,已经等一天了,雪仍不停地下,雪封住了河面,根本看不出哪儿冰厚、哪儿冰薄,万一掉进了冰窟里,本想逃荒活命,却落个冻死的下场。再等下去两个儿女不冻死也得饿死,黄河北岸是没有一条活路了,等下去只有死路一条……

天无绝人之路,正当他长吁短叹、心急如焚时,突然发现河面上有一行女人的脚印,一行清晰的光脚印一直走到河的对岸。王姓青年不哭了,他想到别人能从河面上过我怎么不能,与其在黄河北岸等死,还不如试一试,便顺着脚印从黄河北河面小心翼翼地向河南岸走来。终于走了过来。等到他到黄河的南岸,一看那双清晰的女人光脚印不见了。这是谁的脚印呢?王姓青年在雪地上跪下拜了拜,除老母奶奶是光脚,其余的女神都不是光脚。于是,王姓青年记住了这行救命的女人光脚印,便一路向郾城走来。

王姓青年从郾城走到栗门张,由于逃荒,想找一个地方落脚。恰好栗门张有一个乡官张录,看到王姓青年挑着儿女,处境凄惨,便收留了他们,让其在自家菜园里种地。王姓青年的子子孙孙算是在栗门张扎下了根。从此,栗门张纯了几代的张氏姓中,便有了唯一的外姓——王姓。

说起张录,更是在村里口碑相传,一生善举,最有名的也是那首打油诗:

　　我是张录,张录是我。
　　别人读书我偷懒,
　　掏钱捐个大乡官。

张录之所以说掏钱捐个大乡官,是由于黄河决口,全省都挑柳条砸黄河口时,张录家里富有,挑了一挑银圆,被封为乡官。我对张录的行为很钦佩,尽管这个乡官不是考的,但在国难当头时,他比那些考的更显示出人的品位、情操。

王姓青年在张录的菜地里种了几年菜,张录便又给他们几亩地,盖几间房,于是他们便世世代代繁衍下去。王姓青年临终时,便把过黄河的情形向儿孙们说了,并嘱咐他们记住救命恩人是"老母奶奶"。从此,王姓世世代代供奉老母奶奶,直到现在。

关于这段传说,我问过村里的许多人,他们所说的大致相同,无非是王姓青年在河北岸的时间，在张录家种菜的时间有些出入，过黄河的细节被人们描述得活灵活现。每到春节，王姓一家再次供奉老母奶奶的神像，更为这段传说增添了几分神圣与真实，让人不得不信……

三

我们的村子是什么时间开始叫栗门张的，现在谁也说不清楚。我们的祖先用一根扁担的家业，在王路口王家的屋檐下定居之后，便安居乐业，开荒种地，生儿育女，张氏一族一天天昌盛起来。直到第几代，谁也说不清楚，张氏一门五个儿子同时考中秀才，为了纪念这份荣耀，人们便给这五个秀才建了五人走马门楼。直到1999年，世纪之末，最后的一座门楼被村人扒掉修葺重建时，发现门楼上的木料全部是栗木的。栗门张，便与栗木有着很大的联系。

中华人民共和国成立前，栗门张张氏一族分为烟坊、油坊与木匠铺。响遍豫东的还是木匠铺。从哪一代起，栗门张的人会做木工活，我爷爷的爷爷也说不清楚。村里最早，做得最好的一个木匠，不但做的家具结实耐看，做的土耧更是一绝，下粒均匀，入土适当，不深不浅，正好适合种子发芽。这在农耕时代，为栗门张赢得了极为不错的名声。同时，栗门张的木匠不仅仅有着被誉为传统手艺的土耧，还有一种过目不忘的建筑才能。

清朝时期，我们村属于西华县管辖，每年交税纳粮都要去西华县。那年夏天，交税的牛车拉着张木匠进县城交粮时，张木匠发现县太爷的办公楼——县衙大堂盖得精美别致，随便在附近找了几根高粱秆，按照一定的比例尺寸把高粱秆搣一搣，仿县衙门楼弄了一个造型。回到家后，张木匠经过一番揣摩，按照秸秆的模型、外观，相仿地在我村建起了一座木门楼。门楼建起后，细心的人用尺子量了一下，与西华县衙门楼一寸不差。这件事轰动了整个西华县，惊动了县太爷。县太爷坐着轿子走了九十里路来到我们村子，看着张木匠建的木楼，赞不绝口。兴致之余，题了个匾额——栗门张。从此，栗门张便流传下来。在本县县太爷的指荐下，在村民的自豪下，在其他人的羡慕下，栗门张渐渐地叫响了。

历史的演变在人们的繁衍中显示着深沉无比的内涵和生命的悲怆，无论是几百年前我的祖先逃荒要饭于此地落脚生根，还是繁衍子孙有些田产后为防土匪强盗修建的"顺兴寨"，抑或是手艺传世后被县太爷提名为栗门张……十六岁时，我曾为村子写了一篇三千余字的村史，第一次认识是"每一个村落的形成，便是一部可歌可泣的民族史"。那时，我兴致勃勃地顺着儿歌一样的"一本同善良，宗祖德克昌。和顺敬承道，礼义振家邦"寻找我们的家谱。从村里最年长者问起，到村委会干部。从祭祖大殿到老祖坟那儿，我一直没有找到张氏家谱。又问了许多人，说家谱丢了，丢在了汝南府。我怅然若失。家谱的遗失，让人们好像失去了一定的精神见证，失去了一种心灵的依靠，失去了传奇的考证，更多的是失去了人们自省的可靠性，传承的连续性与一种文化的繁衍。

在许多无法考证的前提下，思考显得无比深沉与迷茫。我站在我们老祖先坟前，不停地想，栗门张是什么时候建庄的？什么时候称为顺兴寨的？什么时候分成小栗门张、殷渡沟的？在没有任何文字记载的情况下，我只能推理，失望中嬗变着自己的感性认知与思想观念，嬗变着自己的奢望与激情。在那个月朗星稀之夜，我吸了数根烟后，终于做了一个大胆的推断，我们村分成小栗门张与殷渡沟是在万历二十九年（1601年）至崇祯十七年（1644年），县志记载如下：

万历二十九年

大水连续六年不下

万历四十六年

蝗虫连续三年，是年竹叶、树叶几乎被吃光

崇祯六年

十二月，李自成起义军从开封返南阳，途经郾城激战

崇祯八年

旱蝗两灾并起

崇祯十五年

五月，李自成率军攻克郾城。是年疾病流行，米价二千文

人相食，民多加入义军

崇祯十七年

正月大雪深一米

是年麦价二千文，人食树皮、草籽，纸为衣

看到县志上一行行文字，如果不思考过去，自然不会留下很深的印象。如果作为一种文化、学问去思考，你会大吃一惊：这四十年间，人们几乎没有一个好年景。"人相食，纸为衣"这种生存的压迫，能使一切名利都显得无足轻重，能使许多灾难都相形见绌，能使一切沉重与痛苦都哑然无语。也许就是这几十年间，栗门张又经历了一次迁民……西平县有一个方圆几十里的老王坡，荒无人烟。在栗门张生存不下去的人，为了讨口饭，又有一部分人向西南迁到西平县，后来逐渐演变成两个村庄：重渠乡的小栗门张与盆尧乡的殷渡沟。小栗门张直接是以我们村的名字加一个小字，殷渡沟是以当地一个沟为名。一切灾难过去，历史进程不因人的变迁而停滞不前。三百年过去了，小栗门张与殷渡沟的人一样念叨"一本同善良，宗祖德克昌。和顺敬承道，礼义振家邦"，一样的全部姓张。

在我的记忆中,祭祖是一项盛大的活动。我们村在修建祖坟时,小栗门张与殷渡沟的人都来此祭祖,证明这种传说的真实性。那时,我还是个顽童,最津津乐道的是我们与这两个村庄的族亲关系引发的一些故事。由于我们村做土耧的多,好多人没去过西平县的殷渡沟与小栗门张。有到殷渡沟、小栗门张卖耧的,也不知道是什么地方,找个话题便唠嗑。

"听口音是东乡人?"

"嗯。"

"什么村上的?"

"栗门张的。"

立即有人杀鸡,有人买酒,既然本家人来了还客气啥,又攀亲又热情地讲起族亲了。后来我们附近村的人知道这事后,有的也到小栗门张与殷渡沟。"听口音是东乡人?""嗯。""什么村上的?""栗门张的。"好酒好肉又摆上后攀亲,"什么辈的?"来人说不上来,酒与肉立刻又撤了,来人只得悻悻而去。确实很奇妙,在没有身份证的时代,家谱成了唯一的凭证。

四

千百年来,中国历史的官方记录靠的是文字,亿万民众的婚丧嫁娶喜怒哀乐靠什么呢?戏曲!

每年农历四五月间,由乡老族尊负责主持举行,以栗门张为主,几个村联合举办青苗会。每年青苗时请戏班子唱戏,以示慰神保佑丰收,还进行麦季农具买卖。具体哪一年谁也说不准,而人名却清清楚楚。栗门张的老古线与老脚路到青苗会逛会。老古线有名的双臂长,两臂一张能拉六尺。他买了一根皮条,由于没有尺子,在当时都用两臂一庹,卖皮条的嫌他的庹长,不卖给他,两人争吵起来。老脚路买一把镰扎在绑脚上，付过钱后去找老古线，卖镰的误以为老脚路未给钱，叫喊着老脚路偷了他的镰，恰又碰到邻村有个叫胡闹的抢街。

"抢街"这个词，本身就有浓厚的时代特点。中华人民共和国成立前，农作物的收成非常的低，并且一个村有一半的土地集中在几个地主手中，造成严重的食物短缺。许多没地没钱的光棍到会上都是想找一点吃的。别人买的油条、包子之类的没吃，上去抓住就跑，别人赶着自己跑着，赶上了被人家打一顿，赶不上自己吃掉。那时人们为了吃把人格尊严放到了零的位置……

胡闹抢到一个肉包子，眼看跑不掉了，顺手扔给了老古线。老古线正与别人争吵，一看是胡闹，便顺手接住。青苗会上的人向老古线要，老古线自然不给，双方厮打起来。老脚路一看，老古线和人打架了，毫不犹豫地加入了战团。卖东西的商贩之间本来都熟悉，一动手打人一起上。"栗门张的人挨打了……"看老古线脸上流血了，有人这么一喊。青苗会上，栗门张看戏的人自然不会少，几十号人围了上来……这一打不要紧，青苗会上的有人被打死了。这一打死不要紧，引出一起官司，也引出了一场戏。

清朝时期，人们仍是以儒为教，家族观念极为浓重。栗门张的人打死人了，不一定要找打死人的，而是直接找庄主、秀才等村里有头有脸有身份的人。死人家属一纸诉状告到西华县，县太爷下令到我们村，让老秀才去应诉。老秀才本来惭愧，又不得不应诉，便骑着驴到西华县县太爷大堂上。县官见秀才本来是应让座，敲三面铜锣迎接。这次，县太爷既没有给敲锣，也没有给让座，死者一方又朝老秀才脸上吐了一口唾沫。这一吐不要紧，老秀才骑驴回来，没几天便气死了。

"人命关天，老秀才死了有关体统。"栗门张十个秀才死了一个，剩下九个一齐到西华县找县太爷，县太爷听说老秀才气死了，本来事关重大，一看九个秀才来了，急忙让座敲锣。九个秀才说啥也不听："我们老秀才来时骑驴来的，回去死了。你是怎么用刑逼死人命？秀才也是读书人呀，焉能斯文扫地！"非要告到开封府。这一闹，县太爷害怕了，好说歹说方达成协议。最后除了厚葬老秀才外，还要从西华县十里一台戏、五里一道场，一直搭到老秀才的家门口，一步一作揖地到栗门张赔罪。县太爷逢道场必作揖，逢戏台必叩头。直把县太爷折腾得快累死了，九位秀才才找回面子，安葬了老秀才。

后来县里唱戏的把此事编了一台戏，叫《张胡闹闹会》，本意是说县太爷知错就改、通情达理。在青苗会上演时，栗门张的人看后觉得抢街的胡闹姓张，有点侮辱栗门张的人的意思，找唱戏的班主，唱戏的怕惹了栗门张的人，便改成王胡闹，一直唱到现在。"秩序不是外部强加的，而是能量之间彼此支持的互动关系产生的。"这是我多年以来一直坚信的。因为，无论是栗门张后来出的强人张大鹏，还是名震乡里的武术名士张宝德；无论是联合几个村子办中学，还是靠一个村子男女老少将1975年的大洪水拒之村外，都证明了栗门张村的实力。在人们逐渐丧失了对传说的兴趣时，我用文字记载下来，本身就是一种传承。

栗门张的秀才诉讼从此出了名，也出了祸。汝南府一个村姓张的同姓刘的打官司，请了栗门张的九位秀才，为壮声势。栗门张的秀才连同小栗门张与殷渡沟的四位秀才，十三位秀才同时到汝南府打官司。那时家谱是唯一的凭证，汝南府的张姓牵强附会与我们对上家谱后，十三位秀才上路途经上蔡城隍庙时，将城隍庙里的城隍揣在了袖筒里。到汝南府后，道台出案敲锣相迎，正要见礼，张秀才又把城隍庙里敬的城隍爷摆在道台的大堂上。城隍爷原也是姓张的老祖宗，道台一看急忙撩袍下跪，一问道台也姓张，这场官司自然是姓张的向着姓张的，张姓赢了。

汝南张姓在官司赢了后谢秀才时，提出把张氏家谱拿回去抄一抄。这一拿不打紧，张氏家谱从此失落汝南府，至今没有找着。

五

所有的历史都是当代史。历史是不会死的，也不会仅仅属于过去。它会影响每一个时代，影响每一个人，让时代的模式和人的行为都打上它的烙印。比如，我们村修寨时主持人的深明大义，为了保住老合善一家人的几亩地，专门把白灰线在村子东南角撒斜；比如，1975年发洪水，我们村的全村老少能齐心协力地将这次史无前例的大洪水挡在村子外；再比如《郾城县志》记载栗门张村的1966年河南大学历史系毕业的著名教育界人士张双河。现在，仍在民间有影响的急功好义的张宝德，"力敲耙棱，双臂拔树""单臂震老槐"常被人津津乐道。中华人民共和国成立后，在村里任职多年公平正直的好干部张天郎……"人是万物的尺度。"他们不仅是雁过留声的让人们茶余饭后的议论，更重要的是他们塑造了栗门张村人的灵魂，为未来立一根伦理的标杆。前提是，我们不遗忘他们。

事与愿违，随着农村城镇化"铁棒横扫"的进程，有些千百年来形成的传统与伦理土崩瓦解，与此相配套的思维逻辑与利他生存方式也岌岌可危……就在我再版此书的不久前，栗门张一位八十多岁的老太太喝药自杀了。原因是国家每个月补助的60元钱她积攒了半年，她儿子陪着她领回来之后，没有给她。后来，她向儿子要10元钱，儿子以年纪大了不用花钱为由，不给。老太太觉得活得太没有尊严，没有希望，没有价值，喝药死了。由于现在农村施行火葬制度，儿子为了逃避火葬，当天晚上找几个人就将其母亲偷偷地埋了。这个老太太在这个世界上就这样无声无息地消失了，连同栗门张村三百余年的伦理纲常与道德观念。"一旦我们充分了解他人思想的肤浅和空洞的本质、他人观点的狭隘性、他人感情的琐碎与无聊、他人想法的荒谬乖张，以及他人错误的防不胜防，我们就会逐渐对他人进行的一切活动变得漠不关心……"叔本华的话让我有了审视的担心与理由。

两千多年前，曾子就说："慎终追远，民德归厚矣。"孔子也把厚葬父母归为孝的一部分，并用礼的仪式与程序来巩固人们的道德力量与伦理观念。无独有偶。西方文化学者涂尔干在总结仪式时也这样说："仪式首先是神圣与世俗之间的基本区分，这种区分被所有的文化参与者认同。"陈旧的未必都是腐朽的，比如古董，比如老酒，再比如经过几千年锤炼的传统美德与价值观念。然而，这一切，在以反封建、反礼教，提倡人性自由与个性解放的名誉下，所剩无几……每一次回老家我都在思考，文化是靠一代一代的思想者做出巨大牺牲，一步一步地推动人类思想的进步，同时也需要远离这时代的智者进行针对时尚的批判……

经验教训是人类的奢侈品。只要历史存在一天，我们应该允许一部分人每天对历史的进程提出文化的要求与世俗的挑衅。他们对历史状态的彻底追求，对现实的呼吁与生存者理智的选择，是人类精神财富中最值得珍惜的部分。

豪强列传

> 所有的历史用非常容易的方式将自身分解到若干坚定、严肃的个人生平传记中。
>
> ——题记
>
> 历史还不是一门科学，仅仅靠伪造和删节才会被弄得像门科学似的。
>
> ——罗素
>
> 缺少英雄的群体，在大多时候只能算是群氓而已。
>
> ——古斯塔夫·勒庞

一

乱世出英豪。

清末至民国初期是中国社会管理的一段空窗期，但是人们的生活不会中断，仍要生老病死，仍要婚丧嫁娶，仍要吃喝拉撒。和秩序井然的时代相比，不同的是多了一些弱肉强食，巧取豪夺，甚至是火中取栗的生存手段罢了。栗门张作为中国农村的一个缩影，自然也不例外。

"以前，不仅每一个村子修寨防土匪，富一些的地主乡绅请的还有看家护院。那个谁拎着盒子枪去西平县一家大户去打劫，发现这家的院墙不好过，不是高，也不是有角楼有人盯，而是种的厚厚的棘刺棵。墙，能翻过去，狗也能先药死。棘刺棵，一棵挨一棵的二尺厚，翻，没有扶手的地方，钻，都是刺。这个家伙也聪明，瞅了一下，发现有一个水缸，拎个砖，将水缸底砸掉，人往水缸里一跳，双手托着缸底沿，挤着棘刺棵钻去了。"三十年前，父亲讲时我只是当一个故事听。第一，没有听清楚这个事发生在什么地方；第二，也没有问清楚是谁，更不知道后来我当了作家，要把这个事写进书里。唯一印象深刻的是，这个打劫者聪明，过棘刺棵院墙时用水缸护着身子。二十世纪七十年代出生在农村长大的我们都有光脚的经历，无论是地上长的棘刺草，或是村子的芭蕉树，甚至是院墙上摆的仙人掌都曾经刺痛过我们，所以对这个家伙应付刺的办法记忆深刻。

"这个家伙不是别人，而是寨外的张乃召。"这么多年来，改正哥成为我乡村故事的重要来源，打捞记忆，修订《故乡在纸上》时仍求教他，给我讲述事情的来龙去脉。改正哥口中的"寨外"，就是那个年代我们村为了防匪，西从村委会，东到大坑，南至学校南，北至我家村口修的方圆三四平方公里的寨墙。村委会以西的住户，就成了我们村人口头上的"寨外"。

寨外的张乃召小时候就聪明，读私塾时即入伙成了强盗。入伙要纳"头名状"，这个规矩已经有很长的历史了。《水浒传》中林冲投奔梁山时，王伦就要其纳"头名状"。张乃召入伙为匪，土匪头为了试试他的能耐，也不能破这个规矩。打劫前，同伙给他踩好点，先让他混进去，约好时辰在外面守着，让他一个人绑票。丑时一到，张乃召直奔后院，摸到东厢房挟持老掌柜去了。人也捉住了，同伙却在外面崩了一枪。动静一大，这家护院的就有十几条枪，纷纷拎着出来。张乃召一看情况不妙，得逃，丢下肉票就往前院跑，到院墙一看，傻眼了，这家有防匪的经验，将棘刺树层层叠叠地种成院墙。张乃召清楚，不怕刺，也钻不出去，再迟半分钟就跑不了了，他在院子里瞄了一眼，见到一个水缸，用砖砸掉底，跳进去从棘刺院墙里冲了出来……

二

在那个弱肉强食的时代，我们村的人当强盗的不只张乃召一个，杀人越货的也有之，里应外合绑票的更不新鲜，被缉拿归案的只一个，张大鹏。

张大鹏之传奇，有点神秘色彩。他八岁时，夏夜里在小角门（我们村一个门楼，寨之偏门）休息，睡不着，一个小孩有胆子独自去俄刘村玩。往北走二三里，见有几个扛活的趁着天凉爽，掰苞谷，一头牛嚼着草卧在牛车旁，牛脖子上的铃铛当当作响。"牛铃铛不错，我玩玩。"大鹏说着，去摸牛铃铛。"牛铃铛牛铃铛，是牛用的。你玩什么？"听声音是小孩，一个扛活的喝他。"好玩呗！"大鹏说着，从牛脖子上摘下来挂在自己脖子上了。"谁家的小孩？"这几个扛活的本想吓唬一下，让他走了算了。没有想到，大鹏真的要拿走了。"放下，放下。"有人过来夺铃铛，大鹏扭身就跑。几个人过来撵大鹏，越撵，大鹏跑得越快。一个七八岁的孩子，几个大人都没有撵上，一会儿跑得连铃铛声都听不见了。

尽管天黑，铃铛响声一路向南，扛活的知道是栗门张的，也不撵了。第二天一大早，就来栗门张找铃铛，走到小角门外，张大鹏胯脖子上挂着铃铛，睡得正香呢！叫醒大鹏，要走铃铛，这几个人纳闷，这么一个光屁股的小孩子，几个人怎么会撵不上呢？难道他会飞？疑惑之后，查昨晚追张大鹏的脚印。苞谷地不远种的是红薯。红薯有棱,土松,人踩后有脚印。张大鹏的小脚印,一步能跨六个红薯棱,成年人一步最多跨三个……"我不相信,如果他真有那么奇的话,最后也不至于死在牢里了。"改正哥的讲述,让我想起来《水浒传》里的戴宗,腿上贴符后能行走如飞。"有些小孩天生骨奇,所以才有摸骨一说。同时,有些小孩,抱一天,没事。有些骨奇的小孩,抱一会儿就感觉到累人。"改正哥的解释虽然不能令我满意,又不是全没有道理。"大鹏有如此功夫,怎么会死在监狱里呢?"这个疑问,我探究了好些年。

民国期间有多乱,我从小听到的有砸盆窑,抢唐桥,绑油坊掌柜的肉票……有一个土匪领头,召集几十个甚至上百个土匪,叫作"拉杆子"。把一个寨里的人轰走,每一家的金银细软抢走,就叫砸什么寨……"砸盆窑时,张茂吴的震拉的杆子,俄刘的土匪去的最多,咱们村也去了好几个人。干这种事,一般情况下都有内应。寨门悄悄地被打开,枪一响,寨子里的人都乱了,尤其是看着上百个拿枪的土匪来了,人都吓跑了。这时,方圆几十里约定好的土匪、汤将都大摇大摆地进寨了,像拿自己家的东西一样,见什么抢什么。咱们村的大鹏和老万庆也去了。大鹏好色,进一家抢东西时,见一个没来得及跑的女人长得有几分姿色,起了色心,强奸那女人。那时虽乱,也有保安团。县城里的保安团得到消息后,立即派人来剿。老万庆见大鹏进去好长时间没有出来,知道坏事了。此时,剿匪的保安团已经到盆窑寨前了,子弹嗖嗖嗖地在头顶上飞,老万庆进去一看,大鹏果真正在那个女人身上趴着呢。'大鹏,哪顾上干这个了,赶紧跑,再晚没命了。'老万庆从女人身上拉起来大鹏就跑,捡了一条命。"三十年前,付坤爷给我讲的这个故事犹记在耳。后来又问他细节,他说也是听老年人讲的,就知道这么些。无论是《郾城县志》《上蔡县志》或者《西平县志》都没有这方面的记载,土匪一事,只记载白狼匪患。不甘心,我在网上搜,才知道西平县有一个盆尧镇，而不是以前我一直认为的盆窑。

"是那个盆尧。西平县的老王坡方圆四五十里，地主大，钱财多，这一方的土匪都打他们的主意。老万庆喊'大鹏'那一句，喊坏了。大鹏随着土匪们进了盆尧后，见那个女人漂亮起了色心，扒那个女人的衣服时，没有想到女人身上有刀，斜着往大鹏肋里刺一刀。大鹏穿的有护夹，知道疼，仗着自己的身体有底子，兴头上非要强奸那女的。老万庆过来拉他时，一喊名字，暴露了。保安团来了之后，那女人供出了大鹏。大鹏回来之后，发现肋骨断了一根，躲在家里养伤时，保安团按名缉盗，将大鹏捉进监狱，没多久，大鹏病死牢里了。"改正哥的补充绘声绘色，既无惋惜，也没憎恶。

三

无论是当土匪的张乃召，或是奇人张大鹏，我小时候仅仅是当故事听的。或许是不光彩，或许是没有教育意义，大人们讲的时候遮遮掩掩，只有在他们之间相互交流时，我听得一鳞半爪，仔细问，他们就呵斥：小孩子，打听那么多事干啥。

有一个人例外，寨外的张宝德。

离我家不远的瘸鸽，被国民党拉壮丁后，腿被打断一条。由于上过私塾，经历也复杂，见过世面，特别会讲"故事"。最奇的是，故事多得能讲多年不重复。我小时候痴迷于他讲的故事，能听得让家人喊着吃饭。张宝德的事，他讲得最翔实。

张宝德一家和邻居打架吃亏了，被送到终南山上学武。去了之后，他师父什么也不教，每天让他挑水。十个大缸挑满。每挑一次，进出门在石磨上拍一巴掌。三年后，他回来省亲，邻居兄弟几个见宝德学武回来了，要和他比试比试，故意找碴。张宝德不接碴。那兄弟几个觉得张宝德学了几年是花架子，想震住他，站宝德家门口骂:"听说学武去了。学的啥球本领,有种的出来比试比试。"张宝德坐在屋里,仍不吭声。宝德爹听不下去了,骂宝德:"老子卖了几百斤芝麻(以前农村,农作物芝麻最金贵)让你去学武。三年了,人家还是堵住家门口骂,你吓得连个屁都不敢放……"父亲的这一臭骂,宝德火从头起,忽一下站起来,扬起手拍在堂屋里八仙桌上,只听得"啪"的一声,八仙桌的四条腿一起折了,八仙桌轰一下子趴下了。正骂人的几个兄弟一看,吓坏了:"这拍人头上,脑浆都被拍出来了。"

张宝德在师父家学了六年,一次回来走到马庄后,憋不住要发功,难受得不行。大夏天的,地里没有什么东西能练,正巧看见有一个老头在耕地,耙地的铁耙子在路边尖朝上放着。张宝德用一只手,把耕地的铁耙齿一个一个地拔下来。老头犁完地,拉着牛过来,要趁中午阳光晒得地熟,耙呢,一看,耙齿被他薅完了,那个恼,拎起梁木杆朝张宝德的后背上打。一下子打了十几下,张宝德不但不喊疼,而且一个劲说:舒服,舒服……

民国期间,豫南一带的"青苗会"在小麦抽穗前几个村子轮流举办,便于人们买一些杈把牛笼头之类的东西应付麦收。那一年,青苗会轮到栗门张了。叫亲戚看戏的,趁机支个锅要做个小买卖的,烧香还愿的……提前半个月整个村子沸腾起来了。

人闲,就容易成会。栗门张青苗会的二台大戏,果真将十里八村的人都吸引过来了。炸油条,卖包子,牛行交易,耍把式卖艺的……将大街围得水泄不通。"孙瘸子的绿豆糕比以前更好吃了。""王麻子的剪子多年就是这个价。"人们东一嘴西一嘴地议论着会上的见识。"小歪嘴的戏唱得越来越好了……"人多时,就有人关注这,有人关注那!"这有什么好奇的,南小拐里有一个耍钢鞭的,耍得风雨不透,公开说,耍鞭时如果有人能将小石头砸到他身上,奖十斤油条。""有那么神……"这个消息传到张宝德耳朵里时,已经是第三天了。张宝德挤过人群往里一看，小伙子个子不高，一脸傲气口沫四溅地正喷着："我是终南山五阳真人的徒弟。八岁跟师父学'八卦九环'鞭，曾经一敌十地打过土匪，千里追凶地逮过镗将……"钢鞭舞得的确好，有人往里扔铜钱，果真被挡在外面。"别说是钱，就是老天下雨，我抡起钢鞭也淋不到我身上一滴……"耍鞭的越喷越得意，开始大放厥词了。张宝德本来是想见识一下，听到这儿皱了皱眉，扭脸看见一个看客胳膊弯里挎一个新荆条篮子。"借用一下……"宝德说着，从那人胳膊弯里取下篮子，说时迟，那时快，一扬手套在正耍钢鞭人的头上。"咦"，全场爆叫，一片惊奇之声。"弟子有眼不识泰山，请多多包涵。"耍钢鞭的愣怔一会儿，反应过来后单腿跪地、双手抱拳地向人群作揖。张宝德没有应声，悄悄地随着扫兴的人群离开了。

四

英雄自有英雄关。

张宝德武艺高，名声传得很远。有两个武林人士听说张宝德的扫蹚腿厉害，专程来拜师。扫蹚腿是张宝德的看家本领，自然不舍得教。在张宝德家三年，这两个人没有学到师父的绝招，心生一计……别师回家时，张宝德送他俩，送出村口，徒弟说，回去吧！宝德说，再送送。送到南地垒窑，徒弟说，师父回去吧！宝德说，再送送。走到老祖坟边，一个徒弟突然说：师父，看招。说时迟，那时快，鹰爪手向张宝德的脸抓去。尽管张宝德没有防备，反应还是很快的，抬手去挡。谁知徒弟有后招，朝张宝德吐了一口唾沫。这个，挡不住。张宝德那个恼，不用想地使出了扫蹚腿。徒弟早有防备，一个旱地拔葱后，扑通跪下："师父，我俩就是学你的扫蹚腿的。跟了你三年，你不教。不得已出此下策。请师父责罚。"两个徒弟，一个逼张宝德出招，一个人在一边看，已经偷学走了。

人家为什么非要学张宝德的扫蹚腿呢？因为他的这一扫厉害。有多厉害，他的徒弟这一口吐沫，逼张宝德使出扫蹚腿，脚上的鞋甩出去二里地。宝德回来后，生气：扫蹚腿被人家偷学走了，还遭人家吐了一脸唾沫。早知道这样，先教给人家不就行了嘛！越想越气，最后，自己硬生生地气死了。

床上躺了几个月的张宝德，临死前的最后一口气，能将脚下房屋墙的四块砖硬生生地蹚出去！

五

兰克说："当纪念碑可以被理解，可靠的成文证据也可以被利用的时候，历史刚刚开始。"问题的关键是，中国的历史几乎就是一部皇家史。对于平民百姓来说，想要在历史上留下名字，要么是皇家让人把你写进历史里，要么是和皇家有着千丝万缕的联系，讲述皇家历史时不得不把你写上去。纯粹的平民百姓，怎么可能会被写进历史里呢！

中国中书之外虽然有地方志，也就是民间史，官方所允许的民间史，找到《郾城县志》，但没有张乃召、张大鹏、张宝德的记载。张宝德，因为其传奇性与侠义精神，我从小听到过不同的版本，与他同时代的张乃召、张大鹏，却很少有人说起，即使说也是含糊其辞，躲躲闪闪的。夜间无事，重读冯梦龙的《三言二拍》，猛然顿悟，史书上记载的历史是经过筛选与加工的，旨在传递和强化群体的价值观与伦理，与民间口口相传的传闻故事相比，缺乏真实性，也缺少说服力。

其实，历史用非常容易的方式将自身分解到苦干坚定严肃的个人生平传记之中,并以生活的视角平铺在真实的岁月之上,以被遗忘的姿态展示生命群体的喜怒哀乐。只要我们心存敬畏的客观记录下来,更能反映那个时代!

消失在口头的民间大事件

> 凡是没有被记录下来的，注定要消失。
> ——赫尔施
>
> 历史是活着的人和为了活着的人，重建的死者的生活。
> ——德蒙·阿隆
>
> 历史睡了，时间醒着。世界睡了，我们醒着。
> ——题记

一

以前，我们村称识字的为文化人，生活行事，对文化人都敬重有加……人类繁衍数百代，我们村子从山西洪洞县迁来也有七百余年，有条件识字的人是少数，绝大多数人是不识字的。又有太多的生存经验、生活伦理，乃至英雄事迹、美谈佳话需要传下去……怎么办？口述，一代人一代人的口口相传……

口述的特征是以事件为代表，表述一个时间段发生的事。因此，割长毛那时候（太平天国运动）、光绪爷那朝、袁大头掌权期间、熬光景（1942年中原大饥荒）、过蚂蚱（1951年河南蝗虫灾），那年……往往成为老百姓的口头语。余生也晚,我是1977年出生的,中华人民共和国成立前有故事的老人,在我懂事时在世的不多了。因此,我小的时候听村里人讲的亲身经历,集中在五件大事上:土改、大集体、平顶山拉煤、发大水、分队。

二

土改的事,我从奶奶口里听到的最多。"……嫁给你爷,穷得分家只有一瓢面。你爷用独轮车推着我走到唐桥的桥上,又颠洒了。我连面带土撮起来后,一路哭到衙街(西平县五沟营街。过去是水旱码头,设过衙门,故称衙街),找到你爷的朋友曹培洞,做银圆换铜钱的生意,没几年置买了三十五亩地……"当时,曹培洞是衙街的名流,中过举。我一直没弄清楚不识字的爷爷奶奶怎么和曹培洞交上朋友的,又怎么让其成了我父亲的启蒙老师的。其实后来,我奶奶引以为豪的三十五亩地,几年后给她带来了意想不到的麻烦……

中国历史上经历过三次土改。1941年的抗战土改,主要是减租减息运动。1947年的《中国土地法大纲》颁布,在解放区开始"耕者有其田"的没收地主的土地。栗门张土改是1950年3月在郾城县委的统一部署下展开的。抗战土改没有波及我们村,所以村民将这次称为"二次土改"。县委组织人对全县的678711.5亩耕地和306043人一计算,人均耕地2.22亩,综合到62617户上画出一条横:人均高于7.13亩,雇工3人以上的为地主,4.8亩以上为富农,2.58亩为中农,1.3亩以下为贫农。我奶奶的三十五亩地,一家四口(我三叔、四叔与姑姑、五叔还没有出生),连我祖父祖母算上才六口人,人均高于4.8亩以上,属于富农。"要是戴个富农帽子,孩子们一辈子也别想抬起头了!"我奶奶在衙街做生意,消息灵通，早已听说了解放区的阶级划分的严重性，就找村里的农会干部（中华人民共和国成立，农村的组织叫农会）吵闹……"这是国家政策！"农会干部识字不多，政策执行不含糊。

"政策不假，我家二十余口人，怎么会是富农呢！"我爷爷亲兄弟五个，两个妹妹，二爷三口，三爷三口，四爷二口，五爷三口。我奶奶嘴上的二十多口人是按大家族算的。

"你们在衙街做生意买的地，和他们兄弟几个有啥关系？"我爷爷是老大，早就分家出去了，一个村的农会干部自然门清！

"我买的地不假，但在衙街做生意常年不回来，地是他们兄弟几个种吧，粮食是他们兄弟几个吃吧！划阶级成分，怎么不算上他们呢！"我奶奶坚决不松口……农会干部非要按政策。关键时候，我奶奶哭，闹，骂……能使的招都使上了，更重要的是，栗门张的人整体家族意识与乡亲乡情起了作用，农会干部抬一抬政策的线，定我们家为"中农"……

三

有幸运者，就有倒霉蛋！

黄河决口，全省的老百姓挑柳条筑河堤，栗门张的张录挑了一筐银圆，足见其家之富裕。富裕人家，讲究。那时候，垒墙是用白石灰加黄米汤，既好看又有黏性。屋檐上的砖花都是梅兰竹菊，屋脊上的五脊六兽栩栩如生。张录的三间瓦房盖了一个春天，才将前坡的瓦散好。布谷鸟叫时，张录说了一句："师傅们，该收麦子了吧！"工匠们心领神会，几天将后坡瓦散好了。（我上小学时，常经过这座老瓦房。人们讲，盖房子是百年大计。张录的一句话使这三间老瓦房的后坡早坏了三十年。我顺着人们的手指看，后坡果真翻新过，前坡瓦上的多肉植物，郁郁葱葱。）

那时候，人们有钱就是盖房子置地。张录谢世后，将丰厚的家产分给三个儿子。俗语说，"富不过三代"。张录的小儿子张中显爱赌博。赌博赌博，越赌越薄。输光了家产的张中显卖地。自己家的地卖完了，去找大哥二哥闹："分家时没有分清。"过去，家族越大，伦理观念越重。老大老二匀出来一些地给老三。张中显又输了，故技重演。如此反复，熬到土改。

全县土改轰轰烈烈地搞起来后，栗门张村按政策划成分。此时，张中显与两个哥的地都不多了，根本够不上地主。什么样的政策都是人执行的。或许是人们对张中显赌博是厌恶，或许形势需要。农会干部找到张中显说："给你划分个地主吧！""我早就没有那么多地了。"张中显有些歉疚地说。"形势走到这儿了，我们得给上级有个交代。咱们村子这么大，不能没有地主。再一则，赌博输之前，你的地挺多的，应当属于'破烂地主'！""破烂地主就破烂地主！"张中显很复杂地应称了。然而，他们做梦都没有想到的是，群体运动一开展起来，很容易失控……

"破烂地主"张中显不仅被县政府提走，劳教了好几年！后来的多次政治运动，张中显作为"地富反坏右"黑五类分子又受波及……

四

大集体是一个缓慢的过程。开始，国家号召成立的是互助组，后来发展合作社，再后来形成人民公社。每一个村成为公社的大队。大队下面管辖若干不等生产队。大队开会，大队书记靠的是大喇叭，讲政治，促生产，批私斗修……每一个生产队有铁钟，挂在显眼的树上。每天，生产队长靠敲钟，指挥社员们上工、下工，背诵"老三篇"，忆苦思甜……

"那时候，你们兄弟五个都小，不能挣工分。你父亲又忙着裁衣服，做土楼，不去生产队干活。每年，按工分分粮食时，咱们一家子什么也分不到！好在是生产队，你们兄弟俩我抱一个，背一个（我和四哥是双胞胎），胳肢窝里夹着木锨（铁锹的俗称），跟着大家混工分……"母亲的讲述，是我对大集体最直观的感觉。尽管后来，在书本上看过很多有关人民公社的资料，都不及母亲的讲述亲切，有温度。

"改革开放"是书面语言，老百姓不会说，就以"分队"代替。分队，顾名思义，分生产队。其实，不仅组织大集体是一个缓慢的过程，分队也得慢慢来。1978年底，安徽凤阳县"小岗村"十八个农民冒着被杀头的风险搞起大包干，四年后我们村先试着分组，试行一年，效果不错，1983年才正式解散生产队，将生产队里的农田、农具、牲口均分到每家每户。僧多粥少，大家都想要有用的东西，怎么办？抓阄……我三叔抓到了一匹枣红骡子，我家什么也没有抓到，七口人只分得一百三十块钱。

那年，我六岁，只记得分队时大家兴高采烈像过年一样……

五

往事并不如烟。三十年的大集体不是一分就烟消云散的。比如民众仍称自己为社员，称村支书为大队书记，仍习惯什么事都请大队书记咨询一下……我上小学时，"改革开放的春风"吹进了课本，作文，乃至小说、小品和各种文艺作品。可是大集体遗留下的氨水池、炕烟叶的楼、无人问津的荒地滩涂和上面长的弯弯曲曲的荆条仍在那里！最显眼的，是我们村没有分的那六座垒窑……

随着民众经济条件改善，人们一改对青砖瓦房的向往，大集体留下的这六座垒窑反而繁忙起来，打坯，抢瓦，烧砖……劳作之余，人们谈论最多的话题是——平顶山拉煤。

六

红薯与苞谷都是明朝晚期传入中国的。红薯不仅很早就得到广泛的种植，在大饥馑时期救了很多人的命。苞谷则在二十世纪七十年代末才在国家的号召下，在郾城普及！之前，秋季农作物以红薯、大豆、高粱、芝麻为主，产量低，茎秆也少。冬季的小麦家家户户亩产仅三四百斤，麦秸少，还要盖草房子，喂牲口，没有多少人舍得做饭烧火。中原无森林，无柴可砍。应付日常生活勉勉强强，如果烧砖用煤，必须去平顶山买。因此，豫南豫东几个地区的几万人，成群结队地拉着架子车，来往奔袭几百里买煤烧。计划经济时代，什么事都由国家考量。每一个人多少煤，统一调度，制成煤票。拉煤的群众领着了煤票，带上钱，备上干粮，雄赳赳气昂昂地出发了。

四千多口人，六座垄窑，自然对煤的需求量大……栗门张的男劳动力，从十六岁到六十岁没有去过平顶山拉煤的，除了村干部和身体有残疾的，屈指可数。"每天补助一斤半白面，还能出门看看风景，谁不想去……"对于步行几百里，来回六七天，用架子车拉着上千斤的煤这种牛马般的苦力，很多参与者讲述时不是沉重与悲壮，而是喜悦与向往！"都是年轻二八的小伙子，有一个人拉着车走在前面，一个人坐上，依次排五六辆，像火车一样。累了，换人，唱着，吆喝着，那个高兴像撒欢了一样……渴了，找水；饿了，带的有馍；想喝面条的，还有带锅的。挖个地窑，添上水，捡点干柴，自己煮，白面面条加野菜……那时，最便宜的车马店，住一晚上也需要一毛五、两毛，没有人舍得。野外找个平坦的地方，被子往架子下面一铺，爽得很……"俺邻居秀峰叔谈起平顶山拉煤，一脸的兴奋与自豪。

七

那时，生产队对社员们盖房子比较支持，拉煤补助白面，找人帮工算工分。我父亲心高气傲，一定要在整个生产队第一个盖上瓦房，自然干劲大。"咱家的瓦房是分队前盖的。为了烧砖瓦，你父亲去平顶山拉了三趟煤。"母亲回忆起我父亲拉煤，没有秀峰叔那种兴奋。"过去的棉花纺线做的衣服，汗浸透了不及时晾干，一捂，就糟了。那时的路，大多是土路。下雨地湿，布鞋沾水容易发霉，也烂得快。穿着使劲大了，容易把鞋顶窟窿，大脚趾头露在外面。因此，去平顶山拉煤来回一趟六七天，穿烂一双鞋的不在少数。"母亲纺花织布多年，对于过去的衣料有着深刻的认识，并在岁月的洗礼中成为我听着很新颖的观点。

平顶山的煤，不仅有烧窑用的明煤，也有质量不好的煤矸石与没有燃烧充分的煤核。去平顶山拉煤的人，除了凭票买些明煤，还顺手捡些煤矸石与煤核回来，烧火做饭用。任何事，参与的人多了，一定有人投机。没有煤票的人在平顶山买不到煤，有去禹县小矿上偷买的，有出省到山西晋城倒腾的。我父亲最后一次去平顶山拉煤，结伴的有张合、存粮、华珍、德运，回来没多久，县公安局将他们几个统统抓走，关了起来。理由是"投机倒把"。好在没有坐实的证据，人们也都心知肚明，几个人被关几天，又回来了。

其实，我父亲去平顶山拉煤不是三趟，而是三趟半。我三叔小个子，和好玩的几个人呼啸着去平顶山拉煤，回来的时候天下雨。当时，人们绝对不会把煤丢下回来。天晴了，路仍泥泞，拉一千斤的煤车更走不动。我父亲担心三叔犟，力使过度了身子受损，步行去接他，走了一百多里路才碰着面。邻居宝业，身体一直不是很强壮。他从平顶山拉煤回来，患上了心脏病，没几年就死了……

八

河水苍凉，往事如沙。经年悲喜，如镜已静。

传说中的寨墙

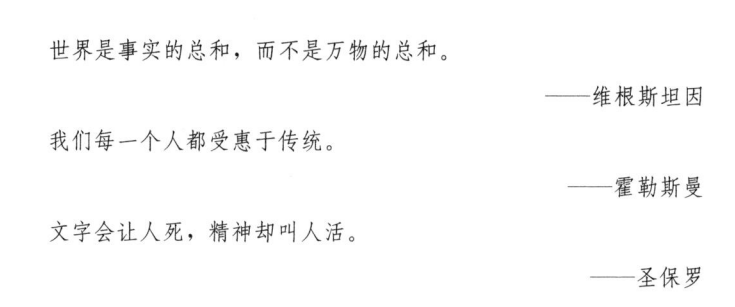

> 世界是事实的总和,而不是万物的总和。
>
> ——维根斯坦因
>
> 我们每一个人都受惠于传统。
>
> ——霍勒斯曼
>
> 文字会让人死,精神却叫人活。
>
> ——圣保罗

一

1975年8月8日凌晨1时,河南省驻马店地区大型水库板桥水库垮坝。8亿立方米的大洪水以雷霆万钧之势汹涌而出,在黑夜中咆哮嘶叫,吞噬村庄、桥梁、工厂,骨牌效应下,下游10余座水库同时崩溃。与此同时,另一座大型水库石漫滩水库,竹沟、田岗两座中型水库,58座小型水库在短短数小时内相继垮坝溃决。滔天洪水淹没了30个县市、1780万亩农田,1015万人受灾,680万间房屋倒塌,100公里的京广铁路被毁,铁轨变成麻花状,其威力绝不亚于南亚大海啸。

此次灾情一直讳莫如深。直到1999年由前水利部长钱正英作序的《中国大洪水》，才披露部分灾情：死亡人数为2.9万人。但这个数字似乎并不准确。据《Discovery》节目报道：1975年8月，河南板桥水库因暴雨发生垮坝，9县1镇东西150公里、南北75公里范围内一片汪洋。现场打捞起尸体10万多具，后期因缺粮、感染、瘟疫又致14万人死亡。24万余的死亡人数直逼次年发生的唐山大地震。

二

中国的许多历史，一直都是口述的。

我出生在1977年，关于1975年的那场洪水都是听别人口述的。"水有屋脊那么高，从西南滔滔而来，水里有猪、牛、羊、檩条。有人想站在房顶上用棍子捞东西，一不小心被大水卷走了。"于娥大婶虽然不识字，讲话向来生动幽默。"小猴是发大水那年生的，他母亲难产死了。我们几个人去埋她时，墓窑子还没有挖多深，下面的水都冒了出来，把棺材放进去，棺材漂了起来。眼见大水来了，没有办法，我们只管在上面封土。她娘家人好不愿意！不管三七二十一，我们封的土不见棺材板就赶紧回来了。"邻居秀峰叔每每夏夜闲聊，无不惋惜当年的这件事，好像真有点对不住小猴的母亲一样。在一旁的人说，那还算不错哩！能入土了，还不知道有多少人冲到东海里喂鱼了呢！"那是你们村了，我们村，头天晚上听说水要来了。村里的大喇叭喊：'所有的人赶紧走，往召陵的高岗上去。能拿着走的拿，不能拿的就丢了，别要东西不要命。'有的人牵着牛，有的人赶着马车。我妈带着我下面的好几个兄弟姊妹坐着车，天不亮就往召陵岗赶。家里剩下一头猪，我想赶到召陵岗上去。出我们村向北去没走多远，水已经是脚脖深了。我就赶紧向东走。有一道渠，猪走到渠边时，水已经齐腰深了。猪会凫水，我想牵着猪一起凫过去就行了，没有想到渠里水深得有力量了，冲着猪带着我就向东漂。有人向我喊话：'妞，别贪财不要命了。猪不要了，赶紧走吧！'我扭过劲来，松开了猪绳。水已经是越来越大了，我本想凫出渠，爬沿上。人在水中劲太小了，渐渐地有些力不从心。这时我后悔了，不应该牵猪了。正好，渠转弯的地方有高粱地，高粱密高，挡住了湍急的水势。我被拦了下来，趁着这个劲我爬上了岸，一路小跑往召陵岗去。"马花婶和秀峰叔是两口子，就住在我们家的东隔壁。多年前的农村非常悠闲，许多时候的无事闲聊都是几个人甚至是十几个人参与其中，只要有人提个头讲起1975年发洪水的事，马花婶最忘不了那头让她有些后悔的猪。

"你这人别说是当姑娘时，现在不也是一样要钱不要命。"聊天的人群中时不时地有人放冷子似的给马花婶开玩笑。"去你的吧！那时谁会想到嫁到你们栗门张。当时我赶到召陵岗后，已经有上万人了。一家一家的都在地上铺个东西，一坐，找人的，打听亲戚的……后来有人问：'怎么没有见栗门张的人？'人群中开始有人躁动，真是哩！怎么栗门张的人一个也没有见到，难道这么大的一个庄子一个子也没有跑出来，全部被闷里面了，全被水冲走了？和你们村有亲戚的人有的开始哭起来了。""是不是你那时找秀峰哩，发现没有一个栗门张的人。"起哄的人见缝插针。"去你娘那个脚吧！那时我还没有找婆家哩，谁知道栗门张有一个张秀峰呀！"说得大家一阵子哄笑……

三

栗门张的人一个也没有去召陵岗，但一个也没有被水冲走，而是齐心协力地修坝筑梁，防水于村寨之外。

余生也晚，没有赶上两三千男女老少木锹撅头修坝筑梁的场面，也无法得知这些胼手胝足的乡亲在八亿立方洪水面前是如何英勇表现的。我在电视画面上看过解放军官兵在驻防长江大坝时那催人泪下的场景，上万名官兵身穿红色的救生衣战斗在雨里泥里，誓言堤在人在的精神气概，感天地泣鬼神。可那是部队，都是一帮子年轻二八的小伙子。更重要的是部队里有命令，命令下来如山倒，是一个庞大的国家机器在运作。没有后撤的命令，就是被水冲走了也不能撤。我们栗门张村的人却是一帮子乌合之众，男女老少，高矮胖瘦，素质高低，参差不齐。他们面临着这么大的生死抉择，在滔天洪水之后如何表现万众一心的呢？

"我那时还是一个半大小伙子，听说水来了。村里的大喇叭吆喝：'全村的人以生产队为单位，从西边到东南到西北，都去傍梁子，一定把水堵在村子之外。无论男女，无论老少。'当时新节的书记，在喇叭上骂得嗷嗷叫。天还下着雨。人们拎着锹、拿着撅一起出来了。我们的任务是筑西南边，也就是东大坑西南角的那一段。我们依着高一点的地势，几十个人干着也起劲，从上午干到傍晚已经一人多高了。"改正哥是我在栗门张村里，最要好的哥们。虽然我们年龄相差近三十岁，可是我们非常聊得来。关于发大水的事，我多次问过他。他的描述是以自身经历为线索的，说得清晰自然。

"群才多年之后还这样说，发大水时我挨了彦书二棍。水眼看都要来了。群才那一队是老祖坟后的那一段，靠的是垄窑挖坑的地势。他们干了一晌多，不到腰来高。不见功，人都撤回来了，从南地回来，马上到村口了，彦书看见了，让他回去继续干。当时彦书是大队长，群才顶了两句嘴：'这样的大水哪能挡得住。没听到公社的大喇叭上要求全乡的人都往召陵岗上撤吗！没见其他村的人都往召陵岗跑吗！'彦书二话没说，抡起梁木杆朝着群才的背抽了两下。群才连声都不敢吱,乖乖地又回去筑梁子去了。"

由于改正哥为人的秉性和对农村人情世故的了解,我认定改正哥的讲述基本上都是事实。因此,改正哥也成了我了解栗门张历史的一个重要的渠道。

"1975年还没有你们俩呢!那时村村都通广播。上面说板桥水库崩了,开始人们都不上心,说咱们郾城县离驻马店的泌阳好几百里哩,水哪里冲到这儿来。后来,水越来越近了,广播上让人们撤。你父亲老早就把咱们家的门板卸了,绑成筏子,让你大哥二哥三哥都坐上,吃的用的都放上。准备撤时,大队里让全村的人都集中起来修坝挡水,说再大的水跑几百里也就没有劲了,只要修得一人高水就进不了村了。如果不修,人都跑了,东西都冲走了,还活个啥。那时村里的人心也齐。大家齐上阵修坝,果真把水挡在了村子外面。"母亲说这话时总是很平淡,好像在讲故事一样。

"当时,乡里把电话打到县里,说栗门张的人一个也没有出来,全部都被水冲走了。乡里干部吓坏了,说栗门张两三千口子人,一个也没有出来。工作怎么做的,不枪毙人才怪哩!后来又听说栗门张的人靠组织自救把水挡在了村子外,高兴得屁都乐出来了。让栗门张的人家家户户烙单馍,支援被水淹的三里五村的人。由于水来一条线,像光堂、小庄整个村被水冲得什么都没有了。现在的这些村子都是大水后建的,所以它们的街道都很直。不像咱们,以前为了防匪防鬼子,每条街,每个过道都要弄个弯。"奶奶经历过民国三十一年灾荒,见过日本鬼子进河南,庆祝过中华人民共和国的成立,但提到1975年的洪水,却总也不忘她烙的几大馍筐子单馍……后来,国家从飞机上往下撂单馍,大麻袋大麻袋地往下撂。人们都疯一样地跟着飞机跑。同时,有关大水的演绎有了许多个版本,比如说谁谁家,当时穷得娶不来媳妇,可是这水一冲,别村子的人更穷了,有的大姑娘住在咱村就不走了……

四

关于1975年那场洪水的记忆,老百姓有他独特的方式。张水来,张水生,张洪水,郭水来,郭水生,郭大水,赵水来,赵水淼,王水深,刘水渊……我们那一片的村子里,凡是那一年生的人几乎每一个村都取带水的名字。"那是大水前的事,皮蛋的娘改嫁已是大水后了……"同时,1975年的大洪水也成了人们记忆的一道分水岭,如同中华人民共和国成立前后一样,在老百姓的潜意识里成了一个纪年标识。

有许多时候,我都有意识地去找栗门张村的那道壮举般的坝。可是,看看四周田野平整如初,已经找不到当初的印记了。我找到《郾城县志》,想找到我们村有关那次大水中的记载,可是县志上寥寥数字对那次大水的几句敷衍,连栗门张三个字都没有提到。"为什么别的村子里的人都跑了,唯有我们村的人能组织起来修坝筑梁,保护家园?"关于这个问题,我曾和几个人讨论过,答案各有不同。"咱们村的人守财,宁丢命也舍不了破家……""当时的大队干部很有魄力,在老百姓心目中有分量。他们成了主心骨,喊一嗓子,人们愿意跟着他走……""主要是咱们栗门张的人都姓张,每一个人都在'一本同善良,宗祖德克昌。和顺敬承道,礼义振家邦'的族谱里,自然比那些杂七杂八的姓组起来的村子里的人有凝聚力……中国社会一直是一个宗族社会,这个无形的网络在关键的时候会发挥出惊人的爆发力,所以过去的刑法有诛九族之说……"

带着种种的疑问,带着种种的记忆,从开始写作的那天起,我一直都没有放弃过这方面的思考。最初,我把我们村的寨墙当作1975年挡洪水的坝了。我家就在寨河的北沿,我从小就在寨墙根下长大的,长到上小学还和同伴们爬到残留的寨墙垛子上玩。寨里寨外也是我们村一个显著的地理标识。等到我真正地考证寨墙时，寨墙已经不复存在了。同时，那道壮举般的水坝虽然已经被村人很不以为然地整平，种上了庄稼，可是那道精神之坝一直埋在我的脑海里……因此，许多时候我都在寨墙与1975年发大水的那条坝的混合记忆中解读，并且由于远离家乡和时间的隔膜，不是渐渐地模糊了，而是越来越清晰了。

五

由于身体的原因，好几年没有回家的我，回到我有些隔膜感的村子，和改正哥又讨论1975年发洪水那条壮举之坝时，连我们的寨墙一并论了起来。

"咱们村最初没有寨墙，西南赵有。清朝初期、晚期，土匪都很厉害。土匪一来，村里的人都跑，往西南赵的寨里躲。不知道什么原因，只要土匪来时，西南赵的人只开西门，不开东门。西南赵之所以叫西南赵，就是根据国民党时镇的区域方位叫的。他们不开东门，咱们村的人就躲不进去。他们开西门，西门是小庄，人少，也就几十户。弄了几回，咱们村的人不干了。我们家是油坊，你们家属于烟坊，秀峰家属于木匠铺。这几大家商量一下，决心自己打寨墙防土匪。

村里几个有头有脸的人商议修寨墙，全村人没有不同意的。劳动力好说，一家一家地派人就行了。有一个问题，那时的宅基地、田地都是私有的，不像现在有补偿办法。修寨墙修到哪儿，毁着谁家的地怎么办？牵扯着具体利益就会产生许多矛盾。后来，这几个人商量出一个办法，寨基本上修一个四方的，就是现在寨河的规模，长六百多米，宽五百米左右。天不亮用白灰撒寨墙根基，天一亮，灰撒上就不能更改了。不管冲谁家的地，为了集体的利益要敢于牺牲个人的。

　　白灰还没有撒上,寨的基本轮廓大家心里都清楚了。无论怎么撒,老合善村东南角的那几亩都会被冲开,要不圈到寨里,要不修成寨墙。如果没有了这几亩,老合善这家几口人的生存都是问题。老合善一家哭得像泪人一样。三番五次地找族长,找管事的。集体的利益为重,不能因为要冲着老合善的地,寨墙就不修了。制度已经定下来了,又不能更改了。怎么办?后来管事的人想来办法了,悄悄地对老合善说:'我不能因为你们家的几亩地就不按规矩办了。我会按着既定的范围撒白灰。只是明天早上天不亮,我撒白灰寨墙基时,你也挎着一篮子白灰跟着我。我大致撒到你们地里时,你用脚给驱了,然后自己把白灰墙基朝村里撒一些,把你们那几亩给让到寨外。天一亮,大家看到白灰,会误以为我撒斜了,既成事实后也无法改了。'咱们栗门张的寨墙与寨河不是四方的,东南角是斜的,就是为了给老合善让那几亩地,怕他们活不下去……"

六

　　改正哥讲得很朴素很平淡,却给我极大的震撼。这里面蕴含着中国老百姓几千年来巨大的生存智慧,也蕴含着无限的人文精神,更深埋着无限的道德法则。中国所谓的"封建社会"之所以能够延续两千多年,与这种道德法则有着密切的关系。它把一种巨大的人文关怀演绎成策略的妥协来弥补制度上的缺陷,并且坚守中国文化的"外圆内方"来保秩序的稳定与族群的基本公平。只是,人们对习以为常的东西容易漠视,没有文字记载的事件,事过境迁后渐渐地被人淡忘了。同时,文字记载的东西由于种种原因又容易被人们篡改与误读,比如秦始皇修边墙(长城),隋炀帝凿京杭大运河……

若干年后，我在凤凰网上找到了有关1975年河南板桥水库发大水的文字记载，考证出了我们栗门张村寨墙的来龙去脉，并为1975年发大水我们栗门张村人修坝筑梁的壮举唏嘘感叹不已。可是，我发现对于这些口述的事实，我能做的只能这样记录下来，连一句评判的能力都没有了。

或许是因为我身陷其中，或许是因为它太真实了，或许是对中国老百姓来说这些事太平常了，所以，我写到这儿就搁笔了……

沧桑的缅怀

一切文化最终都沉淀为人格。

——荣格

许许多多的历史,才可以培养一点传统。许许多多的传统,才能积淀一点文化。

——陈之凡

一件事或一个人在混乱秩序中的重要程度,看遗忘他所需要的时间。

——题记

一

栗门张,真不瓢。

还有狗,还有狼,还有运中,静安、彦书加五常。

这是我儿时在村里经常听到的歌谣,不知道具体意思。有时跟着别人唱,大概明白栗门张村里有六个非常厉害的村干部。等稍懂事之后,才知道这六个人的具体情况。狗,指的是小狗,担任过村里的会计。我上小学时，曾和他的小儿子同班，那时我们都戏谑他为小狗。狼，即是天郎。运中是一个豁嘴，我三哥当兵时，他还担任村里的治保主任，文化程度不高，却能在万人大会上不拿手稿、滔滔不绝地讲上几个小时。彦书和五常，我上学时从他们家门前经过，时常看到这两个老头端着大海碗吃饭。静安曾经任过村支部书记，也是目前仍健在的一位"村里功臣"。

少年时，虽然无法全部窥视成人世界的辛酸苦辣，但从村里人的言谈举止中，多多少少能品出一点味来。"栗门张，四千多口人，全是张姓。三里长街。在整个万金乡统辖的三十多个行政村中，是最早就有大型拖拉机、面粉厂、垒窑厂的。"这些来自大人们茶余饭后零零星星的自豪，会被小孩子用另一种方式演绎成童谣，在大街小巷传唱："一队的死人，二队的埋，三队的拉板子，四队的打眼子，五队的哭，六队的笑，还有十几个队不知道。"同时，孩子们的狡黠也很有意思。由于我们是栗门张村的第六生产队的，传唱这个童谣时都说"六队的笑"。五队和六队挨得最近，两个生产队的小孩子们相互在一起玩，五队的小孩子听到之后，就会给我们纠正过来："六队的哭，五队的笑。"有时，两个生产队的小孩子会因为这个童谣中"谁哭谁笑"，集结在一起打架。

我们那个村子——栗门张，与周边的村子相比有两个很明显的特征：一是全村男性几乎都姓张，从村东头到村西门，每一家人的辈分非常清楚。用我们村人的说法是，一个老祖宗。这一条在宗法社会中有着巨大的凝聚力，是为什么在1975年河南发洪水时，别村的村民都逃难，而我们村仅靠一村人之力就能修坝筑墙，把洪水挡在村外的根本原因。邻村就不一样了，例如郭庄，他们是由郭姓与李姓两大家族族姓组成。温王，一个两千多口人的村子，就有温、王、姜、祁、孙五姓组成。"外姓"的说法，成为他们的口头语，也成为宗族社会中维护利益的一个重要尺度。二是我们村的干部特别有魄力。这种单一姓的村民结构在那个年代为村支部书记的家长制统治找到了理论依据与心理优势,在生产劳动中能焕发起无限的激情,在大事的决策中更容易形成一致的意见。这也是我们村中华人民共和国成立后率先在全乡拥有大型的拖拉机、大型发电机组、东风大汽车、面粉厂、垒窑(以前建房子烧制砖的窑池)等"四个现代化"典型工具的内在原因。

二

天郎,对于我来说只是一个传说。

我出生时,他已经谢世多年了。据我父亲讲,天郎的威望源自他的公正直爽。"花腿嫂子年轻时'星称'(时尚的意思),和她老公公闹不在一起。是因为什么呀!去找天郎告状,天郎正在烧火。花腿嫂子吧吧地说着,天郎吧嗒吧嗒地拉着风箱。花腿嫂子说完了,天郎的锅也烧开了。花腿嫂子问:'天郎大,你看怎么办?'天郎问:'他是你啥?''爹。''是你爹,你要求他啥?''不要求他干啥!''那你还在这儿吧嗒吧嗒地说啥!'一句话把花腿嫂子呛得再也不告她爹的状了。

村民最津津乐道的,是天郎的"糊涂"。那时许多人找他评理、告状。多是家长里短,鸡毛缨蒜皮子的小事。你一边说,他一边听。你说完了,他听完了。"你给我说的有理。但他也给我说了,也占理。都有理,兑丢了。说一说,出一出气就行了。回去吧,抬头不见低头见的。""你说一说,我知道就行了,一个锅里吃饭,哪有匙子不碰碗的。回去吧!"

拐子在我们村是有名的胡闹,一辈子没个正经相,什么人的玩笑他都敢开。拐子和谷子结婚生第一个女儿"过月子"时,拐子的老丈母娘在拐子家侍候女儿。那时候,农村的居住条件都差。拐子一家住的是两间小东屋。一间做厨房,一间住人。老丈母娘在前窗下铺一张床,拐子三口住在后墙。一天夜里,性饥渴很久的拐子,半夜突然爬到老丈母娘的床上,欲行不轨。惊醒的拐子老丈母娘急忙说:"拐子,我是你老丈母娘。""找的就是老丈母娘。"拐子暧昧地说……

第二天早上,拐子的老丈母娘找天郎:"天郎哥呀!拐子那个七孙不是人呀!昨天夜里,天特别的冷,又是刮风,又是下雪……"这种事,拐子的老丈母娘也不好意思开口,就拐弯抹角地说。天郎眯着眼,吸着旱烟,听一遍后说:"谷子娘,啥事呀?我听了半天也没有听明白。""昨天夜里,天又刮风,又下雪,半夜里,拐子爬到我的床上去了。"拐子老丈母娘咬咬牙,说了。"噢!""谷子娘!大冷天,拐子爬你床上干啥?""昨天夜里,天特别的冷,又是刮风又是下雪……"说着说着,拐子老丈母娘说火了,"天郎,去你娘的脚吧!你是真不明白还是装糊涂地耍我哩!不给你说了。"说罢,气咻咻地走了。但是这个事,在村子里传开了。谷子和拐子不过了,收拾东西要走。拐子抱着女儿,用绳子拴住自己的那条拐腿,爬到门前水坑边的斜柳树上喊:"我不活了。我不活了……"四邻八舍的听到后,都跑了出来。正往外走的谷子一看,拐子一手抱着女儿,一手扶着斜柳树,要跳坑,心软了……

事后,有人问天郎:"拐子的老丈母娘告拐子半夜爬到她床上的事,真的或是假的?""半夜里,关住门的事,谁说得清呀!""这种事,你也不管一管,问一问。""这种事哪经得起管,经得起问。一管一问,就把拐子的一家给问散了。"天郎表情复杂地说。自然,也有平时爱和拐子开玩笑的人问拐子:"拐子,那天夜里,天特别的冷,又是刮风又是下雪。你爬到你老丈母娘的床上,把你老丈母娘收拾了没有?""胡说哩!老丈母娘哩!哪能干那事!"

三

我们村还有一个非常自豪的壮举,集体挖了一个百亩坑。

世间,最难考证的恐怕就是山川河流的历史。我们村的东大坑也是一样。为此,我曾经专门问过村里好多人。"这还真说不清楚,可能是我们的老祖宗从山西洪洞县迁过来的时候,就有坑了。那时,这儿到处就是荒草湖泊。我们老祖宗就在现在的'王路口'(现在我们村委会西边的一个地方)安下了家。随着人口的壮大,安家建房就是头等大事。过去人们建房,需要大量的青砖蓝瓦。青砖蓝瓦的烧制你也知道。先是将土人工打制成坯,再放进窑里烧。人口一多,需要的房子就多。建房制屋需要用土烧砖瓦。中华人民共和国成立前,地都是私人的,土自然也是私人的。过去戏文上唱的'房无一间,地无一垄',穷得没有立锥之地,那可一点不假。可人只要活着,就想办法满足吃穿住行。东大坑的那片地过去无法种庄稼,是小坑塘的荒地。人们都到那儿取土烧砖。久而久之,小坑塘变成了大坑塘。民国期间,咱们村为了防土匪,打寨墙时就是依据东大坑的地形,东寨墙紧挨着东大坑的西沿。寨河的水,转一圈都要流到东大坑。"

"中华人民共和国成立后,寨基本上就不存在了,坑仍然非常的大。挖土形成的坑塘,水不深。'三年困难'时期为了抗旱救灾。大队干部发动群众挖东大坑。栗门张的人就这个秉性,不干则已,只要干,就大干。栗门张的村干部也有魄力,组织全村上千余口子人集体大会战,把东大坑挖得深有二丈,方圆占地百余亩,成为铁路东(以前,京广铁路横穿郾城县境内,分成铁路东、铁路西)屈指可数的大坑了。"

过去的冬天那真叫冷,上学时经常是大雪封门,屋檐下的冰溜一尺多长。每一次用棍敲,都受到大人的呵斥:"屋檐瓦敲烂了。"这时,东大坑的冰结得已经可以在上面拉架子车了。我们就会一窝蜂地跑去溜冰。为了保险,有人傍晚时还在冰上加水,经过一夜寒冻,冰更厚了。一到夏天,看着东大坑东南角里的芦苇,碧蓝碧蓝的水,无论是中午或是下午放学,我们都要到大坑里戏耍一会儿——比赛凫水,扎猛子。家长不让洗澡,怕没有大人在场被淹死了,对我们偷洗澡往往是武力镇压。我们为了躲避挨打,经常是洗干净的身子故意抹上点土,再汗不溜秋地跑回家。

那时候的农村,别说用空调了,连听说过都没有。农忙之余,三里五村的人都到东大坑洗澡。随着人数之众,时间之久,约定俗成的是女性都在东大坑的西沿,孩子们多从南沿苇子丛与窑角处下水。北沿临大路,外村人来了之后为了便捷,就在那儿下水了。

除了东大坑,我们村还有一个北极坑。民众的用词有时很有讲究。之所以用"极"这个词,就是因为水太深。北极坑不大,估计有二亩地不到。外形像一个四四方方的漏斗。旁边也有一座窑。据说,为了挖深北极坑,当时村里的干部到乡里借大水泵抽水。仅拉土,就累死过两头牛。为此,有好事者找来长杆子,想量一量北极坑到底有多深。抱着二三丈的长杆子下去,使力往下插,浮力的作用,达到一定的深度就下不去了。无功而返后,北极坑的深被这些好事者传得更深了。水深,洗澡的人就少。北极坑一年四季都保持着清澈无比、水草茂盛的景象。

我二叔是单身汉,却极爱干净。夏天无论多热,从来不到东大坑洗澡。用他的话说是,东大坑洗澡的人多,水脏。入秋收玉米时,他还到北极坑洗澡。有人问我二叔,你就不怕北极坑有水鬼。那个谁在北极坑洗澡,就被水鬼抓住过腿。"哪有那么多鬼,北极坑的水草多,凫水不注意时容易缠住腿就是了。"我二叔无论说什么话时,总是显得漫不经心。

四

"淹三年，旱三年，不淹不旱又三年。"农谚是农民对大自然的直观总结。

二十世纪九十年代初期，号称有百亩之大的东大坑已经旱得缩小至二十余亩大。远远看去，偌大的一个坑塘，就东南一隅还有一汪水。同时，填坑造田与填坑造房的行为，也使东大坑失去了往昔的雄风。

村委会组织人重挖东大坑。这次有报酬，村委会将农民交公粮的结余款扣了下来。谁去挖东大坑，按工分给钱。那年夏天，因为考高中压力过大，我患上了神经衰弱症。二叔三叔都劝我跟他们去干活。一累，一睡，或许就好了。第一次参与有二百多人的劳动场面，虽然没有想象中的壮观，还是让我颇为震惊。二百多青壮年，拿着锹，拉着架子车，一个个赤膊光背，大汗淋淋地在烈日下劳作。相互调侃，相互鼓劲，尤其是几个棒小伙较劲时，飞快地挖土装车，一个人架着架子车几个人推着，飞速地向北岸上运土，卸完土后，有人故意坐在空车上顺坡而下，那疯狂的场面极为刺激。

半个月过去了，我的新鲜感早已被疲惫所代替。挣了四十三块钱，看着自己被太阳晒得黑黝黝的脸，脱了几层皮的背，我感慨不已。二百多人，在经济利益的刺激下，我们的劳动量——只是把中间拱起来的沙埂挖了下去，和过去挖百亩东大坑相比，也就是其二百分之一不到。但是，几十年前的栗门张人，没有钱，没有架子车，用着竹篮竹筐，肩挑胳膊抬的挖出了一个东大坑，一个北极坑。由此可见那时候村干部的领导艺术与组织能力……

对水的记忆总是美好的。旱三年过去了，东大坑又恢复了往日的湛蓝与壮阔。因此，进城多年，我还梦想着有朝一日功成名就了，我在老家——栗门张村的东大坑沿建一座"地主庄院"，好悠哉悠哉。

五

栗门张中学，是我们村又一个值得记忆的地方。

中华人民共和国成立后的教育体系是村办小学，乡办中学，县办高中。我们村的初中叫联中，顾名思义，是几个村联合办起来的中学。主要招栗门张、郭庄、温王、新庄赵这几个村的学生。乡中，则是把全乡成绩优秀的小学生先选一遍，剩下的由联中选。二十世纪七十年代，我们那儿的教育理念是，大多数学生是考不上大学的，但一定让他们进一进初中门。小学就毕业的都是那些学习成绩极差的。我的一个小伙伴，小学一年级上了三年，二年级又上了三年都没有考上三年级，个子和初中生差不多了，自己都不好意思就提前就业做农民了。真正因为贫穷上不起学的，真的极少。

等我上初中时，打工潮已经开始了。一些在广州、深圳打工回来的，每年都能影响一批初中生加入到他们南下的行列。同时，我们那个学校的升学率极低，两个班六十多名学生每年最多也就一两个能考上。因此，每年中考预选便成了学生们的矛盾焦点。学生临毕业已经没有了管理，砸坏学校的桌子板凳的几乎每年都发生。

我初中毕业的那一年是个例外。由于班主任张金斗个人的人格魅力和他平时对我们的教育，我们在临去县城参加中考的前一天，还能把桌子、板凳集中垒好，教室内洒上水。一切都按在学校的秩序按部就班地进行……

许多年后，班主任张金斗善始善终的作风，仍一直影响着我。

六

千百年来，社会组织之所以存在，就是因为有许多事靠个人能力是无法单独完成的。比如我们村的寨墙，比如1975年发大水时全村老少防水筑坝，再比如挖东大坑、北极坑等。但是，等我懂事时，村干部已经失去了往昔的组织作用。那时，生产队已经解散，分田到户各干各的了。村委会的大喇叭上每年几乎叫的都是"派粮催款，刮宫流产"这些事。村干部，自然失去了往日的威信与组织能力。

二十世纪九十年代的中国选举法的颁布，在全国的农村刮起了农村基层政权选举风。虽然村委会主任在国家的组织序列中并不能称得上干部，在农民心中，却是"官"。特别是在新闻媒体的渲染下，全国的村委会在"民主选举"的风潮下被搅了起来。我们临村俄、刘两大姓因为选举大动干戈，打伤十余人。械斗、买票、威逼利诱的事常常见诸报端。我们村也不平静，尽管第一届选举磕磕绊绊的过去了，但是，我大爷的儿子文帝，就是在那次换届选举中丢了，活不见人，死不见尸，一直到现在。

"自由意味着责任。"西方人萧伯纳多年前说的话，今天也不过时。两年前，我们村子进行第三届村委会选举。阴差阳错，作为在省城工作的我有幸参与初选过程——几个人在屋内就自己家族的人数写票，估计差不多了，再抱着票箱到外面转，见到人说："选举呢，你选谁？这是你神圣的一票。"女人的回答多是，你替我写吧，想选谁是谁。此时，农村中大多数青壮年都进城打工了，没有几个为了填一张票花路费的。剩下的多是老幼病残，只有个别有参与意向或有企图的就写一个票，投进了箱子里。那次初选最后验票时，我们村的傻子还当选几十张票。最让我感到不可思议的是，转业军人、曾经干过村委会党支部书记的人，离任之后到南方拾两年破烂，后又伙同别人诱奸自己家族内的少女，被判了多年徒刑。

这个时候，我彻底明白了当下中国民众的素质，改变了自己以前书生意气的认知。

七

俱往矣！观察着我们村人的生老病死，感知他们的悲欢情仇，体味着自己的心理变化。

许多时候，我都有一种莫名其妙的忧伤感。这种感觉，不是来自生活，不是来自工作，而是来自对生命最本质的悲悯。因此，我经常能想到"栗门张，真不瓢。还有狗，还有狼，还有运中，静安、彦书加五常"的童年歌谣。想到了临到郾城参加中考的前一天，仍组织我们打扫教室的班主任张金斗，想到数千人在雨中修坝防水的场面，经常也忍不住地感慨——一些人离开人世几十年了，还有人想念他，还有人写他，我想这就是一种人生的价值，也是我们这个民族的精神财富。

二爷与大姑

历史仅仅是对传记的一种整理。

——爱默生

悲剧的规律是死亡向复生的过渡。

——鲍列夫

哲学的任务就是帮助我们解读自己弄不清楚的痛苦和欲望。

——伊壁鸠鲁

一

以感情联络的频率来论,我不是一个孝顺的儿子。

不知道是至亲无话,还是我生性不会热络,我很少和母亲通电话。几次,母亲在电话里说:"你大哥给我打电话,没有超过一星期的。你三哥也是隔一天一打,就你和海林,月儿四十还不打电话呢。你不知道,半个月没有你们的信,我心里就焦得慌!""有时间,就给你打电话了!"那时,我不懂得体谅母亲,挨了批评仍然故我,总想不起来给母亲打电话。

两三个月没有给母亲联系的我,那天鬼使神差地给母亲打了一个电话。"我从你大姑的丧事上刚回来,还没有到家呢!"母亲声音里透着凄切!"我大姑不在了?"我心里一紧。"是呀!""她不在了,你怎么不给我打电话,让我回去?""几千里地,回来一趟容易呀!"母亲说完,电话里再也没有声音了。我理解母亲这时的心情,默默地也把电话挂了。

母亲和大姑同岁。三个月前,我和母亲刚去大姑家看过她,如今,说不在就不在了。我心中的那种怅然与失落,虽然没有父亲不在那样如电闪雷鸣,但也足以让我失眠很久,很久……

二

我口中的大姑,和父亲是堂兄妹,我二爷唯一的女儿。

我爷爷亲兄弟五个,姊妹二个,典型的五男二女。据说,老太爷是靠卖面养活了七个孩子。过去,从麦子到面是一个复杂辛劳的过程,需要石磨,用牲口或人力拉。老太爷买到粮食自己辛苦磨了面后,摊在箩里,中间挖一个小窑,注满水……第二天早上,将水浸湿的面挖出来,自己一家人稀稀稠稠地糊口度日。卖的面因浸过水了,斤两不折。这种因生存激发的智慧尽管缺少道义的正当性,不失为一种活命的办法。

或许体验了太深的生存艰辛,老太爷让五个孩子每个人都要学一门手艺。我爷爷是老大,率先学做生意——在衙街(五沟营街,因设过衙门,百姓们称之衙街)银圆换铜钱,靠此也置了三十五亩地。三爷会酿醋。小时候,经常在三爷成排的醋缸里捉迷藏!"不能往醋缸里钻,小心没命了!"三奶奶怕我们躲在醋缸里闷气了,常常颤巍巍地拿棍驱赶我们。

四爷,我从小就没有见过。听奶奶说是拉壮丁走的,最后一次有消息,是在淮海战役中受伤了。过去的消息不比腿快。家人知道时，中华人民共和国已经成立了。也有人说四爷去台湾了，让我那长得标致的四奶奶傻傻地等了好几年，直至绝望，才改嫁。

虽然我们家族在栗门张村归为"烟坊"，与"油坊""木匠铺"并列为三大家族。五爷却学了木工活，没有学制烟。倒是我二爷学的手艺和烟沾点边——制香。木材锯末掺松香，用纸条裹成长细条，切得长短一致并排十根挤压在一起，晾干。烧香时，再一根一根劈开。因此，挤与劈就成了一个技术活。劈香时的断与否，也成了香好坏的标准之一。

松香好闻，我们小时候经常挤在二爷的小房子里看他手工制香，旁边放着一根拐杖。那时，我大姑已经嫁到我们村子北边的张茂吴，二奶也殁多年。孤零零的一个瘸腿老头，靠手工制香成了一个"手头阔绰"的人。我们村里卖豆腐的，三里五村卖黄豆糕的，走到二爷的家门口故意叫几嗓子，希望能有买卖……

三

二爷为什么是瘸子？这个问题我很早就问过母亲。"在生产队里赶大马车，把他的腿挤断了。""挤断了，到医院接上不行吗？"那时，我很天真！"接上？当时的生产队长和大队书记不发话，没有人敢往医院里送。你二爷躺在床上哭得嗷嗷叫。你爹从外地回来，一看你二爷的腿发黑了，到大队书记家骂几辈，才将你二爷送到医院。"尽管时隔多年，母亲的表情仍带着一种自然的亲情，"但是晚了，只能锯掉。"

腿瘸最不方便的地方就是出行。孤零零的二爷要想去女儿家，必须有人送。我七八岁时，就肩负起送二爷走亲戚的重任，在果子糖糕的引诱下，拉着架子车满头大汗地走七八里。那时没有手机电话，大姑自然也不知道二爷要去，惊奇地看到我与二爷后，除了高兴也有歉疚,以炸油舌子、鸡蛋捞面补偿。贪吃的我自然也就不辞辛苦地一趟趟地送二爷了。

大姑做饭,有一个最拿手的——萝卜丸。将萝卜刮成丝,和上面水,用手握成丸子,滑进油锅里炸。那个香呀,尤其是和菜再回锅烩,每一次我都能吃到撑得慌。那时候,全国的农村人都缺油水,哪怕是菜碗里剩下的有点油星的菜汤,都要用馍蘸尽,吃了。大姑的萝卜丸,自然不只对我一个人有吸引力。周末,四哥、堂弟争着送二爷走亲戚,屡见不鲜了。

四

二爷不在时,我只有八岁。印象里二爷临终前,给我父亲伸两根指头,不咽气。"二大,放心吧!一定按你的意思办。"父亲与母亲一同安慰二爷。等葬二爷时,我才明白二爷临终前那两根指头的意思:葬他时,一定要请二班乐器。

其实,不仅是二爷,在农村生活的其他人都讲究面子,更不用说在城里上班的父亲了。二爷的最后几年是我四叔养活的。我们兄弟五个,生活累赘,父亲不在家,母亲根本没有精力再照顾日渐衰弱的二爷。后来,二爷嫌四叔照顾不周,躺在我们家里死活不走了。父亲家族意识很强,又是老大,排除一切困难将二爷养老,遗嘱的二班响器自然不会不办。

"绝户头"在农村是一个有着巨大贬义的词汇。和"绝户头"交往有霉运。因此,农村办喜事,议族事多将"绝户头"排除在外。这也是那些年计划生育那么疯狂,一些农民真的像《超生游击队》演的一样,躲着生,跑着生,逃着生,不生一个儿子不罢休的原因所在。

二爷不在,大姑外嫁了,二爷一家没人了,只剩下孤零零的两间草房子。春节没过完,父亲与母亲去城里,未成年的大哥二哥,扒二爷的草房子却砸死了前来帮忙的张德操(详情在《与生俱来的高贵》一文),整个村里的人都唏嘘不已。

五

二爷不在了,深明大义葬二爷的我们成为大姑在这个世上最亲的人了。缺啥,忌讳啥!细心的母亲怕大姑忌讳自己无亲哥弟,无论是二爷的坟,或是过年时往家请的牌位都叮嘱我们要做得显眼、得体。清明,十月初一,大姑都是一次不落地每年必来。

大姑父兄弟三个,他是老小。老大比大姑父长好多岁,又分家早,我去大姑家多次也从来没有见过。大姑父的二哥住在后院,有一米八多的个子,身材修长却是一个单身汉。问原因,他二十岁时卖鸡子,追了一阵子没抓住,恼了说:"追上鸡子后撕开。"买鸡子的以为是玩笑,左邻右舍也以为是玩笑。众人没有想到的是,他追上鸡子后,一条鸡腿踩在脚下,两手抱着另一条鸡腿,硬生生地将一只活鸡子撕开了,凄惨之声引得众人大骇,齐叫"信球"。民间惩罚有自己的机制,尤其是某一个人惹起众怒时。信球的我大姑父的二哥找不到媳妇,也是意料中的事了。(我以这个事为原型,写了一篇文章《二犟》。)

龙生九子,子子不同。兄弟们之间性格差异大的多了。我姑父是一个特别温和的人,我从来没有见他发过火,什么时间都是笑呵呵的。他大哥却执拗,因为照顾老人的具体细节上兄弟三个没有谈拢,吵了起来。我大姑平时很温和,却在家庭矛盾上嫌姑父窝囊,针尖对麦芒地毫不退让。那些年,越是落后的农村,大男子主义越盛行。"我小弟还不吭声呢,你一个女人……"他大哥动粗了,大姑哪能受这个气,骂着甩手出门,一路往南跑了……

张茂吴在我们村北七八里外,中间还隔一个温王村。那天,我们一家正在北沟地里干活,听到北边有人哭喊。"我听见像是秀梅的声音。"我母亲说。"嗯!"我父亲站了起来往北眺望。人远,声飘,听不清也看不准,却一个劲地往北瞅。渐渐地,人近了,声音也清晰了。"是秀梅,哭着走着,怎么有人在后面攥呀!"母亲担心地说。"你们想干啥哩!"我父亲大吼一声,周围干活的人都愣了,纷纷站起来往这儿瞅。此时,我大姑已经到我们村与温王村交界的北沟。我赶到时,看见大姑的儿子红军和另一个人拉我大姑,不让她过来。"(红军的乳名)狗毛,你拉你妈干什么?"我父亲眼一瞪。"啫!"红军从小就怕我父亲,吓得不敢吱声了。"那个是谁,你想干啥!"我父亲用手指着另一个人说。"我不想让她去栗门张!"那个年轻人长两岁,半是怯弱半是壮胆地说。"你是谁?你说不让来就不让来了。"我父亲怒斥!"我是大活的儿子。刚才我们家生气了,怕我三婶到栗门张,将我的媒打散了。"这时,我父亲听明白了,这个小伙子是我姑父的大哥的儿子,怕我姑来到我们村后家丑外扬,将他的亲事给搅黄了。"搅黄,活该!"我父亲说着往前走,那个小伙子扭脸跑了。

"大哥!"我大姑痛哭一声,拉住我父亲的胳膊。我母亲过去将大姑从沟里拉上来,到了栗门张的地界。那个小伙子见我父亲没有追他,站在远处给红军使眼色,指使他阻拦我大姑来我们村。"你亲娘亲,还是你堂哥亲。"父亲瞪了一眼红军。"他的媒本来就不牢固。我妈一来一说,怕影响……""走你的吧!"父亲没等红军说完,就喝止他。我父亲的目光砸人!这是很多小孩怕我父亲的原因。红军从小来我家,见我父亲就躲着。虽然现在大几岁了,斗胆抢白两句想表明自己深明大义,但那种怕是深入骨子的,硬生生地把后面的话咽回去了。"你妈受气了,不让她来娘家消消气?!"父亲兄弟姊妹六个,自己又是老大,几个弟弟妹妹的婚嫁迎娶操过很多心,自然也理解红军与他堂哥的担心,也怕自己的外甥真被吓住了,缓了两分钟又补上了一句,红军听得懵懵懂懂的,跟着我们回家也不是,回去也不是,直到我们快到家了,我扭脸看北沟一个影子,还在那儿站着哩!

六

父亲深明大义,不代表这件事就过去了。我三叔个子小,却是一个急性子人。一听我大姑受气了,正干木工活,斧头一丢,挨门挨地喊人,要去张茂吴给大姑出气。"他想着大姑家没有人,这一回让他见识见识什么是大门大户。"文帝哥(家族大伯的儿子,《一个人的消息》一文中的主人公)更积极,顾不上吃饭,动员人去报复。"小小的张茂吴,那条街给他堵了。"在三叔与文帝的鼓动下,晚上去了三十多个人。

当时我小,没有资格去。听回来的人说,把我大姑家挤得就没地方站。大姑父的大哥没有见过这么多人冲着他们去的,一个劲地说好听的,烟整条买的过滤嘴的,找两个人烧茶。"清官难断家务事",我父亲知道这个道理,去这么多人仅是起一个震慑作用,免得类似事情再次发生。我姑父的大哥也识相,拣好听的说,只检讨自己。他的儿子有点愣,站出来要讲道理。"是你打的我秀梅姑吧!"文帝指着他说。"我没打三婶!"那个小伙一看几个人围了过来,也吓住了。"来时就四处找你,现在才露头,总算找着你了。"文帝边说,边上去拉住他,要往外走。"小孩子家,懂个啥!"我姑父与他大哥一看情况不妙,赶紧上前拦住。"他不是想讲道理吗?我们给他找个地方讲讲理。"文帝与三叔皮笑肉不笑地说。"你们不用和他一般见识。他个子长成了,脑子还简单着呢!"他们知道这个环境下,首选是好汉不吃眼前亏,一个劲地使眼色,让他儿子跑。"滚，这儿哪有你说的话。"我父亲也知道人在情绪上，容易失控，喊了一声。那个小伙反应过来了，"嗖"一下子从人缝里钻了出去，很快消失在看热闹的人群里。

七

岁月是一台最无情的压轧机，不紧不慢地一天天地榨尽人的青春与活力。母亲在我们一天天长大的过程中一天天地苍老，一天天地学着怀念过去人与事。"我与你大姑一样大！你大姑胖得不成样子了，整天只知道吃与睡！"自从大姑患上嗜睡症之后，就不出门了，自然也没有来过我们家。我父亲不在后，母亲更加珍惜我大姑了，隔一段时间去看看她。

在外地读书，到省城工作，生儿子，写作出书……世俗的争名夺利让我很少回家，自然也很少走亲戚。我几年没有见过大姑了，母亲的念叨让我羞愧有加，主动提出来去看一看大姑，进了张茂吴村，按老路找我大姑的家。"早搬到村南的新宅子里了，老宅子盖的是楼，狗毛（红军的小名）住着哩！"母亲既是纠正，也是责怪，尤其是见到大姑时，我越发地惭愧。大姑果真胖得吓人，我姑父好不容易把她从床上拉起来，坐在椅子上什么也不说，见我们只是傻笑了一下。"以前，还知道和人打招呼，现在话也不说了。吃了睡，睡了吃。"侍候我大姑的姑父反而瘦得麻秆一样……

八

葬大姑的那晚，我和母亲通了电话之后，在床上辗转反侧一夜没有睡……我二爷去世前要请二班响器的叮嘱，我爷爷去世前的狂躁，有信仰的奶奶去世前的安详，一生壮志未酬的父亲去世时的心有不甘，都随着我大姑的离世像电影一样又在我的脑海里回忆了一遍。我力争琢磨出每一场电影的中心思想与意义，越想琢磨，越觉得生命有生命的无奈与悲怆，如哲学家西塞罗说的："不是哪一个生命场面让人感动得流泪，而是整个人生都催人泪下！"

前几天，抛下所有的事务回一趟老家，我陪着母亲说了半夜话。回来的路上，我转到温王村看一看二姑。我明白，岁月给我们的机会不多了——这些亲人们，看一眼，少一眼了。

父亲这一辈子

> 父在，观其志；父没，观其行；三年无改于父之道，可谓孝矣！
> ——孔子
> 如果一个人不知道他要驶向哪个码头，那么任何风都不会是顺风。
> ——塞涅卡
> 尽管我们的不幸举目皆是，但是我们仍然有一种本能与情感是无法压抑的，它把我们高举起来。
> ——帕斯卡

一

人这一辈子，最痛苦的事莫过于不甘心，所以佛家总结的人生八苦：生、老、病、死，爱别离、怨长久、求不得、放不下。

爷爷去世时，我尚小，不知事。奶奶去世时已经八十多岁了，生老病死的自然规律谁也逃不脱，也算是喜丧了。唯有父亲去世时，我心痛不已！尤其他病重时那种悲恨，让我明白了佛家为什么将"求不得"列为八苦之一。

二

父亲属兔，1939年出生。那时，中国大地正处于生灵涂炭，一片凄凉之中。老太爷一辈子靠磨面烤烧饼生养了五个儿子，两个女儿。因此，作为长子的我爷爷将我奶奶迎娶到家后不久，就用独轮车推着抱着一瓢面的我奶奶去西平县的衙街谋生。过唐桥的那座老桥时，我奶奶怀中那瓢分家时分得唯一的口粮也撒了。看着撒了一地的白面，我奶奶号啕大哭起来。经商者的命运很容易早上赤脚，中午骑马。我爷爷做的是银圆换铜钱的生意，几年下来不仅置买三十五亩地，买了三里五村都难见到的"洋车子"，还结交了一个很重要的朋友——衙街的门面人物曹培洞。

我爷爷识字不多（读过几天私塾，会写自己的名字），经商后知道读书的重要性。我父亲启蒙年纪就拜在了曹培洞的门下。虽然民国了，曹培洞作为清朝举人货真价实——比如给我父亲与叔叔姑姑起的名字依次为志轩、文轩、藏轩、学然、宝贞（我姑姑）与五叔文府，足见其文化功底。在曹举人的监督下，父亲的毛笔字珠算学兴正浓时，中华人民共和国成立了。

人在时代面前，如大海里的一片树叶。随着二次土改的深入，我爷爷奶奶回到了栗门张，三十五亩地在转合作社时统统入社。曾经的头面人物曹培洞的命运也大起大落起来——娶过四房老婆，没有一个孩子。中过举，成了旧时代文人的代表，仍要教书，却经常要接受贫下中农的再教育……

三

栗门张小学，大有来头。

鼎鼎大名的乡村教育泰斗王拱壁，从日本留学回来创办了青年中学，其同盟会会员的身份和卓越的成就为世人津津乐道。离孝武营的（青年村原名）王拱壁不远的葛胡村的胡翠棋从日本回来后，也要"教育救国"，在方圆数十里考察一圈后，觉得栗门张无论是地理位置、人口基数或者安全程度（防土匪修的寨墙基本完整）都适合办学，就创办了栗门张小学。那时，河南的省会在开封，国民党的河南教育厅下文教材要理论联系实际——每个地方根据当地实际编写"乡土教材"，小学教材有语文、地理，还有《古文观止》。中国有尊重文化人的传统，胡翠棋戴眼镜，我们村的人尊称他为"胡先生"。

中华人民共和国成立初期，中国的教育模仿的是苏联模式，小学分初小、高小一共六年制。尽管如此，很多人连饭都吃不上，更何况读书。国家为了办"扫盲班"，让初小毕业的学生经过几个月的培训之后，就教书去了。高小毕业的，就成了"知识分子"参与社会管理了——当队长的当队长，当组长的当组长，只有一小部分去王拱壁创办的青年中学读书。父亲从衙街回到栗门张后，进入栗门张小学继续读书。高小毕业，因有私塾基础和年龄关系直接报考了大华中专。

任何制度的建立，都是有时代背景的。1951年，中国公安局颁布城市户籍制度，试图解决城市的失业与饥饿问题，效果不明显。三年后实行"统购统销"，尤其是一切商品凭票证购买，一下子在农村和城市之间建立了一道樊篱，并将没有城市户口在城市上班的定为"盲流"。父亲学的是机械与精密仪表，毕业后进入了漯河仪表厂。

四

人一生有两个愿望最强烈：第一是吃上饱饭，第二是出人头地。

父亲的特点是饭不吃饱，也要出人头地——受过严苛的家教，父亲去他舅舅家走亲戚，也是从来只吃一碗饭。（过去人穷，做饭时一人一碗饭，不吃第二碗，怕有人没的吃。）无论在哪，他都严格要求自己讲究坐有坐相，站有站相。一表人才加上私塾功底厚，毛笔字写得好，年少得志过早地走上了领导岗位——负责办公室的文书、写画。年轻气盛是一种自然现象，年轻气傲则会招来很多麻烦。但是，年轻时人们往往分不清什么是年轻气盛，什么是年轻气傲。父亲亦是如此，比如臧否人物，自视甚高的批评人来不留情面。比如好朋好友，新庄赵的赵汉文，中华人民共和国成立前出了新庄赵西门都是他家地。上蔡县的惠自安，落魂时仍要风度翩翩。父亲和他们成了一生的朋友。物以类聚，几个气味相投的人在一起会怎么着？抱团似的"同情弱者，不佩服好汉"！

"坑灰未冷山东乱，原来刘项不读书。"中国历史上之所以改朝换代多于革命，是因为制度创新难。中华人民共和国是极少数的精英领导千千万吃不上饭的人，在风云际会的国际环境下革命成功的。要使这样的政权巩固，无论信仰上的"个人崇拜"还是社会管理上的"外行领导内行"都是一种必然。1957年的"反右运动"，最初的目的是打击知识分子的傲气，之后是"乌合之众"的力量将事情推到"灾难"的程度。年轻气盛的我父亲的命运可以想象，由于没有资格划成"右派"，第一次被从办公室到职工食堂管伙。食堂里有很多吃的，食堂外都是被整得饥饿难耐的"右派"，馍被偷了，面少了……同情弱者的我父亲装着不知道。"右派"从最初定的5000人扩大到55万人时,父亲在劫难逃了,有人联名举报我父亲偷了工人寝室的一床被子……工作组调查,公安局介入,审查批斗……

事情没有定性为"刑事案例",父亲却被要求遣返原籍。回到栗门张后,不甘心的我父亲去西安卖字,到长春电影制片厂应聘演员……通过同学与朋友的各种渠道,只要有一点机会就想跳出农村。"盲流""流窜犯"……父亲顶着各种压力企图找到一个出人头地的机会。1962年之后,800多万工人和50万干部,连同他们的家属下放到农村,户口制度得到严格的执行。任何人没有介绍信寸步难行,我父亲彻底地被困在栗门张了……

五

在农村实在无聊的父亲找一本竖版的《三国演义》,百无聊赖地翻着看。实在读得不能再翻了,把爷爷的一张黑漆大方桌当练字的本子,锅黑兑水在大方桌上练字,写满一桌后擦去再写……

"志轩,生产队的钟响了很久了,你怎么才来上工?"队长质问我父亲。

"一个生产队一两百人,一起出来,路有那么宽吗?"父亲狡辩。

"如果再不按时上工,扣你的工分。"那时,生产队长的权力很大。

"工分值多少钱?不靠那瓢水添锅!"我父亲不仅对生产队长不屑,连大队书记也不放在眼里。

"人是铁,饭是钢。"大集体时,没有工分分不到粮食,吃不上饭。我父亲是长子,弟妹五个都小,没饭吃是大事。干什么既省力又能挣到钱呢?那时,我村西头唯一的一位老裁缝很受欢迎,做衣服不但算工分，还能挣钱……父亲找到那个老裁缝，用三包烟换一本民国时期出版的烂裁剪书……从先在纸上试着剪个样子，后改我爷爷的大腰裤子……从做四个兜的中山装到去邻村开裁缝铺，父亲在短短的时间内完成了老裁缝一辈子都没敢走的路。

蹉跎几年，父亲感觉到前途一片迷茫，接近而立年将母亲从商水县大武乡方庄村迎娶到家……我大哥二哥出生后，作为长子的父亲分家出来了，拎着母亲唯一的嫁妆——一个小木箱，筑了两间草房子。一家四口安顿下来没有几天，父亲得了肾炎，脸肿得比脖子都粗。这时，平时管不了父亲的生产队长、大队书记觉得机会来了，以队里没有钱为由，百般刁难。我母亲平时很柔弱，关键时候很坚强。父亲在漯河医院花得山穷水尽之后，母亲一趟一趟地找大队书记、生产队长，直到有一天破口大骂："谁能保证这一辈子不生病。这是他有病了，我一个女人没有多大能耐。如果是我有病了，要他找你们一趟，怕是都要想瞎你们眼……"农民身上的毛病在于，喜欢论个人本事的大小，却不狠毒。"一辈子要感谢你相哥，当时他任生产队里的会计。我骂过第二天，他站在去漯河的路上，给我五块钱说，婶，先给你想这么多钱的办法！"多年以后，母亲常常提起这个事。

父亲病好后，欠了不少外债！剪刀已经不能养活一家几口了，父亲又寻思别的挣钱路子。那时，栗门张村种小麦的土楼在方圆百里很有名，一张楼能挣十五元钱。过去，讲究手艺不外传，栗门张全村真正会做楼的只有两三家。那时，没有电锯，做家具需要把大树人工刨掉，再锯成各种材料。十几岁的三叔跟着村南的一家木匠世家拉了一年大锯，刮了一年楼腿，安装楼筒子（楼最重要的部分，最有技术的部分）仍不让三叔看。父亲有些忍不住了，找来一些木料做板凳，几个小板凳做下来又琢磨着做楼。父亲干什么都能入迷，这是一种天赋。楼架、楼地盘都做好了，只剩下装楼筒子。

父亲去三叔学做木工活的木匠世家看，一天，两天，三天……直到把老木匠看烦了，当着父亲的面装了三个楼筒子，并戏谑地说："我就不相信，你志轩看看就能会！"父亲看后二话没说，扔下一盒大前门烟，默默地回家装楼筒子去了。第二天，我父亲的第一张新楼诞生了。

父亲整整干了八年，长期的体力劳作使他患过腰肌劳损、坐骨神经痛。父亲不仅一分一分地把这些钱挣出来，还率先在我们全村建起了新瓦房。

六

1977年我出生的那年，主持中央党校工作的胡耀邦开始着手冤假错案的平反工作。第二年，"平反工作"在全国展开。1980年，全国的"右派"基本上恢复了工作，有的还拿到了补偿的工资。我父亲看到了回城的曙光，开始恢复工作的努力。不属于"右派"，又一时很难定性为冤假错案，等了一年又一年，我父亲失望了，连他最要好的朋友上蔡县的惠自安自己都先放弃了，并劝他："兄弟，这么多年了，不好办了。"虽然就是这几年，城市与农村的鸿沟越来越大。"铁饭碗""商品粮""国家干部"……许多农村人把变为城里人当作一种梦想。急躁的父亲越找人越失去了耐心，越失去耐心越容易急躁。

"再难，也得把工作恢复了。你五个孩子，不能这样窝在农村。"我母亲不识字，却很坚韧。仪表厂已经解散，老人走的走，死的死，就找了解情况的人。拨乱反正，全国很多人打乱了，当年诬告他的人也不知所终，就全国找……每年花生、甘蔗、芝麻下来的时候，母亲藏起来不让我们吃，让父亲带到城里送给那些负责平反冤假错案的人……一年，两年，三年，我父亲用印蓝纸写平反书，一摞一摞地往各级政府寄。像上班一样，有空闲就找各个部门打听……第七个年头，终于打听到诬告他的人在平顶山……马不停蹄地找到后，那人惊愕、愧疚……领导如何安排，他们如何设局，诬告信怎么写出来的……一字一板地写出来。

"八年抗战"，父亲的工作终于得到了恢复。"志轩，你怎么安置？"漯河市林业部机械厂的领导接到文件，征询我父亲的意见。

"我五个孩子，将来要有一个接班。当个工人算了。"此时，四十六岁的父亲头发谢顶了，雄心也减了！

七

自命不凡的父亲感觉自己老了，却把希望寄托在孩子身上。

虽然父亲恢复工作后一个月有几十块钱的工资。我们弟兄五个，吃用穿的仍很紧张……每到开学时，母亲都要绞尽脑汁地给我们兄弟几个借学费，借到了怎么还，借不到了又要怎么顾全父亲"脸朝外"人的（农村对城市工作的人的称谓）面子。尤其是农忙季节，父亲不在家，我们兄弟几个又上学，母亲一个人负责七八亩地的种收。收小麦打场，一个人在场里干到半夜，看着别人家的粮食都收回家了，天又电闪雷鸣的，粮食堆在外面，母亲累得号啕大哭……父亲工厂里有了政策——工龄达到多少年可以照顾一个子女进厂当"合同工"。父亲恢复工作时，虽然没有补发工资，却算工龄。那年，我大哥正上高中，母亲想让我大哥进厂里上班，便于减轻一下沉重的家庭负担。"不行，他得考大学。"我父亲一口拒绝。我母亲一个人说服不了父亲，就搬来我三舅。"如果他考不上大学呢？"我三舅和父亲关系要好，直言不讳。"考不上，考死也得给我考上。作为长子，他必须给下面的几个弟弟树个榜样……"父亲一瞪眼，我三舅也不敢吱声了。

"龙生九子，子子不同。"我二哥从小顽劣，十四岁那年，父亲让他按合同工进厂上班……紧接着是相亲。农村人觉得我父亲是"商品粮"，二哥又在城里上班。提亲说媒的一个挨一个。其实，父亲的工资涨到一百多块钱，一家子用，二哥一个月四五十块钱，根本不够他一个人花。"半大小子，吃死老子"，我们几个男孩长身体的时候，小麦就不够吃。大哥正读高中，不说提亲的事。二哥办事风光与否，决定着乡邻对我们一家的看法。因此，我二哥相亲时，"打肿脸充胖子"，四处借钱给女方买手表、自行车……

三哥去部队当兵那年，我正在青年高中读书。那些年，"文学热"余温还在，我也头脑热地四处投稿，偶尔发表一篇高兴得手舞足蹈。北京师范大学作家班突然给我下通知书……父亲看了比还我激动，给我几百元钱说："去北京找你梅英姑，让她帮你拿个主意……"我们村的张梅英在中央电视台工作。我第一次去北京，在中央电视台的门卫那通过电话和我们村这个传说中的人物见了面。"武汉大学、西北大学与北京师范大学举办几届作家班了。其实，目的是招收社会青年，毕业时发的'肄业证'国家教育部不承认学历，闹得沸沸扬扬……"张梅英和我父亲同班读书，见多识广的她希望我将文学创作当个爱好，学理科将来才有大出息……

"知子莫若父"。后来，我又回来读书，复习、休学、转学……他都支持，反反复复一句话："人这一辈子，无论做什么都要干出来一个名堂。"

八

国家最后一次"顶班政策"，父亲为了让我大哥接班，五十六岁退休在家，闲着无聊，就领几个人办起了皮鞋厂。在工厂上班是一回事，自己办工厂又是一回事。无论是做管理或是商场交往，对人的要求是"外弱内荏"与"留有余地"。脾气暴躁的父亲，其实很容易轻信人。为什么？相信奇迹。二十世纪九十年代末，中国市场竞争不充分，企业比较容易逐步发展起来。但是，经营企业的本质是经营包括人在内的一切资源（我也是人过三十五岁，在南方的一家企业任副总裁后，把这一切道理想清楚了），由于对人情世故的理解过于偏执与自我，目高于顶的父亲经营几年后，举步维艰……

世上最悲哀的事是"英雄迟暮，美人白头"。从想说什么话到话到嘴边想不起来了，不由自主地鼻涕流出来了，父亲不得不承认自己老了。"我年轻时，做什么事没有做不成的……"父亲酒后经常念叨。"人活一辈子，不干出一个什么名堂不是白活了。"父亲的不甘心，一直拖到2001年我在省城上班，在一家很有影响的媒体当记者，才稍稍有些舒缓。

天公不作美。2007年，没过上几天好日子的父亲在一次劳作中胃大出血，检查出是胃癌晚期。检查结果不敢告诉他，说是一般的胃炎。给他买的药，凡是带"癌"字的一定先抠掉……从手术到中药，穷尽一切手段医治了近两年，父亲还是撒手人寰。"我不相信，胃上的几个小疙瘩能要了人命！"父亲身体越来越虚弱时，仍不服地说。再强的秉性也强不过命。临终的前一天，父亲特别地清醒。那天，他拉住我的手，语气平静地对我说："我五个孩子，只有你一个性格实诚（实在的意思）。我不在了，第一，你一定要照顾好你二哥与你四哥……第二，算卦的都说，咱家的坟地里能出一个文书。坚持写下去，一定要弄出一个名堂来……"我听得泪眼婆娑，连连点头答应……

九

几年后,我父亲一个故人的孩子找来说,十多年前,他父亲借给过我父亲一万元钱。关键是,一没有借条,二来两个当事人都不在世了。

"把他的卡号给我,我把这一万元汇给他。"知道这个事后,我告诉家人。

"无凭无据,两个当事人都不在了!凭啥?"家人疑惑!

"为了维护我父亲的尊严!"我怆然地说。

寂寞的人都是天生的

习俗就是对一切都司空见惯。

——奥索尼乌斯

人生有两个日子最重要，一个是出生的那天，一个是弄明白为何出生的那天。

——马克·吐温

没有秘密的人是寂寞的。

——题记

一

七十年前深秋的一天，我二叔呱呱坠地。这对于我们这个大家族来说是一件大喜事，一是人丁兴旺的观念根深蒂固；二是贫穷了多年的我爷爷奶奶在衙街做生意，有了他们自己都想不到的积蓄，亲身经历证明，有人就有一切。但是，令我奶奶高兴不起来的是，自从长子（我父亲）九年前出生之后，接二连三地夭折了好几个孩子。"老天爷，这个给我留着吧！"那时，我奶奶虽然很年轻，却经历了太多的生死悲苦，看着这个豹头环眼的新生儿，踯躅了一下，将其右手小拇指咬掉一截……

母亲给我讲这个故事时,"嘣"的一下,松动好些天的门牙被我薅了下来。带血的牙捏在手里,我一点没有疼的感觉。"上门牙吧!丢在院墙的下水道里。"母亲说着,去拉我。"上牙为什么要丢在水道眼里?"我有些不解。"上牙丢在下水道里,为了让牙往下长;下牙丢在房子上,为了让牙往上长!""噢!"我似懂非懂。"赶紧丢,不疼吗?"我是老幺,母亲总觉得我小得可怜。"松动好久了,牙我没有感觉到疼,感觉到我二叔的小拇指疼!""小拇指再疼,也比没有小命强呀!"母亲一边帮我丢掉了牙,一边叹息!我眨了眨眼,好像懂了,过了一会儿,又迷糊了!

二

没有听到咬掉二叔小拇指这个事之前,我对奶奶就有一种莫名其妙的惧。

"大晌午头,一个人在野地里,如果有人叫你的名字,没看见人时,别应声。你一答应,魂就被勾跑了。下雨天,别在屋里烧纸,带字的,不带字的,什么纸也别烧。雨天,各式各样的鬼都到屋里躲雨了。晚上,别照镜子。鬼能从镜子钻进你的梦里,让你做噩梦……"奶奶给我讲这些禁忌时都是一脸的认真,仿佛说冬天冻人、开水烫嘴一样,让人无法置疑。"奶,你见过鬼吗?"奶奶五十多岁时,一只眼就出毛病了。见到我时,她常从怀里掏出一个镊子,让我给她拔那个出毛病的眼里倒扣的眼睫毛。"人能见鬼?见了就没命了。北边王庄的后山,开菜园的,早上赶集去西南赵卖菜。经常见一个戴着草帽的老头在空闲的场里(农村碾麦子的场)脸朝里屁股朝路地蹲着吸烟。'这么早,天天在这儿吸烟!'一次天蒙蒙亮,后山逗能放下菜挑子,去给老头借火。那个老头扭过来脸，用烟袋一顶草帽，露出的脸是五个窟窿……'我的娘'，后山吓得一口气跑到家……""死了吗？"我确认奶奶眼里倒扣的眼睫毛都被拔掉了，将镊子擦了擦，还给她。"死了，谁知道这事！"奶奶闪了闪眼，感觉舒服多了。"不过，没有死也被吓得半死。后山神经多年……"这个有名有姓的故事，加上奶奶那只出毛病的灰白的眼珠子，让我经常梦魇……

奶奶吃斋，吃的是苦斋，终生不吃肉，不沾荤腥，逢初一、十五，葱蒜韭菜也不吃。平时吃饭，端起碗吃之前，先在脸前举一下，示意敬过了。"你信的是什么？"小时候上学，课本上讲无神论，我有意无意和奶奶打听。"我信的是老天爷。"奶奶说得很虔诚。

"老天爷是谁？"

"老天爷是张天师！"

"天下这么多人，他一个人能管得过来吗？"我挑刺说。

"观音菩萨，土地爷爷，路神，水神……天上的神像星星一样多！"

"噢！"我好像明白了。没过几天，又不明白了。

为了弄清楚这个问题，我读了很多书，从《西游记》到《圣经》，从《印度佛教疏源》到《穆斯林发现欧洲》，弄明白了犹太教实行的是割礼，小孩出生几天后就将包皮割掉……后来，基督教为了在广大的底层社会传播，将这种仪式弱化，改成洗礼了……但是，像我奶奶咬掉二叔小拇指的习俗，我一直没有找到可靠的依据……我的乳名叫赖货、狗儿、猪娃、狗剩……这些名字在我们出生的那个年代满大街都是，目的是让老天爷嫌弃，小孩子好养活。咬掉小拇指能留人的命一定有其缘由，否则，没有哪个母亲会这样狠心地伤害自己的孩子，何况吃苦斋的我奶奶……这个疑问困扰了我多年，直到不久前借助互联网才弄明白：印尼的原始达尼部落有这个传统——当孩子出生时，母亲会亲自咬掉孩子的小指尖，认为这样能让孩子活得更长……

三

小拇指少一截的二叔，给人的印象是一本正经的游手好闲——穿着四个兜的褂子，右手搭在左手上，这儿人群里站站，那儿地头立立。"文轩，马庄有一个小后婚，长得漂亮得很，要不，给你说说（方言：说媒）。"有嫂子辈的人给二叔开玩笑。"要那干啥！麻烦得要死。"我二叔听后，那种不耐烦从内心涌动到脸上。"你呀！没有女人，不知道女人的好！"农村人无聊时，喜欢打趣。"有女人就好了，天天吵的，闹的。离不开，走不了。哪像我现在，去哪，抬腿走了！"我二叔和人说这个话题时，一般情况下是走着，说着，说到最后就成了自言自语。

单身汉邋遢，二叔爱干净出了名的，不仅是在栗门张村，温王、新庄赵都知道。"已经下霜了，我从栗门张庄后的北极坑过，听见水里扑通扑通的，我以为是水鬼，吓得一口气跑到家。"温王的一个人春节到我村走亲戚，闲聊起这个事。"那是文轩（我二叔的名）在洗澡！""天那么冷了，那么晚了，他还在大坑里洗澡！""唉，只要不下雪。哪怕是拎个牛屎篮子这些小活，他也得去北极坑洗洗！"我们村里的人见怪不怪了，语调却很复杂！

我知道二叔爱干净，从小也喜欢和他在一起。"赖货，你尝一尝，小香槟。"爷爷做生意，二叔经常有机会弄到这些东西，揣在怀里去找我。"噢！"从二叔手中接过瓶子，擦也不擦一下地对着瓶嘴喝了一口，一股子苏打水味，呛得我连连打嗝。"好喝不？"二叔看着我。"好喝，比汽水好多了。""当然，你考上大学了，天天能喝上这个。"二叔什么时候也忘不了教育我们的职责。我二叔不仅爱干净，还有一个让村里人看不惯的习惯，爱读报。当时，农村的报纸要么在大队（村委会），要么在卫生室。二叔有空，就去找过期的报纸读，然后把有价值的信息讲给我们兄弟几个。"报纸上说，陈章良二十九岁就在北大当教授了，是中国最年轻的教授。"说的同时，二叔把报纸拿出来让我们看。"咱村里考上医学研究生的永珍，大年初一拿着书到北边野地里读，怕家里人吵他。"二叔总是能弄一些天南地北的新闻、身边成功的案例，激励人。"别呱呱地说了，一会儿美国的，一会儿北京的。你嘴里的人都厉害得很，却不想一想自己还打着光棍呢！"说的次数多了，我母亲、婶婶们听腻歪了，说这话攻击二叔。"我……"二叔一听，气场不对，悄然无声地走了。

四

"我二叔形象这么好，又那么干净，怎么会打光棍呢？"我问母亲。"你二叔的材料子（方言，能耐的意思），不打光棍才怪呢！"母亲对二叔向来有意见，提起二叔就没有好气。"我二叔比好多有媳妇的人都强，怎么会打光棍呢？"得不到答案，我问邻居。"捏掉板了呗！文轩年轻时，给他说媳妇的好几个，他不是嫌人家成分高，就是个子矮。不是嫌女方没文化，就是不爱干净。硬生生地把自己给耽误了！""年轻时捏呗，眼见年龄大了，还捏。咱们生产队里有两个漂亮媳妇，吕玉华与马花。有人给他提亲，他来一句，没有她俩的样好，别给他说……"我三奶奶没有儿子，亲我二叔，多年以后提起这个事仍带着情绪。

其实，多年前的农村，单身汉很多，栗门张四五千人的村子，加起来得有近百个。我二叔因为眼界太高，误了相亲的年龄，单身了。第五生产队的凤，无论是长相，或是个人能力都不错，也单身。问其原因，二十来岁时爬电线杆子，从上面掉下来后，腿摔断了。过去，乡卫生院的医疗水平低，给他弄个竹板夹着治，好好坏坏的瘸了几年。等腿完全好了，人们认为他过了相亲的年纪……

过去娶亲，需要红娘牵线，媒妁之言。一个家庭如果行事引起众怒了，有可能没有人给其子女说媒。因此，这样或者那样的条件制约，形成了淳朴的民风与伦理观念，直至改革开放初期，自由恋爱才从报纸走到书本上。尽管如此，农村娶嫁仍需红娘牵线的"明媒正娶"。村里传一个笑话，说隔壁村老赵一家，四个儿子，到了结婚年纪没有一个人愿意给他们提亲。把老赵两口子愁的，见人第一句话是，吃饭了吗？第二句就是，给我儿子说个媳妇吧！

五

有需求，就有市场。二十世纪八十年代，电视是很多家庭的梦想，广播却遍及角角落落。半导体收音机便宜，家家户户都买得起。单身汉多，红娘就需要的多。因此，每一个电台频道都有一个王牌栏目——牵线搭桥，鹊桥相会，彩虹桥之类的。说白了，就是征婚栏目。男的希望通过电波，撒大网捞鱼；女的希望跳出她们的生活圈子，挑个金龟婿。

那时，交通不方便。男女双方通过电波知道对方的简单情况后，写信。见不到人，信里夹照片。瘸子，坐着；个子矮的，相片上照得高大一点；脸上有麻子的，粉擦厚点；眼睛小的，画上眼线，虽然没有修图的技术与概念，人们懂得了掩饰一下。硬件怎么办呢？尤其是男方的财产。"家有存款！"多少？坚决不透露。我们村西头的一个光棍汉，也给广播电台汇五十块钱，发布自己的征婚广告。"张正，男，三十来岁。爱好文学，勤劳善良。家有瓦房六间，车一部，牲畜几十头。欲寻找一位美丽大方，通情达理的女人为伴，有小孩，女孩的也可以……"果不其然，征婚广告播出去半个月，收到女方的来信了。张正找到教书的耀亭帮忙回信。鸿雁来往几次，女方觉得合适，坐着车从信阳来到了栗门张。"广播上的媳妇来了！"农村人的嘴像小广播一样，半个生产队的人都去看。女方戴着头巾，操着浓郁的地方口音验证张正的家庭条件：瓦房六间，三间是草房子扒掉顶换的瓦（农村人叫这种房子为"穿靴戴帽"）。另三间，是猪窝上缮的瓦。六成新的自行车，一辆。一头小毛驴，一只老母猪刚下一窝崽，外加二十多只鸡子。张正爱好文学，也不假，三国迷，没事就爱听阮阔成讲的《三国演义》。女方情况摸清楚后，借口回去开介绍信，一去不复返……

"文轩，你也登个征婚启事呗！"有人劝二叔。"登那干啥！""你那二层楼可是不假！"多年前，我爷爷与三叔为了让二叔娶上媳妇，借钱盖了二层楼，在二十世纪八十年代的农村无疑是一件光鲜的事。"唉！我那楼，一个人住着多利亮！"二叔对这种笑话，从来就是左耳朵进，右耳朵出。

农村人，有自己的生存逻辑。有的男孩与女孩都有的家庭，出于彩礼的考量或者各式各样的困难，就让媒人撮合：你家的女孩嫁给我家的男孩，我家的女孩嫁给你家的男孩。三家之间的联姻叫转亲，两家联姻的叫换亲。那时，我小姑姑没有出嫁，有好事者给我奶奶建议，让我小姑姑给二叔换个媳妇。"如果谁再在我面前说这话，我挖她嘴里肉（割舌头的意思）"，奶奶大家族出身，又在衙街做多年生意，尊严意识特别地强。她这一发怒，再也没有人敢提了……

六

有人说，最深的孤独不是长久的一个人，而是生活没有期望。

二叔好像没有这种感觉，什么事都喜欢独来独往。一个人去北极坑洗澡，一个人去邻村看戏，一个人到田野里转悠，一个人在这儿站一站，那儿立一立的，能接上两句话的，接上两句。不喜欢听的，扭脸走了。"十除三，除不尽了，就有微积分这门学问了。大文豪托尔斯泰说过，幸福的家庭都很幸福，不幸的家庭却各有各的不幸……"虽然只是初中毕业，二叔经常会讲一些无论对与错的"高深学问"。

单身的二叔，对我特别地亲。我出去上学，他将自己的麦子卖掉，给我凑学费。我第一次将女朋友领回家，二叔跑来看了之后开明地说："气质可以，个子有点低。不过，上大学期间，先找一个临时的也行！"我儿子张阔出生后，父母接回家养了一年多。这期间，我二叔抱着张阔跑半个村子，见人就夸："小五的儿子。看这额头，脸盘，将来有大出息的样……"

后来，正如二叔对我的期望一样，我毕业后到省城上班，靠写作寻找尊严。再后来，为了儿子学钢琴，我辞去工作去浙江企业打工，放逐五年，读书五年，孤独五年，我深深地体味到：贫苦只是降低人的身份，寂寞却能败坏一个人的品性。内省自己的种种不足，留心世人的喜怒哀乐，见过太多的爱恨情仇，尤其是听过我们村的前村主任伙同另一个五六十岁的老汉诱奸一个智商发育不全的未成年少女被法办的消息，蓦然回首，我发现二叔的寂寞——一辈子没有沾过女人，连一点桃色新闻都不曾发生过。

俯瞰芸芸众生，多少人有资格寂寞，大家只是活得无聊而已。

七

一年和一百年，都是斗转星移。

转眼，二叔七十岁了，除了衰老，我丝毫没有发现他的变化。

不知道是刚出生时被我奶奶咬掉小拇指的痛将泪流完了,或是他的性格使然。从记事起到现在,我从来没有见二叔流过泪,三十年前我爷爷去世时,如此。十五年前我奶奶去世时,也是如此。

纸上的痛苦

> 我和所有的人一样，一半是同谋，一半是受害者。
>
> ——波伏娃
>
> 如果小人都要被所谓的正人君子吊死的话，这个世界一定是头朝下的。
>
> ——罗伯斯庇尔
>
> 现存的社会秩序并不是建立在劳动者的苦难上，而是建立在他们的屈辱之上。
>
> ——西蒙娜·薇依

一

我从来没有像现在这样对一个家庭关注得这么地迫切——这么地真实与乖张，这么地荒诞与充满悲剧色彩，这么地戏剧性与让人欲哭无泪！

西卡尔说："悲剧的可能性，即是命运。"初看到这位老先生的话，我不以为然，直到听到一个消息——根大爷上吊自杀了，我才如梦初醒。哲人之所以是哲人，是因为他综观了芸芸众生，要么印证的是一个人，要么印证的是一群人。

二

根大爷住在寨河南岸，与我家一河之隔。

几十年过去了，我印象最深的是根大爷家的那棵杏树。每到杏儿发黄时，我们就在杏树下面转悠。"青杏涩，黄杏酸，一捏两瓣吃着甜。"根大爷佝偻着腰过来后，笑着劝我别急！不知怎的，我们小时候对生瓜梨枣特别地馋，等不到瓜熟蒂落非要搅和搅和不行。树干上抹人屎，缠铁丝……大人们对付我们这些熊孩子也是绞尽脑汁，仍挡不住我们用棍敲，或者小块头砸……

根大爷爱护他的杏树，就让小儿子铁吨在树下看着。那时，一家都好几个小孩子，相差一两岁。我们去偷铁吨家的杏，狼一群狗一群地去好几个。"铁吨，让我吃你家的杏，我让你吃我家的馍卷白糖。"我父亲在城里上班，我家有白糖。"不行，糖虽然甜，但挨打时也很痛。"铁吨咂了咂嘴，想到以前的沉痛教训，拒绝了。"铁吨，让我吃你家的杏，我让你玩我的链子枪。"小时候，我们中间流行用自行车的铁链子拆解组装成打火柴头的枪。"我也会做。"铁吨乜了乜眼，表示不稀罕。"别吹牛了，你做一个我看一看。上次，你做的那个根本打不响。"小猴和铁吨都是 1975 年发洪水时出生的，更了解他。"我做的打不响，我让我哥做。"被揭了老底的铁吨，赶紧争辩。"你哥，就你那个外号叫书呆子的小子哥，他也做不成。"小猴为了达到吃杏的目的，极力否定铁吨的提议。"我大哥，铁管猎枪都会做……""你大哥是谁？"我们大大小小的几个人都感到意外……"我大哥守成，不但会做枪，还会拉二胡，会裁缝做衣服……""那个瘦高个？"卫操这么一提醒，大家准备硬抢铁吨家杏的念头被打消了，悻悻而去……

三

同一个生产队的,我们之所以对守成不了解,甚至不太熟悉,是因为守成是半个栗门张村人。

多年前,根大爷娶铁吨娘时,连十来岁守成一起带来了。作为继父,为守成盖了三间新房,娶回家一个媳妇。我记事时,守成已经单身了。他比我大二十多岁,由于年龄的悬殊,我们之间几乎没有说过话,经常见他整日像一根大竹竿一样,沉默着,这儿站一站,那儿立一立。我长到足以明白事理的时候,邻居告诉我,守成娶的媳妇个子高,皮肤白,非常地能干。在生产队里时,下了工她还能一个人编一张席。

编席在二十年前的农村是一件极为烦琐的事,需要非常复杂的数理与计算,许多人都学不会。我从邻居的言谈中可以想象出守成媳妇的大致形象。"守成这个人没法说。整天慢慢悠悠、吞吞吐吐的,做什么事跟老疲牛一样。这嘛!也不算是大毛病,最重要的是自命不凡。别看他平时不怎么说话,不是那个人,是那个人了他长篇大论地能说得六国不反。他媳妇是个什么人,是一个非常能干的人,两个人经常说不在一起。不该他们成为一家。守成的儿子长得像他娘,白胖白胖的。没想到两三岁时,吸个空药瓶,药死了。守成媳妇哭得那个痛呀!哭死几回。那时,我们和守成住的墙挨墙。每到晚上就能听到守成缠他媳妇要弄那事,不停地低声下气地说:'再要一个小孩吧,再要一个小孩吧!'你想一想,守成不到收工时先回来睡一觉。他媳妇下工回来后,吃吃洗洗往床上一躺,像死了一样。哪还有心事弄那事,尤其是儿子刚死没多久。为此,半夜我经常能听到他媳妇歇斯底里的吼叫。时间长了,守成媳妇淡心了,一声不吭拍拍屁股走了。守成没有把戏了。后来,咱们都打听到守成的媳妇改嫁到离咱们栗门张不足二十里的坑韩。守成去过，人也见了。按道理，他们还没有离婚，守成可以名正言顺地把她弄回来。守成没有那个鳖本事，满肚子的大道理也不知道哪儿去了……"

农村人的印证是多重的。不仅邻居认为守成是一个成事不足，败事有余的人。同一个生产队的可军也这样说："媳妇走了之后，守成一度找出来课本要考大学。刚刚恢复高考那几年，婚否、年龄不限。那时，我因你嫂子来了，已经有小伟了，家里负担也重，想考也没有精力。当时我还想，守成如果下下功夫，按他上学时的成绩考个中专、师范，没有什么问题。上学时成绩还不如他的银中，寨外叶的儿子复习几年，考上了。（我们村习惯以寨河为界，把村里人分为寨里寨外。）没想到守成三分钟的热度……现在人银中成了县银行的主任，叶的儿子也在县委工作。守成却沦落成了一个四处游荡的算命先生。"

其实，这些都不是我们对守成不熟悉的原因。最么蛾子（离奇的意思）的是守成落魄后，回他生父报载村（报载通关的意思，曹操的运粮河，两千余年的古村）那儿认祖归宗去了。他亲生父亲早就不在了，只有一个光棍的大伯。虽然报载村离栗门张村不远，但属于驻马店市的上蔡县。属地管辖的原因，信息交流不畅。我们对守成印象不深，他长期不在村子里，有人说他到处给人算卦，还有人说他四处游荡……二十世纪九十年代，农村每隔几年调整责任田，村干部专门去报载村调查过守成是否落户了……我印象最深的是村干部拿着一封信说："守成在报载村和他大伯在一起时，是两个人的地。不在一起时，他大伯光棍，一个人也是两个人的地。"农村人重情，把守成栗门张的地保留下来了。

四

过去兄弟姊妹多，家长们又忙于繁重的劳作，孩子们几乎都是散养的。因此，我们村几乎每年都有小孩子出意外……在坑里洗澡，被淹死的；在路上玩，被车轧死的；上树，掉下来摔死的……但是，铁吨二哥的死，更是离奇——被气筒打死了。

大集体时农村没有电视，没有报纸，人们的娱乐方式太简单了，男人们除了在媳妇身上寻找快乐之外，就是逗小孩了。三个女人一台戏。群体中的女人们更是喜欢说三道四，家长里短……偶然的一天，生产队队长看到铁吨的二哥——一个六七岁的虎头虎脑的孩子比较好玩，和另一个社员按住铁吨二哥，把裤头捋了下来，找来当时农村普及率比较高的机械工具——气筒，用气管子插入小孩的肛门，打气。意外的是，铁吨的二哥从此就病恹恹的，没过多久便死了。

许多悲剧，开始都打着喜剧的幌子。若干年后，我听说了此事非常震惊，问了问铁吨的母亲。"当时是小财当队长，不算人。他怎么不往他儿子屁股里打气。当个小干部，把人不当人。为此，我到他们家骂他好几次。那时，医疗条件特别的差，要是放在现在也不至于……"

五

百闻不如一见。我对死的第一次恐慌，来自铁吨。铁吨之所以叫铁吨，就是人长得敦实，在我们那一茬小男孩中也比较顽皮。虽然他比我大两岁，上小学三年级的时候，我和他同班了。记得我人生的第一个早学（当时农村的学校，从三年级开始就上早学了。时间应该是六点四十到七点四十)还是比较兴奋。天蒙蒙亮醒了,我竭力听着鸡叫,并一遍一遍地问母亲,是不是该起来了?后来,确认听到大街上有学生说话,我麻利地爬起来到铁吨家,自豪地叫他一起去学校……

人的命运,大多数起点一样,终点也一样,道路却是千差万别。后来,我进城上学,到省城上班,铁吨初中没有毕业便辍学进城打工了,从此与他的联系越来越少了。每一次回老家,我都能听到他的一些消息——铁吨找对象遇到了这样那样的困难,铁吨盖了四间新平房;铁吨找到媳妇了,只是比他大几岁。铁吨的媳妇梦破灭了,他在石家庄打工时领的湖北女人跑了,那是一个骗子;铁吨进漯河华强公司干苦力去了,好像那活对男人的身体有害……关于铁吨的种种消息,都折射出了一个农民的生存状态和生活境遇。

由于每一个人的生存方式不同,每一个人的生活压力也林林总总,有好多时候,我想让小时候的同学在一块聚一聚,有消息从老家传来——铁吨死了,被人砍了,头和脖子只剩下一层皮连着。我惊呆了,一个本来活蹦乱跳的人,怎么会说死就死了呢?想到铁吨的音容笑貌,犹在昨日。印象最深的是有关铁吨的小聪明——农村盖房也买砖头,铁吨在漯上路拦拉砖卖的车,讲好一个价。拉砖的拉到我们村,卸下来付钱时,铁吨非让再便宜一点,否则,不要了。卖砖的人不可能把卸下来的砖再装车上,只能就范。农村人,恰恰认为这是铁吨脑子活!这么聪明的一个人怎么会死了呢?并且死得那么惨。好几天,我都寝食难安,一闭上眼睛就是铁吨的一笑一颦,举止言谈。好不容易睡了一会儿,噩梦连连——有一个人手里拎着刀,四处找我,我东躲西藏,最后还是被他发现。我被那个人追得大汗淋淋、落荒而逃……梦醒后我一直在琢磨,直到被梦折磨得精疲力竭,决定回老家一趟。

铁吨是被人谋杀的,而且死后很少有人公开议论,我想从其他的渠道听到一些真实的消息，竭力想弄清楚事情的来龙去脉。

2002年的秋收前，铁吨每次从漯河回家，习惯性地到他哥守在家里看一看小侄女和侄儿，意外发现嫂子与同村的一男子阿四通奸，气愤之余从厨房里拿出一把菜刀砍了下去。阿四落荒而逃。由于阿四在村里兄弟们多，又是属于比较霸气的那种人。有人预言，铁吨要出事。

事隔不久，铁吨在漯河租的房子里被杀。据铁吨的堂弟讲，铁吨是中午被杀的，被杀前刚做好一锅面条，还没有来得及吃。有人喊门，他一开门，杀人者迎面一刀，铁吨连叫一声都没有来得及就没气了，头和脖子只连着一层皮。几天后，房东闻到屋内臭气，发觉不对，打开门看，尸体已经腐烂了。公安机关调查，铁吨在漯河谈了一个女朋友，给对方买了一个手机，关系僵后，铁吨要对方归还手机，由此引发此案件。经过一番排查，那个女人最后也被排除了嫌疑。事件最后不了了之。铁吨的父亲又出了几百元的解剖费、火化费，公安机关也没有找到真凶。

六

西方学者哈贝马斯曾言："舆论的本质是对现存社会秩序的反思。"据知情者讲，铁吨的火葬费与解剖费是他哥哥出的。埋葬了铁吨的第二天，天还没有亮，铁吨的嫂子逼着丈夫守在跟铁吨的父亲要钱……铁吨嫂子的奸夫阿四和守在从小都是一起长大的，关系曾经好到两家一起干农活。你来我往，两个人不知不觉地发生了奸情。后来，铁吨被谋杀。从此，铁吨的嫂子和阿四明目张胆地公开来往……

人世间的许多事，不是靠道理能行得通的，比如战争、抢劫。铁吨的嫂子和阿四的公开奸情，肆无忌惮的交往让阿四的媳妇忍受不下去了，经过好长时间的斗争后，和阿四离婚后改嫁了。从此，铁吨的嫂子和阿四以夫妻的名义在一起了。

农村离婚的代价不是夫妻两个人的分分合合，而是夫妻两人与这个社会相互依存的血缘、伦理和亲情关系发生逆转性的变化。铁吨的嫂子和守在离婚了，嫁给了阿四。"有一次，铁吨的侄女拎着刀追到阿四的家里，要砍她母亲。阿四出来要拦。'我砍的是我妈，和你没有关系，你如果敢拦，我也砍你。'阿四吓得把铁吨的'嫂子'藏了起来。""她女儿最后找到她妈了，在背上砍了两刀。说实在，都是把小孩逼的。一个十几岁的孩子承受了太多的社会与家庭的压力。"每一次我回家，有关于铁吨嫂子的话题都在不断地填补与演绎……

萧伯纳曾说："自由，意味着责任。"这包括婚姻自由。对此，我经常想到《廊桥遗梦》中那段经典的对话："罗伯特，我还没说完。假如你把我抱起来放进你的卡车，强迫我跟你走，我不会有半句怨言。你光是用语言也能达到这一目的。但是我想你不会这样做。因为你太敏感，太知道我的感情了。而我在感情上是对这里有责任的。是的，这里的生活方式枯燥乏味。我的生活就是这样。没有浪漫情调，没有在厨房烛光中的翩翩起舞，也没有对一个懂得情爱的男人的奇妙感受。最重要的是没有你。但是我有那该死的责任感，对理查德、对孩子们。单单是我的出走，我的身体离开这里就会使理查德受不了。单是这件事就会毁了他。除此之外，更坏的是他得从此在当地人的闲言碎语中度过余生：那人就是理查德·约翰逊，他那意大利小媳妇几年前跟一个长头发的照相的跑了。理查德必须忍受这种痛苦，而孩子们就要听整个温特塞特在背后叽叽喳喳，他们在这里住多久就得听多久。他们也会感到痛苦，他们会为此而恨我。我多么想要你，要跟你在一起，要成为你的一部分；同样我也不能使自己摆脱我实实在在存在的责任。假如你都无力抗拒。我对你感情太深，没有力气抗拒。尽管我说了那么多关于不该剥夺你以大路为家的自由的话，我还是会跟你走，只是为了我自私的需要，我要你。不过，求你别让我这样做。别让我放弃我的责任。我不能，不能因此而毕生为这件事所缠绕。如果我现在这样做了，这思想负担会使我变成另外一个人，不能是你所爱的那个女人。"

每每读到这一段台词，我不禁拍案叫绝。谁说主旋律出不了经典。《廊桥遗梦》是典型的主旋律。《泰坦尼克号》是主旋律，《拯救大兵瑞恩》也是主旋律。为什么这些主旋律电影既票房叫座，又让人叫好？因为，它们紧扣人性。

七

我在一个雨天拜访了铁吨的父亲。我见到他时，他正一个人冷冷清清地坐在十四英寸的黑白电视机前。见我过来，好长时间才反应过来。我问铁吨被杀前的一些情况，他只是喏喏地说，什么都不知道，只知道儿子被人杀了，案子一直没有侦破……

我尽最大的努力克制住自己的情绪，倾心地和这个老人交谈。并且，我把自己童年经常躺在他炕上睡觉，偷他家杏的事，和他讲了出来。这时，他才慢慢地缓了过来，说了句"怎么活得越来越不如人"。泪，混浊的泪，从悲苦的眼角缓缓地淌了下来。"现在，我本想让大儿子守成给我端碗水喝，没有想到，守成又因和一个神经病女人有关系被关起来了。我养活了四个儿子，最后，连一个端水喝的人都没有。命呀！""我的命也够贱的，我自己也搞不清楚自己为什么还能活着。儿子一个个都没有了，自己这条老命还像狗一样地活着。"

无话可说。对于这个老人，我连安慰的话都想不出来，只能默默地、沉痛地、愤怒地离开，虽然我走时的步伐是缓慢的，内心却有一种逃荒的感觉。这件事我一直都放不下，长时间，我都思考痛苦这个词。我又读了一遍余华写的《活着》，想从他那里面读出一些生命的含义来。没有想到，我对比了铁吨父亲的命运和福贵的命运，竟然是惊人的相似。

八

生活的戏剧性，对于每一个生命都是一个荒诞的过程。五年之后，铁吨的二哥守在这个全村都同情的人，做了一件让全村都鄙视的事。

小猴正是1975年发洪水时出生的。他母亲死后，由于大水来了，就匆忙埋在水里了。虽然小猴比我大两岁，我上一年级时，小猴就在一年级留两级了。我上二年级，他还是一年级。我小学毕业了，他才上二年级。那时，农村孩子辍学的比较多。小猴二年级毕业时就成一个半大小伙子了，早早地跟着大人到温县的砖窑厂打工了。当时，人们经常取笑小猴，识字太少又比较莽撞，找媳妇都困难。谁也未曾想到，小猴竟能早早地从张毛吴村领一个女孩回来了。尽管他比那个女孩大六七岁，又早早地有了孩子。

农村的一些自由恋爱，很多都带有年轻人的叛逆与盲从，包括小猴的媳妇。等她长到二十多岁，在城市打工见过一些世面后，才发现她的对象，不是她几年前心目中想象的那种人，而是一个社会最底层的甚至被列为苦力阶层的人。小猴的媳妇在儿子五六岁时，和小猴通过法院判决离婚了。不该小猴光棍，我们村正好一个小伙子意外车祸身亡。经人撮合，两个破碎的家庭又组合在了一起。

守在趁小猴外出打工不在家的时候，和小猴的媳妇好上了。"自己的媳妇被阿四撬跑了。现在，他又撬别人的媳妇。现在的农村，简直乱成一锅粥了。"母亲一次到我家小住，这样感慨。"小猴干什么的，经历一次失败的婚姻了，怎么还会这样?"我有些不解地问母亲。"半路夫妻，本来就不好过。小猴这几年为新家付出不少，但那个新媳妇还是觉得小猴挣的钱没有全给她。你想一想，他前妻抛下的孩子已经大了，小猴不得不为他想一想。"母亲完全理解小猴对婚姻经营的不善，甚至能包容他的狭隘与自私。

九

性格决定命运。守在这种猥琐的性格，决定了他的行事风格。比如，自卑造成过分的自私。比如，长期无奈形成的无助。再比如，长期自私造成的麻木。

铁吨娘去世得很突然，脑出血突然不在了。之后，铁吨死了。再之后，守在的媳妇跟阿四跑了，守在又和小猴的媳妇生活在一起……白云苍狗，世事变迁……独居的根大爷在八十岁时，不知道是想通了，还是绝望了，突然上吊了。死时，身边的一个大南瓜被他生啃完了。

埋葬那天，很多人议论说，根大爷是饿死的。

十

岁月如刀。有时候不仅是刀刀催人老，而且刀刀见骨。时间仅仅是在上面撒了一层光阴，揭开血淋淋的!

生命的歌哭

大多数人都是生活在平静的绝望之中。

——梭罗

上帝给一只笨鸟都准备了一根矮树枝。

——土耳其谚语

尽管人们可以看透人生的荒谬,但不一定非要采取自杀的方式来解决这个问题。

——卡谬

一

军华的疯完全是由仇恨引起的,包括对父母的仇恨。

二

军华和我同学是初中一年级。他的成绩不好,用功是全校有名的。让人感到佩服的是,他的笔记做得连授课老师都自叹不如。军华能把历史笔记重抄写一遍,并用红笔和蓝笔标明重点与非重点。

军华老实本分得有些变异,有些女孩子气。当时,像我这种调皮捣蛋分子,对他甚是不屑。到了二年级,我跳到另一班去了,他在二年级留了一级,期中考试成绩仍是平平。那时,好多老师都断定,他不是上学的料。悲剧,也就在这断定上。

二十世纪九十年代的农村,每一个家庭的经济情况相差不大——五万块钱就顶到天上去了。这五万块钱的差别,却造就了各式各样的家庭悲剧,自然也包括军华。军华兄弟三个,一个姐姐。老大好像因为什么事被公安机关拘留过。他是老二。老三正好与他的脾气相反,一天能和别人打三次架。军华的家庭条件不好,一家六口人住在三间草房里,都到了找媳妇的年龄。军华的父母,肯定要考虑一些很实际的问题。引发军华辍学的主要原因,好像是他家里发生了一件什么事,由于这么多年我很少在老家,很难说清楚。

军华辍学后在家待着。二十世纪九十年代后期,农民进城打工这条路已经不是那么地顺畅了,许多农民在城里学刁了。城里的人对于进城学习的农民也另眼相待了。更可怕的是,后来由农村进城后变成城里人的包工头们用一种变态的眼光来看待城里人时,不但会防刁,更多的是会耍刁。他们知道通过何种手段能买通城里那些能左右他们命运的人,如何和当地的派出所保持联系,如何对待进城打工的农民——每到收麦或年关,他们总会哭丧着脸向在他们手下打工的民工说,千刀万剐的建筑商,你们为什么不给钱呀,我把孩子上大学的学费都拿出来了。每一个打工者分一两百元之后,便让那些民工的血汗钱永远地沉底了。军华的父亲与他的大哥,那几年几乎就是这种情况,未能盖起三间新房。这种困窘的生存状态,成为军华后来发疯的主要原因之一。

以前,读鲁迅那一辈无产阶级作家的书读的多了,或是其他的原因,一提到农民,总会和质朴、善良、纯洁、有良心或者有正义感这些词语联系起来,尤其是经常看河南的地方戏《朝阳沟》,银环娘与栓保娘就是城市小市民与农民的典型代表。事实上并非如此，在农村，势利小人、奸诈之徒不乏其人。谁家有钱有势或者兄弟多，不但乡亲们不惹，连村干部和乡干部都躲着他。每次公粮摊派、计划生育政策推行、抽丁出工，首当其冲的就是那些老实人。在农村生活了十五六年的我进城后，回过头来研究生我养我的地方，我的精神故乡和我创作的心灵故址时，才深深地发现它的可怜之处。

军华家唯一的三间茅草房，被乡政府的工作人员以违反计划生育政策，超生为名，拆了。那时，好多人围观，都为军华一家惋惜。同情总归同情，没有一个人勇于站出来说：你们不能拣软柿子捏。房子被拆之后，军华，一个二十来岁的小伙子不得不屈辱地住在了奶奶的屋檐下。从那时，军华又想到了上学，想通过个人的奋斗，找回一个男人到一定年龄必须要找回的尊严。

三

许多人断定，军华考不上学，哪怕是一个中专、师范。军华的母亲在这种环境下不再顾及军华的感受了，无论军华内心是多么渴望重返校园，续接一个学生的幻想与未来的可能性，抑或是躲避一下流血的伤口与社会现实的摩擦，都无济于事。

性格决定命运。随着外出打工的潮流，军华到郑州郊区一家种菜的菜园里打工，干除草、拉粪、施肥之类的活。开始，雇他的人觉得一个二十来岁的小伙子，不好收拾，说不定哪一天拿着什么值钱的东西就跑了。随着一天天的接触，他渐渐地发现军华不但老实可靠，还比较懦弱。老板的胆子越来越大，从每天两个菜到让军华吃剩饭，最后发展到晚上为了防止军华逃走，把他反锁在屋内。

军华某种意义上成了一个犯人，一个只做义务工的劳改犯。在这种环境中，军华竟然没有反抗，默默地忍受着这一切，忍受着本来就不应该强加在他头上的不公平。偶然的机会，在别人的帮助下军华逃了回来，身无分文地逃了回来。从郑州到漯河因付不起车费，军华还被车主打了一顿。

"美人卖笑千金易，英雄穷时一饭难。"何况军华不是什么英雄。从漯河到我们村四十多里路，军华是步行，走着回了家。那种落魄，那种失意，那种悲怆，一个人挨了一天一夜的饿，深一脚浅一脚直到深夜两点，失魂落魄地才到家。军华半夜深一脚浅一脚地回到家后，一个同样生活在困顿环境中的母亲，对孩子能改变自己生存环境抱有很大希望的母亲，一个很容易和周围的人相攀比的母亲，难免对一个二十来岁的小伙子的窝囊与无能感到愤慨，责骂自然是嘴边上的话……

一个性格内向的人想达到某种目的，他的承受力和爆发力是难以想象的。家人不支持他继续上学了，希望破灭后，军华把这种尊严失落的仇恨记在母亲头上，并随着与社会接触受的伤害越狠，仇视越深。事情总是超出人们的想象，悲剧也常隐藏在正常的情绪中。受责骂那天深夜，军华一个人在凌晨四点，又跑到荒野之外他爷爷的坟上，把心中的百般屈辱、千般酸楚与万般无奈和一个长眠于另一个世界的人倾诉，长哭不止……

四

我能想象得出来，那时的村庄是寂静的，所有的生灵静悄悄地谛听一个诚实的怯弱的无奈者，甚至是一个有些窝囊的男人那悲咽的哭声，无言的绝望。那是对人的命运，对这个浮躁社会以及个人残酷生存环境一种嘶哑的无助的反抗。这种反抗如果不建立在果断的行为，强大的内心力量及百折不挠的韧性上，仅作为一种自怨自艾的悲伤，这种哭声只能代表他自己，而不是一切。对于整个社会，它所能代表的只能是一个人或者是一个悲剧的缩影。

传说的版本多种多样，但人们都认为军华是从那一夜起，从他到爷爷坟前哭过的那天早上疯了。有人说军华好像是遇到了什么不干净（农村的神鬼之说）的东西。我们村这种事很多，有一个女孩在一个雷电交加的夜晚到地里用雨布搭坯子，回来后也疯了。这类事的说法几乎都是一样，遇到了神呀鬼呀的，又有几个人耐心地去听人解释，这是人内心恐惧或者压抑达到一定极限后，产生的神经紊乱呢！

一次回老家，我偶然地见到军华。他又一次止不住内心的愤怒，趁母亲不备从后面给她一棍子。他母亲几乎被打晕，忙大呼小叫地从家里哭着跑出来。四邻八街的几个年轻人上前将拿棍的军华擒住，按在地上。这时，军华的父亲到大街上喊医生。医生来时，手里拿着一个给猪打针一样粗的针管，要给军华注射镇静剂。军华看到镇静针，那嘶叫的声音像要被宰杀一样，听起来揪心。

我目睹了整个过程，如烙伤了一样刻在了大脑里。我从心里清楚军华根本没有疯，他想发泄，想把对家人、对社会，甚是对自己的恚恨发泄。然而，又由于他那木讷懦弱的性格，他不会杀人放火或者抢劫银行之类的。他对生存环境的责怪远远超出了他内心的力量及性格的韧性后，在性格或者荷尔蒙的限制下，他只能有限地发泄，把这种恚恨传递到他认为给自己造成不幸的人。又因为人为的壁垒或是环境的对立，这种发泄不能正常地疏导，他将这种情绪转化成了仇恨，转化成对他母亲——他辍学的"罪魁祸首"的仇恨，并且这种仇恨会在日积月累中形成连锁反应，最终变得歇斯底里。这就是人们所说的疯了。

一切归于平静，大家都悄然离去后，镇静下的军华也渐渐地恢复了正常。在四周无人时，我鼓起勇气告诉军华说，人这一辈子，条条大路通罗马，不是只有上学才能摆脱生存困境的，香港大富豪李嘉诚开始也就是卖报出身。你需要得到这个可怜环境的认可，需要从这里走出去。同时，你还需要娶妻生子，最终融入这一片人群当中。人这一辈子，什么都可能选择，就是不能选择父母，无论他们对你做出的抉择是多么的荒唐与不可思议，你只能忍受，也只能靠自己。人，好多时候，怨恨或者仇视只能是自己害自己。不要装疯了，有一天你会为自己以这样的方式发泄付出代价的。

事后，我为我的这句话后悔一辈子，永远不能原谅。虽然，我是靠着自己，靠一夜一夜的读书及忘我写作，从军华生活的那个村子——栗门张一步一步地爬到省城的。但那时，我太自作聪明了！我知道军华是装疯的，并在我说后为了求证，我一直盯着他的眼睛足足看了有十分钟。他的眼神中除了惊恐、悲怆，还有无限的愧疚，直到看得他低下了头。

几年后，我又读西南大学的应用心理学专业，我才发现，是我一次自作聪明的心理剖析，怒其不争的好心指责，把军华仅有的一点尊严给撕碎了，一点未留地敞在这个可怜的光天化日之下。这是我一生做的最愚蠢的一件事。这时，军华低下了头后又突然抬起头，用一种凶狠的目光看了我一眼，之后突然发出一声鬼哭狼嚎般的怪叫，转身走了，头也不回地走了。

五

军华疯了，人们都这样说。一个本来神经很正常的人就这样，在人们的眼中，成了一个疯子，一个不可救药的疯子，一个可怜的疯子，一个莫名其妙的疯子。

过春节时，我从省城带着儿子回家过年，在大街上看到他穿着一个破袄，和几个老头坐在一起，平静地坐在一起，脸上的神情，平静得有些残忍。

我看他一眼,他看了我一眼。

我走开了,无奈地走开了。

那一晚上,我失眠了,好不容易睡一会儿,梦见军华拎着一把菜刀,四处地追我。我被追得无处躲藏,大汗淋淋,最后,实在无处躲藏时,我也装疯,操起一棍子向军华抡去……

"噔",胳膊在被窝里动了一下,我醒了。

六

军华自杀了,是上吊死的。

五年后我在广州采访时,遇到十余年没有见过面的同学理远。听到他的转述,我突然又感觉到自己回到了那个被惊醒的梦中,一种前所未有的想哭的感觉,憋得眼眶发烫,同时,伴随着浑身的汗毛孔从脚跟一点一点涨到头上,并且透着彻底的凉气。

忧伤的惋惜

> 自由,意味着责任。
> ——萧伯纳
>
> 如果你想使一切都服从自己的话,那就得先服从理性。
> ——塞内加
>
> 以自己的经历来展示他的时代,毫无价值。
> ——贝尔托·布莱希特

一

没有激情,文章写不好;激情太盛,文章也写不好。无论我内心里多想把这篇文章写好,但从一执笔时,我已感觉到了这种无奈。一种情绪宣泄的难以把控造成的无奈,一种由对个体生命的过分关注而引发的对群体生存状态和精神状况的深入剖析后,得出的难以规避的悲伤结论的无奈。

这个无奈最初和一个老人有关,一个叫老聋惯的老人有关。

我还在家里上学时,聋惯就在我们村的大街上摆一个摊,一个木制的小桌上面堆一些小学生用的铅笔、本、江米糕和小玩具之类的，加起来不值一百块钱。每次经过她的摊位，看到她用手捂在耳朵的后面，努力听小学生们说话那困窘状，心里一种莫名其妙的悲怆感油然而生。可也就是这位老人一生养育了五个子女，并且就是她这种艰难的生存境遇，未能感动她的女儿香，这个给我们的村庄，给我们这个从农村考入城市的学生集体带来耻辱感的香。

二

在我们村，有资格戴眼镜的人不多。哪怕你因上学近视了，只要没有考上大学，毕业后基本上都不戴眼镜了，免得别人说是屠夫写对联——装斯文。香，是一个一直戴着蓝腿眼镜的看起来很清纯的小姑娘，后来成了个异类。由于我比香大五六岁，并且多年在外面上学，第一次见到她，几乎认不得她是谁。别人说，她是香，一个在上蔡高中上学的，成绩相当不错的香。别人生怕我不明白，继续说，她就是大街上摆摊的聋惯的女儿，瘸社的妹子。

说到瘸社，我顿时明白了。栗门张只有社一个人走路腿一撂一撂的，右腿不像是走，而是在撂。另外，社的家与我家挨得比较近。一次，社在我家玩，我问他，你的腿年轻时好好的，现在怎么会成了这个样子？答案和传说中的版本差不多。社二十来岁在生产队当队长，一次领着社员在地里收麦，看到一条小黄蛇，拎起撂进了拖拉机的热水箱里。副队长民还觉得不过瘾，把小黄蛇又揪出来用镰刀砍了几截。第二天，社和民都腿疼得在床上打滚。民到处找人看，从村卫生所到公社医院，最后有病乱投医到求神卜卦等。邻村的一个巫婆说，民用镰刀砍几截的那条小黄蛇，是神虫。"黑猫白猫，逮住老鼠就是好猫。"民和家人再三地叩头还愿后，腿不疼了。蛇就是蛇，什么神虫？社不信那一套，吃了无数服药，找了无数个大夫，最终落一个左腿不会打弯，再热的天左腿也不会出汗的结果。等社相信那条他撂进热水箱的小黄蛇是小神虫时，已经是多年后的事了。社从此就改信基督教。每到星期天，他就一撂一撂地到教堂去祷告。

以前，农村的这种事特别的多。什么宅基地有毛病了，坟地被人下蛊了，鬼上身了，魂附体了。现在，尤其是近十多年，随着人们经济条件的改善及生存空间的扩展，这种事几乎绝迹了。

三

我第二次听到香的消息，已经是五年后了。

久不回家的我，一到家乡亲们挺热情的，围着我说这谈那，多是找工作瞅生意或者东家长西家短的事。香的消息让我一下子镇住了，香考上了河南师范大学，学校体谅她家庭困难，学费减免到两千多元，但是香上高中时谈了一个男朋友，没有等通知书下来，两个人一起跑南方打工去了，一去杳无音信……

我认真地了解了事情的原委。香在上蔡高中第一年高考成绩不理想，又复习了一年。第二年考了六百二十多分，完全能够上重点本科。由于自己估分时不太自信，第一志愿报了河南师范大学。报完志愿后，她那成绩糟糕得一塌糊涂的男朋友劝她说，咱们到南方打工去吧，打两年工挣着钱了，再回来上学。香一方面是不相信自己的成绩能考上大学，没有勇气面对考不上的残酷场面；一方面是不忍心拒绝热恋中的男朋友，跟着他走了。悄悄地，抛下生她养她含辛茹苦供养她多年的父母走了；悄悄地，躲开所有的兄弟姐妹亲戚朋友和所有能联系到的人，消失一样地走了。

香一年多后回来，带着和她那个巧言令色的男朋友生的小女孩回来，这时才看到她那满头白发的母亲颤巍巍地递过来的河南师范大学的录取通知书……

四

我无法想象,那个几乎倾注一生心血含辛茹苦的老人接到供养多年的,甚至把一生的希望与成就感都押在上面的女儿的大学录取通知书,是一个多么令她激动不已的心情。也无法想象这么一个老人拿着女儿的大学录取通知书风餐露宿,四处奔波找遍所有的亲朋好友和认识的人那蹒跚的步履是多么的艰难与沉重。更无法想象仍然找不到女儿,可大学录取通知书上的报到日期一天天临近和一天天地过去,对老人是一种何等的煎熬……

我无法理解,一个由聋母亲靠摆摊养起来的女儿怎么会狠心抛下母亲,连一封信和一个电话甚至一个口信都不留,和一个相处很短时间的男人消失一年多。无法理解一个受教育十五六年的人,怎么会连等通知的两个月都熬不下去。更无法理解,一个考了六百多分的高智商的成年女子竟会连先去打两年工再回来上学这样荒唐的逻辑都拆不穿……

一年多后,香的那个富于心计聪明伶俐的丈夫在我们村卖他从南方倒腾回来的布头时,见大家都不认识他,自我介绍时说,我就是你们村那个考上河南师范大学没有去上的香的爱人呀!围观的人听后,"轰"的一声笑了,撂下他的布头纷纷地离开了。

五

无论香后来怎么后悔,都不值得同情。

无论别人怎么理解,在我的眼里香的爱情都是一文不值。那个成绩糟糕得一塌糊涂的男朋友,害怕香考上大学走后离开自己,自私自利地利用女人的脆弱,把她骗到孤立无援的境地,割舍下所有的联系组合成的婚姻也是令人唾弃的。我深知大学对于香意味着什么，意味着父母的梦想，意味着一生的转折，意味着一道门槛，只要迈出这道门槛就是另一个世界，否则，很难摆脱农村妇女一生围着锅台转的窠臼。

夜读司马相如与卓文君的故事。卓文君之所以能抛开父母与富贵和司马相如当垆卖酒，有两个前提条件不容忽视：一是，司马相如当时已经是能登得大雅之堂、文才出众的人间翘楚。二是，卓文君断定司马相如一生绝不会默默无闻、落魄不第，并且把这种想法坚定成一种信念地去赌一把。

香，爱情的力量或是愚蠢的缘故，是一个值得思考的问题。

邪　子

比起个人来，时代更容易出错。

——约翰·密尔

名誉之所以可怕，源于众人对他的公断。

——塞内卡

道德品格的完善在于，把每一天都当最后一天度过，既不对刺激做出猛烈的反应，也不麻木不仁或者表现虚伪。

——马可·奥勒留

一

农村的绰号有四种，一种是根据身体特征起的，如麻秆、胖子、马炮等。有以生理缺陷叫的，如瘸鸽、傻国、憨中洋、小罗锅、豁运中等。还有根据本人的个性起的，如办事比较张扬的破伞，个子小嗓门大的蛤蟆，为人精明刁钻的老刁，特别能说会道的刁嘴等。还有一种就是纯粹的有一种揭短或羞辱的绰号，如明知他是张姓的孩子，因为其母与姓李的年轻时关系暧昧，故意叫他李什么的等。

绰号的叫法也有多种，如麻秆、胖子之类的，除了小辈之外人们几乎都是人前人后地叫，本人也不太在意。时间长了，这个绰号就成了名字。像破伞、蛤蟆、老刁之类的绰号，只有平时爱和他开玩笑的嫂子或者姊子才能当着面叫他，他本人气不得，也烦不得，否则，只能招惹来一阵子笑骂。瘸鸽、傻国、小罗锅、豁运中这些带有羞辱性的名字，当着本人的面是不能叫的，能当着他面叫的关系都非一般，一个村几千人也就是少之又少的一两个，除非之间关系闹僵了或骂架时，才能听到那毫无顾忌的辱叫声。带有揭短侮辱性的绰号，都是当面揭短的背后骂人的，本人很难有机会听到。因此，我们村的绰号不但五花八门，而且叫法颇为讲究。

二

邪子华珍的绰号是双重的，其人不仅眼斜，而且脾气邪乎得很。"心歪眼斜"，按道理说，斜眼在人们心中应当是较受歧视的那种人。邪子不然，不仅我们村里的人尊重他，就连乡里干部对他都礼让三分，一度曾在我们村成为最受尊重、最有影响的风云人物。

在我的印象中，从来没有见到有人当面叫华珍邪子的。有时，我听到有人背后叫邪子，不但没有轻蔑的成分，言语之中反而多了一些亲近和随和。农村人的威信不是靠权威或者利益就能取得的，它更多的是缘于几年、几十年甚至是几辈人的积累，在这个祖辈生存的空间中被大多数人持续关注，得到认可形成的。威信来之不易，也成为农村人一生谨小慎微的处世原则和道德评判的尺度，因此好多人明白威信的力量，不仅是精神的，而且还是物质的。在农村一个有威信的人或许经常吃小亏，但吃不了大亏。一旦吃大亏，会有许多人为其打抱不平。一个没有威信的人，不但自己难以快乐，有时会累及子孙，特别是轮到媒婆给儿子说媳妇这类或者有求于公众的事，名声不好很容易成为众矢之的。在我少年时，常听到大人们的一句口头禅："小伙子，正找媒茬儿呢，别让门头弄歪了。"也就是这种力量，维持和规范着中国农村的社会秩序和伦理准则。

邪子威信的建立，也是经过数十年风风雨雨考验的。那时，我们村的卫生所有五个卫生员，几乎都是通过各种门路进去的。邪子也是，靠祖上行医进了卫生所。中国二十世纪五六十年代的状况是可以想象出来的。一个村最有权威的是党支部书记，其后是各生产小队的队长。钟一响，全村人按照编好的小队在队长的带领下上工了。队长一吆喝"歇一会儿"，大家都懒洋洋地坐下了。这种理论上的同打虎同吃肉的平均主义，却总因人性的自私与贪婪，生存空间的逼仄和物质的贫乏让弱势者发不出哭叫的声音。在这种社会结构中，村党支部成员、各生产队的队长，在村子里成了具有相当权力的人，他们不但能决定一个人有没有吃饭的权利，还能决定一个人能不能当卫生员。因此，一旦这些人打个哈欠到卫生所，卫生员们都小心陪护，格外殷勤。一般的村民进去，另当别论了。

邪子却不，不按职位，而按先来后到。不论身份，什么病吃什么药，一视同仁。一次，村里的二蛋捂着肚子哎哟哎哟地进来了，邪子正在忙着看病，二蛋找闲着的卫生员月恩。月恩脸一扭说，让华珍给你看吧，我正忙。事后，月恩给别人说，什么毛毛蚁蚁的人，都想找我看，可笑。

威信就是通过人们对一个人持续多年的观察，把这个人一件一件的小事垒加分拣后形成的一种总体评价，同时，也会以这种观察得出的评价为依据，对一个人的未来做出预测。那时，人们明显判断出不给毛毛蚁蚁的人看病的村卫生员月恩的医术不如邪子。事情果真如此。二十世纪八十年代，集体解体，联产责任分单到户时，村卫生所也解体了。邪子接下了村卫生所的一摊，挑起了大梁自己干了,成为我们村一个不可或缺的人物。有自知之明的月恩,连个体诊所都没有勇气开,种地去了。

三

贫病交加,几乎可以代表中国二十世纪的农村。已经个体经营的卫生员们角色转换到乡村医生后,饱尝经营的不易了。那时农村打工潮还没有形成,经济收入主要是土地。因此,大多的村民到诊所看病,多是欠账,只等秋收时收成好了,还上一年一家人生病欠下的账。一个村子的人对准三家个体卫生所,欠账的程度可想而知。问题出来了,矛盾也出来了。这时,不堪重负的赤脚医生们自然而然地会对有支付药费能力的人下意识地热情一些,对常年欠账的人冷淡一些,时不时地提醒一下或者旁敲侧击地说,我已经没有钱进那一种药了,你吃价格便宜一些的吧。但是,人越是贫病交加时越是脆弱,而人的尊严在脆弱时又尤为突出,因此逃避、诘难、自艾自怜就成了普遍的民众心理倾向。

邪子的邪劲在于只同情弱者,不佩服好汉。不在乎你有多大的现金支付能力,在他这儿看病,谁牛逼哄哄就刺谁,付不付钱,只要记着欠他的账就行。村民欠邪子的账,最长的有五六年的。最令人发笑的是,还会有死账呆账。邪子也有因欠账发火的时候,一发火就打开村里的大喇叭在上面吃喝:"我没有钱进药了,谁欠药费的,赶紧去还钱。要么,你下一次来就不给你看了。没有药,看了也是白看。"在喇叭上吃喝不行,就让诊所里的人挨门挨户要。能要上来最好,要不上来,还让欠着。下次看病,仍是一视同仁,不会因为你还了欠账态度好一些,没有还态度劣一些,也不会因为你能还钱,就让你吃好药,不能还钱就吃一些便宜的药。

人能够忍受贫穷,但难以忍受不公平。那时,村民的娱乐很贫乏，不像现在家家有电视机，一到晚上都猫在家里看电视。邪子的诊所成了众人聊天的地方。特别是冬天晚上，邪子把煤烧得旺旺的，热水壶在上嗞嗞响着，一屋子七八个人对着煤火侃开了。远到三皇五帝，美国苏联，近到谁家的小子学习成绩不错，谁家媳妇不孝顺，把馍筐子藏柜里了诸如此类的。邪子的邪就在于公正，敢说公正话，不因个人的利益得失歪曲事实，对人的评价也是如此。渐渐地，邪子成了我们村说话最公平、最有影响力的人了。张三和李四打架了，吵了半天，最后说一句，不行让华珍评评理吧！到了诊所，邪子斜着眼看看这个，瞅瞅那个，坐在躺椅上边喝着茶，边听着。待他们说完，眯上眼想了一会儿，斜着眼表情古怪地说，你们都有理，也都没有理。你有三分的理，他有七分的理。评价了后再问，服不服？不服的话，和不服的一方争论开了。邪子这时已经不是裁判而成为运动员了。没有利益关系，理自然是越辩越明，直到对方服了。

四

　　邪子的风光和一件事有关，一件在农民看起来是天大的事有关。

　　二十世纪九十年代早期，是农村计划生育最过火的时期。由于全国对干部的考核都是计划生育一票否决制，各级干部把计划生育工作看成重中之重。农村无论是花钱生或是跑着生，都要生一个男孩。这不仅是观念的问题，更是现实生存的需要。于是负责基层工作的乡政府和农民的矛盾冲突，由于基层干部的执行走样越来越尖锐。

　　乡派出所的警力最多十几个人，远远不够乡政府的指派。于是，由跟乡干部和各村村主任沾亲带故的孩子们组成的联防队成立了，主要的任务是下乡到村里抓育龄超生妇女，清欠未缴公粮的钉子户，美其名曰"大兵团作战"。这些人员的组成注定了他们的素质不亚于民国时期的伪军或者皇协军。1993年的秋季，联防队到我们村后，工作出格了，不但把未交公粮的户门砸了，把粮食挖出来，而且见猪牵猪，见牛牵牛。有一个联防队员拿起一块石头，把几家村民的锅给砸了，还在大街上骂骂咧咧地说，你们不交公粮，国家都不要了，国家还要你们吗？最出格的是邪子的弟弟华山，因违反计划生育被联防队队员抓住后，打了个半死，扔在公路边的沟里不管了。

人们都在看着邪子。

邪子那两天，更邪了。

秋天的天，黑得很早。"打砸抢"了一天的联防队队员们仍像往常一样，在村委会吃喝后，坐着车从村子西头回乡里。一切都是在悄然无声中进行的。联防队员们并没有觉得和往常有什么区别，坐着面包车兴高采烈地谈论着，一路有说有笑地往乡政府赶。当他们的车走到我们村的西沙坑时，路被树枝挡住了。他们刚停下车，还没有等他们反应过来，蝗虫般的砖头从四面八方，飞来了。只听到车子噼里啪啦的一阵响，那些喧嚣狂妄的联防队队员们一个个号叫不已，头破血流。三分钟过去了，一切平静下来。

事后，人们都在等待着一阵暴风雨。一天，两天，三天，一直不见动静。随着时间的流逝，人们开始公开谈论这次壮举。邪子常说的一句话，我只是替国家教训教训这帮无法无天的"二土匪"。也就是从那时起，人们越发觉得邪子是一个了不得的人，把乡里的人打了，都像没事似的。

五

"宁吃过天饭,别说过天话。"你做的事,可以有不同的解释;你说的话,别人会一辈子或几辈子忘不了的。母亲常常这样教诲我。然而,邪子还是把船翻在"过天话"上了。

常常以"凡是不敢拿到桌面上公开谈论的事,都是见不得人的事"自诩的邪子,最后还是干了一件不敢公开谈论的事。

邪子有相好的了。这个消息先是从邪子的媳妇嘴里骂出来的,后来经过村民的加工成了一个村内大事。那天,围观的人很多,自然流传的版本也很多。我听的版本是,那天邪子的媳妇正在院子里洗衣服,我村第三生产队的小玲到诊所找邪子看病。邪子给小玲把了脉,听了胸之后,又拎开衣襟检查了小腹,说要打一针,就把小玲叫到内屋。早就发现有猫腻的邪子媳妇,猛地出现在和小玲亲嘴的邪子的面前,抓住小玲的头发,又是厮打,又是咒骂。

邪子的眼快邪出血来了。小玲和邪子的媳妇,早已被围观的人拉开了。小玲喽嚷着说,华珍正给我打针,她进来二话不说就抓我的头发,一点道理都不讲。邪子媳妇说,打针不打在屁股上,怎么打在嘴上了。我看你不是一次两次了,早就注意你不对劲了。人们哄一声笑开了。

从那以后,邪子的脸阴沉下来了。而且,接踵而来的好消息越来越少,不买邪子账的人也越来越多。最让邪子脸上挂不住的事,我们村第一届村委会选举,德高望重的邪子上台演讲了一通,结果是不了了之。有人说是他不想干村委会主任,只想寒碜寒碜那些候选人。有人说,他想干,可是没有人选他。从那时起,邪子觉得自己的影响力小了,明显地不如以前了。

不过,邪子仍是虎死威不倒,邪子办了五十大寿,祝寿的人去了两百多个,请了三十多桌,匾多得没地方挂。

我们村娶儿媳妇的,有两个人比较特别,一个是双河先生,老公公先挑,入眼后再让儿子看。另一个就是邪子,自己儿子出息不大,为了确定接班人也是自己先找,务必找一个学医的,长相漂亮聪明的。

六

邪子中风了,经过抢救,活过来后半身不遂。

邪子又中风了,这一次没有抢救过来,死时五十六岁。

事情过去五六年了,我再次回忆起邪子,回忆他的音容笑貌、点点滴滴,仍对他第一次将巴西咖啡带到村子让我品尝的情形记忆犹新。仍对他无论再忙的季节,骑着崭新的摩托车到地里转一圈,见到人说,一会儿给我帮个忙,把庄稼帮我拉回来。那人忙说,好,你等着,我马上就过去的神情羡慕不已。仍对他议论不平事时常说,这世道,往哪打官司,连个说理的地方都没有,这要是在过去,那些行侠仗义的大侠们还活着,对这些横行、跋扈的人不用审判直接杀了的义愤之论激动不已……

同时作此文,无论敬与否,都真实地记录了邪子在我心目中的形象。

斯人已随风雨去

尊前作剧莫相笑，我死诸君思此狂。

——陆游

灵魂失去了庙宇，雨水就会滴在心上。

——里尔克

传闻比历史本身更有说服力。

——题记

一

率真的人都很聪明，聪明的人不一定率真。因此，那些聪明又率真的人，会因为其率真的性格，制造出许多不合时宜，双河先生就是如此。

双河的聪明是有目共睹的。在读私塾和新式小学时，双河的成绩总是第一名，中华人民共和国成立后进入孝武营高中，仍是一身蓝长衫，整天悠然自得地在学校里晃荡。孝武营高中是民国期间著名的教育学家王拱璧先生创办的，并亲自改名成青年高中。中华人民共和国成立初期，整个郾城县也只有两所高中——郾城一高和青年高中，在当时很有名气。从生源的优选率上，是可以想象得出来的。

有一次考试，双河被同班的一个同学超过了，落在了第二名。那位同学给双河显摆说："下一次我再考第一名了，我父母给我买一身海军蓝褂子呢！"在那个年代，穿一身海军蓝褂子不但是一个学生的梦想，恐怕是好多中国人的梦想。"他说那话时，我心里很不是滋味，同时也很不以为然，别看我整天穿一件蓝长衫，照样能超过他。于是，我一鼓劲，第二次考试超过他二三十分。从此，他再也不在我面前神气了。"听了父亲对我的转述后，多年，我一直在揣摩双河先生当时说这话的神态，但每一次想象，都有不同的情景。

双河考上开封师专，也就是后来的师范大学，毕业后进入漯河高中教历史。从他参加工作的那时起，他聪明的优势一点点地消失了，反而因为他的率真和不合时宜惹了不少麻烦。二十世纪七十年代，漯河高中有一个历史老师，好像是从大城市回来的，傲气，自然对新毕业的双河感觉有辅导的责任。可双河那种不以为然，一天两天可以，时间长了，自然流露无遗。

这种不以为然，一旦表现得让对方发觉并产生抵触情绪后，争执甚至是抵牾就会接连不断，麻烦也会接踵而来。"别人都说他的历史教得好，我不以为然。他不过是教的年数长了。单是他的许多观点，我觉得就有问题。"双河先生从漯河高中下放到万金乡中学后，这话中的不以为然继续发挥着作用。

只做过漆园小吏的庄子与梁惠王的宰相惠子就有这样讥讽的对话："魏王贻我大瓠之种，我树之成，而实五石。以盛水浆，其坚不能自举也。剖之以为瓢，则瓠落无所容。非不呺然大也，吾为其无用而掊之。""今子有五石之瓠，何不虑以为大樽，而浮于江湖，而忧其瓠落无所容？则夫子犹有蓬之心也夫！"这个具有延伸寓意的故事，在历史的不同时期，不断延伸。双河先生下放到万金乡中学之后，那时"反右运动"也开始了。做学问很有名气、教过高中历史的双河先生，最后被迫教小学二年级。面对一群嬉嬉闹闹的小娃子，一个学期的课他一个月讲完了，还不住感叹，这么简单，怎么教呢！这么简单，怎么教呢！自然，结局也可想而知，双河先生最后课也教不成了，一天跑几十里拉竹竿，成了他的主要差事。

二

"直木不可做车轮。"这是嵇康发出的最有力的感叹。双河先生同样。

运动过去后，双河先生被调到鄢城县教委任副主任。教委主任退休后，这个位置的人选，自然成了一个热门的话题。自认为最有资格的双河，被排除在合适人选之外。双河觉得脸上挂不住，向局里提出要调走，调到漯河去。"我的本意不想走，但是，我提出要调走时，局里竟然没有一个人拦我。我一生气，走了。"他的学问，教育系统内都清楚，他的性情，也只有了解他的人才清楚。双河先生走了，到漯河教委当科室主任去了。但是这些发自内心的话，却表现得非常可笑和耐人寻味。

我与双河先生之间发生的最有趣的一件事，是他对外语的精辟理解。

双河的英语在整个漯河以东，也是数一数二的。据村里人说，在"反右"时期他一时无聊翻译毛选。这件事的真实性，由于年龄的关系，我一直没有得到可靠的证据。我上中学时的英语老师法文，就是双河的学生。法文高中毕业后，就进入了中学教外语。法文上学时因为运动没有学到多少知识，教得非常吃力。当时民办教师也是一种职业，不但不用下地干活，而且是满工分。法文就待在学校用劲教学生。并且，一到下课就主动到双河家烧火。双河边干着活边教着英语。就是用这种方式，法文的英语在我们乡里都是最好的。

我初中二年级的时候刚十四岁，英语学得不好，口语更不好。我想转学到漯河五中，去找双河先生。他问我英语是谁教的，我说法文。"法文教你们的英语，绰绰有余，不比漯河五中的英语教师差。"我说，口语环境不好，语言这东西没有环境容易忘呀！"有什么记不住的，你现在学的英语，都是英国、美国五六岁的小孩子学的东西。你十三四了，还学不会，不是有些太笨了。我上学时，英语几乎都是靠自学的，我也没有感觉到有多难。看你用心不用心了。"从此，我对英语比以往下功夫得多。

他的这句话，也使我一生受益无穷。

三

双河先生认为，他的一生中最大的不幸便是婚姻。

双河结婚的那个年代靠的是媒妁之言，自然不会有接触谈恋爱了解的过程。等双河结婚，有了儿子玉民和三个子女后，才发现婚姻的不幸。杨双奶奶没有上过学，跟我父亲学裁衣服，学了好几年也没有学会。双河的子女没有一个考上大学的。"我孩子要是都像我，考不上北大，也能考个河大。""做生意，赔了，下一次还可以翻本，娶媳妇娶错了，那可是害八辈呀！"双河一提起这件事，就愤愤地说，所以后来，他的儿子玉民找媳妇时，双河亲自在他的学生中间挑，挑来挑去，找了一个无论是外貌或是智商，都是数得着的。这恐怕是双河先生一生中最欣慰的一件事。

学历史出身的双河先生的聪明和悲伤，一生中恐怕都表现在其嘴上了。二十世纪九十年代农村相当乱，乡里整天都是催粮罚款、刮宫流产之类的事。村干部中饱私囊。自然，有人也到处活动，掀起一阵阵的农村权力争斗。双河先生留下最睿智的话就是："村干部好比是瘦片子老母猪。上台一个，花了几年好不容易喂肥了，吃出油水之后就吃不多了。你把他赶下台，再上一个仍是瘦片子老母猪，还得从头喂。"于是，这句话成了我们方圆数十里农村权力斗争中引用最多的一句话。

四

双河先生有一种才能隐藏着，而且隐藏得非常深，直到双河先生去世后，才显现出来。双河先生诊断出胃癌后，没有多久就去世了。那年，他才五十五岁。

双河先生临死前，让玉民用车拉着他围着我们村转了一圈，最后决定重新选坟地，把自己的墓穴选在了村后的长伸地（我们村的地名）。方圆数里，远远地就能看到孤零零的双河先生的坟地。

后来，我靠着读千卷书从农村一步步地走进省城，由于读了一些阴阳八卦、巫术风水之类的书，自然对宅基坟地按图索骥地懂了一些。因此，每一次我回老家，都要到他坟地看一看，在感叹这块好坟地的同时，更多的是缅怀这一位说不出是坦率睿智或者是不合时宜的老人。

归来去兮人已非

人是万物的尺度。

——普罗塔哥拉

他的品格,就是他的方法。

——伯尔

除非与他人保持距离,他就不会有威信。

——戴高乐

一

多年来,从栗门张村走出来的人,有的活成了传奇,有的活成了尘埃,有的活成了一片模糊的记忆,有的活成了远方的客栈……"村西头的张鼐鼎,在省民政厅有权力得很!南街的张俊杰,北京卫戍区的副师长。二杠的哥在国民党部队混到排长了,淮海战役后再也没有消息了……"村民的议论既有成败论英雄的世俗看法,也有对时代起伏与命运多舛的唏嘘感叹!

距离产生美!走出农村的人无论混得好坏,因为没有利益的纠葛,乡情就显得弥足珍贵。怕就怕那些走出去又回来的人,容易活成人们口中的笑话！为什么？中国人心中有失败，有英雄，没有失败的英雄！

二

开国元勋朱德在《我的母亲》一文中，讲述他上学的经历，不识字的父母为了不受识字人的愚弄，决定在他们众多兄妹中挑出一个聪明的读私塾。在那个跌宕起伏的年代，中国绝大部分农村家庭都是如此！所以，一个人识字与否，成了命运的分水岭。

运发出身油坊（中华人民共和国成立前，栗门张村有烟坊、油坊、木匠铺三大家族），从小聪明伶俐，长辈便咬着牙送他读几年私塾，为的是将来记个账，撑个门面。1948年，中原解放。当时，栗门张村归砖桥管辖，砖桥归西华县管辖。1949年春，新社会一切都是新的，砖桥区由西华县划归商水县。中华人民共和国成立，百废待兴，需要大量人才。什么样的人是人才？标准简单，能读会写！读过私塾且一表人才的张运发理所当然被新政府看中，会算账干什么？去银行工作！

"人混赤脚了，就那样了。1958年，咱们村的人在白龟山修水库。你运发大爷在商水县银行当行长，穿着毛呢大衣戴着茶色镜，挎两条烟去看望爷们，烟一散，大家都伸大拇指！"多年之后，我仍记得父亲说这话时的神情，一脸的惋惜或者是悲悯！我父亲比运发小几岁，命运大致相仿，自然有着一种感同身受的理解！

幸运的是，我父亲后来经过"八年抗战"恢复工作，回城了。运发大爷一直留在了农村！

三

　　运发大爷丢掉公职的坊间版本很多，最形象真实的应该是我奶奶的版本。"运发那人，在银行胡兴（河南方言：厉害）起来了之后，开始嫌弃德文的娘了。德文娘外号马泡（河南方言：马泡瓜），小婆娘又小脚，在家养女儿时，运发在银行里包一个大姑娘，怀孕了。那时，作风问题是大事。上面的领导听说运发家里有老婆孩子，又让大姑娘怀孕了，一个批示让他回来种地了。运发夜里趴在窗台上，喊着德文的娘说：'孩他娘，要吃还是家常饭，要穿还是粗布衣。这个世上，还是咱俩亲呀！'过去，别看农村人不识字，却能变着戏法地提点教育人。"奶奶声情并茂的表述，有一种戏文的韵味，增加了故事的内涵与实用性！

　　我上小学时，每天从运发大爷家门口过，经常见他戴个眼镜看书。那时，我一方面比较倔，一方面比较腼腆。运发大爷经常笑眯眯地看着我，偶尔呓语般地说："人才，人才。人得先长得堂堂正正。古语云，一表人才。""从小看大，三岁至老。"我不是很明白，几乎都是绕着他走。偶尔，趁他不在时，悄悄地过去瞅他看的什么书，竖排繁体《三国演义》。有时，是过了期的《人民日报》。

　　不仅读书，运发大爷象棋下得好。那几个生产队的好多小伙子，包括我都是在他家的棋盘上看会的。每到农闲时，运发大爷把家里的几副棋都拿出来，让人对弈。他在一旁，边看边指点。在这种环境下长大的德卫哥，棋下得在我们乡里都是出了名的，六个人一起和他下，没有一个人能赢。

四

世上的上坡和下坡,是同一条路。

"就是太爱下棋了,才把儿子娶媳妇的事给耽搁了。有一次,人家给德卫说媳妇。女方来看家,没有进院就看见十几个人在那儿热热闹闹的,有下棋的,有打牌的,像个赌场。女方家人说,这家不是过日子的人,走了。"父亲在一个很特别的场合讲过运发大爷爱下棋的事,我印象极深,场合的特殊性我却忘了。其实,不仅是德卫在婚娶的年纪遇到了麻烦,大儿子德文在1983年"综合治理"时因猥亵幼女罪,在监狱里服了十年刑,出来时已经快四十岁了!这在二十世纪八十年代的农村,舆论的压力可想而知!

虽然改革开放多年了,农民仍不仅是一种职业,一种身份,更是一种思维方式,导致实用主义流行于人们生活的方方面面。尤其是农村的结亲方式上,表现得淋漓尽致。换亲、转亲司空见惯。有人提议让运发大爷的儿子女儿和别人家的孩子换亲,他不同意。对于这种固执,好多人都不理解,运发依然故我。农闲时,农民有拾粪的、割草的,他读书、下棋……

五

"岁寒知松柏,大事见真章。"我上小学二年级的时候,发生了一件关乎人命的事,让人一下子感知到了运发大爷的非同寻常……

那年,我二爷死后不久,两间草房子坏了。我大哥和二哥在大年初七,没有放鞭炮举行任何仪式的情况下,猴急地爬到房顶上扒房子。当时,我父母都不在家!中午,太阳白晃晃的,八岁的我直奔扒房现场,还没有走到就听有人叫:"出事了!出事了!志轩(我父亲的名字）家扒房子，把德超砸死了。"我急忙往出事的地方跑，德超满脸是血，仰躺在我大哥的怀里，嘴唇一张一合的。大哥二哥，还有在场的三叔都大声喊着德超的名字。房顶已经掀了，前墙也被扒了一个大口子……

童年的记忆最伤人！尽管这件事过去三十年了，那天的场景我仍然记忆犹新，并有一种说不出叫宿命或者鬼魅的感觉，一直萦绕在我的心头。好多时候，我思考或写作的时候，常常能想到那个场面——太阳白晃晃地照在我的头上，破屋里有好多人，可我的感觉不是热闹，而是荒凉……

德超的死对于我们家来说，不啻一个晴天霹雳！他是在给我们帮忙时被砸死的，人命关天呀！许多人猜想，这一次我们家完了，把人给砸死了，赔多少钱才抵上一条命！尽管当时的情形是，我大哥二哥扒房子时没有喊德超帮忙。中午的时候，德超路过，见我大哥挖墙不得力，顺便拿起铁锨在前墙下掏几下。前墙塌了，德超砸死在下面了！这真像有催命鬼赶着一样。我父母一边自怨自艾，一边做好心理准备——砸锅卖铁也要给德超家一笔赔偿。当时，我父母想，无论多少钱都无法买回德超的命，更重要的是我们兄弟五个还小，不能因为这件事影响我们的名声。

第二天，父母被德超的父亲运发叫去时如临大敌，一直猜想运发张嘴一次要多少钱？如果太多，怎么办？当时，虽然父亲在城里工作，每个月也有一百多块钱的工资，但我们兄弟五个，吃穿紧张，生活一直拮据。超出所有人想象的是——运发仅仅是惨然地说："事情既然已经发生了，这都不是你我所愿的。或许是他命该如此。这样吧！他也没有娶媳妇，没有什么多余的负担，给他买一副棺材，埋了就行了……"

六

唐代张谓曾有诗言:"丈夫会应有知己,世上悠悠安足论。"运发当银行行长,想结交的人定是门庭若市。运发朋友相称的,很少。一日,运发与七个志同道合的朋友在一起喝酒,酒过三巡,运发说了一句,人生苦短,茫茫人海难得一真心朋友,咱们兄弟几个如此投缘,干脆结拜为兄弟算了。当时,酒桌上的其他七人纷纷赞同。大家说了生辰八字,按年龄排序,运发为老三……

若干年后,运发大爷去世,我去祭拜,正好遇到还活着的三个拜把兄弟,都有七十多岁了。每一个人都是神情肃穆、恭恭敬敬地在灵前祭拜,那致哀之词,那肃穆之情,让人肃然起敬……

七

时间是最无情的!转眼间,父辈们一个个都谢世了。关于他们的事迹,他们的言行,随着农村的城市化和后辈们一个个地离开家乡,鲜有人记起了。作为从栗门张村走出来的作家,我觉得有责任将有些人的事迹记录下来,让后来者知道这片土地上,这个村子里的一代人一代人演绎的生死交错,悲欣交集……

两千年前,孔子告诫后人说:"君子不以利害义,则耻辱安从生哉!"只读过几年私塾的运发大爷,或许真的理解了孔圣人的这句话,才心态平和地度过了跌宕起伏的一生。至于人们面对挫折时抱怨的生不逢时了,时运不济了,我想到这个复杂而又清高的运发大爷,只感慨一声:历史不能假设,我们不能判定任何人错生了时代!

丢 人

> 人生必定是某种错误。
> ——叔本华
>
> 人将被抹去，如同大海边沙滩上的一张脸。
> ——福柯
>
> 向命运大声叫骂又有什么用？命运是个聋子。
> ——欧里庇得斯

一

兄弟和嫂子为什么爱开玩笑？这个传统从什么时候开始的？我一概不知！

从记事起，就知道在城里工作的一直不苟言笑的父亲爱和一个人开玩笑——陈兰大娘。父亲和陈兰大娘开玩笑的方式很独特，就是叫她的绰号："话话"。"话话"是我们那里方言，意思是玩具、小玩意。为什么陈兰大婶有这样一个绰号？多年以后我问母亲。"你陈兰大婶嫁来时太小，十二三岁，什么也不懂，大家都叫她'话话'。"中华人民共和国成立前出生的母亲，经历中华人民共和国成立前后,"三年困难"时期与历次政治运动,对生存苦难的理解已经能将凄凉化作淡然了。望粮大伯多大娶的陈兰大娘,是不是"童养媳",这一系列问题实际上牵扯一段长长的家族史与生存史,我没有勇气问。

二

在我的记忆中,望粮大伯的第一个镜头是咳嗽!佝偻着腰,脸通红通红地咳嗽。尤其望粮大伯双眼泛红,让我产生一种惊惧感,始终没有走近他。多年以后,才知道那是一种营养不良的病。"我们对历史的无知使我们诽谤我们自己的时代。人们总是如此。"法国作家福楼拜的话引起我的无限共鸣。过去,农村人由于饥饿而生的病有很多,发育迟缓、贫血、烂眼,包括鸡胸、佝偻。最典型的是小孩尿床。现在的孩子,两三岁都不尿床了。过去,高中生尿床都不是什么新闻。有关尿床的笑话,在每一个村子都能收罗几大筐。

不卫生患的病更多,不说各种皮肤病,仅是疮就几十种。光棍的人,穿个四个兜的衣服,衣领上爬有虱子,司空见惯。所以,连著名作家张爱玲都感慨:生活是一件华丽的旗袍,里面生满虱子。大人身上长虱子,小孩子更不用提了。农村小学,一个班内不长虱子的孩子凤毛麟角。那时候的农村穷,穷到什么程度,不是每一家都有刮虱子的篦子。我们兄弟五个,虽然父亲在城里上班,母亲一个人既要干农活,又要为五个儿子洗衣做饭,缝缝补补的,也不比其他的孩子条件好。几个男孩都是长身子的时候,吃得特别多。每到冬天,母亲都要将玉米面掺进小麦面里做"两掺"的饭。即使这样,春天里仍没有粮,母亲都要借别人家的粮食,待夏忙结束还给人家。第二年仍得借,仍得还,恶性循环到我大哥进城上学,我二哥进城上班。几个男孩子，不仅吃的紧张，物件也损坏得厉害。在我印象中，我家梳头的梳子，向来就是黑乎乎的，篦子要么找不到，要么齿断的梳不下虱子。头痒时，我就跑到寨河南沿的陈兰大娘家，借她家的篦子用。

我借篦子梳头上的虱子时，望粮大伯已经不在了，陈兰大娘也就是五十多岁。每一次见我去梳头上的虱子，就一把手把我扯到小板凳上坐下，先摸摸我的头问："赖货（我的乳名），头上有疮不？""没有。""干净孩子！"陈兰大娘说着按下我的头，用篦子一下一下地把虱子梳到高凳子上。我低头看着高凳子上通体白色惊吓得四处乱爬的虱子，用大拇指一个一个地挤死，听着喀巴喀巴的声音，心里很有一种大开杀戒的成就感。"咳！这么多虱，不痒吗？"每一次梳过头，看着被我挤得尸横遍野的木板，陈兰大娘都心疼地问。"虱多不痒嘛！"那时，我比较顽皮，甩着自己的缨子头说。"回去，剃个小平头，既精神又不生虱。"陈兰大娘边在水盆里洗着篦子，边劝我。"头发长了，英气。"（那时候，"帅"这个词还不流行。）我的后两个字还没有出口，人已经跑到院子外了。

三

陈兰大娘的大儿子相成，和我家只隔一条寨河。二儿子虎成家，在二道街的老槐树下。那时，农村的风俗是，长辈跟着小儿子生活。陈兰大娘和二女儿小栓都在老槐树下住。我上学路过，时常见到陈兰大娘坐槐树下，小栓在她身边。"女儿是母亲的小棉袄。"这话在前些年的农村特别地适合。比如女儿更体贴母亲，更会嘘寒问暖，更能端茶倒水洗衣做饭。自然，小栓也不会比别人家的女儿做得差，虽然我没有见过。

"整齐洁白的牙，一笑月牙眼，胖胖的身材散发出特有的郁香。"这是我从小对栓整体的印象。尽管我们之间相差不到十岁，但等我对这个社会有整体轮廓，对人情世故有清晰的见解时，小栓已经不在家了。那时候小，家人不告诉我什么事，偶尔从大人的只言片语中模模糊糊地感觉到，小栓去城里了，好像是在开封。我是1977年出生的，上小学二三年级，1985年还是1986年，当时农村还不流行"打工"这个词，尤其是女孩。小栓一个大姑娘家，怎么会外出打工呢？遇到坏人怎么办？被骗子骗走了怎么办？学坏了怎么办？那时，幼小的我的担心，其实是整个农村人的心智。农村人普遍是这样想的，尽管后来流行"打工"时，女孩在饭店里当服务员并不是一件见不得人的事。但是，此一时，彼一时。时代相差几年，人们对事物的认知就是不一样。

　　小栓外出打工了，好像是在开封一家里当保姆。"保姆"是什么？侍候人的！照顾孩子吧？自己都没有生育过，怎么知道该怎么照顾！侍候老人吧！一个大姑娘家，给别人的老人擦屎刮尿，难为情呀！农村人有农村人的逻辑。一代人有一代人的思维方式。即使这样，小栓为什么去打工呀！因为一个大姑娘家手里没有钱，女想衣服花想容。家里钱呢？钱在哥嫂手里。一人一亩地，家里的钱她也有份。姑嫂关系不好，家里经济条件又差？那时，我并没有感觉到小栓家里条件差，虽然我家住的是瓦房，小栓家住的草房，但是，小栓家有院子门楼，尤其门楼是用泥浆粉刷过的，平平展展的。很多次，我在她家的门楼下看诗。当时，农村的讨饭者有三种：一种是乞讨，就是穿得破破烂烂的，拿个碗拎个棍，见人就是"可怜可怜我吧！我们那儿遭灾了！"一种是武讨。所谓武讨，不是真的动武，而是有一种"霸王硬上弓"的套路。最常见的是，手里拿着竹板，站在人家门口，一个劲地打。家里有人，不送东西出来，他就一直站在那儿打，直到讨扰得让人不堪其扰，顺便拿出来点什么，就打发了。有人不懂，对这种讨饭的生厌动粗。那好，他挨打也不还手。几天后，几十个讨饭的一起，在打人家门口，一直打竹板，白天晚上打……直到当地有头有脸的人，出面花钱摆平，才会走人。武讨者还有一种套路，四处打听哪个村死人了。办丧事那天，自己递上礼金，五元、十元。死者家属不能不暂时收下，好吃好喝地管一顿饭后，再将讨饭者的礼金双倍奉还。另一种就是文讨，穿得整齐干净，拎个墨瓶拿个毛笔，腋下夹个鱼鳞袋，走到谁家门口，在人家墙上赋诗一首。无外乎"此宅照大路，吉祥又亮堂。女儿是凤凰，男孩中状元"之类的江湖诗。尽管如此，当时人们对文字是敬畏的，许多上了年纪的人虽然读不懂写的是什么，对写诗的人还是很尊重的。尊重了，自然也大方了，饭时，会端一碗饭，午后捧一捧玉米或者麦子。

小栓家临二道街，门楼的高低也正适合文讨者写诗。年复一年，门楼的墙上写满了这种江湖诗。空暇时，我就站在门楼下看，有时是好几个孩子在念，不认识的跳过去。一旦遇到繁体字了，我们都抓瞎了。"好好上学，等这上面的字都会念了，你们就考上大学了。"陈兰大婶不识字，却对这些诗充满无限敬意。

四

敬意归敬意。小栓很早就辍学了，很早就去城里当"保姆"了。

那时，没有电话，通信基本上靠写信。陈兰大婶又不识字。因此，小栓在外的消息基本上是靠她每年麦收与春节的回家传递。中间偶尔夹杂着一些数额不大的汇款，也是极为特别的，比如小栓的哥嫂办急事，侄儿侄女上学、生病等！

那时候，农村的时光比较漫长，无论是冬天还是春天。人们的娱乐方式也极为简单，女人们纳鞋垫做鞋子，男人们下棋格方。一副象棋早被磨得分不清黑红了，再用蓝黑墨汁涂涂，继续用，因此才有了"日子比树叶还稠"的拘谨与节约。拘谨的比如，人们的衣服穿烂了，不舍得扔，将烂布用糨糊粘在一起纳成鞋底。节约的人们闲时吃单馍，将面擀得薄薄的，像一层纸，在鏊子上烙熟。年轻人吃几张单馍，还能嚼得"鬓角痛"，年老人可想而知了。但这也腾出来很多空闲的时间，比如谁家一个月吃几次蒸馍了，谁家正在准备盖全村最高的瓦房呀！谁家小子将来能当个省长呀！

"小栓丢了！"这个消息从饭场里最早传出来时，许多人都不相信。这么大一个大姑娘，怎么会丢了呢！"没有丢，一年没有回来了！""一年没有回来，听说是她侍候的那一家老人，生重病了，离不开她！"隔着饭场，消息传回陈兰大娘耳朵里时，已经变得很沉重了。"这闺女！"陈兰大娘开始是怨气，怨女儿不懂事，后来是急，急儿子不去看一看情况，再后来只剩下哭了！

虎成老实，老实成什么样子，一辈子几乎没有大声说过话。在陈兰大娘的催促下，去开封找小栓。临走时，媳妇给他烙好几张大饼，让他路上吃。虎成按着小栓回来的信，找到那一家人。"小栓早就不在这儿了！"那一家人吃惊地说。"不在你们这儿了，去哪儿了呢？""没有回家吗？""回家了，我还来找她吗？""那就不知道了！世界这么大，腿在她身上长的！"是呀！世界这么大，腿在她身上长的。虎成从开封回来，原封不动地将这句话给陈兰大娘复述后，便再也不知道该说什么了。

"小栓丢了！"这个消息在陈兰大娘的眼泪中一天天地得到证实，直到时间将其确认。"如果是她嫁到别的地方，不想回来了呢！"

"不想回家，想她娘不？"

"想娘？人一旦跑野了，孩子都不要了，还要娘！"

"小栓是那种人吗？在家的时候整天笑眯眯的，待谁都好的不行！"

"那？几年了，连了信都没有？"

"……"那时候，人们没有报警的意识，让公安查一查小栓在开封时和什么样的人交往，最后一家雇主除了不知道外，还有哪些该知道的。其实，人们潜意识里都在保护小栓——她还活着。因为，只有这样才有希望！尽管陈兰大娘至死，再也没有见过小栓的面！

五

消息会伤人的，有时的伤，比死更让人备受煎熬！

我老家的邻居胖妮婶在漯河丁湾打火烧，有一天回来了说："她在路口见小栓了，吃得白胖白胖的。她还给小栓说了几句话。小栓好像很急很匆忙，应付几句走了。"这消息对于陈兰大娘，无疑是一把双刃剑，一刃证明小栓还活着，只是绝情不想回来，另一刃是小栓身不由己或者……

"要是我见她，说什么也不能让她走，拉也得拉住她回来一趟……"母亲在转述这个事时，让我怀疑胖妮婶在小栓没消息十余年后，是不是看错人。"看错了，还给小栓说话，问她这么多年怎么不回家！""如果是对陈兰大娘说了一个善意的谎言呢？""这么多年过去了，有必要再将七十余岁的陈兰大娘的伤口揭开吗？"母亲的话，让我顿时哑口无言。虽然，我在这个村子生，这个村子长。但是，这个村子里有些人的思维逻辑，到现在也没有弄懂。民间的很多力量在于说不清楚，比如小栓，陈兰大娘给她起名时，就是想把这个小女儿拴在身边，结果适得其反。如同做梦解释成相反，小孩子都起一个贱乳名，好养活一样。

六

"少小离家老大回,乡音无改鬓毛衰。儿童相见不相识,笑问客从何处来。"以前,没有体味到贺知章的这首诗经典在哪,现在,随着年纪的增长,工作繁忙回家次数的减少,以及杂七杂八的许多人的故意远离,村里的很多人不认识了,长大的小孩,嫁进来的新媳妇,新出生的小孩,太多的生面孔。相反,很多熟识的人一个一个地离世,让人有一种人生苦短的感慨以及岁月无情的凄凉。

"陈兰大娘不在好多年了!"一次回家,我想起小栓的事,问母亲。"不仅你陈兰大娘不在了,虎成也死了。"母亲补充说。"虎成没多大年纪呀!怎么死的?"虽然现在老家的人,这癌那癌,四五十岁的死亡不算奇怪。

"上吊死的!"

"上吊,一个大老爷们,没事上什么吊!"我真的感觉意外。

"正盖房子哩!想不开了,晚上用一根绳子吊死在门鼻子上了。"母亲淡然地说。

"嘘!"知道虎成老实,但不至于盖一栋房子就想不开。一股难以抑制的伤感涌了上来,不敢再问母亲了,我想去看一看虎成家的房子,在他死后盖成了不,走到寨河沿,见几个小孩子在街上跑,我问虎成的家,他们给我指了指。我再问小栓的家,他们懵懂地摇了摇头……

七

我伤心的不仅是小栓丢了,而是丢得像不曾存在过一样。

一个人的消息

> 悲剧的可能性,即是命运。
>
> ——西卡尔
>
> 为了阐述一条原理,你必须夸大一些事情,而又忽略一些事情。
>
> ——白芝浩
>
> 人不过是一根芦苇,是自然界最柔弱的东西。但他是一根能思维的芦苇。
>
> ——帕斯卡

我大伯的儿子走失的那天晚上,夜与往常一样。入秋的天早早地暗了下来。妇女们天黑后才掌灯做饭,在熏得漆黑的厨房里扑嗒扑嗒地拉着有数十年历史的老风箱。汉子们坐在门口,点燃烟一口接一口地吸着,一明一暗的烟火闪照着汉子们那张古铜色的脸,你一句我一句有意无意地谈论着一些不咸不淡或秋季庄稼长势如何的陈年话题。

据说,在门外谈论的汉子中有我大伯的儿子,还说了几句今年大豆涨价之类的话。也就是电视剧快开始的时候,他媳妇把饭做好了。他端上饭到笑成家去看电视。我大伯的儿子属于杠头之类的,四邻与他谈得来的不多,只有和他家隔有百米外的笑成与他谈得还算投机。于是,他几乎每天都要到笑成家去几次。电视剧是九点二十分结束的,我大伯的儿子的碗早已晾干了,这时他才拎着碗回家。出门时正好遇见雪成的哥雪城,俩人还说了几句话。我大伯的儿子也就是从笑成家出来时,手里拎着碗往家返的途中走丢的。我大伯的儿子走丢了,碗也丢了。

他媳妇第二天早上仍不见丈夫回家,向四邻打听丈夫去哪儿了。没有一个人知道。最初认为他去打通宵麻将了,找我大伯的儿子时嘴里还不停地骂着,说找着了一定收拾他一顿,家里那么忙竟敢又去打麻将!中午,我大伯的儿子仍没有回来,他媳妇心里开始犯嘀咕了。她想,我大伯的儿子是不是去亲戚家借钱去了。要是打麻将,中午也该回来了。一个四十多岁的大老爷们儿该不会丢了吧!我大伯的儿媳妇下午找时不停想这个连她自己都觉得有些荒唐的问题。晚上我大伯的儿子仍没有回来,这时他媳妇有些慌了,亲戚都是三里五村的,走一天一夜也该回来了。她便打发几个后生去亲戚家找,结果是都不知道。他媳妇真的有些急了,但她绝不相信一个四十多岁的大老爷们儿会真的丢了!

我大伯的儿子找不着的消息在村子里传开了,人们吃饭时不忘在饭场上做种种猜想:一天两夜不回家,是不是打麻将输了不敢回去?有人说是不是和谁一块进城打工去了?那时,人们谈论的共同话题就是我大伯的儿子找不着了。一个四十多岁的大老爷们儿,手里拎着碗从一百米外往家返的途中找不着了!实在有些奇怪!

在找不着我大伯的儿子的第五天,人们在大街饭场上的议论又有些转向了,说这些天找不着,是不是丢了?有好多人都不以为然:那不是开天大的玩笑!一个四十多岁的大老爷们儿,在晚上九点多手里拎着碗从一百米外往家返的途中走丢了,人老几辈子也没有听说的事!不过,我大伯的儿子确实找不着了。我大伯也急了,我大伯就这么一个儿子。我大娘整天哭哭啼啼地四处寻找能掐会算的人,听说东乡有个神汉算得准,便到东乡算一卦,顺着神汉指引的方向找了半个月,也没有下落。听说西乡有个巫婆掐得灵,又到西乡掐,一伙人开着车找了十多天,仍旧是不见人影。但是,我大娘并不对神汉巫婆失望,她一直认为自己的心不诚。心诚后,她自然能感动天地,找到儿子的。

  两个多月了,我大伯的儿子一直没有找到。饭场上的议论又开始转向了。由开始的不回来到找不到,再后来形成了定论,我大伯的儿子丢了!有人说我大伯的儿子是不是在那天晚上,真的碰见不该见的东西被人给害了?有人说是不是被我大伯的儿子的媳妇的相好给害了?因为邻居们都知道我大伯的儿媳妇年轻时是个"骚娘们儿"。还有人说是不是我大伯的儿子因为盖房子一直劳累,恰好在那天晚上九点多手里拎着碗从一百米外往家返的途中,神经如一根弹簧一样突然绷断,精神失常后走失了?更邪乎的,有人说我大伯的儿子,是不是被外星人给弄走了?某某国家,就有飞碟出现后人畜丢失的真事。报纸上白纸黑字写得有鼻子有眼的。第一种推论有人反对,说一个四十多岁的大老爷们儿晚上九点多手里拎着碗从一百米外往家走,如果真有人害他,他大喊一声,人们也应当听到,不会一点动静甚至一丁点碗碴都没有吧!再一则他那样的人也不会得罪值得要他命的仇人。第二种推论说纵使我大伯的儿媳妇年轻时比较风骚,但现在听说她早就改邪归正了,没有再听到什么风声呀!再说,现在大女儿都上小学四年级了,抛开夫妻耳鬓厮磨的感情不说,对几个孩子也有责任呀!第三种推论是村里赤脚医生的推论,人们纵使内心里不服,却也找不着反驳的理由。第四种就属于奇谈怪论或者天方夜谭,纯粹是茶余饭后的消遣……

  一天夜间翻阅资料,我读出了下列材料。1880 年 9 月 23 日的傍晚,在美国东部的田纳西州卡兰迪的乡间小镇上,有一个叫兰克的青年在白天，而且是当着五个人的面，没有留下任何遗物就消失了。1890年的圣诞节，在美国的田纳西州北部的伊利诺伊州的南贝特市，一名叫奥立佛的青年，在二十余位亲友的陪同下，到自己的庭院中取水，过了两三分钟，人们只听有"救救我、救救我、快抓住我、救我"的叫声，大伙儿纷纷朝传来声音的院中水井奔去，可是已经没有奥立佛的影子了。从厨房门到水井之间，可以清楚看到雪地上的脚印只到了庭院中间就戛然停止。当然，这证明奥立佛并未走到水井沿，也不可能落水井而死。而且，就在人们的上方，依然传来"救命！救命呀！"的呼救声。大家仰头往上看，可是在微暗的空中，什么也没有看见。偌大的院子里，就只剩下一个滚落在地的水桶。

　　1956年5月10日，在美国俄克拉何马州一个欧达斯的小镇上，一名八岁的小孩吉米在同伴的陪同下神秘地失踪。1929年2月，在日本福岛县伊达郡东汤野村，有一个叫坂田竹次郎的四十五岁的男子与村人组团到伊势神宫进香，一行一百六十二人，眼看着就消失了。1945年10月10日，早上，日本乌取仓吉市的大谷镇，有一个四十五岁的男子也神秘失踪……读罢上面的文字，我内心里不禁也产生了恐惧感。我大伯的儿子是不是也像他们一样，无声无息地在这个世界上消失了呢！我苦思冥想了一夜，觉得有三种可能：一是我大伯的儿子那天晚上九点多手里拎着碗从一百米外往家返的途中自己钻进了时光隧道了；第二种可能是被人谋杀了；第三种可能是被UFO给捉去当人体标本了。

　　从此每次我回老家，都刻意打听我大伯儿子的消息。但是，我发现人们已不再议论我大伯的儿子丢失这件事了。一个四十多岁的大老爷们儿，晚上九点多手里拎着碗从一百米外往家返的途中走丢了，如同被蒸发掉一样，无声无息地消失了，包括他手中的那只碗。

那些远去的人和事

一切消失的光阴都是美妙无比的。

——豪尔赫·曼里克

历史学的任务不是评价过去,而是理解他们。

——林德伯格

当一种社会产物行将被淘汰时,它就变成人们怀旧和研究的对象。

——马歇尔·麦克卢汉

一

小时候,我感觉到日子特别地慢,慢得让人着急。急着过年,急着长大,急着出远门……为什么急呢?因为有大把的时间无处消磨,没书读,没电视看,自然也没有手机玩……几个闲拉话的女人,或许能因为东家长西家短的惹出事非来。一把花生米,一盘水萝卜能喝几斤白酒的男人,喝到最后打起来习以为常……

我们的童年也不是一点乐趣都没有!比如现在的孩子不知道的捉迷藏、推铜箍、打四角方等。但是,最能挑动大家的还是耍猴。那时,农村耍猴的特别多,两三个人,牵三五只猴。待快中午,在十字街口敲锣。人敲，猴也敲。有的猴子还戴着帽子敲，向人们作揖等。更甚者，有的猴子还会从人手中夺馍吃，被抢者一惊之后，哈哈大笑。一般情况下，耍猴的都是中午开始在街中心耍，一点多散场。观众回家吃饭时，耍猴的就拎着袋子，一家一家地收粮食。那时，农村人钱稀，唯一有的就是麦屯里的粮食。大方一点的，一捧，小气一点的，一把。不给粮食的，给一个馍或者一碗饭。"我们家根本就没有小孩，没人看你耍猴。"如果碰到这样的人，耍猴的就双手一抱拳："'无君子，不养艺人。'我们就是巧要饭的，全靠好心人赏一口吃的。"穷人更要脸面，哪怕给一块生红薯，也不让耍猴的空手走。

开始，我们很新鲜，一听街上耍猴的来了，小孩子们一窝蜂地围了过去。什么事也架不住多了，耍猴也是一样。但是，如果一个耍猴的没有人看，他怎么收粮食呢？因此，耍猴的也需要升级，变换花样地吸引观众。

二

看过无数场耍猴表演。三十年过去了，我能记住的恰是被"耍"的一场。

过去的春天，老百姓都称之为"荒春"。每到这个季节，母亲给我们烙着单馍说："日子比树叶都稠。"劳动少，大家都俭省着吃，怕接不上新麦子。明知道这时候的人不会大方，耍猴的多在这个时候出来，荒春，人闲。

放学回家的路上，老远就听见哐哐哐的锣声。"有玩猴的"，同学中有一个人说，几个人哄一下子往前跑，围了上去。一个小孩子拎着锣，转着圈地敲，并示意人们别围得太紧。圈子小了，要不开。一只大猴子跟在小孩子的后面，蹒跚学步，敲两下锣，向人们致敬一下。两只小猴子偎依在成年人的脚下，剥花生吃。我们村的学校是小学初中都有。小学生们下学早，围了一大圈。玩猴的敲了一会儿，感觉时候差不多了，开始了很有时代特征的开场白："为了繁荣社会主义文化事业，丰富人民群众的文化娱乐生活，我给大家耍一段猴……"消磨到这个时候，初中的学生正好下学，几十个大个子呼啦一下子围了上来，显得人内三层外三层的。但是，他们听了开场套路，瞄几眼翻跟头的猴子，又呼啦一下子散了。其实，我们低年级的小学生对习以为常的耍猴也心不在焉，又有点欲走不忍的犹豫。耍猴的成年人看出了观众的心思，啪的一声，双脚跳起来猛地一拍脚面，场面一下子安静了许多。小孩子也聪明，来几个前空翻，猴子屁颠颠地围着圈敲锣。场面控得差不多了，成年人狡黠地一笑，从布包里拿出一个白色的茶缸子，倒扣在地上，又拿起一个大毛巾，在空中抡一下后，盖在白茶缸子上。小孩子，猴子哐哐哐地猛敲锣，锣点紧密到像下急雨似的，紧到一定程度，又骤然停了。这时，全场都静了。成年人脖子一仰："老少爷们，有人的地方就有江湖。有江湖就有艺人。艺人跑江湖靠的绝技！大家请看一下，我用大毛巾将罩住的是一个茶缸子，是吧！等我们的节目结束时，这个茶缸子会变成一个美女，从毛巾里钻出来。"围观人一呼叫，一阵狂热的掌声……

那时，我只有七八岁，知道有变戏法的，没有见过。知道有魔术，不知道什么是魔术，不像现在电视上、电影里对魔术及道具有着一定的洞察，就双眼死死地盯着地上的盖着茶缸子的毛巾，会不会一点点地长高，真的变出来一个大姑娘。锣一直在响，猴子一直在耍，我视若无睹，满脑子都是毛巾下会不会钻出大姑娘来……期待会让人着急！熬了好一会儿，终于等到锣声结束时，那个成年人恭恭敬敬双手抓住地上毛巾，口中念念有词，然后大喝一声，"变"。我的眼珠子快出来了，直勾勾地看着掀开的毛巾……仍是一个白色的茶缸子。"其实,我不能把茶缸子变成美女。"耍猴的成年人这么狡黠地一笑,大家哄一下子散了……

三

以前的农村,比耍猴升级一点的就是杂技——打把式练武,柔术,以及头劈青砖,气功滚钢钉板之类的。不过,这些杂技班来村子里演出之前,先要到村委会和村干部商讨一下,能不能让村委会先垫出来点钱或者出面收粮食,以保证他们的收入,虽然同是跑江湖的,也分个三六九等。一般情况下,村干部会事先和几个有影响的老头通个气,有个七七八八了,再决定。农村人日子寡淡,一说耍杂技的要来,小孩子会先满大街地跑着喊,尤其是耍杂技的人身着紧身衣,敲着锣打着鼓,从村东头到西头,村南到村北的自我宣传。演出时,高桌子低板凳,墙头上砖垛上都是人,甚至树上爬的都是小孩。

那次玩杂技的地方是南街的一个小十字路口,一个篮球场大小的空地。玩杂技的头天晚上就拜访了村干部,支了帐篷,招摇过市在各条街上遛好几趟了,上午又在村委会的大喇叭上通知了两三遍。午饭刚过,人们赶集似的涌了过去。夏天,天热。大家三五成群地围在树荫下,闲聊着、议论着或者期待着……少年时,我最爱看小说。《三侠五义》《三言二拍》《西游记》《东游记》《白眉大侠》……民间流传的小说能找到的,我基本上都看过,尤其是对古龙的《多情剑客无情剑》《孤星传》反复地读,曾经尝试过写武侠小说……四点多,夏日的暑热稍稍减弱,街上的吵闹声有点节奏后,我知道杂技快开始了,放下小说往那儿赶,远远地见人们已经围成圈了。场子里的鼓声、锣声踩着点了,小孩子们钻在最里层,其后是年轻小伙了,年长的人围个大圈。我个子小,又不想钻汗臭的人群，正一筹莫展时，见村支书张书冠从家里拎个长凳子出来了。我看着他笑了笑。"看不见吧，孩子!"书冠和我父亲关系要好，热情地朝我笑笑说。"嗯!"那时，我还很羞涩，不好意思说想站在他拿的板凳上。"给，站在这上面看吧!"书冠说完，将板凳放在离人群围的圈子五六尺的地方。我忸怩了一下，站了上去……

杂技已经开始了，几个小孩子身着练功服已经绕着人群踢腿了。"练武不练腿，到老是个冒失鬼。"敲锣的跟在汗流浃背的小孩子后面说着。村支书张书冠光着膀子，披着四个兜的中山装，边往里看，边一只手在白生生的身上搓灰，泥条子顺着他的手掌滚了下来。四个兜的衣服在当时的农村比较少，如果左上衣兜里再别一支钢笔，就是典型的干部了。书冠在部队当兵后，转业到乡政府工作多年，后回村里任村支部书记。那天，我特意看了光着膀子披四个兜的褂子的村支书上衣兜里有钢笔不？没有！杂技几乎也是老一套，比武侠小说寡淡多了。一个小女孩穿着紧身衣，四肢折在一起，嘴里衔着铁球倒立起来后，引起人们一阵阵猛烈的掌声。懵懵懂懂的我发现，很多人的双眼不仅在看小姑娘的柔术，还盯着小姑娘紧身衣的私处……

马是最后出场的，配着火红色的马鞍子。杂技团来到村子里，有两个女孩骑在马上围着村子转好几圈了。况且，当时农村里的牛、骡子等干农活的牲畜比较多。虽然，很多农村人也分不清楚什么是马，什么是骡子。但马与骡子的体型很相近，所以我们对马并不感到新奇。新奇的是，马出场前，杂技班里的人拉出来六个铁丝围成的大圈子。在每个铁圈子上缠上五六个沾着柴油的棉球。六个铁圈依次排开，两个小伙子用蜡烛一个一个点着，铁丝圈顿时烈火熊熊。这时，骑马的女孩趴在马背上，一抖缰绳，马钻进了熊熊燃烧的火圈里。动物对火的畏惧，是人利用火进入文明社会的根本原因。何况和动物朝夕相处的农民，更知道马怕火的道理。见马能这么主动地钻火圈，人群中发出一阵子惊呼。马从火圈里穿出来之后，围着前半场跑了大半圈，骑在马背上的女孩又俯下身子，一抱马脖子，马又穿进了火圈里。我对马不怕火也感到惊奇，身边的村支书张书冠边用手搓灰，边仰脸看了看钻火圈的马，突然感慨："这马，得挨多少打才不怕火……""呀！"他的这句话压倒了整个人群的惊呼，我目瞪口呆地看着这个光着膀子披着四个兜褂子的村干部，第一次感觉什么叫不同凡响……

四

小的时候，我有两种事最忍受不得，一个是铁锅铲饸锅，一个是劁猪娃。

农村有四大难听：猫叫春，驴叫槽，饸锅铲子，挫锯条。其他三项都是有限的，唯有铁锅铲饸锅每天都要发生几遍。母亲每次刷锅饸锅时，我都躲出去。惹得母亲经常骂我："这都受不了，不好好读书了咋弄吧！"与此相反的，见到有劁猪娃的，我却捂耳朵站得远远地看，好奇。

那时，我们方圆几十里有一个著名的劁猪匠——老王。每天骑着二八破自行车，自行车骑车把上有一根铁丝，铁丝上有一个红布条。有人时，嘻嘻哈哈的。"老王，来了。""来了！"没有人时，他也会喊两嗓子："劁猪劁羊，劁猪劁羊！""一个宰猪娃骟蛋的，还叫得这么文雅！"有妇女出来嘲笑他。"你们别小看这个宰猪娃的，有钱着哩！听人说，他娶了两个老婆。"农村妇女之所以嚼舌根子，一是无聊，二是见识有限。劁一头小猪五毛钱，一天劁十头小猪就是五块钱，一个月就是一百五十块钱。三十年前，这是个大数目。农村妇女想象的老王一个月能挣这么多钱，肯定娶了两个老婆。

别看劁猪的，有典故。相传朱元璋当上皇帝后，一年除夕在南京微服私访，见一户人家没有贴对联，一打听是劁猪的，就挥毫为其写下了：双手劈开生死路，一刀割断是非根。既然与生死相连，可见劁猪是个技术活，据说是华佗传下来的。东汉时，皇宫需要男人，又怕他们乱了后宫，就发明了阉人造太监这项技术。从太监去势到劁猪又是怎么回事？原来农村家家户户大多养猪，雄性小猪到成年发情时势不可挡——不睡不吃，性情暴躁，挖砖撬石，甚至越栏逃跑。所以必须及时把它的睾丸割掉，斩除情根，没了雄性激素，从此只会发愤图强吃食，一心一意长膘了。

那时，郧城县东部会劁猪的不止老王一个，也偶尔有其他人在村子里喊，劁猪劁羊。只是老王劁过的猪死亡率低得几乎没有，方圆几十里只认他。老王就成了知名度极高的人。小时候，我常见老王一个人带把小刀、钩子、缝针和线，在人们的帮助下抓了猪摁倒在地。劁猪刀头部有半个鸭蛋大小，呈三角形，顶尖和两个边是锋利的刃口，用来划开猪的皮肤，后面有个手指长的把，末端带个弯钩，用它钩住小猪肚里的肠子……割去猪蛋或者小猪卵巢，然后缝住就算劁了。劁好后，劁猪匠在猪的伤口处涂上一把黑黑的柴草灰……

劁猪劁的多了，老王手都是血腥的。猪也通灵性，一见老王就声嘶力竭地大叫……因此，老王每一次劁好猪后，不是用水洗手，而是用白酒。那时，农村的白酒多，尤其是农民自家用红薯干自酿的酒，洗起手来也不心疼。洗好后，抽根烟。劁猪的主家已经将刚从猪身上割下的猪蛋拌着蒜苗炒好了。"吃啥补啥！"帮忙的，看热闹的，路过的……几个男人喝着酒喷开了："老王，你劁猪的手艺这么好！如果让你去给人做结扎手术，是不是也是飞机上划枚赢一圈，高手中的高手。"那时，农村的计划生育政策最凶，人们很容易联想到这儿……"呵呵！"听得多了，每到这个时候老王就会哂哂一笑……

五

中世纪西班牙诗人豪尔赫·曼里克曾说:"一切消失的光阴都是美妙无比的。"其实,在我的记忆中美好的不仅是耍猴、杂技班、劁猪,还有补鞋、修钢笔、弹棉花、钉锅补漏锅……张艺谋在《我的父亲母亲》的电影中有一个镜头,有一个老太太请人锔碗,让人们想起很多已经消失的行业。同时,关于"拉纤号子"的专题纪录片随着现在的传播方式扩散,一个个非物质文化遗产的项目纳入了国家课题。因此,各等杂色文化人士终于有了让自己"高尚起来"的正当理由,以"文化遗产继承人"的身份巧言令色、花样百出的向县、市、省,乃至国家申请资金,说书的、剪纸的、唱小曲的、喊号子,甚至连童子尿鸡蛋这些东西一旦冠以"非物质文化遗产",立即"高大上"起来:"手艺蕴含着文明的累积和嬗递,它们在物品上所留下的痕迹,反过来为手艺塑造了不灭的形象。"其实,职业的本质是个人所从事的作为主要生活来源的工作。比如打夯歌。过去没有打夯机,夯实地基需要几个或十几个人抬着石块一下一下地夯。为了提升士气,提振精神。有一个人喊,其他人一起跟随。大家都是老百姓,不懂音乐,根本没有想着表演或者传唱,所以打夯歌随意,也不讲究什么音律。但是,如果我们刻意地非要以劳动是最美的冠以"非物质文化遗产"的名目,不得不说我们拯救的不是文化,而是过去的生活。

"天地一逆旅,过客皆归人。"最新版的《中华人民共和国职业分类大典》出炉了,取消了894个职业,增加了347个职业……从原始人饮毛茹血到农耕文明,从工业时代到信息化的高速发展,地球上生生灭灭多少代人,而我们仅是一个时代的横切面。从过去的巫士到现代医学的千个专业,我们怎么能以一孔之见去度量色彩绚丽的人类历史……

六

两千多年前，孔子川上曰："逝者如斯夫，不舍昼夜。"对时间的思考是一个永恒的话题，也造就了许多哲人。经过一代人一代人的努力，已经清楚"无可奈何花落去"，为什么非要留住些什么呢？想到童年，想到过去的种种，想到耍猴、劁猪这些场面，又想到了现在身边诸多投机取巧、牵强附会的"非物质文化遗产"项目，我想到了哥们朱东的感慨："非物质文化遗产靠保护续命，活不长。死就死了，但你不能让他死得没有尊严，改得四不像的再折腾死它。"

佩服朱东老兄，人到一定的年纪会想得更清楚。过去是黑白的，回忆让它变成了彩色的。过去的一切也不是美好，感觉美好是因为那时我们年轻……

无知岁月，我们的那些快乐。

无知岁月,我们的那些快乐

文学是社会的家庭教师。

——别林斯基

教育是一个逐步发现自己无知的过程。

——杜兰特

当我们变老时,我们同时变得更愚蠢和聪明。

——拉罗什富科

一

栗门张村在豫中偏东一点,与驻马店的上蔡县搭界。这种偏远决定了一些因素,比如经济条件差,整体文化水平落后等。越是落后,越需要好的教育。栗门张有四五千口人,是中原罕见的大村子,旁边又有郭庄、新庄赵、光堂、俄刘与温王,加起来好几万人。二十世纪六七十年代,正是中国生育的高峰期。每一个村子不仅有小学,几个村又联合办了中学——栗门联中。

有学校,就要有老师。由于"文化大革命"等因素造成的教育中断,没有那么多有教育资质的人,怎么办?凑合!上过初中的教小学，上过高中的教初中，形成中国一个特殊的教育团体——民办教师！

我是1983年读的小学一年级。栗门张小学仅一个公办教师，赵金海。我读一年级时，是村支书的女儿教的我。二年级，赵金海。一个年级两个班，七八十个学生。一般情况下，两个班要配三个老师。赵金海教我时，一个人教一个班。平时，他也不怎么和别的老师来往，抱着一个班整天一节数学，一节语文地教。"有一个大马虎，上学时数学没有学好。长大后到集市上去卖糠，别人问多少钱一斤？'七分。''来一筐'，买者说。他装一筐糠，用秤一称，七斤。别人问多少钱。他说：'七七二十一！'"小学二年级，正学乘法表的时候，赵金海老师一天三遍地讲这个故事。三十多年过去了，我仍清晰地记得。

我读小学三年级时，教我数学的是我们村西头的张法启。"家有隔夜粮，不当孩子王。当孩子王就当孩子王呗！又当一个这么穷的孩子王。臭老九就臭老九呗，还是这么没有钱的臭老九。全校教师一二十个，每月领回来几百块钱的工资，被老赵劈（拿）走一半子。"张法启教数学经常是从三年级教到五年级，赵金海只教二年级。但是，张法启是民办教师，一个月三四十块钱，赵金海是公办教师，一个月二百多元，自然心里不服……

二

我上学时，没有"体罚"这个词。老师打学生如家常便饭。那时候，娱乐项目少，农村的孩子也野。家长为了让孩子受管束，故意给老师说："学生交给你们了。不听话，只要不打坏，想怎么打就怎么打。"老师们也变着法地整饬那些调皮捣蛋的孩子。什么老鼠爬灯台——大拇指与食指拧住耳朵，无名指扣住下颚，使劲往上提，让学生脚尖掂地。什么画眼镜——用红墨水在学生脸上画一副眼镜。老师拳打脚踢扇耳光，也不是什么稀罕事！只不过挨打的学生多是学习成绩不好又爱捣乱的，回家也不敢给家长说。有一两个例外，或者同学们传到家长耳朵里了，"你要是好好学习，老师能收拾你？"，家长们也理解老师管束几十个孩子不容易，一般就不了了之。

张法启教书，以严厉著称，很多调皮捣蛋的学生看见他，就溜着墙根走。那时，我个子小，坐在前面第一排！我父亲已经恢复工作，在城里上班。他闲暇时，经常去我家。熟悉了，不怎么怕他了。一次数学课，他讲作业中学生们出现的问题："有的同学，四舍五入，四舍五入，讲了多少次了，做作业时仍错！"张法启老师一只脚撑地，一只脚踩在讲台桌的横梁上，手里捏着粉笔说。"呵呵！"班里同学们一起笑，我也跟着笑。"小五，你笑个啥！"张法启老师看着我，问。"我笑……"其实，我也不知道自己笑什么，既然老师问了，我眼珠子转了一下，说："我笑，既然五能入到前一位，四怎么不能入呢？""因为啥？因为这！"张法启话音未落，拎起讲台上的一摞子作业本砸在我的头上，"呀！"全班学生一片哗然，再也没有人吱声了！

小学生年纪小，不敢明着跟老师对着干，不代表没有意见！三年级二班的语文老师张见根，家在我们村南头，个子不高，喜欢拎个皮包。一次语文课堂上给学生们讲："日本侵略中国时，炸弹从飞机上扔下来，掉在地上能炸个粪坑那么大个坑。其实，别看飞机是铁做的。它在空中飞时，用一个砖头就能把飞机砸个窟窿。""俺语文老师说，炸弹炸的坑，才粪坑那么大！飞机，用砖头都能砸下来！"三年级二班的学生下课后说。"你们的语文老师真能吹，炸弹炸的窟窿才粪坑那么大！"农村的孩子对粪坑自然熟悉，不过两三米见方，死不相信。在他们有限的想象里，炸弹从天上扔下来，最小能炸个学校操场那么大的坑！"炸弹吧，有威力大的，威力小的，自然炸的坑也有大有小。如果像他说，砖头能将飞机砸下来！中国抗日还用了八年？中国那么多人向天上甩砖头，不用制造大炮坦克就能把日本人赶出中国！"四五年级的学生一加入，这个问题就变成整个小学的大讨论了。"别看他天天穿着白衬衣，拎个假皮包。其实，他也没有见过飞机！"高年级的学生这么一定调，我们觉得很在理。"他不但没有见过飞机，恐怕火车也没有坐过。不上课时，和我们一样得去地里干活……"大孩子说这话时那脸上的不屑，让我们既兴奋，又可怜！

小学生们讨论话题，往往不仅停留在老师说的飞机能不能用砖砸个窟窿上，随着时间的推移会转向老师的衣着打扮。"张见根的皮包是不是真皮的，我说不准，但他穿的大头皮鞋，前面的钢板是真的。"离我家不远的张四龙上学晚，年纪大两岁容易成为孩子头，经常喜欢发表意见。"你怎么知道他的大头皮鞋前面是钢板？"那个年月，冬天农村人大都光着脚穿草鞋、棉靴，连袜子都买不起，大头皮鞋是很多人的梦想。有学生羡慕忌妒恨地说。"有一次，他把鞋放在办公室的窗台上晾，我专门用手在大头皮鞋最硬的头上按了按，按不动。我拎下来放在地上，用手掌使劲按，仍硬的像铁一样！你说，不是钢板是什么？"张四龙这么一坚持，大家齐声"噢"了一声，多半相信大头皮鞋前头那么硬，是因为有钢板！

三

1990年，我上栗门初中时，已经有好几个公办教师了。有些资格老、进修早的民办教师提前转成公办了，还有几个是师范毕业的。按道理讲，师范和高中应当是同等学历。中国特殊的国情，高中毕业教了二十余年仍是民办教师的比比皆是，有转公办教师这个

"花搭凉荫"（俗语，朦胧的希望），许多老师一月几十块钱仍坚守在课堂上。

我上初中二年级时，班主任兼语文老师的赵学山是新庄赵的，高中毕业，会画画。由于上学时聪明，学校一个民办教师突然去世，让他顶替。赵老师年轻，眼光高，尤其是在许昌进修学习过之后，和一般的老师不一样了。那时，语文老师为了鼓励学生们写好作文，经常挑一些好一点的学生作文，当作范文念。赵学山教语文，从来不念学生写的作文，而是在报纸杂志上找文章，读给学生听。我印象最深的是，他给我们读台湾作家聂华苓的《人，又少了一个》。文章大意是说有一个没落的大学毕业带四个孩子的中年妇女，因为丈夫坐牢，落魄到作者家讨米，进门几次都退了回去，硬撑着进去了，却羞愧得不好意思开口……三年后的一天，作者在大街上又见到了那个女人。她变成了一个厚脸皮的叫花子，敲了敲一户人家的门，说："太太，做做好事，赏一点吧！"主人给了她一角钱。她却讨价还价地说："太太再赏一点吧，一角钱买一个烧饼都不够！"把主人气得踢上了门。她回过头来漠然望了聂华苓一眼，已经不认识了……作者很感慨，人又少了一个。听得我如雷鸣电闪，文章可以这样写呀！在课堂上学过太多主题鲜明、中心思想明确的课文，原来文章还能如此含蓄与一波三折，优美与回味无穷……课后，我找赵老师要那篇文章，是他的教师进修教材上的一篇文章。我看完后不过瘾，又找他。赵老师送给我一本《1983年全国短篇小说选》，看得我如痴如醉，下定决心，这辈子无论如何要写出这样的文章！

二十世纪九十年代初，改革开放已经深入农村，经商的、打工的，人们都不闲着。同时，农村已经分产到户，家家户户缺劳动力，很多农民认为孩子识俩字不是睁眼瞎就行了。村村有小学。联中，是几个村子办的。只有成绩好一些的才能上中学。有的家长明明知道孩子上学不行，踩踩初中的门也是为了一张初中文凭。所以，中学辍学很严重。初中二年级时，有的学生个子就一米六七了。越是个子大，越不好管。一次，赵学山老师在课堂上讲《饿》，提起自己的往事："小时候，有一次我饿得不行！俗话说'床是一盘磨，躺上就不饿'，那天晚上，我饿得翻来覆去睡不着，就问我娘，有吃的不？我娘想了想，说，在柜子角里可能有个馍头，好几天的了，好像发霉了。我打开柜子，摸到那个馍头，津津有味地吃了起来，那个香呀！什么干硬呀，霉味呀，都被饿压了下去！"赵老师讲这段往事，本意是形容饿的，教室后排的几个大个子学生哄一下子笑了起来，笑得肆无忌惮与不怀好意！

赵老师是二十世纪六十年代初生的人，我们是七十年代。虽然相差十几岁，但那十几年却是一道中原人民生活的分水岭——我们几乎没有挨过饿，他对饿却是刻骨铭心！赵老师听出来学生们笑中的轻浮，脸一红："笑什么？有什么好笑的。你们没有挨过饿呀！人饿得狠了，吃土，观音土。你们知道什么是观音土吗？不知道吧！人饿得狠了，吃人。史书上讲，易子相食！不知道什么是易子相食吧！就是把人家的儿子和自己的儿子换一换，煮了吃。笑笑笑，笑个鬼。什么都不懂，还笑！傻笑，愣笑！"赵老师这一发怒，把笑声压了下去，压得课后也没有人敢议论这件事！

四

"有人的地方，就有江湖。"栗门联中，十六七个教师，却有很多约定俗成的规矩。比如，教三年级毕业班的老师都自视甚高一点。比如，公办教师才能当校长。比如，校长一般都不再担语数外这些主科！

三年级，教我们政治的是唐建国老师。那年，他刚当上校长。

政治重要，中招考试时一百分。老师们教政治，简单，死记硬背。如果想考九十分以上，连课后作业也要会背。当校长前，唐老师是教毕业班语文的，改教政治后，仍以教语文的方法：肆意发挥。那年的政治课本原始社会章节，有一个插图，图中有几个原始人。其中有一个留有胡子的。"别看这个原始人长这么长的胡子，也许只有二十多岁！"哄的一下子，大家笑了起来。"笑什么？"唐老师的眼有点斜，扭一下脸，用有点瘆人的白眼珠看了看学生们，顿了顿说："中华人民共和国成立前，中国人的平均寿命才四十岁。原始社会，二十岁，奇怪吗？""二十多岁，能长胡子吗？"有学生壮了壮胆，问。"原始社会，二十岁的人就老了，很可能二十多岁就死了。同学们，你想一想，那时的人没有吃的，逮住个动物也是吃生肉，怎么会老得不快呢！""噢！"学生们齐声"嘘"了一下！

那个年代，在知识方面不全是老师胜利。初中三年级有《生理卫生》这门课。教我们生理卫生的老师是教几何的，恢复高考时第一届的师范毕业生。因为他的爱人是乡村医生，老师们推举他教《生理卫生》。尽管如此，一讲到"生殖与泌尿"这一节，他拿着课本往讲台上一站，一脸严肃地说："大家认真地看一看这一节，我就不讲了，中招也不考！"班里的男生们哈哈一脸坏笑，女生们矜持地偷笑。

有一次《生理卫生》课，老师家里有事，没来，让化学老师代课。化学老师认为没什么，拎着课本来讲了。"脚踝（kē）这个地方，身体的主要承重部分，容易受伤！""老师，这个字不念踝（kē），念踝（huái）！"初中三年级，班上有为了考学的复读生，给老师纠正说。"噢！秀才无法，只念半拉！我认为是念踝（kē）。""'秀才无法，只念半拉'，你应该念果字。"有学生们逗老师。"中国四万多字，有字不认识也正常。何况这个字不常用！"老师这么一自嘲，全班的学生们开怀大笑起来。

其实，不仅是脚踝的"踝"字有些老师不认识，把臀部的"臀"念成"殿"字的，也比比皆是。学历史时，老师们讲到唐朝的一衍和尚能测出子午线的长度。"怎么测的?"学生们一问，老师也是瞠目结舌。教多年语文的老师，在教古文《两小儿辩日》，日初出大如车盖，及日中则如盘盂。到底是中午太阳离地球近，还是早上太阳离地球近？学生们一问，老师照样用上厕所搪塞过去……

五

尽管如此，四十年前民办教师这个特殊的群体，对中国乡村教育功不可没。湖北作家刘醒龙以此为体裁，写了一个中篇小说《凤凰琴》，名扬天下。

后来，我又上了多年学，有了很多这样或者那样的老师。可是，我越来越怀念的却是教过我的那些乡村教师！尤其是自己写作时，对往事的回忆，不仅怀念这些憨厚的乡村老师，连这些老师未教会我的问题一起怀念了！前些日子，和中央电视台的杨进导演合作一部纪录片，酒后闲聊："杨导，上学时咱们有一篇课文《两小儿辩日》。你说早上的太阳离我们近，还是中午?""兄弟，圣人都弄不明白的问题！你想着我会明白嘛！"杨导醉眼蒙眬地说。"高！"我暗竖大拇指。

说实在的，我也不知道。事后，我在百度上查：中午、早上和傍晚太阳看着大，因为椭圆轨道人产生的视差。"叱！生在这个时代，没有人为你的无知负责了！"我感慨一下，顿时感觉明朗了许多！

时间，让往事成了传奇

祭如在，祭神如神在。

——孔子

画匠不对神磕头。

——谚语

对于不能言说的东西，我们必须保持沉默。

——维特根斯坦

一

人是时代的囚徒。

2002年在省城出生的儿子，从小看的动画片是《大头儿子小头爸爸》《千与千寻》，童话书是郑渊洁的系列作品与哈利·波特系列。他童年接受的启蒙与熏陶是与世界同步的。1977年在农村出生的我，童年是另一种景象——起哄似的围观骂街吵架的，顺手牵羊谁家菜园子里的生瓜梨枣。真正与知识有关的教育多是口头的形式——比如那些滥觞远久的神话，那些真假难辨的鬼故事。

"东乡①一大户,给儿子娶亲时,上轿是一个新媳妇,下轿时变成两个了——一真一假,一模一样,连新媳妇的爹娘都分辨不出来,肯定有一个是妖魔鬼怪。闹了半个月后,老掌柜请许抓钩来捉鬼。'弄一盆清水来',许抓钩进门后吩咐。主人把两个一模一样的新媳妇都叫来,许抓钩将一枚铜钱往清水盆里一丢,说:'捞。'真媳妇伸手把水里的铜钱捏了出来。假媳妇一看,'吱哇'一声,跑了。为啥?鬼没有指甲,也拿不动铜钱,露馅了!"父亲受过高等教育,讲鬼故事时不忘夹杂一些知识,让我几十年后记忆犹新!

二

东乡的许抓钩看病捉鬼是出了名的,方圆百里的老百姓都找他。一天夜里,有敲门者说:"许先生,许先生,赶紧吧!我家小姐犯失心疯了,马上要丢大人②了。"许抓钩听是这种事,没有多想就应了下来。门口有一顶小轿,许抓钩轿里一钻,出发了。半道上,许抓钩知道坏事了,轿不沾地地空中走着哩!

到了十里坡的乱坟岗,许抓钩被五花大绑地推到一个大院子里,两边站的都是面目狰狞的狐狸精、吊死鬼、野猪怪什么的。正中间坐着一个几百年的老牛精。老牛精对许抓钩说:"许先生,这么多年来,你杀死多少鬼比我们都清楚。今天既然把你请来了,相信你也知道自己的下场。""瓦罐难免井边破,将军多在阵上亡。我知道今天逃不了了,有一个请求。"许抓钩出门时想着给人看病,什么法器也没有带,装着无奈地说。"临死了,有什么要求只管提吧!"这些鬼怪虽然对许抓钩恨之入骨,却很钦佩他的为人。"现在

---

① 旧时我们对周口商丘一带的称谓。
② 丢面子的意思。

我很渴，讨口水。死就死了，不能做一个渴死鬼！""行！"老牛精一摆手，让小鬼给弄点水来。许抓钩接过骷髅头装的水喝了一口后，仰脸向天"呼噜呼噜"地念咒语。刹那间，石光电闪，一个炸雷，乱坟岗被炸开了。原来，许抓钩在首阳山学艺时，师父教他一个救命的法术"五雷诀"，只要有水，什么法器都不用。许抓钩从没使过，乱坟岗的鬼怪们自然也不知道。危难时，许抓钩使出这个绝招保住了命。从此以后，晚上再不出门行医。

续讲许抓钩系列鬼故事的是，"中原大战"时被抓了壮丁、战场上丢了一条腿的瘸鸽。那时，许多国民党部队的兵被解放军俘虏后，衣服一换，掉转枪口成了解放军。后来，要么转业到各级政府，要么成为公检法的公职人员，再不济的也混个生产队长。丢了一条腿的国民党兵瘸鸽只能回家养伤。见过世面的人心情完全不一样了，在孤独与失落中瘸鸽展开自己的想象，绘声绘色地能把各种各样的鬼故事讲得栩栩如生。小孩子听完后吓得不敢出门撒尿，大孩子不敢走夜路回家。

尽管如此，几条街的小孩子们仍喜欢瘸鸽讲的鬼故事，有空就钻到瘸鸽喂牲口的小屋里，听这些稀奇古怪的"睁眼瞎话"。有些小孩睡到半夜做噩梦，大人一问，是听了瘸鸽的鬼故事，上门说："你这个瘸老头子，没有一点好处，编的那些云里雾里的瞎话把小孩吓得晚上发癔症！"不过，瘸鸽照样鬼故事不断。有一个人游夕（河南方言：傍晚）回家路过东坡地，撞见了一个两个头的鬼，吓得生病了。邻村的一个人在东坡地见到一个三头鬼，也吓住了。春节，两人走亲戚撞在了一起聊见到鬼的事。"那天，我在地里摘了一个倭瓜扛着回家，路过东坡地时见到了一个两头鬼。""那天，我从亲戚家扛了两个倭瓜回家，在东坡地见到一个三头鬼。""哪天？"见两头鬼的人问。"九月初一。""我也是九月初一在东坡地见的三头鬼。""不会是你撞见的两头鬼是我，我撞见的三头鬼是你吧！"

两个人碰头一说，病都好了。瘸鸽的智慧不仅是讲一些引人入胜的鬼故事，还会讲很多让人释怀大笑的段子，惹得大人小孩都喜欢他……

三

过去，农村世界有它的法则。谁家丢鸡子丢狗了，站在大街上骂两天后不见回来，就扎一个小草人，穿上小人衣服，钉在大街边的树上初一、十五的用开水浇，诅咒……谁家小孩半夜啼哭、小媳妇做梦怀胎……就在十字街的小庙台烧香许愿，包括许多壮年男人经常性身乏打盹了，也找瘸鸽叫魂。瘸鸽则会当天中午在地上画两个十字，让来叫魂的人两只脚踩蹲下，将南墙上抠下来的三撮土分别放在其头上和两只脚面上，口中默念几句后，说：××魂回来了，××魂回来了！叫魂的人应声着："魂回来，魂回来！"连叫三天后，有人还真的生龙活虎起来！

许愿之后的还愿有很多讲究，从划烧纸到叠元宝，从写祭文到焚祭文……程序复杂，礼仪烦琐，尤其是人死后入葬前的各个环节，不是普通人见过几次就学明白的。所以，每个村子都有一两个毛笔小楷写得非常端正的"老懂"，主持着全村的丧事大局。坤山娘不主持这些事，主要是替人还愿。谁家孩子有个精神萎靡半夜啼哭，谁家小媳妇几年了不孕都来找她。坤山娘看后，让来人许个愿，如愿了，许愿的人买上十斤肉，蒸十个圆馒头到坤山娘家还愿。"人心神知，刀头人吃。"事毕，坤山娘让人把刀头肉炖了，烩一锅菜配着圆馒头大快朵颐！剩下的，还愿的人不能带走，让坤山一家慢慢享用！

坤山家与我家隔一条寨海河，每天上学从他家门口过。每逢初一、十五，我都能嗅到一股沁人心脾的香味。那时候，大家都馋肉！嗅到吃不到，容易心生怨气："一个巫婆怎么会有这么大的能耐，每个月都有人给她送肉吃！"有时候，坤山娘出来晒太阳，我就远远看着这个老太太，除了皮肤白皙得苍老寂寥，和其他老太太没二致呀！"奶奶，坤山娘敬的是什么神，这么多人月月给她送肉吃？"我奶奶也是吃斋念佛的，且和坤山娘很交好。"西山老母，本事大着呢！"奶奶听出来我话中的醋意了，毋庸置疑地截住了我们的谈话。

几年后，奶奶的话有了某种程度的诠释。坤山娘九十多岁，无疾而终。临死很清醒，把坤山叫到床前说："坤山，今天把门槛拔了！""家里养的有猫狗，拔门槛干啥？"坤山不解。"不拔门槛，晚上我出不去了！"半夜，坤山娘溘然离世！

四

坤山娘死前的异兆发生后不久，离他家不远的甘喜家也发生了异兆！

甘喜是我同族的叔叔，高中毕业，一表人才。甘喜的哥哥富喜当了多年生产队长，1975年发洪水时，媳妇生儿子小猴丧命。有风水先生说，他家坟地有问题，伤女眷！如此断语，让想给甘喜说媳妇的犹豫再三，欲言又止。

那些年，农村人的婚嫁是有时效的。年近三十，甘喜才入赘同村卖油的老张家。栗门张全村一姓，辈分不乱。世俗就是变通。甘喜叔娶了低他一辈的秋，采用了"各喊各叫"的策略——即我叫甘喜为叔，喊秋为姐。"少白头，说话眼睛半眯着！"卖油老张家在我们村的小角门处，我上学路上经常见到秋，经常能碰到面。"赖货，虎头虎脑的，长大准是个帅小伙！"秋姊妹俩，喜欢男孩。后来，就是她的亲切举动影响了我的理性思维——秋在生儿子时，难产死亡。

生死关头，生死关头。人类历史上女人生孩子丧命的事屡屡发生。但秋生儿子时已经是二十世纪八十年代末了，中国的卫生条件有了很大的改观，难产致命已属意外。前车之鉴，甘喜的嫂子也是因为难产离世的，且风水先生之说已经传了十五六年，重蹈覆辙的悲剧重现，着实让人唏嘘不已！

"唉！一切都是命。秋生孩子半个月前肚子那么大了，把家里的衣服——自己的，别人的，穿的，穿不着的都洗了一遍！我问她，身子那么不方便，洗那么多衣服干吗？她说，万一将来洗不成了呢！""这话说的……"农村的饭，二点半。农闲时，人们在饭场上屁股坐着一只鞋，能喷到饭碗晾干……你一言我一语地让这个事越拼凑越有宿命感！

五

农村的事，有些是以讹传讹，有些是真实存在的。多少年来，鬼神之事对我最具震撼力的不是人们的口口相传，而是耳闻目睹！

新刚的家在村西头，我家在村北。三里长街，消息传过来得走好久，况且，当时我尚年幼，新刚什么时候娶的第一个媳妇，什么时候死的，一概不知。那时，农村闹鬼的事时有发生。谁谁阴魂附体——男人学女人腔哭着啰唆着几百年的老皇历。谁谁小孩抽风大人生病了，还愿时放电影，三里五村的人来观看。新刚的邻居家闹鬼，本不是什么大惊小怪的事。令人奇怪的是，邻居家的女人三天两头闹鬼，不是魔住了，就是吓着了，不是莫名其妙地大哭大叫，就是夜晚接连不断地"鬼打墙"。我们村的几个"明眼先生"（巫术色彩的土医生）诊断，是新刚死去的媳妇。外村的"明眼先生"看后，也说是新刚死去的媳妇。一年，二年，三年……新刚的邻居找上门了："你死去的媳妇天天这么闹腾人，怎么办？""你怎么知道是我死去的媳妇！"新刚嘴边的话。况且中华人民共和国成立几十年了，无神论思想已经成了社会的主导思想。"我们三天两头看见她，方圆几个村的明眼先生看后都说是她！"新刚的邻居委屈地说。"鬼神之事，谁能说清楚？"新刚与家人说的并非没道理。"你们说不清楚，有人说清楚呀！""即使有人说是她了！人不在这么多年了，咋弄？"那些年，农村人对于鬼神之事，宁可信其有，不可信其无……"怎么办？怎么办？'她'这样闹腾得不让人活，把坟给'她'扒了……"什么狗血辟邪，铜镜镇宅，新刚的邻居也是想尽各种办法了，歇斯底里地说。"坟扒了？"新刚与家人听得一脸错愕！

乡情的力量是巨大的，大到匪夷所思的地步。在各方人的说和下，新刚与家人居然屈从——同意邻居将自己死了三年多的媳妇的坟扒了！尽管那个死了多年的女人有一个儿子，扒坟是中国人最大的羞辱与伤害！

扒坟的消息像长了翅膀一样，传了好几个村子。那天，天空没什么异常，傍晚的天边布满彩霞！上小学一年级的我早早地放学，跟着看热闹的人去扒坟现场，路过我奶奶家门口，被母亲一把手拉住："不能去！""我想去看！"我嗫嚅地说。"一个死了几年的人只剩下一堆骨头了，有啥好看的。"母亲一脸严肃。"这么多人都去了，让我也跟着去吧！"我拧着身子说。"不能去！你秉性弱得恨不得大白天看见鬼，还敢去那些地方？"我小时候身体很弱，经常生病！"我……"挣脱不了母亲的手，我蹲在地上哭闹！正僵持着，从扒坟现场看热闹的人回来了："咦！怪不得闹鬼哩！新刚媳妇死几年了，尸身却好好的，像刚埋时一样！""是呀！把扒坟那小子吓的，用铁锹在'她'脸上铲了一下，还出血哩！""吓！埋风水上了！如果不扒，将来她的儿子厉害了！""坟一扒，一见什么光别说鬼怪，连灵气也没有了！"有人感叹有人惋惜……听得母亲与我一脸惊惧。

怪事传得最远。从那起时，人们的议论像炸了锅一样迅速在十里八乡扩散，议论了好些年……

六

"子不语乱力神怪！"我们在学校接受的是无神论教育。老师们在课堂上讲科学与无神论，下课后找人叫魂，甚至烧香还愿都司空见惯了。所以，我们这一代人的人格思维是分裂的，从小就知道书本是一回事，生活又是一回事。

后来，我进城上学，再后来在省城从事写作，"扒坟"这个事一直萦绕在我脑海之中。准备多年的长篇小说《沉默无处安放》就是以这个事为题材，在对童年的记忆放大后，我读了几百本关于宗教与科学的书——"地球为什么会围绕太阳转？"有人问牛顿。"因为有引力！"牛顿说。"引力从哪里来？"人们接着问。"这个得问上帝。"牛顿无奈地说。五百年后，人们弄清楚引力从哪儿来了，美国科学家经过几十年的研究，发现宇宙原初引力波存在的直接证据后，推定宇宙是150亿年前由一个体积无限小、密度无限大的奇点爆炸而来！"奇点以前世界是什么样子？"有人问霍金。"奇点以前叫没有以前的以前……"霍金也蒙圈了！

七

儿子看了电影《第九区》后问我，有没有外星人？我一时语塞，便给他讲了新刚媳妇被扒坟的事，他听得瞠目结舌。随着人类世代交替与科学的发展，人们的认识范围不断地扩大，仍有人提出科学无法解答的问题！比如灵魂，再比如量子纠缠！

问题还是那个老问题，答案却有了新答案。正如早些年的西方谚语——葡萄架还是那个葡萄架，葡萄架下的狐狸已不是原来的狐狸！

中篇：乡村演义

所有伟大的小说都会让你睁一只眼睛看到你应该知道，但又不愿看到的东西。

——帕慕克

人

　　世上诸多巧合的事，冥冥之中让人有一种憋屈感。因为愤子没有想到，他爹竟然和建强的爹同一天死的。同岁，又是同一天死的，整个村子的人都感慨："有钱咋，没钱咋，结果不都是一样——死。""有钱与无钱的区别是，死一样，葬不一定一样！"锤子别看平时说话蔫蔫的，会放冷炮。

　　确实如此。愤子在爹住院时知道建强爹的病也严重，就打定主意，葬礼一定要办得风光一些，让村子里看一看谁是老虎，谁是猫。愤子这个火憋好多年了，对建强的火憋的时间更长。两个人还上小学时，学着大人的模样捡废酒瓶、塑料布，换米花糕。愤子要求在塑料布里抹些泥，分量重换得多。建强不同意，愤子嫌他憨。建强回到学校告状，惹得校长张立本罚愤子在大会上做检讨不算，还在学校大门口站了三天。少不更事，过去的就过去了。愤子这件事渐渐地忘了。后来愤子早早地下学去省城打工，建强考上了师范，两个人联系少反而热络了。但是，一件事又刺伤了愤子。愤子初中未毕业在饭馆里学厨师，后来想开饭店，回家借钱找建强，建强说自己要结婚。又找校长张立本，"不巧的是，建强昨天刚来过，说结婚借用"。张立本越是客气，愤子越是觉得假。"这不是明显的高坟头添土嘛！一个师范毕业的小学教师，算个屁。"愤子越想越气，"狗眼看人低，我混出个模样给你们看一看。"

人一旦知道了为什么活着，就能承受常人不能承受的。愤子饭馆缺钱弄不成后，也不当厨师了，到建筑工地搬砖，到广告公司发广告页，跟着贩卖假兽药的推销假兽药……折腾了几年，在莆田人开的男性病医院干两年后茅塞顿开——辛苦是挣不了大钱的，挣大钱的都不辛苦。愤子从承包医院里的科室到承包县级小医院，从承包小医院到在省城办男性病医院和不孕不育医院，胆子大了好几倍，腰粗了好几圈，车子也换了好几部。愤子从桑塔纳开始，每换一次都要回老家一趟，先是到建强教书的学校转一圈，再到张立本家请老师吃饭，直到后来开着两百万的凌志停在村口两天两夜，才稍稍感觉早年的伤口不是那么痛了。

愤子爹死了，和建强爹同一天，再也没有比这机会更能说明问题的了。愤子打定主意后，揣两条中华烟来找老校长张立本主持他爹的丧事。

"奋斗（愤子的学名），建强刚前脚走。"张立本客气地说。

"建强爹的事也让你主持？"愤子有些意外。

"是呀！这不，刚喝的水杯还没有收起来呢！"张立本说着，清洗桌子上的杯子。

"老校长，别给我弄了。我车上有十八块钱一瓶的依云水！"愤子说着，摆了摆手。

"奋斗果然有出息，喝的水都是进口的。"

"有啥出息，在你面前不一样不好使！"愤子将了张立本一军。

"唉！这是哪里的话，这不是两家的事赶在一起了嘛！"张立本瞟了一眼外面，慢条斯理地说。

"赶在一起了，主持我爹的事呗！方圆几个村子的白事都是你主持的。大家都知道你主持这事周全。"

"建强刚才说过,我怎么好意思给他推了。"

"建强爹的丧事,也就那回事。我爹的事摊子大,我连副县长都报过丧了,到时市县乡的领导最少来一百位……"愤子自豪地说。

"就是省长来,也得讲个先来后到。建强先说过了……"

"建强不就是一个小学教师嘛!我爹的事要办得全县里都有影响!"愤子压了压火,说。

"无论干什么的,得讲个理吧!"张立本说完,见愤子没有吭声,又补上一句,"不管咋办,不还得在咱们村子里办,守这儿的规矩嘛!"

"那中!"愤子丢出来这两个字,走了。

有钱不仅能使鬼推磨,而且能使磨推鬼。愤子在他爹的丧事那天,请来市电视台的节目主持人,县剧团的来了二十多号人,又是唱又是哭的。从中午开始,大喇叭上念了一个多小时吊唁的名单。小轿车把村东头围个水泄不通。村西头,建强爹的丧事按部就班,张立本以传统的方式让吊唁者唱礼、行礼……沾亲带故的帮忙的帮忙,接待的接待。张立本清楚愤子憋着一肚子火,在安排人时故意富余一些,以防不测。但他做梦也没有想到,一切就绪,马上抬棺出村时,好些事先安排好的年轻人找不着了。"咋回事,人呢?"一直温文尔雅的张立本急了,拉住一个正要溜的小伙子问。"愤子为了把他爹的丧事办得风光热闹,请来了一班子跳裸体舞的女的。""谁想出的这馊主意?"张立本惊呆了。"不给你说了。跳裸体舞的开始了,几个村子的人都跑去了。"那个年轻人说着,拧一下脖子也跑了。"叱!"张立本说着,冷笑一声,抱着头蹲下了。

从栗门张走出去的人,春节有机会在老家相见。我有一个作家的虚名,每一次回去都号召大家聚一聚,发小建强、富起来的愤子、打工的雷子等。读书多,敬畏心就重。春节回去,我习惯到张立本老师家坐一坐,他们也顺水推舟地陪着我去。这件事之后,愤子春节回来就躲着我们,到了夜里才在十字街放一个多小时的爆竹烟火,炸得半个村子通明……

家　丑

一

坤山得喉癌的消息传出来后，先是乡党委书记到家里看他，说："现在的医学发达了，什么病都能治好。"紧接着乡长也来了，要托人给坤山联系省城医院。坤山媳妇杨梅坐在一旁，一直不安地说："给领导找麻烦了，给领导找麻烦了。""坤山同志是一个正直的干部，为基层建设立过大功。"乡长的这句话，让声音嘶哑的坤山激动得双手握着乡长的手，努力挤出两句："谢谢，谢谢。"

"张支书，听说你的喉咙……"新选上的村主任河东空着手来，有点阴阳怪气地说。"没什么大碍，酒喝多了，喉咙发炎。"杨梅听河东那不怀好意的腔调，赶紧从屋内出来。"是炎症就好，是炎症就好。"河东见杨梅没让他进屋的意思，站在了门外。"没什么大碍，医生不让他多说话。"杨梅故意轻描淡写。"那我就不进去了，今年种粮补贴下来，什么时候让张支书去领。"河东说完往外走。"那中，这两天我得空去领。"杨梅看着河东离开，心里说不出的鄙视。

坤山从部队复原回来，正赶上村委会配班子。农村的党员极少，乡党委书记没和坤山商量就把他写了进去。那时候，村干部的主要工作是催粮派款、刮宫流产。为了激发村干部的工作积极性，乡政府出台政策，收上来的各种款项按比例提成。村支部书记国强特别卖力，一切都按乡里的政策执行。村民先是知道国强多年没有交过公粮，后知道妇联主任小巧也没有交。有了这个理由，大家联合起来抵制。"谁也没有国法大。"乡里下来的工作组和联防队员要以综合治理的名义，来硬的——牵猪牵牛，拆门揭瓦。坤山刚从许昌学习如何种烟叶回来，上前拦住了："群众的眼睛是雪亮的，干部只要以身作则，工作还是很好做的。"坤山先是拉着一车子粮食到粮管所交了，其后他的堂弟、二叔都去了。村民心里清楚，胳膊拧不过大腿，陆陆续续地都交了。乡长大会小会表扬坤山。

人这一生，只有威信为你二十四小时工作。坤山的正直让媒婆几个村子地挑拣，给他找了一个长相、性格都好的媳妇，还是高中毕业。别人办事四求人，杨梅到学校教书是乡长一次酒后主动给坤山提出来的。"县里计划招民办教师，你媳妇高中毕业，在家种地可惜了。要不，报个名？""报个名就报个名。"什么时候都表现得很淡然的坤山干了二十多年村支书，杨梅也由县代课教师熬成公办教师，退休后一个月领二千来块。

"刚才是谁？"坤山见杨梅进来，声音嘶哑地问。

"河东。"杨梅淡然地说。

"噢。"

"他来有事没？"坤山见杨梅没有接他的腔，又问了一句。

"今年种粮的补贴款，让领！"杨梅说着，去倒茶。

"他，没有说其他？"

"现在当干部，真容易！"迟了好大一会儿，坤山感慨了一句。

"医生不让你说话，不让你说话。嘴都闲不住了！"杨梅听到坤山那嘶哑的声音,喉咙里像堵了什么一样,愠怒地说。

"说个话,能累死人呀!"坤山见杨梅没有好气,忽一下子坐了起来,怒目圆睁。

"累不死,累不死。你说吧!"杨梅见坤山火了,把茶杯往桌子上一掼,甩手出去了。出了门,想起来地里的豆角该摘了,直接去地里了。

"你……"坤山见杨梅出去了,声嘶力竭地叫了一声,像斧头劈竹杆一样刺耳!

"叫吧,叫吧!"路上,杨梅又想起来一次在学校开考务会,坤山让她回家给做饭,要招持乡干部,自己一个"不"字还没有落地,坤山当着众人的面给自己一耳刮子。

冷战了两天,在省城工作的儿子小威回来了。"要不,咱们去省城吧!"小威小心翼翼地对父亲说。"我问过了,喉癌根本就没有办法!"诊断结果出来后,杨梅问了医生几次,专门在网上查了有关喉癌的各种资料。"书记说,现在的医学发达了,什么病都能治好。乡长在省城也有熟人……"沉默了两天的坤山见儿子回来了,有些争取地说。"他俩说什么你就信什么?"杨梅明显还有情绪,冲了坤山一句。小威上大学虽然学的应用心理学,但对医学还是比较人了解得多。他知道目前喉癌根本就没有任何办法,切除不可能,化疗对人体损害大不说,特受罪。"要不,我回省城再买一些中药……"小威只能这样安慰父亲,直到回省城那天,还是这句话。

从检查出来是喉癌那天,杨梅根本没对坤山隐瞒。医生也没有避讳,把这个病的各种可能都给坤山讲了,让他做好一切准备。令杨梅没有想到的是,一生要强的坤山被吓住了,动不动哭起来。杨梅想起来老校长山本,上午体检出来肺癌,晚上上吊的事,心里越发地烦躁……

"我躺下了,你却待我不好!"小威走后,坤山见杨梅对自己仍不热不冷的,忍不住了。

"少年夫妻好老伴,我躺下了,你却这样待我!"见杨梅没有回音,黑暗中坤山睁着眼又说了一句。

"你待我好?!"杨梅连身都没有翻地说。

"我咋待你不好了?!我不就是脾气不好,气头上拍过你几下嘛!"坤山知道自己爱动手的毛病,这时不敢不承认,而是降低程度,把打说成拍了。

"是拍我,是拍我!"杨梅说完,冷笑了几下。

"村里老少爷们有目共睹。你说,咱俩这一辈子,我除了脾气不好,还有哪儿待你不好?!"坤山说着坐了起来。

"哪待我不好,哪待我不好?"杨梅说着,鼻孔开始喘粗气。

"是呀!除了我脾气不好,你说我哪儿待你不好?"坤山以一个受害者的身份,委屈地哽咽起来。

"哪待我不好?你以开会的名义,晚上一出去半夜,一出去半夜。你认为我不知道你去干啥?你去的谁家?"杨梅把压在心中二十多年的话,像堵在胸口的一块石头一样扔了出来。

"你……"正哽咽的坤山,一句话也说不出来……

二

直到坤山去世,他再也没有给杨梅提过自己哪儿待她不好。埋葬坤山那天,参加葬礼的人私下问,坤山当村支书时,一出去半夜,去的是谁家?大家摇摇头,都说不知道。其实,农村的生活场景是很有特色的。过去,人们饭时端着碗到门外的街上,靠着树的,蹲着的……呼呼噜噜稀饭面条吃完之后,碗往地上一撂就喷起空来:从美国的航空母舰能装多少架飞机到二狗家的老母猪能下几个猪娃,从日本男人可以公开领女人回家到谁家小子不孝顺……人们口沫四溅,说得头头是道。蹲着喷累了,脱掉鞋垫在屁股底下坐着喷,一直喷到饭碗晾干,老牛倒沫。

　　我在这样的环境下,听到很多惊世骇俗的隐蔽之事,观察了太多沉淀在生活下的悲欣交集,唯独坤山当村支书时半夜去谁的家,一直没有搞清楚,问了几个人要么不置可否,要么含糊其辞。

二　犟

一

大公鸡疯一般满院子跑，二犟疯一般满院子追。

鸡贩子手持着专门捕鸡用的套网气咻咻地说，追不上了，就别卖了。二犟鼻子重重地哼了一声，撅着屁股跟在大公鸡后面，追到院子外面去了。大公鸡被追急了，连跑带飞地跃过矮墙。二犟一个箭步想跃过去，脚正好踩在一块西瓜皮上，一个趔趄摔了个嘴啃泥。"追上我非撕开你不可"，二犟爬起来恨恨地骂了一句。

大公鸡跑来跑去又绕到鸡贩子的跟前，鸡贩子持着网刚要去套，二犟在后说："别，我非一个人追上不行。"前面有人，后面也有人，大公鸡一愣神，二犟一个跃身扑上去，正好把大公鸡按在身下。鸡贩子屁颠颠地转身拿秤时，听到大公鸡一声惨叫，一扭脸，二犟两只手血淋淋地拎着两只鸡大腿。大公鸡活生生地被二犟撕开了，鸡贩子惊得嘴张得像小屋一样，看着眼前这个十五六岁的大孩子，一句话也说不出来。

自从二犟活生生地将鸡撕开之后，名气就越来越大。时常有人开玩笑打赌说，一般人的脖子是一根大筋，二犟的是两根。好多人都不信，可都不敢去摸摸已长得人高马大的二犟脖子里到底是几根筋。

农村娶媳妇要彩礼越来越大，越来越讲排场。二犟从说媒到娶已花了三万，可娶亲的那天早上，新媳妇非再要一千元的上车礼，见不到钱不上车。主事的二犟伯从二犟媳妇家出来后，一脸阴沉地坐在车上，一声也不吭。娶亲的二十来号人全僵在那里了。这时候，已花得山穷水尽了，到哪里再找一千元的上车礼呢，况且，以前新媳妇上车，只是包个红包，多少都行，哪有非要一个数目的道理呢？来娶亲的人围着车小声地议论着。二犟伯好大一会儿才缓过气来说："强子，你骑个车快点回去，让二犟再借一千块钱吧！娶新媳妇是不能过午的，过午不吉利。"强子听后，一溜烟地骑着车回去了。个把小时，二犟风风火火地来了。"钱拿来了吗？"二犟伯见二犟劈头盖脸就问。二犟没有正面回答，径直往老丈人家去了。

二犟出来时脸憋得像紫茄子似的，从司机手里夺过车摇把，把车发动起来。对着娶亲的二十来号人说："大家都坐上，不娶了，咱们走。""你这一辈子想打光棍？"二犟伯低声吼道。"我宁愿打光棍，今天也不会再给她一千元的上车礼。""你以为你是皇帝，能娶三宫六院。今天这事办不好，你这一辈子就完了。"二犟伯后槽牙咬得嘎嘣嘎嘣响。二犟仍赤红着脸启动车要掉头。娶亲的人一齐上去，连拉带扯把二犟弄了下来。这时，强子带着二犟娘拿着钱来了。"我知道只要他一来，就不会有好事。天杀的，我咋生一个这样的儿子。"二犟娘抹着泪低声骂着，把钱递给二犟伯。几个人连推带揉地，把二犟先给弄走了。

后来，我们村的人都议论说，二犟娶媳妇那天，二犟伯不应该说二犟你这辈子完了。娶亲那天，无论发生什么样的事，也是不能说不吉利的话的。二犟后来的命运和他大伯说的话到底有没有因果关系,谁也下不了定论。总之,二犟娶了新媳妇不到半年,就出事了。

其实,二犟和村长根本就没有什么仇恨。那天,二犟拉着一车子麦从地里往家走,迎面村长开着四轮车拉个空车斗过来。二犟想让村长让路,村长想让二犟让路。两个人僵持着,一直走个头碰头。二犟拉着车子,横眉竖眼往村长四轮车前一站,村长刹住车坐在上面一个劲地让车冒黑烟。僵持了足足有十分钟,村长把四轮车火一熄,下来了。推了二犟一把说:"二犟,日你先人,你脖子里真的长两根大筋。你咋不知道给人让路哩,你不看天快下雨了吗?""我日你先人,你骂谁,我先人没吃你的,也没有喝你的,凭啥该叫你日。你才不知道给人让路呢,你不就开个破四轮吗?你不看我拉一满车子麦,是重车。"两人说着说着,吵起来了。村长一把把二犟扯过来,上前给二犟脸上来了一拳。"兔崽子,还真犟。""去你妈的吧!"二犟抡起胳膊,对着村长一阵子猛揍。待人们赶到时,村长已经吃亏了。

村长吃亏的那天晚上,派出所的刘民警以扰乱治安为名将二犟给铐走了。二犟在派出所里吃大亏了。派出所里的刘民警将二犟往小黑屋里一关,一过十二点,同时过去几个人,黑灯瞎火的,几个人对着二犟一阵子猛打。挨打时二犟还听见村长骂:"我让你打我,我让你犟……"

谁也没有想到,二犟出来后会把村长和刘民警都砍了。二犟出来后二犟娘非让二犟给村长道歉。二犟说,行,给村长捎个信,我晚上去给他赔不是。二犟娘想,这次村长把二犟的犟劲给制伏了!

那天晚上,村长为了庆贺制伏了二犟,不但给二犟摆上了酒,还请了刘民警作陪。酒过三巡,没有想到二犟抽出身上藏的刀,对着村长连砍了三四刀,刘民警反应快,起身要跑,被二犟追上砍掉右手两根指头。

173

村长死了。刘民警以渎职罪被判一年,二犟以故意杀人罪被判死刑。

听村里给二犟收尸的人说,二犟临死时还一个劲地自言自语,村长和刘民警是人,我就不是人呀?为什么他们能打我,我不能打他们?……

事后好多年,我们村里的人提起二犟,还说,二犟是一个论理的人,只是爱论死理。

二

离二犟家不远,还有一个犟得出名的人——老犟筋。

端午节,晒麦子。一天没有晒干的人家都想再晒一天,傍晚天阴了起来,大家只得灌灌装装收起来,以防有雨。老犟筋和栓子、林德都嫌麻烦,磨磨蹭蹭地熬到天黑。栓子与林德感觉到空气中有湿气,知道事情不妙,咬咬牙收起来了。老犟筋仍摊着。"收起来呗!怕是有雨!"路过的人都说。"不会有雨,你看天上出来三颗星星了!"老犟筋说。"别说出三颗星星,出着日头还下雨呢!"老犟筋媳妇一辈子做不了主,嘴上没有少说。"你能!你比咱们的老祖先们都能。人老几辈子都说,一晚上出个三颗星星就不会下雨了,你能得能让老天爷下雨。"老犟筋是个什么人呢,本来自己想往西走,有人说往西走,他掉头非要往东走。媳妇知道自己犟不过丈夫,只得早早地准备雨布,从家里还没有走到晒粮食的地方,瓢泼一样的大雨下来了。

春节初一早上,中国人的习俗是吃饺子。老犟筋非要喝稀饭。"为啥你非要和别人不一样呢?"老犟筋的媳妇发怒地说。"因为,这个世界上只有我一个这样的人。"老犟筋振振有词。"你和世界上的人都不一样!所以,大年初一你喝稀饭!"老犟筋媳妇想的是,她吃饺子不做稀饭,看老犟筋咋喝。

　　大年初一,老犟筋起来吃饭时见仍是饺子,骂骂咧咧说:"日你先人,昨晚吃饺子,早上还得吃饺子。我就喝稀饭,看老天爷咋着我。"骂着做着,不一会儿做好稀饭后端着碗往大街上走,想向人们展示一下不一样的他。刚出院门,有小孩在邻居胡三家的猪屁眼里放炮,猪受惊后冲了出来,一下子撞在老犟筋的腰上,只听得咔吧一声响……

三

　　有人说,犟人都是尊严意识特别强的人。
　　有人却说,犟人都是内心脆弱、表面强大的人。

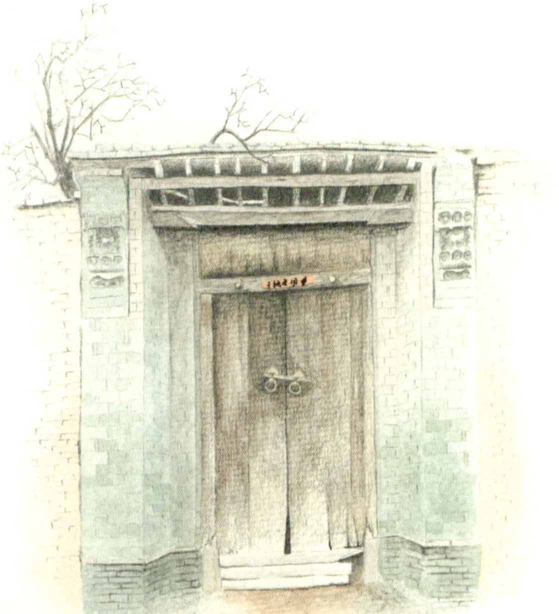

恶毒，恶毒

一

"我看一看到底是谁这么嘴贱！"

马小蝉家的菜园离村子近，种的茄子、西红柿、倭瓜（河南方言：南瓜）一直被人偷。丢就丢了，都是地里长出来的，马小蝉不太上心。这次，贼连她故意留的倭瓜种也偷走了，让马小蝉有点受不了。"蜢虫子飞过去还有一个影呢！"马小蝉想看一看到底是谁偷的，蹲在棉花地里逮贼，从中午守到日落，想到家里的鸡子丢蛋，回去盯一下，匆忙赶回来时，碰上鲁能肩上扛一个大倭瓜，怀里抱几个茄子。"咦！"马小蝉到菜园里一扒，自己特意用草盖起来的倭瓜又丢了。

"太过分了！"马小蝉气咻咻地去鲁能家，没进厨房就听见案板拍得啪啪响。鲁能果真在剁案板上的倭瓜。二小在烧水，三小在洗茄子。

"鲁能，你摘的是俺家的倭瓜种子吧？"马小蝉劈头盖脸就问。

"你！"鲁能一惊，没有想到马小蝉找上门来了。

"别的什么丢了,我没有吭过声。留的倭瓜种,你也偷!"指着躺在案板上已经被鲁能大卸八块的倭瓜,马小蝉有些激动。

"你留的倭瓜种和我有啥关系!"已经平静下来的鲁能手里拎着菜刀,似笑非笑地说。

"你敢说和你没有关系!"马小蝉一听,来气了。

"你说什么关系!你的倭瓜种在你地里,和我有什么关系?"旋即,鲁能有些挑衅。

"没有关系?我在地里守半天了,家里鸡子丢蛋,回来一会儿就被你偷走了。"马小蝉见鲁能死不认账的样子来气了,"为了防贼,这个倭瓜种我故意用草盖一盖,还是被你偷走了。"

"你说是你家的,你喊一喊!看它答应不?"鲁能讥笑说。

"我就回来一会儿,瓜种丢了。正好碰上你扛着回来。你说不是你,是谁?"

"是谁?我还想问你呢!"鲁能本不想上高腔,看着二小三小齐刷刷地看着她,争辩说:"捉贼拿赃,捉奸拿双。你的瓜丢了,你看见我偷了?"

"没看见和看见有什么区别,我就回家一会儿,瓜种不见了。正好碰上你!"马小蝉激动起来话都说不清楚了。

"你没有看见,怎么知道是我妈偷的。你诬赖人。我家也种倭瓜了!我们也有菜园。"二小三小齐刷刷地和马小蝉吵。

"你敢赌个咒,没有偷我的倭瓜种!"鲁能偷菜偷庄稼几乎全村子里的人都知道。鲁能的丈夫陈华游手好闲不说,还赌博,偏偏生了三个儿子一个姑娘,家里早因计划生育被罚得穷得叮当响,粮食不够吃。马小蝉其实很同情鲁能,见她死不承认,来气了。

"我没有偷,赌什么咒!"鲁能见马小蝉咬住不放,脸一沉说。

"你见我妈从地里回来就认为我妈偷你的瓜了。我还见你从地里回来了,俺家的瓜也丢了。"二小三小围过来给母亲帮腔说。

"你……鸡子鸡子丢蛋，留了倭瓜种也被人偷。"马小蝉清楚一张嘴吵不过这三张嘴，嘟囔一句后，想撤。

"鸡子丢蛋，你家的鸡子会下蛋不？"鲁能反唇相讥。

"你说谁家的鸡子不会下蛋，你说谁家的鸡子不会下蛋！"马小蝉突然像被蛇咬了一样，大叫起来。

"谁家的鸡子不会下蛋谁知道。我偷你的倭瓜种了！有种没有种，自己最清楚。"鲁能一看马小蝉跳了起来，也不示弱地上了高腔。

"好！你说你没有偷。哪个七孙偷我的倭瓜种了。谁要是偷吃我的倭瓜，让他一家人嘴上长痔疮！"马小蝉不会生育，就怕人揭她的这个短。

"你才嘴上长痔疮呢！谁诬赖人，让谁家断子绝孙。"鲁能看二小三小那眼神，想把马小蝉赶紧激走。

"你，你，你……"马小蝉手脚冰凉，哆嗦得说不出来了。

"你什么你，没话说了吧！别在俺家！"二小三小推着马小蝉往厨房外走。

"好！不承认是吧！我非在菜上下药不行。谁要是再偷我的菜，我药死他鳖孙。"马小蝉回到家里，在麦囤里找到毒鼠剂，去菜地里下药去了。

事情过去好几天了，陈华根本就不知道鲁能和马小蝉吵架这回事，也没有人跟他说。从地里回来，走到马小蝉的菜地里，见一个倭瓜长得皮光个大，摘下来扛回家了。鲁能切巴切巴炒一菜，看着饿得不行的二小三小一人一碗拌着玉米糁狼吞虎咽地吃上了，拎着菜篮子给猪打草去了，临出门时剜一眼陈华说："别光顾着自己搞馕（河南方言：吃的意思），先把垫窝（河南方言：最小的儿子）喂饱。"

老母猪快下崽了。鲁能指望这一窝猪娃给大囤二小交学费呢！

一篮子草没有打满，感觉有些心慌！正犹豫不决时，听见有人声嘶力竭地喊她："鲁能，鲁能。二小三小中毒了！"鲁能啪的一下子蹲在地上了。

没送到卫生院，小垫窝就不行了。医生们费大劲给二小三小灌肥皂水，两个孩子折腾了一夜，也没有抢救过来。

一个倭瓜药死三个孩子——这在中原县历史上是一个大案。县刑警队没费劲就把案子破了，直接将马小蝉抓走了。

"药是你下的不？"刑警审她说。

"是！"马小蝉一脸的悲戚！

"怎么下的？"

"我把正在长着的小倭瓜切个口，把毒鼠剂倒在里面！"

"你清楚下药会毒死人不？"

"清楚！"

"清楚还下药！"审讯的人厉声说。

"……"

"听说你和被害人鲁能吵过架，说要药死她！"

"我说是谁再偷我的瓜，我就药死他。"马小蝉毫不隐瞒。

"因为你们两个女人吵架，你的一个倭瓜药死了三个孩子！"审讯人员说着就有些于心不忍。

"那个女人太恶毒，骂得你想和这个世界一起毁掉！"马小蝉说着，放声大哭起来。

二

有一件事更骇人听闻。

马明花东躲西藏地第四胎生下一个男孩后，总算长出了一口气。六七个月时抱着小孩走娘家。越是珍贵，越是喜欢在人前炫耀。马明花抱着自己的儿子在娘家的大门一站，一圈人围了过来。有人说小孩天庭饱满，有人说小孩像舅舅。这么大的小孩正是比较逗的时候，人们夸奖时忍不住抱一抱。邻居翠儿七八岁，也过来抱小孩。马明花本不想让她抱，又不好意思拒绝，将孩子递过去时还说："拦好腰，别摔着了。"翠儿没有抱过孩子，玩具娃娃一样接过来往肩上一扛，小孩子嗖一下子撂了过去，头朝下直勾勾地掉了下来。一群人大惊，拾起孩子摇呀晃的，好长时间也不见孩子有呼吸。

不啻是天塌了下来。马明花五雷轰顶一样一下子傻了，披头散发地坐在地上大哭。弟弟马明哲过来，一看翠儿将姐姐千辛万苦生的孩子摔死了，嗷的一声，恶狼一样抓住吓呆了的翠儿的双脚："我让你一命抵一命。"说着抡起来转了三大圈甩了出来，只听得一声惨叫，翠儿头撞在了墙上，脑浆迸裂⋯⋯

三

诗人里尔克说：生活与伟大的作品之间，有一种古老的敌意。

写了多年小说的我说：伟大的作品与真实之间，有一种古老的敌意。

孝

一

"爸,咱们手术吧!"雷子小心翼翼地说。

"手术!"加更警觉地睁开了眼,看着儿子,又看了看老伴说。

"是,大夫说,你这病再手术治一次,就好了!"雷子说着,给父亲掖了掖被子。

"大夫的话,也能信!"加更怨恚地说。

"你不信大夫的话,信谁的?"雷子羞赧地笑了笑。

"信命。阎王爷不要的命,谁也没有办法。阎王爷要我三更死,我活不到五更天。"加更说着说着激动起来了,费劲地用手擂被子,却几乎发不出一点声音,但手势还保留当年的虎气。

"大夫不也想让你早点好起来吗?"雷子知道父亲的脾气,半是劝慰半是解释。

"让我好,还不如让我死哩!"加更眉头一皱,气顶不起来,使劲呛了呛说。

"医者父母心。哪个大夫不是想让自己的病人好!"

"让我好。我是人，不是牲口呀！"加更被激得发不起火，转而像小孩子一样号啕大哭起来。"爸，爸！"雷子怕父亲太伤心，憋着不敢说了，从被角下抽点纸巾，给父亲擦泪。

不仅是老加更，连雷子也没有想到会是这个结果。老加更开始只是尿血，小便里有血，没当回事。老男人，前列腺没出问题的不多，何况老加更当多年村长，心里更清楚。那天媳妇多嘴说，你的医疗卡办下来了，去看看呗！"看看就看看，就当试试管用不？"如果以前，老加更随口就是，该死屌朝上，不死急得慌。该死死，该活活。国家突然有政策，让工作超过十五年的村干部享受到公务人员的医保待遇，老加更有些小得意，给媳妇说自己尿里有血丝的事。"老物尿，不早说！"媳妇听得一惊。"那家伙用这么多年了，是把钢枪也该出毛病了。"老加更涎着脸给媳妇说。"哼！知道你不是好东西。"加更媳妇表情复杂的看了头发马上白完了的丈夫，回屋里给孩子们打电话去了。

从县医院转到市第一人民医院，老加更就有些疑惑不解，问儿子怎么回事。"大夫说是前列腺炎，吃点药。"雷子给父亲解释说。"我的医疗卡办下来了，拿点药不就行了，去市医院干啥？"老加更不痛不痒的，真的没有当作大病。"市医院仪器先进，大夫建议再好好查查。"雷子从大夫的口气中听出来事情不妙，仍哄父亲说。"查，查。一分钱的药丸不拿，几百几百的就没有了。要不是能报销，就回去了。"老加更还是惦记花谁的钱的事，勉强配合到市医院。但是，市医院的检查结果一出来，全家傻眼了：睾丸癌。症状是左睾丸化脓，右睾丸囊脓，不及时手术，有生命危险。

"要是割除一个，你父亲知道了那不……"尽管是当着儿子儿媳妇的面，加更媳妇仍不好意思说出来。"如果不尽快手术，病情一旦恶化，想手术也来不及了。"雷子第一次遇到生老病死的事，也有点发懵。"你爹一辈子要强的脾气，那东西被割掉一个，传出去，门都出不了了。"加更媳妇还是不敢当丈夫的家。"要不，告诉我爹，让他自己拿主意。"儿媳妇、女儿插嘴说。"不中，不中。"加更媳妇连忙摆手。"那……"雷子知道媳妇、妹妹说的不对，但自己也没了主意。"你爹表面要强，遇到大事胆小着呢，要是知道动刀子割他的肉，不知道吓成啥了！"毕竟在一起生活四十多年了，加更媳妇更了解自己的丈夫，最后还是她拿主意动的手术，将左睾丸割了。

老加更很长时间才知道自己的左睾丸被切除了。一家人都哄他说，手术只是给他的尿道做了个疏通。"通通就通通吧！是下水道几十年，也堵了。"从医院里出来，老加更确实感觉到老二没有那么胀了，每次尿尿也不像以前费劲了，再者，毕竟是一个大老爷们，没事不自己捏自己蛋玩！一家人也挺高兴的，好像一个千斤重担一下子卸了下来。开春，村里的老会计铁算盘被查出来喉癌，老加更还去看他，劝他去医院手术。"癌要是能治好，就不叫癌了。"铁算盘不去医院看，儿子、儿媳妇也顺水推舟……

麦正艳花，铁算盘就去世了。老加更心情很沉重，沉重得不忍心去参加铁算盘的葬礼，在床上两天，又开始尿血了。"你爹不是紧张的吧！"加更媳妇连忙叫来一家人商议。"管那么多，去医院，什么不就知道了。"这次，雷子有了心理准备。"告诉我爹真相不？"儿媳妇怕将来遭埋怨，小声地说。"知道个啥！"雷子瞪了媳妇一眼，哄着老加更说去医院复查。医生告之，右睾丸也被感染化脓，需要切除。这时，雷子知道纸里包不住火了，一下子又没有了主意。

"老东西，你的命重要，还是那重要。手术就手术呗！"这两个月，加更媳妇头发一下子白完了，还故作轻松地劝丈夫。

"割，割。不经过我同意，已经给我割一个了。就剩一个了，还割。"加更恼起来，猛伸出手，将床头上的茶杯扒到地上。啪的一声,吓得楼道里的护士一声尖叫。

"不手术,将来想手术也来不及了。"雷子赶来后,和母亲一起劝父亲。

"手术,手术。割肉挖眼也算手术!"老加更那个懊恼。

"铁算盘叔不手术,家人也同意他不手术。人不在了。半个村子里的人都骂他儿子……"雷子本是想从另一个角度劝爹。

"你铁算盘叔咋了,走得不是干净利索嘛!"

"他干净利索地走了,他儿子却后悔得要命!"

"有啥可后悔的!手术,手术。手术了,能保证治好,一辈子不死了?"老加更瞪了瞪儿子说。

"治病哩!扯那么远干吗?谁会保证谁永远不死。"雷子见父亲怪母亲像小孩子一样,说话越来越胡搅蛮缠,故意顶了一句。"能好,能好。'床前没有百天孝子',我还盼着你好了,将来侍候我哩!"加更媳妇忙给儿子使了个眼色……雷子出来去找医生商量后,尽管只有百分之五十的把握,仍打定主意要给父亲再手术一次。

不隐瞒后,医生、家人不再避讳地商量手术方案,手术后的各种可能……加更媳妇抽空还到离医院不远的卦摊算了一卦:五月初七,冲煞,主吉。适全出门,过坎,心里稍稍安顿了一下。夜静后,加更媳妇看着病床上一脸凝重的丈夫,看着看着,想到了许多。想着想着,困了,躺在老加更旁边的床上睡着了,还做了一个梦。梦见天非常地蓝,桂花非常地香。老加更还是年轻时的模样,从村后的大路上走来,越走越近,越走越近。走到自己跟前,正要伸着膀子抱她,脸突然变了……加更媳妇一下子醒了,扭脸去找人,床上空了。

老加更用绷带套着脖子,将自己吊在输液架子上,舌头伸得老长……

二

什么情绪都能传染，包括绝望。

老加更在医院上吊死后不到两个月，邻居秋禾婶子也死了，喝药死的。全村人像炸开了锅一样！秋禾婶子三个儿子，两个女儿。虽然老伴去世多年了，矿工家属每个月还领二百来块钱。要吃有吃，要穿有穿。儿子们也有出息，在县政府当文书的当文书，教书的教书，最没有本事的小儿子万成也是村里的电工。她怎么就想不开，喝药死了呢！

张德北是被他们兄妹五个绑到家里主持公道的。老大文成先说话："母亲喝药前和谁生气了？"大家都摇摇头，说没有。教书的千成问老三万成："是不是恶狗一样借这或那样的理由伤斥娘了？"万成连连摆手说，最近村里忙着架线，好长时间没有见过娘了。大女儿千朵说她是刚从河北石家庄打工回来。二女儿万朵说她一直在卫生纸厂上班像打仗一样，快一年没有见娘了。千成看了看大家，又瞅了瞅德北，突然用手扇自己的脸说："娘花钱不愁，又不种地纺花了。一个人轻闲得住一个院，这样不明不白地喝药死了。这不是让儿子丢人吗？今后，咋出门哩！"千朵万朵都去拦千成扇自己的脸，拦不住，扭脸看张德北。张德北披着褂子，一声不吭地一根烟接一根烟地吸。"德北叔，这个事……"文成喝止住了千成，向德北求助。"这个事！现在你娘也死了。她住的这三间房子可以分了，你们不是该高兴了吗？"张德北掐灭烟后，在脚底下又扯稀烂说。"那……"文成一下子脸通红。"你们说起来都是排场人。你爹死后没几天，你们闹着分家呢！这三间瓦房非要兄弟一人一间地分了……"当时，张德北主持的分家，窝了几年的火终于发出来了。"文成，我咋给你说的！我说你是老大，又在县政府工作，姿态高一点，不要提这三间瓦房的事了。你怎么说的?"张德北双眼圆睁直视着文成。文成脸上的汗都下来了。"你说，你没有问题，怕媳妇不同意。""千成，你天天在学校教育孩子如何孝顺，如何做人，你是怎么做的?""我忙。"平时说话滔滔不绝的千成这时结巴起来。"你说，三间瓦房不扒也行。估成钱分。""这也是没办法的办法，他俩坚持分这三间瓦房，扒了让娘住哪?""你还知道你娘住哪?估成钱，这钱谁出?"张德北说着提高了嗓门。"最不是东西的是你万成。天天说你娘向着这个了灭那个了。几步路远却月儿四十不到你娘院里来一趟。即使来了，不是哭穷没钱，就是找你爹留下来的宝贝呢!"万成挨张德北的训习惯了，只傻笑……

三

张德北和我父亲交好。每次我回去，他不等着我去看他，而是借找我父亲，和我成半天地聊。秋禾妯子死的前因后果，我从他嘴里知道得一清二楚，心情抑郁了好几天。

回到郑州，《白鹿原》电视剧正播。无意间转台到朱先生死的那场戏："我心里孤清得受不了，就盼有个妈!"顿时我热泪盈眶——作家陈忠实太了不起了，"孤清"二字道出了多少芸芸众生的悲苦无助……

说到底

这个事,锤子思谋不是一天两天了,正当一筹莫展的时候,机会来了。

"家里有人不?"双山在大门口喊时,锤子刚和媳妇办完事,进厕所一泡尿还没尿完哩!"谁在家?要是没有起来,我去掀被窝了。"双山说着,从院外往里走。"嘁!"锤子听到这句话立即有了主意,匆匆忙忙地提上裤子,三步两步从厕所后墙翻出去,一溜烟地跑了。"翠婶子,翠婶子,不会真的光着哩吧!"双山见门半掩着,没敢直接进去,晃着门笑。"那个谁!那个!"柳翠听到双山晃门响,慌慌张张地往身上套衣服!"被窝还热着吧,趁热被窝……"双山在门口笑着,还故意跺了跺脚。"那个啥呀?"柳翠很少和别人开玩笑,有几个小辈的经常嘴上占她的便宜,她就是不会。"新磨的面,才弹的花!"锤子在县城开过饭店,说起浪话来一套一套。"去你娘的脚吧!"柳翠怕双山进来,慌里慌张地光着脚踢着鞋出来了,胸罩也没有戴,两只奶子像兔子一样一晃一晃的。"锤子哩?"双山见柳翠一个人出来,一本正经起来。"刚出去!"柳翠正疑惑锤子去哪儿了,抬头看见锤子从院门进来了,正想去厕所一趟,锤子却变脸了:"你俩干啥了?"

"干啥了?啥也没干呀!"作为女性,柳翠有一种天生的敏感!

"干啥，在这大门口能干个啥！"双山虽然也看见锤子的脸色不好看，一副心里无鬼不怕鬼敲门的坦荡，略带自嘲地苦笑着说。

"没干啥！大清早的你从我家里出来！"锤子双眼一瞪，上高腔说。

"我刚……"双山一听不对劲，想辩解。

"他什么刚出来，不是你刚起来出去吗？"柳翠急了，扭脸盯着锤子说。

"去你妈那个×吧。"锤子狂怒起来。

"你……"柳翠见锤子恼了，一是觉得锤子恼的莫名其妙，二是怕锤子真的误会了。

"你刚那个，那个了，出去。双山在门外喊谁在家，我还没有来得及……"柳翠越急，说的反而越慢。越慢，反而越急。

"你还有脸说这哩！"锤子不想让柳翠多说一个字，猛地上前又抽一个耳光。

"锤子！"听到这儿吵架，东西邻居都过来了。西边的五婶见柳翠挨打了，惊叫一声。

"锤子，你弹个球哩！"东边邻居高兴也说。

"你个王八蛋！"柳翠觉得嘴里有点咸，用手一摸嘴角，有血，号啕大哭起来。

"我是王八，还是绿色的王八。"锤子看了一眼双山，对着柳翠声嘶力竭地喊。

"锤子，你说的是个啥，谁给你戴绿帽子？"双山实在看不下去了，也高腔说。

"谁？我大早晨从外面回来，见你俩在门里，一个一个这个德行。"锤子说着，越发地觉得委屈，越说越气，脸一会儿像猪肝一样。

"你刚起来不一会儿，我以为是你……"柳翠怕大家误会，想澄清说。

"你以为啥球哩！……"锤子又一跳多高地去打柳翠。

"锤子、锤子。"高兴上前去拦锤子，五婶经事多，拉住柳翠去她家。

"锤子，你这是抽的哪股子疯呀！"见柳翠不在场了，双山也缓了气，语气复杂地想给锤子沟通。

"抽的哪股子风……你以为我不知道你是啥人？"锤子指着双山的鼻子说。

"我是啥人？"见矛头对准自己了，双山也上火了。

"你是啥人，你在城里开饭店时强奸女服务员被拘留半个月，你以为大家都不知道。"锤子说着，拍着大腿。

"锤子，你胡诌个球哩！"双山真恼了。

"我胡诌？蠓虫子过去还有一个影呢，你干了不要脸的事，认为大家不知道。我大早晨一回来，你在我家里，我媳妇衣衫不整，我胡诌……"锤子说着，原地转。

"锤子，你个……"双山觉得解释不清了，一恼，抡拳砸锤子。

"呵呵，干出这不要脸的事，我没打你，你还打我哩！"锤子这时清楚，自己绝对得站在道德至高点，气势不能弱，转身在灶火墙沿儿拎起一把铁锨。

"锤子，疯了！"自古奸情出人命，无论真的假的，人在气头上是不想后果的，在场的人急忙拦住。

"你让他铲我试试，你让他铲我试试！"双山觉得太不可思议，几个人拉不住他。

"朋友妻不可欺，何况还是爷们儿！"锤子也拧巴着不服。

"谁欺辱你媳妇了？"双山被几个人推着，也扭脸吵！

"我撞见你了，你说是谁？"锤子大声叱责。

"我……"双山没有说完，被拉出了院门外。

"你，你什么？这事没有完！说不清楚了要论个死活……"锤子对着院门外还大喊。

中国农村宗法社会有一个传统，好事坏事都有人管。双山翻来覆去地想了一个晚上也没有弄清楚事情缘由，管事儿的高兴说锤子要求一万块钱的精神损失费后，他恍然大悟。县城开饭店时，双山吃过这亏，二话不说直接报警了。

现在的警察贼爱管事，接到警后迅速对当天在场的人都做了笔录，两个小时不到就将锤子带回了派出所审："锤子，你污蔑媳妇、威胁双山，啥目的？"

"我污蔑、威胁他们？哪有往自己头上扣屎盆子的人？是我亲眼撞见了。"锤子虚张声势地说。

"你亲眼撞见了？"民警问。

"是呀！我早上锻炼身体，回去就看见……"锤子说的有板有眼的。

"你几点去锻炼的身体？"

"六点！"

"六点，你们村街角小卖部的监控清清楚楚地拍的八点你从你家厕所后墙跳出来，你是六点出去锻炼身体了？"民警一字一板地说。

"监控？！"锤子听得汗一下子冒出来了。

"何止监控，你赌博输钱，你不说，你以为大家不知道。"民警年纪不大，精干老练。

"赌博的事和我撞……"锤子本想狡辩几句，看到民警那鹰一样的目光，又摁下去了。

"锤子，你知道你这是什么性质的事不？"

"什么性质？"锤子发怵地问。

"重的，敲诈勒索。"

"轻的？"

"轻的，寻衅滋事，违反治安管理条例！"民警条理清晰，逻辑严密。

"敲诈勒索，哪会呀？"

"你要的钱到手了，就成了敲诈勒索了。"民警表现的依法办案的样子。

"违反治安管理条例，我接受这个。"和派出所打交道不是一次两次了，锤子拎得清轻重，低眉顺眼起来。

"算你有头脑。通知家人，交五千元的罚款，完事。"

"说到底，你们还是要钱呀！"锤子一听，像被蛇咬住了一样跳了起来。

"你可以不交罚款呀！我们有的是办法！"民警说完，轻蔑地朝锤子看了一眼，甩手出了审讯室。

"日得姐！"锤子一个人瓷坐在那儿，像吃了一只死老鼠一样，恶心……

锤子知道我回老家了，问我这个在城市当多年记者的人有没有办法治一下派出所的人，我问啥事？他就将派出所如何罚他钱一五一十地说了。我知道派出所的人罚款的手段，最离谱的是邻县的一个城关派出所，每到春节根据小姐的口供给辖区的股级干部寄嫖娼罚款单。虽然没有捉奸拿双，但这些干部都怕这种事张扬出去，丢人，都乖乖地交了。想到锤子挣五千块钱也不容易，正巧的是我的一个同学在县公安局当副局长，没有答应锤子，也没有完全拒绝，惹得锤子一肚子希望的客客气气地走了。

母亲一脸阴沉地过来，警告我别多管闲事。

"为啥？"我不解地看着母亲。

"为啥？因为洪洞县里没有好人！"母亲一句话，震得我感觉空气都有些发颤！

羊的门

绑紧是在黄昏才发现自己眼睛出了毛病的。

那天，天有些阴霾，但绝对不是让人有种压抑感觉的那种阴。太阳快落山时在山前放了一把火，像秋天的火烧云一样，但没有像火烧云那样让人的情绪容易受感染。绑紧赶着两只羊，一只母羊领着一只羊羔子，忧郁地哼着曲子。羊属于吃"贱草"一类的牲畜，明明在黑泥沟早已啃得肚子都棱起了，但仍是边走边吃，你一眼瞅不仔细，它就会偷偷地溜进田里，啃一口花生秧，咬一棵苞谷苗之类的。

绑紧赶着羊想着心事。具体想什么，过了这个时辰，他自己都不知道自己想了些什么。有时绑紧自己也笑自己，快六十岁的人，仍是光棍一条，连自己都觉得自己活得有些疲惫与多余了，还有什么可想的呢！但是，越是这样，还越容易走神。就是在这个时候，他听到自己的羊叫，咩咩地叫得有些揪心。从六岁到六十岁放了一辈子羊的绑紧，对羊的熟悉不亚于对自己。"谁又打羊羔?"绑紧定了定神，急忙向四周看。这时，听到刘刮拉的声音："绑紧，你再不看好你'娘'，让它啃我的葫芦秧子，小心我把你'娘'的头给砸了。"绑紧听到刘刮拉的骂声，连一嘴都没敢还，急忙四处找羊。

绑紧之所以怕刘刮拉，就是因为刘刮拉有一张刮拉嘴。什么事从她嘴里说出来，芝麻能给你说成西瓜，飞两只萤虫便是谁家后院起了火。而且，刘刮拉还是不厌其烦见人就说的那种。有一次，刘刮拉见绑紧用手掂羊尾巴，见人就说，绑紧急疯了，急得干自己家里的母羊，把母羊干得咩咩咩地叫得怪可怜人的。后来，这话传到绑紧的耳朵里，便成了绑紧每天回家没事就干羊。按说，羊只有到发情期才让干，但是，绑紧把他家的羊干得舒服得怎么干都行，就像女人一样。

光棍最忌讳谁说他这。绑紧气得哆嗦，手里拎个绳子找刘刮拉去了。问她什么时候见他干过羊。刘刮拉说："我见你有一天拎羊尾巴，那不是干羊干什么？"绑紧嘴笨，这时更是气得语无伦次，脸憋得通红说："我拎羊尾巴就是干羊？"刘刮拉快言快语，抢着如发连珠炮似的说："我老头十天不干我就急得猴都拴不住，你没有老婆，不干羊干什么？"绑紧知道说不过刘刮拉，但心里又窝火得不行，把手里的绳子往刘刮拉院里的树上一撂，要上吊。围着看热闹的人一齐上去拉绑紧说，刘刮拉的话你也当真呀！说了当大风刮跑了。刘刮拉也说，绑紧呀，你这一上吊，我才知道，你不会干羊的。人怎么能和羊干那事呢！人们在下面起哄说："不干羊了，今后就干你。"引来了人们的哄堂大笑。绑紧上吊是没有上成，但是从此以后，见了刘刮拉就躲着走。

绑紧这次仍没有敢接刘刮拉的腔，他怕再遭来刘刮拉的一阵子猛损，就头也不抬地找羊。他听到了羊叫，但就是看不到羊。他揉了揉眼，朝着羊叫的方向走，忽一下掉进了刘刮拉在地头挖的沟里。刘刮拉的嘴一刻也没有闲着，仍不停地骂："你'娘'在这儿哩，还没有瞎哩，就看不到了。"这时，绑紧才看见刘刮拉牵着的羊。

绑紧也就是从那一个与刘刮拉相遇的傍晚开始，才发现自己的眼睛出毛病了。而且，绑紧越来越觉得自己的眼睛不行了，先是在锅碗瓢盆上老出岔，后来和人走对面辨不准是谁了。

有许多病就是这样，你最初没有在意时，并不怎么感觉出来，你一旦知道后会感觉病已无处不在。绑紧终于意识到，他的眼睛不行了，于是干什么事都眯着眼睛。再后来，他放羊时不是他牵着羊了，而是羊牵着他了。

绑紧的眼出毛病了还是通过刘刮拉的嘴宣传出去的。人们从此见了绑紧就说，绑紧呀！听说你的眼神不好，抓紧看呀，眼可不是闹着玩的，一旦看不见了，比什么都难受。一个人见了这样说，两个人见了还是这样说。次数多了，绑紧越发地觉得自己的眼毛病大了。一到晚上，他为眼的事翻来覆去地睡不着，这样的夜绑紧自己也说不清楚经历多少了，但还从来没有像今晚这么的闹心。绑紧先是坐了起来，没有拉灯，闭上眼睛下了床，装着瞎子的样子想往外走。绑紧先是有些畏畏缩缩地走了两步，估摸着到了门口时就要开门，他忘了白天的割草篮羊来回衔得四处滚，一脚跳进去了，草篮子一滚，绑紧先是打了一个趔趄，一头撞在门上了。

绑紧像孩子一样咽咽地哭了起来，越哭越伤心，越伤心哭得越痛：想到以后如果自己的眼瞎了，一个人孤苦伶仃的，想喝一碗水都不会有人端。

绑紧进城看眼时，刘刮拉自告奋勇地为他看那四只羊。绑紧把压在箱底的三百元钱拿出来坐着顺路车进城了。县人民医院在县城的东边，绑紧在城西下车后，舍不得花一元钱坐公交车，步行走到医院的。大夫用比手电精致明亮的小灯照了照绑紧的眼，翻了翻眼皮，冷冷地说，白内障，挺严重的，如果不及时动手术，有失明的危险。绑紧颤颤地问，得多少钱？也就是两三千吧！大夫说这话时脸上一点表情都没有，好像是说着与绑紧无关的事情。绑紧先是一阵的愕然，嘴张得像小屋一样合不起来，而后慢慢地垂下了头，悄然无声地在医生面前消失了。他走了好远，轰鸣的双耳里还有医生喂喂的叫他声。

绑紧从县城回来之后，比以前更沉默寡言了。

绑紧把治眼的希望都寄托在了羊的身上了。他没事就盘算，一只羊卖两百元，喂得肥了能卖两百五十元，十只羊就能卖两千五百元。这四只羊一年下三只公羊羔，两只水羊的话，后年再下三只小羊，就成了十二只羊。加上自己秋后的收入和积蓄，明年年底就能进城治眼了。治好眼，还得继续放羊，村后的刘寡妇不是一直对自己不错吗，说不定，自己发了羊财，还能赢得刘寡妇的芳心呢！绑紧好多时候，明知道不可能的事，他还是愿意让自己这样想下去。眼前飞着一只彩色的肥皂泡，已经不太在意它最终破灭的结果，而是喜欢那追逐的过程了。

每天早晨，绑紧打开门，四只羊在母羊的带领下，依次从低矮的羊圈那拱形的门里走出来，那一副懒散而又惬意的样子，不像是羊，倒像是一个个睡得满足的妇女。尽管母羊没有像绑紧的愿望那样一次下了三只羊羔两只水羊，但绑紧还是知足这两只欢蹦乱跳的一公一母的小羊羔。绑紧把水羊叫作"公主"，母羊叫作"王子"。只要日出三竿，露水一凉，绑紧就会牵着老羊，轰着"公主"与"王子"，一路汹涌地向黑泥湾而来。

绑紧爱羊，村里人都知道，特别是绑紧的眼出毛病之后，他更爱羊了。每天中午，绑紧在黑泥湾吃着早上带的馍，喝着开水，满门心思看羊吃草的样子。老羊在温暖的阳光下，卧在斜坡上眯着眼，不停地反刍。两只小羊羔顽皮地顶起头了，听到"咚"的一下，绑紧都会不由自主地"哟"一嗓子，"这两个捣蛋鬼，我都疼了，你们还不怕疼"，喝叫着，非让两只顶头的羊羔分开不行。有时，绑紧会站在黑泥湾，四处瞅一瞅，没人时就会掏出鸡巴，哗哗啦啦地放水。这时，小羊羔顽皮地凑到跟前，用嘴嗅一嗅那冒热气的尿,绑紧准会边提着裤子边叫"这哪是你们喝的东西",拎着小羊的耳朵,让它吃草去。

入秋的天,一场雨就会冷起来。那次先是刮了两天的风,而后在傍晚时分淅淅沥沥地下起了打在身上能让人起鸡皮疙瘩的秋雨。晚上,躺在被窝里的绑紧听到窗子呼啦呼啦响,半夜里往羊圈里抱一些干草后仍担心,又提着灯出来,看羊圈漏不漏雨。其实,这都是多余的。绑紧住的是草房,但羊圈却是瓦房。折腾到天快明的时候,绑紧迷迷糊糊地睡了,在梦中好像还听到羊叫。绑紧在梦中听着羊叫,还会心地笑了。然而,就是在这惨然的笑声中,绑紧的眼很快失明了。

绑紧的羊丢了,四只羊一起丢了,就是在下小雨的那天晚上绑紧听到羊叫,还会心地笑时,羊被小偷牵走了。我是在刘刮拉的骂声中知道这一消息的,匆匆忙忙地赶到绑紧的家。羊圈里空空如也,那敞开的散发着羊膻味的拱形的门,像一个黑洞一样。绑紧一个人傻傻地靠在羊圈那拱形的门边,嘴里喃喃地说:"我就睡了一会儿,早晨起来怎么会就没有了呢!在梦中还听到羊叫呀!"我从小长这么大,还没有看到这么绝望的神情,绑紧喃喃地说这话时,仰着脸,那泪珠顺着那刀刻般的皱纹里一点点地向外浸渗,能让人清晰地看到那泪珠中的盐分。

下了一夜的小雨并没有停,雨水与泪水在绑紧的脸上簌簌而下。我看到绑紧那神情,那说不出到底有多深的神情,心情像灌铅一样。我不知道用什么语言去安慰绑紧,只有默默地陪着他站在雨中。我觉得,所有的诅咒在此时都无法表达绑紧心中的愤慨,他那种神情绝对不是用我们所说的愤怒、悲伤或者怨恨所能概括的,那是生命对光明与黑暗的一次至关重要的赌注。可悲的是,就在这关键的一刻,贼竟把赌注的骰子偷去了。那种心情,除了绝望、怨恨之外,还会有一种无可奈何的宿命感。

我的愤怒在刘刮拉的骂声中一点点地燃起了。尽管我对喜欢骂人的刘刮拉一向没有好感，然而，这次她那泼妇式的骂街——什么让偷羊的出门被汽车轧死，生个儿子没有屁眼……我不但不反感，反而觉得这些魔鬼般的诅咒有一种淋漓尽致的发泄感。也就是在这时，我有些自卑，我不知道如何去安慰失魂落魄的绑紧，更不知道如何把丢失的羊找回来。我翻阅了《福尔摩斯探案集》《狄仁杰》，也大概能揣测出附近这两个村的惯偷。但是，我仍没有任何的办法。

绑紧的眼在羊丢后几乎全部失明了，拄了一根棍，摸摸索索地走到村口。那沮丧的平静的表情，隐藏着天大的悲伤。我看到他每天叫魂一样在村口叫他的羊，就揪心得慌。也就是在那时，我的书生意气发作了，连续写了四张措辞激烈的大字报，贴在了村子的四个出口。我知道，这都是枉然，贼是没有良心的，有良心的贼是不会偷一个快要失明人的羊的。就是贼有良心，也没有承认的勇气的。我只不过是用这种方式从道义上对绑紧进行支持。希望绑紧能振作起来，从一只羊开始。

许多事情总是让人始料不及，也就是在我的大字报贴出来的第三天早晨，我手里捏六十元钱又去绑紧的家了。那是我刚发一篇小说的稿费，想让绑紧再买一只小羊，一切从零开始。我想，放羊的绑紧眼不会瞎的。否则，他很快就离不开拐杖了。但是，我又知道绑紧的脾气，他是不会轻易接受别人的施舍的。往他家的路上，我一直揣摩，我是不是应该先给他买一只小羊，偷偷地给他送去，比给他钱更容易让他接受。

天还是湿漉漉的，不过终于还是露出了朝霞。从我家到绑紧的家，本来不远的路这时感觉特别地长，同时也就觉得自己只有鼓起勇气，才能面对绑紧。我在绑紧的院外犹豫了一会儿，还是迈过了绑紧那土墙小院，低着头寻思，如何向绑紧解释钱的事。我听到了羊叫，我开始以为自己像绑紧一样，想羊想出了幻觉，但是，羊的第二声叫出来了。我疯一样向绑紧的羊圈跑去。那姿势，简直就是慌不择路。果真是羊，是绑紧的那几只羊，看见我时，都抬起了头，咩咩地朝着我叫。我声嘶力竭地叫，绑紧叔，绑紧叔，你的羊跑回来了，你的羊跑回来了。

绑紧同样也是大呼小叫地从屋内拎着裤子光着膀子蹿了出来，羊，羊，他那变了调的声音，兴奋得像一张敲得撕裂的破锣，给人一种刺耳的感觉。绑紧是怎么从我身边钻进羊圈的，后来我百思不得其解。待我看清楚绑紧时，他已经在羊圈里抱着羊亲呢！

"是你那四只羊吧！"我趴在羊圈旁，兴奋地问绑紧，这时绑紧一只只抱着羊，亲了四五遍后，才抬起头向我说："你说，羊跑了一圈，怎么会多了一只，成了五只了。"这时，我才看清绑紧那双变得明亮的眼和眼角的皱纹。

英雄四爷

四爷至今还在村中留下许多话头与禅机。

四爷大号秉宗,在兄弟五个中他最为顽劣。四岁时天不怕地不怕地打死过一尺多长的蛇。七岁时,一条大黑狗蹿着抢他手中的馍,他找一根大粗棍趁狗低头吃馍时,一棍子下去大黑狗四腿乱蹬。那时候村里人都断言,四爷长大后一定是一个"号号","从小看大,三岁看老"。

我的老太爷是小地主,书读得不多,但经商蛮有头脑。他就是因为书读得少才发狠让五个儿子都要读书。四爷师承最早的一位是西皋县的一位老学究,一手小楷字写得有板有眼,名震乡邻。他教四爷只三天就被四爷凳子上抹猪油给气跑了。第二位师承是西华县的贡生,是老太爷一年十石小麦,一百五十串钱请来的,教四爷《三字经》时读"人之初,性本善。性相近,习相远",被四爷篡改成:"人之初,性本善,黑狗咬住白狗的蛋,一下子咬得稀巴烂。"气得教书先生摔下书本,钱也不要走了,临走时甩下一句话"孺子不可教",气得老太爷用绳捆住四爷吊在梁上一顿好打……

四爷最后的一位老师是上蔡县的清武举,不但字写得好,一身功夫甚是了得。与老太爷相识是因上蔡县遭霜灾,老太爷拉去了十二车红薯，以解饥荒。武举感谢老太爷，说有什么困难都愿意相帮。老太爷说不愁吃不愁穿，只愁一个儿子管不了。就这样，武举成了四爷的老师。拜师那天，武举驮着四爷在房顶上跑了一圈。四爷不惊不怯。武举说，这个孩子长大要么当草头王，要么成大才。四爷一句"孔老二的书，垫屁股"，让武举笑了半天，并没有得到任何责罚，但武举教四爷仍从孔子的"四书五经"开始讲起。

　　武举教四爷时从不像其他老师那样责罚四爷，可以说从来没有责罚过。早晨五更起来让四爷打桩、站马步，天明读书，上午练字，下午读书，晚上练小洪拳。想读书时，两个人一起读，不想读时两个人就在后院习武。三年后，武举辞别老太爷，说："儿子我给你教好了，不过，千万别激他。他性情沉稳生性高傲。"临走那天四爷向武举叩了三个头，武举向四爷还了三个礼说："师生一场，一定要记住我的话，不该出手时千万别出手，时局越乱，心里越要平静。"四爷哭着应下了。

　　十五六岁的四爷开始无师自学，仍是五更习武，天明读书，上午练字，下午读书。四爷读书时没有任何功名的想法，因此什么书都读，一直读到《资治通鉴》《清史稿》后，不再读了。那年是1930年，时局乱了。东村俄刘出了几名汤将，专门杀人、抢钱。他们马快枪快，附近好多地主不是被抢就是被杀。老太爷守财，等四爷大时，已有七十多亩地。那天天不亮，汤将刘把年仅三岁的五爷从老祖母床上抢去了，让三日内送一千块大洋，否则撕票。

　　四爷第一次出手时，才十七岁。

　　那天，闷了几天的雨下来了后，立即又停。天上奇迹般地出了彩虹。四爷单人手无寸铁扛着一麻袋大洋到东沙岗换人。此时，日头刚落西山冈，四周高粱地里影影绰绰，风一吹沙沙直响，如鬼如魅。四爷一身白衣站在东沙岗上，一手扶着钱袋，一手叉着腰，一脸的英飒之气。

天刚擦黑，汤将刘的探子先到，骑着马在东沙岗转圈，确认没有埋伏。不一会儿，汤将刘领着一队人马来到东沙岗。三岁的五爷坐在汤将刘的马后面，两只眼睛像受伤的鹿一样。汤将刘见四爷一个人，且是十七八岁的孩子，本想撕票抢钱。四爷早就想到这一招，等他一到东沙岗，四爷把半麻袋大洋撒一地，一个人站在东沙岗上说："做人讲德，做贼讲义。天下财产不分家。钱你拿去，人你放下，财去人安乐。"说话间一个箭步蹿到汤将刘马前，把五爷从马上抱了下来。这时，汤将刘想掏枪，但还没有来得及掏枪出来，汤将刘的马受到惊吓，前蹄一跃老高。四爷左手抱着五爷，扬起右手，一拳击在马头上，马拉了一堆屎尿，顿时蹲在地上。等汤将刘从地上爬起来，四爷抱着五爷已跃开十丈余远，此时，汤将刘嘴张得像小屋一样，惊出一身汗……

汤将刘隔三岔五骑着马带着人到老太爷家问安，邀四爷入伙。四爷说得多了，"屈死不告状，饿死不做贼"，最后实在没法，就一个人北上，那年他刚十八岁。

四爷加入了国民党的军队，并且给牛司令当了保镖。这是他从台儿庄战场上回来后说的。在漫河坎战役中，牛司令的一千多人打不过日本鬼子一个四百多人的联队，最后牛司令被困在漫河坎杜庄的一所民房中，身边只剩下三个人。日本兵从房后包抄过来，情况危急，三个侍卫又倒下两个，四爷一手拎着牛司令，一手拎着枪，蹬着桌子蹿上房顶，沿着屋檐跑了，刚跑没几步，那所房子就被日军的手榴弹炸倒了。从此，牛司令对四爷亲如兄弟。

漫河坎战役是台儿庄战役的一个小战役。牛司令与四爷找到李宗仁将军后，日军已逼近台儿庄。四爷仍是牛司令的保镖。四爷有当参谋的机会，就是不干。台儿庄战役是四爷一生中最壮丽，也是这位天不怕地不怕的汉子痛哭流涕的一次。亲手打死四十一个日本鬼子，这是四爷在武举的告诫后，杀人最多的一次。每杀一个日本兵，四爷就把鬼子帽子上的帽徽撕下来一个。台儿庄战役最后是白刃战，日本鬼子善使刺刀，四爷善用双刀。待四爷如杀猪一样把一个个日军杀得不敢近前时，才把牛司令从死人堆里拉出来。这时，四爷左手被砍掉了两个指头。看着满山的国民党军与日本鬼子的尸体，四爷放声痛哭，走了一天一夜才把昏迷的牛司令背到战地医院。从此四爷学会了喝酒、赌博。

四爷回到老家之后，见到我老祖母又一次哭得死去活来。他说他已害怕杀人，再也不想杀人。直哭得全家人都跟着哭。那年四爷二十三岁，老祖母给他在西村找了一房媳妇，这就是我四奶。听人说，我四奶长得标致，是西村赵老秀才的孙女。因为我四爷是抗日英雄，才嫁的。也是那年，四爷的老师武举人病逝。四爷奔丧后在家待了半年，牛司令来请，四爷实在躲不过又跟着牛司令去了。

四爷每次喝醉后就瞪着大眼说，谁说国民党不抗日，我在漫河坎亲手杀死的日本鬼子就四十一个。牛司令的部队已被老蒋收编成师，正忙着在长江沿打内战。四爷的枪已生锈了。四爷常说，他不忍心杀同胞，共产党里有他的老乡，四爷专职给牛司令当保镖。

有时战争就像游戏，特别是国共之间的内战。当时的部队之中都弥漫着一种悲怆的氛围，无论是国军或是共军。因此谁也说不清楚，这一发炮弹打出去，是否打死了自己的老乡，这一次战役，是否死了自己的兄弟。因此，前方打得一片火海你死我活，后方却是称兄道弟亲密无间。四爷看着一批批从前线下来的，缺胳膊少腿的士兵，忍不住一次次地喝醉。

一次酒后，四爷在德隆镇赌博，不仅把牛司令的军饷输了，连自己的手枪也输给了那个同乡。回去后牛司令恼得要枪毙四爷，四爷吓得四处发疯一样找牛司令的老婆。牛司令的老婆是四爷的老乡，见牛司令气不打一处来说："是你要杀秉宗吗？不是他两次从死人堆里把你救回来，你还会活到现在……有本事打日本鬼子去。"

牛司令叹了一口气。事后,牛司令告诉四爷说:"兄弟,赌博输军饷是该杀头的,上面要是知道了恐怕我的脑袋也保不住。"就是那年我四爷回了一趟老家,牛司令死在渡江战役中……

那年我们老家搞土改,老太爷是地主,土地被分后气死了。老祖母在批斗中一病不起。我爷爷太老实,一个叫癞头的光棍土改头子看上了我四奶,在一次批斗会后说四奶是国民党军官的婆娘,地主的小奶奶,须关禁审查,就把四奶一个人关到土改办。地主娃子的爷爷、叔叔们都成了专政对象,除了我三叔胆大一点,把家中的书用一个大柜子装着埋在后院里,其余的家产都给没收了。

那一晚的月亮和往常一样,整座村庄子也像往常一样,静谧中又不乏躁动。我四奶被癞头奸污后,不堪忍受吊死在土改办。死后癞头说地主少奶奶、国民党军官太太畏罪自杀。三天后,几个月的小叔也夭折了。

四爷是在四奶死后的半个月后回来的。待他从前方回来,四奶坟头上的土还未干呢!初回来时,爷爷与老祖母告诉他说,四奶是病死的,四爷不信。因为他好几个夜晚都梦见四奶舌头伸得老长,向他哭诉,但就是听不清说的啥话。老祖母与爷爷一口咬定四奶是病死的,还是街上的小孩不认识我四爷,告诉他说四奶是被土改办的癞头奸污后上吊的。四爷哭得一下子背过气去。

醒来后的四爷变得异常沉默、平静。同样,几乎和四奶死的那个夜晚一样,四爷把手枪擦亮装上子弹到土改办找癞头去了。四爷一拳把土改办的门砸了个稀巴烂,从床上拉起正睡别人老婆的癞头,用一条被子围住他的下身,把他绑在大街的槐树上,醉醺醺地哭着说:"癞头,你他妈的一个字不识,在村里耍赖,你算啥,我读那么多书、杀那么多日本鬼子,为国立那么多功,我老婆临死是被你干了,儿子饿死了。他妈的哪有天理……"赵光棍最初还嘴硬:"啥,穷光荣,你老婆……"四爷一怒之下,把癞头用枪崩了,且把参与整我四奶的几个人都给崩了。

四爷根本没有跑，他只想一死。问一问阎王是否还有天理。土改办的癞头死后，有人告到县里，驻军来抓四爷时，四爷说不用捆，我自己去。临走时，一巴掌把大街上绑癞头的那棵小槐树劈断了，抓他的人吓得脸都变色了。四爷被抓到县里后，巧的是驻军团长正是赌博输给军饷的那个戴眼镜的年轻人。

"嘎子。"四爷见无人时说。

"那个年轻人是你？"

两个人叙起旧来了。四爷说再赌一把吧！戴眼镜的年轻人怎么也赢不了四爷，问为何当初能赢你的军饷。四爷笑说："我是故意输给你的，知道你是谁。"那一夜嘎子把四爷放跑了，临走时说，许多事是说不清的，癞头不是一个而是一大群。四爷又回前线去了。

牛司令死了，四爷领着牛司令的老婆到了台湾。二十世纪五十年代的台湾谋生是很艰难的，四爷养活着牛司令的儿女与老婆，最终熬了过来。1988年海峡两岸恢复关系后，许多台湾方面的大陆人士都回来祭祖，并且腰缠万贯，财大气粗，一副施舍相。四爷始终没有回来过，邻村的一位台湾军官回来后告诉我家人说，四爷在那里想念我老祖母、想念我四奶，可两位都不在人世了，他便不想回来了。我爷爷临死时一直说，愧对四爷，没有照顾好四奶，伤了四爷的心。四爷每次来信只是说："世事有升降，人心无古今。"世界本来就是这样。社会最终是往前发展的，重要的不仅是制度，更是文化。四爷一生中最自豪的有两件事：一是台儿庄大战杀死四十一名日本鬼子；第二是输给共产党军饷。

1996年12月12日，四爷逝世。我读了唁电没有哭的感觉，只是提笔著此文时，又想起四爷小时候的戏言——人之初，性本善，黑狗咬住白狗的蛋，一下子咬得稀巴烂。

谭毛爷与他的情人

一

每到七八月份,栗门张南地里五十亩芝麻花开成一片,这些白里泛红的芝麻花远远地望去像碧波荡漾的湖水,与相隔不到一里地的张大坑遥遥呼应。芝麻花儿,长在高地上的芝麻花儿,节节爬高。最初的芝麻花已落英缤纷,在一场秋雨之后化作花粪,滋养一节节地爬到芝麻秆顶上的那几朵开得妖艳的花儿。也就是在高粱坠、荚豆炸的时候,栗门张南那五十亩芝麻花开得最为炫眼,芝麻秆顶上那几朵马上就要变成芝麻梭的花越发疯狂展示那股骚情味,迎风把那股青气吹老远。花下面芝麻梭儿四角八棱的,马上就要咧嘴。"谭家的油坊今年又是好生意。"过路的人们看着谭家那五十亩芝麻地里饱满的芝麻梭儿,心里不住地感叹。

谭家南地里五十亩芝麻一入八月份,芝麻顶上的那几朵比女人的脸都要妖艳的花儿开始由白泛红,由花蒂到花瓣红得诱人,并且显示出三十岁女人的那一种妩媚。芝麻秆底部的那最初开的几朵花儿,早已成了芝麻梭儿,每到这个时候,都咧着嘴,望眼欲穿地瞅着芝麻秆顶上的那几朵盛开的芝麻花,说不出的骚情与荒诞。"五十亩芝麻齐齐开花,五十亩芝麻齐齐结梭儿。今年又是一个大旱年,谭家的芝麻又是一个好收成。"木匠铺里抡大锤拉大锯的伙计们钻进谭家的芝麻地里边拉屎边发着这样的感慨。

芝麻快煞的时候,谭家小磨油坊的掌柜谭立本开始考虑如何护庄稼。谭家的芝麻地距寨有一里多地,以前谭家小磨油坊生意好的时候,一出南门都是芝麻地,从来没有发现有人偷。现在,谭家芝麻地越来越小,小到只剩下五十亩。谭立本到地里煞芝麻时,看到有空芝麻壳就知道有人偷芝麻,家大业大的谭家到了此时,连这几棵芝麻都看在眼里了,从此,每到快煞芝麻的时候,谭家的长子都要到地里护庄稼。

按道理说,谭家长子谭毛爷今年才娶新媳妇,不应当去护庄稼,可是谭毛爷固执地非要去,别人拦都拦不住。也就是那天晚上,谭毛爷得到了一个意外的惊喜,而且从此改变了他的命运与他对女人的看法。

谭家芝麻地北头高高地搭起一个棚子,四个角用四根檩条支撑起来,像个城楼一样。上面还盖一层苇席。谭毛爷抱着新被子,躺在棚楼上。四周黑漆漆的,除了虫鸣蛙叫之外,偶尔也会传来一声秋蝉被凉风吹落下树时发出的凄凉叫声。谭毛爷站起来对着黑漆漆的芝麻地撒了一泡尿之后,对着黑夜吼了一嗓子,壮壮胆后又躺下了。

谭毛爷四岁时被俄刘的汤将给掳去了,要谭家油坊用一麻袋银圆赎回来,并限定三日之内不交钱就先砍下谭毛爷的一只手。老太爷谭立本是那种视钱如命的人,祖上的五百亩芝麻地传到他手里只有五十亩了,他也就是靠这五十亩芝麻地把谭家油坊的招牌支撑起来的。过去谭家几代人都没有下过地,而到老太爷谭立本手里,不但要下地,每到收芝麻的时候,他总是光着膀子比伙计干得都欢,早已没有乾隆爷吃谭家小磨油的风光了。

谭毛爷被俄刘的汤将掳去之后，老太爷谭立本别说是一袋银圆，就是半袋也拿不出来。路只有一条，把祖上的五十亩芝麻地卖了。谭老太爷舍不得卖芝麻地，它是谭家小磨油坊金字招牌的唯一保障，也是谭氏家族的荣辱见证。可是一方面儿子又在汤将手里，在儿子与芝麻地之间，老太爷一直拿不定主意。那时栗门张木匠铺里的掌柜知道老太爷的难处，情愿出双倍的价钱买谭家的芝麻地，老太爷就是不愿意卖。卖了谭家的芝麻地，就成了谭家的败家子，不卖，儿子赎不回来。要儿子与要面子之间，谭老太爷伤透了脑筋。

也就是在这个时候，俄刘的刘半仙正给汤将的娘治病，提出不收药费要谭毛爷。俄刘的汤将是个孝子，刘半仙将他母亲的病治好之后，便把谭毛爷送给了刘半仙。刘半仙一刻也未停地把谭毛爷送到了谭家的小磨油坊里。从此，谭家与刘家成了世交，每年谭老太爷都领着儿子到刘半仙家致谢。后来，刘半仙提出让女儿嫁给谭毛爷，两家联了姻亲。

刘半仙是看上了谭家小磨油坊的金字招牌了，或是其他原因，总之，刘半仙非常想与谭家结亲，在刘半仙的女儿也就是后来的谭毛奶奶才十六岁时，谭立本就张罗着为儿子娶媳妇。那个冬天雪下得非常大，伙计们早晨套马车时，雪将门都封住了。谭家出动了三十六个壮丁，吹吹打打将谭毛奶奶迎进了家。

谭毛奶奶是小脚，小绣花鞋上绣着一双红鸳鸯，小红袄内裹着瘦小的身子，可怜样的。临进房时，头上的盖头被木匠铺的伙计们捣掉地上了，许多人看到新媳妇的双眼不是欢喜，而是泪光。

闹新房的是木匠铺里的那几个伙计。木匠铺与谭家小磨油坊是栗门张的两大户，但是两家又是栗门张最合不来的两大户。谭立本老奶奶知道木匠铺里的伙计会趁这个机会，好好地收拾新媳妇一顿，或趁机把那双抡大锤抡得粗糙得要命的手伸进新媳妇的怀里或裤裆里乱摸一通。她当新媳妇时早已领教过了，于是，在新媳妇头三天不分老少时，谭立本老奶奶在小磨油坊给新媳妇铺了一张床，自己守着让她躲过那哭笑不得的头三天。

那三天晚上是谭毛爷最难挨的三个夜晚。谭毛爷躺在新床上，辗转反侧地睡不着，体内一股子最原始的骚渴与冲动四处奔涌，像尿一样憋得睡不下，一连去茅房无数次，每次都尿一点点，有一种尿不出的感觉。他心里想发狠，究竟狠什么，他自己也说不清楚。木匠铺里的伙计们四处找新媳妇，一遍一遍地问谭立本老奶奶，最后开始对谭毛爷围攻。问谭毛爷知道什么叫三急四软吗？谭毛爷从小在小油坊长大，自然接触不到这些东西。这是他第一次，也是最有体验的一次，"新磨的面，才弹的花，大姑娘的肚皮小媳妇的妈。火上房，狗跳墙，鸡巴放在菖帮上。"谭毛爷听后，更是觉得浑身难耐，一股股无名的火在体内四处游走。

那个冬天给人的感觉异常冷，雪也异常大。第四天晚上刚吃过饭，谭毛爷把新房门插紧后，像拎小鸡一样将瘦小的谭毛奶拎上了床，三下五除二把谭毛奶奶的衣服扒得只剩下一个红肚兜。谭毛奶奶像一只受惊的小鹿一样，看着急不可耐一脸灼渴的谭毛爷，惊魂未定。

新婚的红蜡烛燃起了一团蜡灰，新糊的窗户纸今夜又被谭毛爷特意捂上一层布。外面忙碌的声音都已静了下来，只有雪倏然无声地下着，并偶尔发出轻微的坠落声。

谭毛爷的欲火，五年前就有了。他和小磨油坊的伙计外出看到过狗交配，从那时起那种冲动的感觉就有。等到新婚的第四天晚上，他才将压抑多年的冲动释放。谭毛爷爬进被窝里，双臂钳子一样夹住谭毛奶奶，嘴在谭毛奶奶的脸上毫无秩序地亲来亲去，肋下感觉有炸裂声，内心的灼渴让他有一种窒息的感觉，越是这样，就越猛烈地在谭毛奶奶身上拱来拱去，如一头受伤的野兽。

一种受伤害的感觉委屈得谭毛奶奶"哇"的一声哭了起来。窗下听房的木匠铺的伙计们这时使劲地拍窗户，并学着谭毛奶奶的声腔，哎哟哎哟地浪叫起来。也就是在谭毛奶奶哭出的一瞬间，谭毛爷感到腰间一阵子的麻酥，如洪水开闸一样泄了下来，刹那间布满了全身。他不由自主地从谭毛奶奶的身上滑了下来，完成了一个人的成年仪式。

谭毛奶奶被吓哭的这件事，被木匠铺里的伙计们添油加醋地到处散播，一时成了村里人街尾巷头的笑料。一些嫂子辈的妇女见到谭毛爷都不住地打趣，非要扒下他的裤子看看究竟是什么样的东西，能把新媳妇都吓得哇哇大哭。

谭毛奶奶第一夜的哭声对谭毛爷的震动很大，致使许多年之后他趴在谭毛奶奶的身上时，都有一种负疚感。

二

谭毛爷第一天晚上到芝麻地里护庄稼就遇上了事，并且是困扰他一辈子的事。

那晚，下弦月在空中挂了一会儿就落下去了。寨外地里静悄悄的，只有秋虫在露水地里叫得撩人。谭毛爷一个人躺在小木棚上，在下弦月落下去之后就有了一种恐惧感。芝麻地中间有几座坟，这是谭家的祖坟。下弦月未落之前是黑黝黝的一片，下弦月落下去之后成了黑深深的一片。想睡，怎么也睡不着的谭毛爷偏偏在这个时候想起了油坊里伙计们给他讲的鬼故事，什么女鬼、厉鬼、色鬼、索命鬼，黑无常、白无常、牛头马面、判官与阎王，渐渐地他连小时候听的专吃不听话小孩的鬼都想起来了，想得出了一身冷汗，更是毫无睡意。

黑幕如纱一样,将夜围得严严实实。谭毛爷把头从被窝里伸出来喘了一口气又缩了进去,使劲闭上眼睛开始想伙计们给他讲的段子。有一个开车马店的老板娶了个媳妇,新媳妇的需求非常地强烈,每天晚上都要老板和她睡,老板新婚的头三个月一晚上能搞几次,后来变成了一晚上一次,一年后成了几晚上一次,最后成了一月几次。老板使出浑身解数也满足不了媳妇时,老板娘与隔壁的男子偷情。老板知道后非常生气,白天一步不离跟着,晚上用一根长铁链子把两人锁在一起。一天夜里,媳妇起来撒尿,把铁链子拖到门口,他听到尿罐里哗哗啦啦的响声后,也没有点灯仔细地看一下。一会儿听不见响声后拉铁链子,媳妇说,不用拉了,已经干过一盘,人都走了,刚才的响声是我往尿罐里倒的水壶里的水……

　　想着想着,谭毛爷觉得有一种说不出的感觉,好像有人在搓他似的,全身热了起来。谭毛爷感觉夜不是那么可怕了,渐渐地有些迷糊,迷糊得朦胧起来,大脑里逐渐地出现了漂亮的女人,他不认识的女人,向他挤眼的,弄姿的,各式各样的一大群。呼啦,呼啦。正当谭毛爷迷迷糊糊想睡时,听到响声,心里一惊,浑身的汗毛倏地竖了起来,头皮紧得有些发炸,嗵、嗵、嗵,能听到自己的心跳声。谭毛爷沉住气,侧耳细听,除了呼啦呼啦的声音,没有特别令他恐惧的怪声,好像是在坟中间的芝麻地里。中间坟地拐弯抹角的不好耕种,谭老爷子撒几颗芝麻后又带几棵红薯。过了好长一段时间,他听出来是人在偷扒红薯,心中的恐惧感就小多了。一个大老爷们儿真的会怕?在自家的祖坟里即使有鬼也是自己的先人,谭毛爷想了想,迟疑了一下自己给自己壮壮胆子,下了棚子蹑手蹑脚地向小偷走去。

　　谭毛爷轻手轻脚地拨开芝麻棵,猫着腰走到小偷的身边后停了下来,为偷几块红薯深更半夜跑出寨,一定是揭不开锅了。谭毛爷想了想,便蹲了下来,仔仔细细地看小偷如何扒红薯。小偷先顺着红薯秧摸到红薯根上,一使劲把红薯秧拔了,用手在土里抠红薯块。扒有三四棵时,小偷哎哟一声蹲坐在地上,一只手拭头上的汗。是个女的,谭毛爷听到这一声哎哟后吓了一跳,这个女的也够有胆的。谭毛爷真有耐性,一声不吭地看着这个小偷继续扒他家的红薯。过了多长时间,谭毛爷自己也估计不出来,只感觉自己的双腿蹲得已经木了,就换个姿势坐了下来,一会儿,坐不舒服又蹲着,换了两次,小偷才停止扒红薯,拉着一个麻袋装扒出来的红薯。

小偷背红薯时十分吃力,试了几次才背到背上,刚走几步又停了下来。这时,跟在后面的谭毛爷实在看不下去,忍不住说话了,"背不动我帮你背!""娘呀!"小偷吓得惊叫一声,扔下红薯撒腿就跑,口中发出强忍着的呜咽声。"坏了,一定是吓住了。"谭毛爷捡起红薯跟在小偷后面说:"别怕别怕,我是谭毛。"小偷仍是不停,继续往前跑。谭毛爷背着红薯边撵边说:"我不是鬼,我是谭毛。"小偷一口气跑出芝麻地后才停了下来。谭毛爷出了芝麻地,放下口袋,呼呼地喘粗气。小偷看谭毛爷出来了,便又往前走了几步停了下来。谭毛爷喘过气后说:"别怕别怕,我真是谭毛,真怕你吓着。"小偷这才开口说话:"谭毛,吓死我了。"说着哭了起来。这时谭毛爷才听出来是谁。

水来娘偷红薯的那天晚上,不但偷了红薯,也偷了汉子。许多年以后,人们谈论起这件事时都这样说。

三

谭毛爷与水来娘相好这件事在栗门张是尽人皆知的,并且是版本繁多,情节复杂,其中除了人们添油加醋的一些成分外,有几件事很让人感动。我小的时候别人给我讲先是有羞辱我的意思,而后才把他当成反面教材。许多年过去了我每每回味此事，并专门找知情人士询问，才知道它的前因后果。

谭毛爷与水来的娘相好被人发现，与一条棉裤有关。

据说，那时候的冬天特别冷，谭毛爷半夜将油坊的大缸油装进小罐里，从家里拎出来直奔水来的家。此时大芒小芒早已在西厢房睡着了，三岁多的水来更像死了一样睡在娘的身边。谭毛爷在窗下拍两下，水来娘便下床开门，谭毛爷把油罐放在锅台上后，猫一样地钻进了水来娘的热被窝里，抱着水来的娘便是一阵子猛亲。水来娘顺着谭毛爷的意，温存到五更鼓。冬天鸡打鸣时天还一片灰，谭毛爷刚迷糊了一会儿便要起来，伸着懒腰试几次都又躲了进去。"快起来吧，一会儿大芒就起来了，看见多不好。"水来娘温情地说。谭毛爷这才磨磨蹭蹭摸着自己对开的大棉袄，拉上一条棉裤穿上，在水来娘的脸上亲一口后才轻轻地离开。

天灰蒙蒙的，刚下过雪的大街上没有一个人。谭毛爷回到家里拉起一把扫帚在院子里扫雪。二毛是谭家第二个起得早的人，听到院子里扫雪声，在媳妇催促下也起来了，拎着一把锹把谭毛爷扫帚前的雪攒起来。

二毛转身看见谭毛爷下身的棉裤，开始就觉得不对劲，一时又发现不了哪一点不对劲。他专门停下手中的活，仔仔细细地看谭毛爷的棉裤才发现，是绿的。"大哥，你把嫂子的棉裤穿出来了？"二毛问了一句。"没有呀！我穿你嫂子的棉裤干吗？"谭毛爷显得有点焦躁，更多的是一种不耐烦。"不是我大嫂的怎么会是绿的？"二毛接着问。谭毛爷低下头仔细地看，鼻子里重重地哼了一声，丢下扫帚进屋去了。

谭毛奶奶刚起床，正在屋内洗脸。谭毛爷也不吱声，翻箱倒柜地找，谭毛奶奶一遍接着一遍地问找什么，谭毛爷就是一声不吭，最后被问急了恶声恶气地说："我的棉裤放哪去了？""你的棉裤不是穿在你身上吗！""我说的另一条。"这时，谭毛奶奶仔细地看着谭毛爷，上上下下打量了好长时间问："穿得好好的找那一条干吗？""我想换换哩！"这时，谭毛奶奶才发现谭毛爷身上穿的是一条绿棉裤！谭毛奶奶一点声色也没有动地说："你先把身上的脱下来钻进被窝里，我把那一条给你找找，好像有个地方烂了，给你缝一缝。"谭毛爷把身上的绿棉裤脱了下来，钻进被窝里等谭毛奶奶给他找棉裤。

谭毛奶奶拎着从谭毛爷身上脱下来的绿棉裤走到院子外，顺着一串脚印一直找到水来家门口，大芒已经起来了，谭毛奶奶进屋径直地走到水来娘的床前。水来娘也正找棉裤呢！见谭毛奶奶过来了就一阵子紧张，一时连话都说不上来了。"水来娘，这条绿棉裤是不是你的？"谭毛奶奶话语中带着一种压抑的嘲弄，并把手中的绿棉裤晃了两晃，就扔给了水来娘。水来娘一时手足无措。"谭毛现在也正在床上找他的黑棉裤呢，是不是昨晚丢在你这张床上了？要不，就让我给他捎回去吧！"谭毛奶奶说后，便一直看着水来娘。水来娘从床上拿起谭毛爷的黑棉裤，低着头递给了谭毛奶奶，一声不吭。

大芒进来问谭毛奶奶："大嫂，这么早来有啥事？""问你娘！"谭毛奶奶故意变着声调说。十来岁的大芒品不出味，看着床上一声不吭的娘，屋内一下子静了下来。过了一会儿，谭毛奶奶也觉得屋内的气氛压抑得沉闷，便对水来娘说："今晚可要把门插紧，免得又找不到棉裤了。"说罢就向外走，刚走到院子里，就听见水来娘呜咽的哭声……

四

家贼难防呀！谭立本老太爷在这样的感叹中咽气了。于是，谭毛爷成了谭家最不肖的子孙。

谭立本老太爷知道儿子有相好的后，开始不以为然，从骨子里觉得男人有个三妻四妾不是什么大不了的事，无论此事在家里闹到什么程度，谭家的其他人怎么说，他没有正面说过谭毛爷一次。然而，有一件事改变了他的这种看法。

每年麦泛黄的时候，谭立本老太爷都要让伙计们连夜地加班，打出几缸油来好赶在收麦时换钱。那天夜里，伙计们刚辛辛苦苦打出一缸热油，黎明谭老太爷去查看，缸里油浅了半尺深。谭老太爷吃了一惊，开始认为是伙计们偷分了油，仔细地看过后发现地上有油印，顺着这条油印一直找到水来家。翻天了，谭老太爷把谭毛爷叫来先是让他跪下，而后是一阵子好打，问谭毛爷今后还干不干这种事。谭毛爷一言不发，跪了两天两夜，也未说一句话。此事没过半个月，谭家今天不是叫着麦囤里的粮食少了，明天就有人嚷缸里的面少了。谭老太爷又怕家丑外扬，一口气上不来便卧床不起，一直说家贼难防呀家贼难防，谭家真是该败落了，临死前把几个儿子都叫到跟前，唯不理谭毛爷。

每当想起此事，谭毛爷便忍不住到他爹的坟前恸哭一场。

五

谭毛爷在外面连人家的一根蒿草把都不拿。然而就是这样的一个人，我怎么也想不出来他是怎么在十余个人的监视下，把一袋一袋的粮食送到水来家的，又是怎样在众目睽睽之下把一碗油偷给水来娘的。

新麦子下来之后，每家每户都要把麦子弄到场子里晒几天，这就是我们老家人说的，让新麦出一出汗。每到这个时候，谭家老少如临大敌，几个人盯着谭毛爷，怕他往水来家偷麦子。

人丁旺盛的栗门张经过几次土匪抢劫后，由谭家小磨油坊主持，烟坊、木匠铺出钱，每家每户出人在村子的周围修起了寨墙。整个寨的样子是根据南阳方城县城的样式修建的，四面留有寨门。寨门是由木匠铺的一撮毛亲自动手，用槐木做的，做好后请上好的漆匠涂上红漆，威严异常。寨门下面有吊桥。寨墙的外面是护寨河，白天寨门四门大开。夜里四门紧闭，不但有守夜的，还有两个更夫日夜围着寨墙转。别说外人进去，寨内的人出去如果守寨的不放行，连一只狗也难出寨子一步。

谭家看麦子的人都坐在寨门口说，想把粮食偷到水来家，除了从寨门过，只能从天上飞或是从地下钻。他们知道谭毛扛着一袋子麦既不能从天上飞也不能从地下钻到水来家，就死守着这寨门，确保万无一失。谭毛爷看着收过的庄稼地空旷无物，毫无遮拦，心里发愁，眼见麦子快进麦囤了，还没有想出来办法。第三天下午，谭家的小伙计跟粮食车经过寨门时，谭毛爷先是跑到车前对着骡子狠狠地抽了一鞭，骡子一惊，刨起前蹄撒欢，车子颠得厉害，就在伙计跑到车前拦骡子时，谭毛爷从车后面把一袋子粮食拉下来顺势放进了寨河里，继续跟着车子往家走。第二天，谭毛爷趁天黑寨门没关时，把护寨河里的麦子捞出来，水淋淋地扛到水来家。这种天衣无缝的事，就连水来娘都感动得让谭毛爷亲个够。天下哪有不透风的墙。水来娘在院子里晒湿麦时，还是被谭家的人发现了。

又一年晒麦，谭家的人变得聪明了，无论天多热，他们守在场里一步不离，心里打不憋，就不相信谭毛爷能变戏法把粮食飞进水来家。第一天晒麦子，谭毛爷想了一整天，连一点下手的机会都没有，晚上坐在场里吸了半夜的烟，终于想出了办法。

第二天，谭毛爷穿一双大靴子，一拖一拖地进场了。出村时街上的人给谭毛爷打趣说，谭毛是不是神经了，大热天穿个靴子。谭毛爷憨然一笑说，怕硌脚，昨天干活就硌住脚了。一进场，谭毛爷上身光着膀子，扛起口袋往场里倒，刚干一会儿，就叫渴。二毛说："渴了让狗蛋给你送水。""深井里水送到这就不凉了。"谭毛爷坚决要回寨里喝。场里人都笑了，说谭毛爷是不是想水来娘了。谭毛爷只是默默地笑。二毛看谭毛爷光着膀子两手空空，也就不再吭声。谭毛爷拎着两只空拳满头大汗地喝完水回来，没干一会儿，就又走了。四毛说："大哥，咋又走了？""渴嘛！"一天如此反复无数次，邻场的人也都觉得可笑，提醒二毛说，是不是谭毛又往水来家偷粮食了。"光着膀子握着两只拳，就让他这样跑一年，也带不了一麻袋。"二毛嘲讽地说。然而令人疑惑的是，水来一家四口又从从容容地过了冬天，没有一点饥相。对此，人们都知道是谭毛爷往水来家偷粮食了，怎么偷的，连谭家的人也弄不清楚。

多年以后，谭毛爷也老了，才说出真相。那一年晒麦时之所以无数次地喝水，是因为靴子里一靴子麦，积少成多，终于让水来娘四个冬天没有挨饿。

六

每到收庄稼的时候，过年过节的时候，家里的东西丢得厉害。谭家的人对谭毛爷的偷早已防出经验，几乎把能想到的办法都用上了。然而谭毛爷早已偷出经验，并且总会给人意想不到的惊奇。

农历五月端午节是农村一个比较隆重的节日。无论贫富，人们都要想办法改善一下生活。端午节前的一天晚上，谭毛爷半夜不声不响地溜到了水来家。水来娘正在给水来打蚊子，见谭毛爷来了，怕大芒小芒发觉，两个人便躲进贮存红薯的地窖里，后来喘不过气来，两个人动手在地窖上挖透气洞。东方鱼肚白的时候，透气洞已挖好，谭毛爷抱着水来娘在地窖里亲热了一番，长出一口气。过后的谭毛爷异常地疲惫，问水来娘要吃的时，才知道水来已吃几天野菜了。谭毛爷向水来娘发誓，明天一定要让水来吃上油条，否则就永不再进这个家门。水来娘捂住了谭毛爷的嘴，满眼是泪。

谭毛爷从家里往水来家里偷东西里的故事，在我们村子里传得很是玄乎，众说纷纭，千奇百怪，最让我感动的是他与水来娘在地窖里亲热后发的油条誓言。

那次，就连谭毛爷自己也说是真犯愁了。小磨油坊里早被谭家人看得别说是偷油，恐怕一只蝇子也难以飞出去。整整一天，谭毛爷一点招都没有，急得从屋里到外面，从外面到屋里，反复地踱来踱去。"又想偷东西了！"谭立本老太太让大媳妇守住油坊，让二媳妇守着麦囤，她和三媳妇坐在院子门口，边乘凉边看谭毛爷。

谭毛爷钻进厨房里看着一碗猪油发愣，手里拎着水瓢机械地喝着，一点办法也想不出来。他又从屋内出来，走出院门五百米后又折回来了，换了件由长衫改做的衣服，钻进厨房内，深吸了一口气，肚皮一下子陷了进去，谭毛爷撩起衣服操起油碗，紧扣在肚皮上，放下衣服，急步往外走。走到院门口时，故意地把双手抬起来，火烧火燎走了出去。谭立本老太太常常对人说，夏天里贼不好当，衣服薄，不遮丑。然而这次，谭毛爷却在她眼皮底下把一碗猪油偷了出去。

谭毛爷见到水来娘时，已是大汗淋淋，水来娘跟他说话他也不搭腔，进屋把猪油放下后才长出一口气。

许多年后，关于谭毛爷偷猪油的事，已成为我们村的经典故事。

七

人情人情，人与人之间只要有了感情，比胶粘得都紧。许多人都这样评价谭毛爷与水来娘。然而学深娘上吊自杀后，对谭毛爷的打击非常地大，而且，他渐渐地感觉到水来长大了，长成了一个用虎视目光看他的人。

学深娘死后，村里人感慨不已。学深娘自从学深爹拉壮丁走后，第二年生下了学深。人们疑惑不已，丈夫不在家从哪里又生了个孩子？待学深一天天地长大，不但有个很雅的名字，而且长相也是越来越像私塾先生重言。全村人都知道学深是重言的儿子。学深娘与重言相好后来也是由暗到明，然而，学深从来不这样认为，并且性格非常像重言，傲气与执拗。

学深傲气，不但同龄的人有些畏他，连他娘好多事都惧他。一个十六七岁的孩子，整日一张冷脸，好像有多大的心事一样。每当有什么事他非执拗地办时，学深娘也不敢强做主。她觉得欠着学深一样。

事情并非偶然，学深和同村的人到平顶山拉煤，本来人力一来一回得七天，可是学深路上生病先回来了。学深是中午到家的，推门，里面关着，推了几次都推不开。学深转到窗前向里看，听到他娘的叫声，并且听到了他小时候就听过无数次的一个男人的声音，顿时火冒三丈，使劲一脚把门踹开了。重言和学深娘两人正赤条条地抱在床上，没有一点思想准备，猛地看到脸上表情有些扭曲的学深，呆了。学深看到他娘和重言的神态，炸雷一样吼了一嗓子"穿起来"，说罢扭脸出去了。

重言与学深娘惊慌失措，几次都找不到裤腿。重言惊慌失措地出门时，正碰上守在门外的学深，迎头挨了一拳。重言"呀"一声倒下了，爬起来往外跑，学深娘出来双手死死地抱着他不放，学深一咬牙，把他娘摔倒在门外，从窗下拎起一个铁抓钩，追了出去。学深娘一看学深拎着抓钩追出去了，也顾不上痛追了出去。重言在前面跑，学深在后面追，狠狠地把手中的抓钩甩了出去，学深娘惊叫一声："他是你爹。""我是他爷！"学深对着娘吼叫着。人们听到学深娘的哭声都出来了，见学深手里拎着抓钩追重言，明白是怎么回事，纷纷上前劝。学深娘双胳膊抱着学深，几个人也围着学深，却又不知道怎么劝。红了眼的学深看着越跑越远的重言，对着他娘叫了一声："你对得起我那死去的爹吗？"这一嗓子把学深娘吼得愣住了。学深风一样地又追重言去了，三步两步赶上后，一抓钩正好抓在重言的小腿上。学深娘"呀"的一声摔倒了。围观的人看着要出人命，拼死抱住学深，重言才得以脱身。

学深用抓钩伤着了重言，更伤着了他娘。

学深娘上吊死后对学深的影响非常大。人们本来议论学深娘如何如何不守妇道的，因为学深娘这一死一下子都成了同情，体谅了学深娘一个女人带个孩子这么多年的不易。学深娘的这一死，给谭毛爷带来的影响特别地大。他已经明显地觉得自己的尴尬。

此时，谭家的小磨油坊已成为陈旧的历史，谭家成了人民专政的阶级敌人，被列入了"地富反坏右"五类分子的富农里面，而长成大人的水来，当上了栗门张的民兵连连长，成了专门收拾五类分子的人。从那时起，谭毛爷再也不敢偷偷地溜进水来家了。

该来的终归要来。水来娘的一句至理名言就是在一场批斗会后说的。

栗门张的批斗会会场就在大队的队部，谭毛爷被五花大绑地站在舞台上，两个民兵用枪压在谭毛爷的腰上，越压越低。谭毛爷脖子上挂着一个大牌子，腰弯得如一只虾米一样，脸红得涨血。水来坐在台子上，口中念着写好的批斗稿子："地富反坏右"是压迫劳动人民的五座大山，打倒坏分子。下面的人也高声喊着，越喊情绪越高，有人往谭毛爷脸上啐吐沫，有人扔小砖头。水来这时从座位上站起来，对着谭毛爷的屁股就是一脚，虾米腰的谭毛爷顿时跌了个嘴啃屎。水来娘就站在人群中，等谭毛爷被民兵们扶起来时，谭毛爷满脸是血。水来娘扒开人群，走了。

好多人都注意到水来娘走了。每次开批斗会时，人们都会自觉不自觉地观察台上的水来与台下的水来娘。这时，台上的水来也看到他娘扒开人群愤愤离开的神情，脸青一阵红一阵。

那一年的雨水非常地多，沟里河里到处是水。有水的地方都会有鱼虾，这种常识被那个多雨的季节验证着。批斗会结束后，人们第一件事便是到沟里捉鱼虾，借机开一下荤。水来也去了，先去后河捉了两条草鱼，拎着回家了。

水来回到家时，水来娘正在家里抹眼泪。水来站了一会儿，正要走，水来娘突然叫了一嗓子："水来，跪到你爹的牌位下。"水来扑通跪下了。水来娘一把鼻涕一把泪地在水来爹的牌位下念叨："你这个天杀的，刚强了一辈子，却死在了外面。给我一个人扔下三个子女，一没剩地二不留钱，让我们娘几个咋活呀！不是他谭毛死一把活一把拉套，我们娘几人早就沤烂了。人呀，咋就不长良心呀！好人没有好报，这是啥世道呀！"

水来听得满脸是泪，俯在他娘怀里放声大哭。"娘呀娘，我们都大了，你让我们的脸往哪搁呀！"水来娘一阵冷笑，"你觉得现在你大了，你知道不知道你小的时候是咋过来的，谭毛看着你饿，从他儿子手里夺馍喂你，你知道不！你看现在的七狗是积极分子，在大会上跳来蹦去的，天天叫穷清白，穷光荣。你知道他当年干过多少坏事，要不是谭毛，也不知道要糟蹋你娘几回。你知道学深的娘是咋死的不？你要是想借这个机会害他，你就先把我给害了。"水来娘说得水来一脸的无奈。"你要是有良心，不管别人怎么着谭毛，你别摸他一指头。你的命可是他养大的。"

当天晚上，水来娘就炕两个小油馍给谭毛爷送去了。从此，水来再也不动谭毛爷一指头，而且，批斗能少开就少开，能不拉谭毛爷就不拉谭毛爷。冷静后的人们常常因为这些事把学深与水来比，渐渐地运动过去了，而谭毛爷健康地活了过来。

八

　　时间是最无情的，无论人们对生活抱有什么样的热情，抱着什么样的目的，该过去的终会过去。

　　那几年人们鼓足了劲天天喊，楼上楼下，电灯电话，洋犁子洋耙，火箭般进入共产主义，但干活出力还是人与牲口。谭毛爷与生产队的七斤、白狗等几个人在小短拐那块犁地，几个老头一人赶一头牛扶一把耕子转圈犁，如走马灯一样。水来娘从大芒家回来，离谭毛爷干活的地方二里远，就看见了他，手里拎着油炸鱼在这二里长的路上紧赶慢赶，谭毛爷赶着牛扶着犁子走到跟前。水来娘顺手把鱼递给了谭毛爷后，匆匆地走了。

　　谭毛爷喊住牲口，蹲下来啃鱼。鱼啃得只剩下一个鱼头时，七斤赶着牛转过来。谭毛爷忙对七斤说："七斤叔，吃鱼不？只剩个鱼头了。""我吃，还怕卡死了呢！对了，谭毛，你的鱼从哪弄来的，来时没有见你有鱼啊？"谭毛爷默默一笑说："刚才我在地上拾了一条鱼。""谭毛，我们几个为啥拾不到鱼，就你能，当着我们的面你再给我拾一条来。"几个老头跟着起哄笑。

　　那年，我带着媳妇从城里回来，我媳妇从邻居那儿听到谭毛爷拾鱼的事，非常感兴趣地说谭毛爷与水来娘那才叫作爱情呢！专门问谭毛爷，是不是在地里拾到过一条油炸鱼。谭毛爷脸涨得通红，吭了半天说："娃他娘，哪壶不开你提哪壶。"

九

　　谭毛爷病重时已经躺在床上半个月了，只剩下一口气如游丝一般，家里人除了我都到齐了，恐怕谭毛爷是挂念我这个在外地当记者的孙子吧！连续给我打电话。

我到家时，天已经黑了，本想直奔谭毛爷的病榻前，我母亲拉住我说，你现在千万别去，你一去，他见到你就会咽下那口气。这么长时间，他之所以不咽气，就是因为心里一直惦记着你。你这么匆忙地去了，反而是让你谭毛爷早死了。

第二天，日头出大高，我特意收拾一番，好让谭毛爷看到他这个在外面风光的孙子高兴地咽气。谭毛爷仍是气若游丝，脸如白纸，我凑到谭毛爷的跟前喊了一声，他一点反应都没有。又喊了一声，他仍是没有一点反应。大伯也认为谭毛爷咽气了，开始伏在谭毛爷的身上哭，顿时屋里哭声一片，我被如此悲怆的场面感动得眼圈发烫，一直掉眼泪。我媳妇推了推我说，你看咱爷好像没有死，我俯在谭毛爷的鼻子前，仍感到他气若游丝。

我在家等了两天，谭毛爷仍是气若游丝，就剩下一口气不咽。全家人一直想，谭毛爷是什么事不放心，什么人没见到，全家的人都从外面回来了，也没有什么事他老放不下呀。我那与大家思维不一路的媳妇说，听说谭毛爷有一个相好的，是不是临死前想见她。我母亲听了一怔，马上又摆了摆手。在农村，这种事是伤风败俗的事，真要是在这种场合让他们相见，真不知道人们要议论个啥样，就是我大伯愿意，我谭毛奶奶也受不了。水来娘想见，五十多岁的水来与水来的儿子也不愿意。为此，家里人背着谭毛奶奶又商量了一天一夜，仍没有一点办法，而谭毛爷在病床上，仍是气若游丝。

我鼓起勇气去找水来娘，我知道，这件事只有我才能办，水来与水来的家人一直觉得我在老家是一个人物，会给我这个省报记者留一点余地。

我见到水来娘时，她正一个人坐在屋内发呆，正好水来不在家，我站在水来娘的面前，看着她满头银丝，觉得有些不好意思，也不知道如何开口。水来娘仍保持着年轻时爱干净的习惯，满头银丝打一个髻,光洁洁地盘在后脑勺。见我进来了,要给我拿凳子。我不敢坐,站在她面前,嗫嚅了一会儿,终于说出来了:"老太,我谭毛爷想见你最后一面。"

我仔细地看着水来娘的表情,只见她听到我的这句话时,嘴唇抖动了几下,眼里的泪顺着眼角往外溢,自言自语地说了一句:"这个谭毛呀!"迟疑了一会儿,觉得自己的失态,苦笑着说,看我老了,就是爱流泪。我生怕自己说错了话,又给水来娘说了一句,半个多月了,我爷就是不咽气,恐怕是想见你最后一面。

这次水来娘听清楚了,突然哭腔地说了一句,我去算啥呀!说着把头埋下了。我站在那一会儿,不忍心看到一个八十岁的老人悲伤的样子,想转身走时,水来娘喊我的小名,小五,你先走吧!我一会儿就去!

等待让我们每一个人的心情都极为复杂。

水来娘来时,谭毛奶奶已被我姑姑哄到她家去了。水来娘是经过一番梳理才来的,穿一身新,一脸难为情地走到了谭毛爷的病榻前,缓缓地握着谭毛爷的手说:"谭毛,我来看你来了!"大家都目不转睛地盯着谭毛爷,见谭毛爷的手颤抖了几下,顺着小眼角淌下了两行清澈的泪,嘴唇像是在动,又不像动。过了足足有二十分钟,才见他放在水来娘手上的另一只手掉了下来,脸上的皱纹开始舒展了,屋内顿时哭成了一片……

下篇：独立秋风

我的语言的边界，就是我的世界的边界。

——维特根斯坦

在记忆中奔跑

一

1977年在农村出生的我从小没有受到良好、系统的文学教育。相反，从我记事就开始劳作，干一些自己力所能及的农活。比如农忙时看个场子，收庄稼时拾麦穗之类的。对于那个环境中的我们来说，最习以为常的是做饭时，帮母亲烧火。

生活在那个环境中的我们，十岁前别说读什么四大名著，恐怕连见都没有见过。学前的我看的书，除了哥哥们的课本外，也就是一些被他们传来传去，早已传得少皮无毛的连环画。如《岳飞大战金兀术》《平原枪声》《地道战》《烈火金刚》等。好不容易趁哥哥中午回家吃饭的空，乞求到一本小画书，连饭都顾不上吃，囫囵吞枣一页接着一页地翻。最有趣的是几个小脑袋围在一起，看着鼻子下面留着一点小胡子的日本鬼子被八路军打得屁滚尿流，七嘴八舌地争论一番，谁是最厉害的，谁的枪法最准，谁是第一号的英雄等，通常是谁借的画册，谁说的对。否则，拿画册的人就不让看了。从那时起，为了看画册，多数小伙伴都学会了妥协。由于都不识字，一本画册翻完后除了看到一些滑稽的画面乐一乐外，多是兴高采烈地增加一点向同伴们炫耀一下看过什么什么画册的资本罢了。

二十世纪八十年代，我们整个村子只有村委会有一台日本产的日立电视。什么来源，许多人都说不清楚。除了村干部看外，普通的村民想看都不容易，更别说我们这些毛孩子了。所以，童年的我们最大的乐趣，就是听活生生的人给我们讲的"卯卦"（故事的方言）。

二

二十五年前的记忆，总是那么地悠闲。人们好像总是有大段的时间来任意打发。大人们无事聚在一起，下着早被磨得看不清的老象棋。通常是，看棋的人喊得比下棋的嗓门都大。妇女们手里拿着鞋底，一边干着活，一边讲着东家长西家短。偶尔还会遇到几个男人在一起闲抬杠，抬着抬着恼了，上前一阵子厮打。被人拦开后，年纪更长的人上来各打五十大板地骂了一阵后，各回各家。没过两天，小酒一喝，什么事都没有了。与此相反的是，妇女们则因为谁说谁的坏话了，谁和谁翻嘴，因一些鸡毛缨蒜皮子的小事，甚至连嘴都没有吵着，见了相互不理了。同时，谁家的鸡子被偷了，谁家庄稼被猪羊给毁了，大街上歪脖子槐树下咒人的"小草人"经常不断，骂街的隔三岔五。

最单纯的我们根本就听不进去，除了看热闹，搞不清楚谁是谁非。当时农村，成年人的道德底线是，无论谁和谁结多大的梁子，是不让小孩子们知道的。因此，那时的我们除了满心的好奇外，得个空，就跑到瘸鸽大爷家里听他讲故事，来填充我们那一代孩子童年寂寞而又空洞的想象。

虽然我后来的创作的许多灵感，都来自瘸鸽大爷的"卯卦"。但是瘸鸽的大名，现在我都不知道。只是一星半点地听别人说过，中华人民共和国成立前国民党拉壮丁时，他被拉走参加了国民党的部队，在国共之战中被打断一条腿后回来了。"拉壮丁"这个词，虽然现在很多人都不甚清楚，但在上了年纪人的眼中稀松平常。我们村被"拉壮丁"拉走的人，杳无音信的不计其数，包括我四爷。

尽管过了三十岁之后，我彻彻底底地感觉人生苦短，岁月飞长。但是童年的记忆，一直觉得冬天是那么地难熬，再不过年了。时间怎么那么慢，再不到吃饭的时间了。日子怎么那多么，自己再长不大了。在这漫长无聊而又多余的日子中，不识字的我们最好的去处是听"卯卦"的场所，一个个睁着一双双饥渴的目光看着不识字的瘸鸽，一脸满足地听着南腔北调的怪诞，山南海北的传奇。有时还揣测，甚至是羡慕，瘸鸽大爷肚子里那么多的故事，是从哪儿来的。

三

"有一个年轻小伙子，出远门不识路。问一位老头说：'喂，老头，到某某村还有多少里？'老头翻眼看了他一眼：'还有五百拐杖。''什么，五百拐杖？你们这儿的路不是论里的呀！'小伙子吃惊地问老头。'你就不给我论（里）礼了，我还给你论什么里！'老头不轻不重地教训了这个年轻人一顿。羞得这个小伙赶紧给老头施礼。"

"王莽本来是刘秀的老爷，想当皇帝，就把刘秀的爹给害了。王莽当上了皇帝后，为了斩草除根以绝后患，就派人四处追赶着杀刘秀。刘秀跑呀，跑呀，从北京跑到南京，从西安跑到山东。一次，走投无路的刘秀钻进了一个枸树林里，一躲就是几天。饥饿难耐时,他看到枸树上的枸果子,红滴滴的,伸手撷了一个,放嘴里一尝,酸甜,大吃起来。被围在枸树林半个死,算是没有饿死。当时,刘秀发誓,树呀树,你救了我一命,将来我当上皇帝后,就封你为树中之王。追赶刘秀的人围了枸树林好多天,想着刘秀反正跑不了,饿也饿死了,就撤了。

刘秀当上皇帝之后,下令封救过他命的树为王。由于刘秀从小在皇宫里长大的,分不清什么树叫什么名,封王时错把椿树当枸树,封为树中之王了。枸树气得前畸隆后罗锅的。从此以后,你看现在的枸树都是歪撑歪撑的,没有一棵直凛凛的。意外成为王的椿树,因占了一个大便宜都是顺丝顺条的。"

我们听着瘸鸰讲的故事,玩味着其中的寓意。从那时起,在幼小的内心里就想,自己长大出门问路时,一定先喊人家一个称谓,免得被人家教训一顿。同时,听了瘸鸰大爷的王莽赶刘秀的故事,还真认真地观察椿树是不是每一棵都细高细高的,在为前畸隆后罗锅的枸树打抱不平时,也感觉枸树亲切了许多。

四

瘸鸰不光给我们讲这些很有教育意义的故事,有时还给我们讲许多荤故事。特别是农忙季节,凡是多动的几乎都闲不住,包括瘸鸰大爷。这时,小孩都要下地干活,剩下的都是太小穿开裆裤的,什么也不能干。瘸鸰大爷要在家里掰玉米皮,每天面前总有堆得像小山的玉米。为了吸引小孩子帮忙剥玉米,瘸鸰大爷开始讲他故事中的"极品"。

有一个小伙子到集上卖东西,看见一个大姑娘长得非常地漂亮,就给同去的人说,这个女的长得真漂亮,要是我娶到她,一个晚上非干她一百次不行。没有想到,这句话被这个大姑娘听到了。

没过几天，有人给他捎信说，有一个大姑娘想嫁给他，让他看一看，同意不。小伙子一看，正是集上遇到的那个漂亮的大姑娘，高兴得杀猪羊下聘礼，把这个大姑娘娶回家了。新婚时期，小伙子每天晚上干一百多次。一月后，九十次。两个月后，八十次。三个月次，六十次……他媳妇不愿意了，说：你见到第一面时，说结婚后每天晚上干过一百次。现在，六十次都不行了。这个小伙子觉得理亏，但只能敷衍了事。三个月后，他哥见他面黄肌瘦的，就问他怎么了。他又不好意思说。嫂子给他哥出主意说："让他跟你出去一段时间吧，我保证他回来之后，病就好了。"果真，小伙子两个月后回来，红光满面。

稍微大一点的孩子听了这个故事，老是要到外面撒尿去，慌得裤子都还没有系好就急匆匆地跑回来，接着听下一个。这时，瘸鸽就会故意卖关子说，一个人分一点玉米剥。剥完了，咱们接着讲下一个。于是，小孩子们都争先恐后地剥玉米。为了听故事，父母如果来喊了，就藏在厕所里。哪怕冒着晚上被父母打一顿的风险，也舍不得瘸鸽大爷的故事。

有一次，果真有小伙伴挨父母的打了，问瘸鸽讲的什么故事，那么吸引人，家不知回，饭不着吃。小伙伴一五一十地把瘸鸽讲的故事向父母禀告了一番。"这个糟老头子，一点好处都没有，都给孩子们讲了些什么乱七八糟的东西。今后，不许听他胡说八道。"在父母的呵斥下，孩子们先是避开一段。没过几天，农闲了，瘸鸽又开始讲《三侠五义》。于是，小孩子们又围了一大圈。

五

我从读第一部长篇小说《呼杨合兵》之后，再也没有听过瘸鸽讲"卯卦"。后来，等我们这一代人长大之后，由于计划生育的原因，下一代孩子不像我们这一代，兄弟几个没有人照顾。同时，黑白电视在二十世纪九十年代的农村普及了。瘸鸽的口述故事，抵不上电视身临其境。瘸鸽大爷的"卯卦"，到我们这一代再也没有讲下去。

再后来，我们村和我一起长大的这一代人，能够讲故事的越来越少了，尤其是随着电话普及，许多人都提笔忘字，连信都写不完整了。而我，坚持一个作家的理想，坚守着自己的个性与追求，不断地对童年进行回忆，不断地对我们的村庄进行梳理，把故乡的爱恨情仇、悲欢离合，把生命的无奈与渴望，把一个学者的悲悯与高傲，都拼凑与理想化地放进了我的故事中，融入我的血液中，进行思考的寂寞与文学的跋涉。

随着时代的变迁，现在的人越来越失去了孤独地阅读和回味童年的能力了。虽然随着人们文化素质的提高，有能力，有权力讲"卯卦"的人越来越多，人们对世界的理解，对幸福的解构在全民写博的时代更直接、多元化。事与愿违的是，人们讲"卯卦"的耐心却是越来越少，人们听"卯卦"的韵味也越来越少，同时人们与幸福或者精神充实的距离不是越来越近，反而越来越远了。于是，在这个信息过剩的年代，作家创作的最大价值和意义不在于编造一个故事，统驭一个世界，用两行文字任意屠杀自己笔下的主人公来满足自己的权力欲和表现欲。他需要深层次地表达自己的观点，表达自己独立思考的能力和对人文价值取向的社会化影响。因此，作家创造一个世界的能力，要比统辖一个世界的能力显得尤为珍贵。

抱着这样的想法，我多年前构思的长篇小说《思想者》，虽是以我们的村子为原型，写作大纲很早就在我的《涕零而歌》中刊发出来了。十五年前在内蒙古时，写作近十万字后，觉得不满意，付之一炬。2007年元旦，我重新审视这部倾尽十余年的小说，更名为《咒》，后又改为《寓言流淌》，糅进太多小时候听过的故事，太多的民间奇诡,以"灵魂能找着回来的路,是梦,灵魂找不着回来的路,便成了死亡。"为开头,并下决心不再更改。但是,如果让它写得厚重,写得底蕴十足且又大气磅礴,仍给我造成很大的心理压力。直到有一天,我写了小小说《盖棺定论》后,幡然醒悟,懂得了如何把"卯卦"融入与它相适应的时代背景与生存环境中,开始了《沉默无处安放》的写作,并从容地写下了:"天国正在贴近大地,在这两者之间,我悲伤地用毛孔呼吸"的卷首语。

六

陆润痒未及进士时以为人写状为业,即所谓"代书",收入微薄。而家里负累甚重,全靠陆太太贤惠,以各种当时妇女正当的谋生法,自刺绣浣涤微利,维持家用。有一天晚上,陆润痒回家,陆太太开门一看,立即又将门关上。在门内说:"你今天一定做了什么阴骘之事。我不能让你进。"

陆润痒一头雾水,想一想说:"没有啊。"

"你再想,一定有。"

陆润痒想了好一会,方始想起。有一对患难夫妻,做丈夫的经商发了财,嫌妻子丑,捏造妻子犯"七出"之条,以重酬请陆润痒写了一张状子,预备告官休妻。

"若说有什么阴骘,大概就是这件事。"

"这就对了,你怎么可以拆散人家夫妻!"陆太太问道,"状子递了没有?"

"明天一早递。"

"赶快拿回来,一字入公门,九牛拨不转。一递进去,你的阴骘就伤定了。"

陆润痒唯命是从,赶到托写状子的人家,说内有两字不妥,要更改。等那人将状子拿了出来，陆润庠扯碎了，吞在口中，然后将酬金退还，道明缘故。及至家里，陆太太开出门来，含笑相迎，陆润庠不得问："你怎么知道，我今天做了伤阴骘的事？"

"平常你晚上回来，我总看到你后面有两个灯笼照在那里。我晓得你将来一定会大贵，所以再苦也心甘情愿。今天，你头一趟回来，我开门一看，一片漆黑，一定是你做了伤阴骘的事，神道菩萨都不保佑你了。"

七

读罢高阳的《大故事》中"状元夫人"一文，我大吃一惊。这个故事以前在哪儿听过，或者在哪本书上看过？一时又想不起来。想来想去，重新翻阅自己创作《故乡在纸上》的手稿，突然想起，是二十多年前瘸鸽讲的故事，不过名字不是陆润庠罢了。我更吃惊了，一个不识字的瘸鸽，怎么能把这样一个故事讲述得这么地真切。

搜索罢有关我对童年的记忆，重读了马尔克斯的《百年孤独》，我突然明白一个作家的真正意义，明白了创作与作家的成长环境之间的关系，明白了文字的力量与写作的尊严，于是，在这夜深人静之时，我继续沉浸在孤独冷傲之中，开始另一段有关自己人生价值取向与人文立场的文字探索。

饥馑的碎片

一

有人能将童年的记忆追溯到两岁,有人是四岁。

有关我的童年,模糊得可怕。二十多岁写作时,我就搜肠刮肚地回忆了一次,好像是三岁时的搬家。在久远的记忆中,夕阳下的我,手里拎着一个小塑料桶,跟在母亲、哥哥后面,从场面(农村打麦子碾平的场地)往新盖的瓦房家里搬东西。好像还因为家里什么东西或是自己的玩具丢了,我一路骂骂咧咧的。事后,我向母亲求证,说自己记得我们第一次搬家的情况。母亲说:"1980年,你三岁不到,怎么能记事呢?同时,搬家是从正街的老屋搬到后街的新瓦房里,那会有什么场面?"因此,我拼命地搜索我们正街老屋或新瓦房的零星记忆,可荡然无存。

有关童年这点可怜的记忆,我已不能确认是记忆中的实事,或者是梦。因此,整个学龄前的种种,就这样整体地消亡了。同时,在成长的这么多年,我经常将梦与事实混淆。有时是在睡与非睡之间的一些场景,就弄不清楚刚才是自己没有睡着的想象,或是自己小睡做了一个梦。另一方面，又有许多根本就没有到过的地方和一些非常意外的场景，瞬间又会诞生似曾相识的感觉。经过许多场反复的真实与记忆的抗争之后，我明白，之所以对从没有发生过的事或者场景似曾相识，多是因为我做过这样的梦。渐渐地，随着自己年龄的增长，梦的积累越来越多，这种印证越来越确信无疑——我就相信了自己这种梦的预感能力。虽然，这种预感总是迟到抑或是显得多余。

能够对童年确信无疑的记忆，是我上小学去报名的前一天。我背上母亲为我缝制的蓝书包，兴高采烈地在院子里转悠，恨不得一下子跨到第二天天亮。三哥从学校回来了，我没头没脑地给他说，我老师一定会表扬我的书包漂亮的。三哥说："你老师是谁？"我说是莲花。"你还没有上学呢，怎么知道你的老师一定是莲花？"三哥反问道。当时，我们村小学一年级的教师只有两个：莲花和菊妮。我是以百分之五十的概率胡说了一下。果真，我报名后被分到莲花班里。

此后的记忆，大概就能连贯上了。比如，我上小学一年级时，因为当时学校的条件非常地差，我和邻居战伟共同使用一个中间有一个窟窿的课桌。由于学校的条件非常差，教学设施极不完善，那时，一年级的学生都没有凳子坐。有些有条件的家长，特地为自己的孩子做了一个小板凳送到学校。我兄弟们多，父亲又不太在意小孩子的事。上午两节课，下午一节课，我站着听了一学期的课。第二学期，我哭着要凳子，父亲才给我做了一个三条腿的板凳。站着听课的孩子仍多，怕别人偷去，我上学搬去，放学搬回家。

尽管小时候，我的绰号叫"赖货"，但是在学校我并不是很顽劣，挨揍的记录不多，第一次却是在一年级。上课的铃声响了，我还在教室的前墙上捏腰（倒立），老师莲花看见后，不容分说，上前踢了我一脚，我灰溜溜地钻进教室，以至于二十多年的今天，仍能清晰地记得莲花老师居高临下那锐利的目光。

二

由于记事晚,在我的记忆中没有躺过母亲的怀里。

我在兄弟们中间排行老五,上面有四个哥哥。五个小子躺两张床上。随着哥哥们个子一天天地长高,每天晚上睡觉时,总是感觉到自己的双腿有些多余,在被窝里怎么放,怎么碍事。从那时起,我就诞生了一个愿望,一定要单独拥有一间房,一张床,一个人自由自在的不受任何束缚的空间。

我多么羡慕拥有一间房子的同学,能够有一个私密的空间,能够有一个属于自己的书桌,能够有一块自由自在的天地。越是这样想,越是觉得自己的生存空间逼仄与憋屈。拥有一间有小房子的冲动,随着自己一天天的长大,越积越深,在十一岁上小学四年级时,终于非常强烈地爆发过一次。我清晰地记得,那天下着淅沥小雨,我将自家院内的砖头,大的小的,圆的方的,能用的不能用的,搜集一堆。我要在我们院子西边盖一间偏房,哪怕是低一点的,只有三五平米的小房子呢!虽然我意识到,想盖一间房子,光靠这一小堆砖头是不行的。它需要门、窗、檩条、瓦。但是,当时我能理性地认为,只要我把前期墙根脚扎上,有一个非要有一间小房子不可的执拗与偏激,父亲不会看着不管,一定会在形势的推动下完成我有一间小房子的心愿。在这种力量的推动下,我四处找砖,屋里的、院外的、门前寨河里的、厕所里的,能找到的我都找了出来,七零八落地堆在一起,弄得自己满身湿淋淋的。

雨天的夜,黑得非常地快。很快母亲把晚饭做好了,我一个人仍在不停地收集砖头。母亲问我:"五,你弄那么多烂砖头干什么?""我想盖一间小房子。"我有些憋屈地说。母亲知道我的犟劲,没有理睬我。我仍是冒着小雨，四处找砖头。同时，还不断地盘算凉棚里的木头，能否做檩条用。

任何激情都不能当饭吃。直到大家都快吃完饭了，母亲要刷锅时，我感到饿了，匆匆洗手，狼吞虎咽地把晚饭吃下。之后我还盘算，赶紧弄一些瓦、檩条之类的，尽快让工程上马。那天晚上，我还要很不情愿地和哥哥们挤在一张床上，幻想自己的小房子。入睡时，浑身的疼痛让我明白盖房的事超出了我的体能，而且还超出了我的能力范围。一觉醒来，口渴得要命。半夜，我一个人爬起来，摸到厨房里找一点凉水咕咚咕咚喝下去后，又迷迷糊糊地睡了。

第二天早上，星期一。我忙着上学去了。盖小房子的事，自然也不再提了。事后好几天，邻居问我父亲说，你们西墙边咋堆那么一堆砖头蛋子？"小五自己想盖一间房子。"父亲有些自豪地说。

那一次的愿望破灭了，但是寻找一个独立私密生活空间的渴望却是越来越强烈了。以至于后来我上中学时搬到奶奶家住，后又折腾着住到一个别人搬走只剩下三间空草房的破落院子里。上大学时，顶着被学校处分的风险到校外租房子等等。但是，这个愿望真正实现的时候，距第一次盖房子已有二十年了。

2002年，我参加工作不到三年，儿子出生了。当时，我就发誓，绝不能让儿子在租的房子里长大，也绝不能让儿子像自己的童年、少年那样有种空间憋屈感。于是，在省城买房子时，我顶着三十万贷款，每个月两千多元的月供压力，买了一个一百四十多平米的三室两厅的房子，不但为自己装饰一个漂亮的书房，而且也让儿子从小有自己的私人空间与成长环境。

这一切的冲动和勇气，源于二十年前的那场渴望。

三

苦难不仅是对一件事的复述，更多的是一种记忆，一片灰暗的色彩。

许多东西不仅需要重复，而且需要潜移默化，记忆也是如此。因此过了而立之年的我，坐在宽大的书房里写作、看书，或者无所事事漫无边际地回忆，每当回忆起过去，总是自觉不自觉地想到过去的饥饿，想到过去因贫困产生的压抑，想到自己记忆中的第一次生病。

记忆中的时间是按段，而不是按点。因为，许多人的回忆，多是一个大概的时间区隔。除非，你故意将时间定格在某一个特殊的点了。大概就是上一年级的暑假，或者还没有上学。总之，是在一片悠长的时间区间，自己在外面疯玩时突然感觉肚子疼。那时候，农村的疯小子，一般的小病小灾都是自己扛过去。我捂着肚子，蹲了一会儿，还是疼，而且是越来越疼，实在是坚持不下去了，就一溜小跑地回家了。母亲正在忙什么呢，不记得了，好像因为什么事不顺心，一脸的不高兴。看着这架势，想要撒娇的念头一下子没有了，嗫嚅着对母亲说："妈，我肚子疼。""是不是偷喝凉水了？"母亲不耐烦地问。那时农村养孩子不像我和妻子，养儿子像喂大象，儿子脸一红，自己先是心疼得要命。

"没有。"我捂着肚子，蹲在门槛上。母亲仍忙来忙去，没有怎么看我。我的肚子越来越疼，好像是绞着疼。我对着母亲又说了一声："妈，我肚子疼。""不碍事，疼一会儿就不疼了。"母亲冷冷地说。我难道不是母亲亲生的？要不，疼死算了。想着想着。千般委屈，万般心酸一下子涌上心头。"妈，我肚子疼。"我朝着母亲大嚷一下，"哇"地哭了出来。母亲放下手中的活，平静地走到我身边，看着我。此时，我不但觉得肚子疼，还非常地委屈，扯着嗓子哭。哭得自己都喘不过气来。母亲看我实在疼得受不了，找一辆架子车，上面都是一些土屑粪渣之类的，脏得不行，又从屋内找了一个麻袋片，铺在上面，一只手拉着我的胳膊，把我拉上车，往村卫生所邪华珍那里去。

没有走到卫生所，我听到肚子咕咕噜噜地叫了几声，接连放了几个屁，就已感觉不是很疼了。但是，又不好意思给母亲说不怎么疼了。一直挺到卫生所，我仍躺在车子上。邪华珍斜着眼，看了看我，撩起我的上衣，先是用两根指头砰砰地敲了敲我的肚皮，听一听音，后按我的肚子。此时的邪华珍，仍不忘给母亲开了一句玩笑说："肚子疼，不算病，一泡屎，没拉净。"而后又按着我肚脐上面问我，疼不疼。"不疼。"又按肚子下面问，疼不疼。"不疼。"是不是肚脐眼这一块疼。"是。"我有些敌意地回答。"受凉了。"邪子华珍漫不经心地说。"用不用吃点药？"母亲问华珍。"不碍事，回家用热毛巾捂一捂就行了。"母亲这时又拉着我，往家走。

半路上，我下车撒尿，没有上车，也没有回家，又跑着玩去了。

四

从那时起到现在，我总觉得自己得到的温情不够。

上小学时，每逢下雨时，我最大的期望是母亲能送个小花伞，送一双小胶鞋。但是，我的这种期望从来没有实现过。许多次，我都问母亲，别人雨天上学，都能打着花伞，穿小胶鞋，为什么我们没有。"别人都是兄弟一个，两个。你们兄弟四五个，个个要买，得多少呀！"于是，我上小学，纵使再大的雨，都是由母亲找一个编织袋，对角一折，顶在头上，赤着脚上学去了。

二十世纪八十年代，农村的贫困不仅体现在缺钱上，而且是生活的方方面面，包括孩子们的教育。小学三年级后，学生有了早晚自习（农村学校离学生家近，每天早上、晚上有一节自习课）。遇到下雨天，母亲先是给哥哥们买新胶鞋，怕他们早晚自习课被割破脚。等到我上小学三年级时，穿哥哥们穿不上的胶鞋。以至于在我的记忆中，我没有穿过新胶鞋。

对鞋的记忆，不光是胶鞋，还有布鞋、球鞋。

小学四年级的秋假快开学时，我仍穿一双前面露脚趾后面露脚跟的鞋。那时，学校的好几个同学都穿篮球鞋。我羡慕好几天后，问他们多少钱买的，在哪里买的？"六块五，村里商店里都有。"得到这个准确的消息后，我对母亲说："我的鞋烂得不能穿了，想买一双篮球鞋。""先趿拉着吧！"母亲没有好气地说。"我已经问过了，咱村的商店里就有。不贵，一双才六块五。""一个人六块五，你兄弟五个，得多少？有本事，先把自己的学习弄好，考上大学了，到那时别说球鞋，皮鞋也多的是。"母亲冷眼看了我一眼。"不给我买一双篮球鞋，我就赤着脚。"此时，我的执拗上来了，倔强地说。"别说赤脚，赤着身子也没有人管你。"母亲说完，转身忙去了。看着母亲的身影，我把脚上的烂鞋扯了下来，抬手扔到大门外，赤脚出去了。

深秋时节，地里的玉米已经收完了，只剩下霜打的红薯。大早晨，我就光着脚，踩着白霜往地里跑。霜在温光脚的压踩之下，一下子变成了水，凉丝丝的。白天，我赤着脚在母亲面前跑来跑去，晚上，故意连脚也不洗地上床睡觉。一连好几天，故意给母亲看。母亲好像没有看见似的，不理我。

离开环境，光靠意念是无法胜利的。开学的第一天，我赤脚出门后，又折了回来，期望母亲喊我一声。母亲还是不理我。我鼓着勇气，犹犹豫豫地光着脚快走到学校门口了，并且一直是走一走，停一停，期望这时母亲手里拿着一双六块五的篮球鞋追我。虽然根据我对母亲的了解，这个期望不是很容易实现，但是，不到最后，我仍不愿放弃。

上课预备的钟声已经敲响，我才磨磨蹭蹭地走到学校门口。我不时地往身后看，仍是不见母亲的身影。渐渐地，我感觉穿新鞋的希望一点一点地破灭了，直到希望彻底没戏了。这时，我知道自己赤着光脚去上学，除了遭到同学的耻笑，仍不一定能达到穿上新鞋的目的。理性占上风后，我又不得不飞快地回到家，耐心地把我扔掉的那一双鞋找到，趿拉着小跑到学校，怕耽误上课。

五

文学就是回忆，而未来只有在回忆中才会变得更加清晰。读着文学大师君特·格拉斯的话，我想起了自己的种种过去，想到了过去那个岁月中因为生活的不易而学会的一切，想到了因为种种苦难或者是艰难学会的宽容与坚韧，于是，心平气和地用文字记下了过去的种种，算是对艰苦过去的一种缅怀和对未来的一种期望吧。

疼痛的抚摸

一

从什么时候对年少的回忆成为一种享受,我自己也说不清楚。

就是因为有了这种回忆的嗜好,我才渐渐地感觉自己已不再年轻,不再有少年时激动的幻想或者是因幻想产生的激动。好多时间,特别是在雨打芭蕉的静夜,我会在这种悄然无声的回忆中怅然无助、潸然泪下……

母亲常常说,我小的时候,最大的特征就是"执拗",而且是"执拗"得让人难以忍受。"执拗"在生我养我的地方是个最常用的词汇,按我的理解可能就是书面上常用的"倔"。母亲说的这个"执拗"和我理解的"倔",弥漫了我整个少年时代。

第一次"执拗"得让母亲有些难受,是发生在一个闷热的夏天。闷热夏天的闷热午后,我和堂弟两个人推着自己的小推车,到野外打猪草。那时正是生瓜梨枣下来的季节,我们也都一个个背着家人到地里偷瓜吃。当时农村的孩子都没有讲卫生的习惯,不讲干净不干净,好吃不好吃,只要能吃,弄到什么吃什么。病从口入,这句俗语在我身上得到了验证,也就是在打猪草的那天下午,我拉肚子,拉到懒得不想动。闷热的夏天,刮来了一丝丝凉风,渐渐地密云满布。我把小推车往路边一放,躺在上面仰望着天空白云苍狗的变幻,正揣摩像什么时,堂弟小良把他的小推车放在我的胸膛上推,我有些烦,瞪了他一眼。小良仍笑着在我身上推,我怒了,要站起,他跑了。刚躺下,小良又放我胸膛上推。我有些愠怒了,但是身子软绵绵的,动也不想动,绝望地躺在那里,假装一点都不能动。堂弟放松了警惕,把小推车放在我身边,有说有笑的。我终于找到一个机会,趁堂弟不注意,使尽全力,忽一下子坐起来,猛抓住他,用鞋子在他的屁股上打了两下。我堂弟顿时号啕大哭。气愤至极的我,并没有理会号啕大哭的堂弟,直到他渐渐地远去。

一丝丝凉风裹着一颗颗豆大的雨滴落了下来,打在飞扬的尘土上,溅起一点点的印痕。我抚摸着被雨点打得生痛的胳膊,把小推车往头上一顶,往家跑去。其实,我的奔跑有些勉强,双腿像灌铅了迈不动。六月天的雨,说来就来,说停就停,我走进村子时,雨已经不下了。我有些馁,身子软绵绵的。我看见母亲了,她正和村里一个叫梅花的人说话,我叫了一声"娘",正想给母亲说我身子难受时,母亲脸色突然变了,猛上一步,抓住了我的胳膊抡起右手往我屁股上猛打。我懵了,对突来的变故不知所以。在这一瞬间,我感觉到母亲是那样的陌生,自己是那样的孤独与无助,感觉到这突来的变故是那样的不可思议和没有缘由。梅花上前拉我的胳膊说,小五,你还不跑?本来内心里无法释放的委屈和由委屈引起的愤怒,使我终于找到了发泄的方式,我拼命地甩了一下梅花拉我的胳膊,瞪了梅花一眼,也就是我的目光瞪梅花后收回余光的那一刻,我终于忍不住淌下了泪。但是,我仍没有逃跑的意思,执拗地把梅花拉我迈出去的右腿,硬生生地收回了。

母亲更气了,脱下鞋子打我的屁股,打我的脊背,打着骂着:

"我让你打小良，我让你打小良。"我这时才明白自己为什么挨打了。就在明白为什么的那一刻时，我逆反的心理越发的强烈，并且被打得有些虾米的腰，这时又挺得更直了，"有本事打死我。反正不怪我。"我心里越是这样想，腰就越挺得直。梅花见拉我不行，就拉我母亲，说："姊，别打了，别打了。"围观的人也劝我母亲，"因为啥打孩子呀，你看打得破份（方言：蛮力的意思）的劲。"母亲气极了，抡起鞋子打我的脸。我顿时感觉到脸上，又火辣辣的。围观的人劝我，小五，赶紧跑吧，别挨死打了。效成来拉我。效成人高马大，一下把我拉出了好几步。这时，母亲高举在空中的鞋子，也停了下来，并没有再撵我的意思。"母亲是想让我跑，让我屈服，我偏不跑，偏不屈服。这事根本就不怨我，有本事打死我。"我又执拗地回到了原地。这孩子，够犟的呀！围观的人都说。母亲气得脸都变了，上前朝我脸上用力打了一下。我叫了一声，一摸脸，流血了。这时，我感觉到胸口堵得要命，特别是看到手上的血，顿时忍不住，呜咽了一声。但就在呜咽的同时，我又硬生生地把哭声止住了，两只手不停地擦脸上的血。很倔强，很傲气地擦脸上的血。"英，因为啥把孩子打成这样，你看看把孩子打的！"围观的人说起母亲来。这时母亲丢掉手中的鞋，拉着我，放声哭开了。

母亲弄清我为什么打小良时，事情已经过去了好多年。然而，也就是从那时起，母亲再也没打过我，二十年过去了，仍是如此。

二

夏天的故事总是那么地压抑与冗长，夏天的劳作也是如此。

闷热冗长的夏天，却非常适合棉花的生长。1991年的夏天，我刚十四岁，整天跟着母亲盘桓在棉花地里，和这个闷热的夏天对熬。

那一天，天异常闷热，热得在棉花地里干活的人都有一种煎熬感。越是这样的天气，越适合给棉花打药。棉花最容易生虫，尤其是到结桃子的时候，容易生一种棉铃虫，钻进嫩桃子里后，整个桃子最后就要坏掉。为了治棉铃虫，棉农一个星期要给棉花打两次药。这天，母亲不在家，一向陪母亲一起下地干活的我，看着棉花地里一个个忙得手忙脚乱来来回回给棉花打药的人，想到一句俗语："庄稼活，不用学，人家咋着咱咋着"，扭头回家背药桶去了。

我是在灶屋南墙上的那个洞里找到药的，由一个脏兮兮的塑料袋子装着。打开塑料袋子，上面的标签早已被药液腐蚀得剩下斑斑驳驳的几块碎片，用手一摸，呼啦啦地掉了。打开药瓶，药味呛得人直想流泪，赶紧拧上。我背着药桶，拎着药瓶，戴着草帽到地里开始干活。一个十四岁的孩子，背着一个四十斤的药桶，蛮吃力的。

人就是这样，在不会干活的年纪，对干活却有十二分的热情。等母亲来的时候，两亩多地的棉花喷洒得只剩下三趟。"小五，小五，我怎么闻着不像打的棉花药。"母亲在地南头，大声对着我喊。"怎么不是？我是在灶屋南墙上的那个洞里拿的。"我还有些自豪地应声。"那是除草剂呀，傻孩子。打花的药在堂屋的窗台上放的呀！"顿时，母亲急得腔都有些变了。我好像听到一个响雷一样，愣在那里了。

在地里干活的人们都围过来了，最后父亲也来了。他们都站在地头上，看着两亩多被我用除草剂打过的棉花，做各种假设："棉花不会有事的，你想一想，棉花如果能死了，给麦苗除草时，麦苗不也会坏了吗！不一定，除草剂的原理是根据植物的叶类分的，麦苗属于扁叶植物，草和棉花属于圆叶，要不然，草怎么会死呢？麦苗和棉花都是庄稼，除草剂是除草，不是除庄稼哩！不会有事，即使有，影响也不会很大。天最好下一场雨，把喷洒上的药都冲掉，就没事了。"在众人的纷纷议论中，我背起药桶，灌上满满的一桶清水，一棵一棵重新给棉花打水，试图把刚打上的药冲下来。我很拼命，甚至有些发疯，一桶一桶地打，企图将因为我的鲁莽造成的损失降下来，边打水还边祈求，这时天突然能下一场大雨，下一场大雨……

天渐渐地暗了下来，人们都回家了，我一个人仍在地里给棉花打水，母亲说："五，别干了，回家吧，听天由命吧！能收点，收点。不能收，就算了。"我仍执拗地一桶一桶地往棉花上打水。天越来越暗，走碰头已经瞅不见人了。父亲说了一句："回家吧！凭你一个人，干到天亮也无济于事。人不怕做错事，怕的是连续做错事。像你这年龄，连续做几件错事，人们对你的看法会改变的。"

父亲这一句话，像一块沉甸甸的石头，压在我的胸口。那一夜，我独自一个人坐在院子里，一边祈求老天能下一场雨，一边漫无边际地不知道想些什么，任凭母亲怎么叫，我仍一个人执拗地坐着，回忆着我做过的每一个细节，像过电影一样：我如何打开药瓶，如何一桶一桶地打药，打药时我如何想，母亲见了我一定会说，五，会干活了。然而这一切已经成为过去，成为不可挽回的过去，无法更改的过去。我当时多么希望，这是一场梦，一场我深陷其中的梦，我醒来了，什么事也没有发生的梦。但是，它不是梦。天亮时，我跑到棉花地里，看到耷拉叶的棉花，从想象中醒了过来。

对于那一次母亲给我的皮肉之痛，远远不及父亲说我的一句话。一句让我刻骨铭心，并且影响我一生的话。但是，我的执拗仍没有改，一点也没有改。执拗与执着，这一字之差的距离，却一直考验着我的韧性。

三

因我的执拗得到赞赏,我只有十三岁。那一年,我要读初中。一向喜欢寂静的我,决定搬到我奶奶家住。奶奶住的六间楼房四壁都是泥墙,而盖房时的石灰,堆在院子中六七年了,没有用。要想把墙刷白,就得先将院子中的白灰用水滤成石灰膏,过上半个月,石灰膏沉淀后,掺上头发才能粉墙。等我把这个决定说出来之后,全家人都笑了,一个十三四岁的孩子,要滤六间房子的白灰,谈何容易!但是,当我说出这个决定时,执拗得八头牛都拉不回来。

用两天的时间,我先在院中间挖了一个我跳进去就不露头的坑,用砖头在坑前面砌一个池子,在池子中间放一张滤网。把石灰堆在池子中后,再用干石灰封住滤网口,找一个水管接在压井上。压呀压呀,等池子里的水储满了,用铁锹一搅石灰粉,像决口的大堤一样,过滤后的石灰水就流进了我挖的一人多深的专门储存石灰膏的坑里。

不厌其烦,不厌其烦。那个夏天,几乎是在一个人的情况下,我把六间房子的石灰用这种方法过滤完了。那时,好多人都说,小五真是执拗得可以呀!一个十三四岁的孩子,竟忍耐得住性,把六间房子的白灰滤完了。同时,我二叔预言,这个孩子,就凭他这股韧劲,一定会干出成就来的。

十多年了,我一直执拗地坚持写作,从上中学的写日记,写读书笔记,到现在的写随笔、长篇小说。从过去的默默无闻,到现在的小有成就。从以前的压抑狂妄,到现在的内敛自信。十多年了,我一直执拗地坚持早晨起来读书,从《唐诗三百首》到《论语》《道德经》和今天读的《圣经》《金刚经》《古兰经》。十多年了,我一直执拗"宁可十年不将军,不可一日不拱卒"的信念,坚持不辍地写着。一个人要想干出成就有两种素质必不可少，第一要有开石断金的信念，第二要十年如一日地坚持。我一直用执拗的性格，向这两种素质靠近。

"能干大事的人，不一定是聪明人，但一定是能管理自己的人。"人的惰性让我在好多早晨都懒于起床，晚上写作心血浮躁，每当这时我都会这样告诫自己：一个连日常的起床都坚持不了，一个连自己都管不住的人，一生能做什么大事呢？

被偷窃的少年

一

在我的印象中,少年时代最缺的是觉,尤其是寒冬腊月。每天早上五点半的早学就是一个挑战。经常睡得正酣时,母亲在另一个房间轻声地叫:"小五,快起来吧!我听见鸡叫二遍了。""噢,没事,还能再睡一小会儿。"母亲体谅我的瞌睡,不吭声了,自己却打起精神听外面的动静。"小五,有学生上学了。""嗯。"带着满腔的不满与意犹未尽,在暖烘烘的被窝里蠕动几下,又似睡非睡地进入了梦乡。半睡半醒中,还梦到自己一下子长大了,工作了,再也不经历这么难受的早起了。"鸡叫三遍了,我也听到学校打第一次预备钟了。"母亲接下来不轻不重的这句话,时常能让我们从被窝里骨碌一下子爬起来,慌慌张张地穿起衣服,往学校跑。

我家在栗门张村的最北端,用我们那里的土话叫"峭峭地",而学校却在村子东南。尤其是最需要听到学校预备钟声的冬天,北风的缘故,母亲经常听不到学校的钟声。鸡这种最原始最古老的时钟,只是一个生物钟的估摸。二十年前,农村的表也算是奢侈品,就像自行车一样。我们这些爱瞌睡的少年，早晨的时间需要精确到分钟。许多事情虽然亲历，未必就能体味到其中的甘苦，就像早晨家里没有表，母亲靠什么样的惊觉才能精确地把握时间，不至于耽误我们上早学。

"匆忙穿上衣服，抹一把脸，拉门往外蹿时。咔，门拉不开。'咣、咣、咣'使劲地拉，门仍不开。（当时农村的门锁，都是从外面锁的门鼻。）'妈，门被人从外面关上了。'"许多年后，无论是在梦中或者是回忆中，这个场景就不断地在脑海中翻腾。此后，母亲也匆忙地起来，使着劲拉门，仍不开。东方渐渐地鱼肚白了，听见邻居起来打水做饭了，母亲就喊："花，花，把门给我打开。"马花婶听到母亲的叫声，急慌慌地跑过来，把我们家的门，一点一点地解开。"英，你看一看丢啥东西了，你看一看丢什么东西了。"马花婶也知道我们家是遭贼了，关切地问。母亲出来之后，先是到西屋看一看，然而到东屋的厨房看一看。架子车没有丢，锅没有被揭走。心里安然许多。卧在树上的鸡子，此时大多数已经下树了，母亲连忙到屋里抓一把苞谷，咕咕咕地喊鸡子喂一喂，清点鸡子，又丢了十多只……

二

"喂牛耕田，喂猪过年，喂鸡子换盐。"这些农村俗语，在我上小学时就是常识。不同的是，我家喂鸡子不但要换盐，还有一个更重要的责任——供养我们兄弟几个上学。我家住在村子的最北端的峭哨地，有一个最便利的条件就是喂鸡子。有一年，我家喂鸡子最多的时候达一百多只。鸡子多，在我们村是出了名的。不但买鸡蛋的贩子经常光顾我家，小偷也闻名而来。我父亲在漯河上班，许多人都知道我母亲一个人带几个孩子，贼几乎每年都光顾几次。

烙在记忆中最深的一次被偷，是在深秋，柿树叶暗红的深秋。二十年后，被偷那天晚上所有事情都无印象，印在我脑海深处的是母亲那远去的背影。记得和往常一样，早上我起来上学时，门被小偷从外面闩上了。我使劲地拉，使劲地拉，"妈，门被闩上了。""咦，是不是小偷又偷咱家的东西了。"母亲警觉起来。我又使劲地拉门，门开了一个缝，又晃荡几下，门缝宽了，又宽了。等我母亲走到跟前时，门咣当一下子开了。我蹿出去，看到一截掉在地上的电线绳子。母亲出来第一眼看到院子里的一地鸡毛。"小五，坏了。这一回鸡子丢光了。"母亲说这话时，我听见声音中的哭腔。

那一年，我大哥刚考上漯河高中。他一年的用度和我们兄弟几个平时花费，全靠这几十只鸡子下的蛋了。这时，母亲急忙从屋里捧起一捧苞谷，咕咕咕地在院子里喊，在房前屋后喊，回来的鸡子不到二十只。"这些不要良心的贼。"母亲说完，叫隔壁的马花。"花，花，把你们的自行车借我骑一骑。"这时，马花婶也已经起来了，边走着边扣着衣服。"咦，鸡子又被小偷偷跑了。""这一次丢的还不少哩！你看看，就剩这几只了。"母亲哀怨地说。马花婶呷了呷嘴，不知道怎么安慰我母亲。"花，把你们家的自行车借我骑一骑。"母亲又说。"鸡子丢了，你找车子干吗？""我昨晚睡时，心里就焦躁得不行，半夜都没有睡着。直到天明了才迷糊一小会儿，就在这个空当，几十只鸡子丢了。"母亲有些自怨自艾起来。"不怕贼偷，就怕贼惦记。他们在暗处，时时刻刻盯着你呢！打盹的工夫，就把东西给你偷跑了。""小偷一定还没有走远。今天早上衙街集。他们一次偷我几十只鸡子，一定会到衙街集上去卖。我喂大的鸡子，我一眼就能认出来。""贼有那么傻，偷走了又被你认回来，况且你一个女人，就是认出来，又该会如何？""我认出来，我在集上给他们要。不给，我就吆喝他们。只要他们不怕丢人。没有了这几十只鸡子，这几个孩子咋上学哩。"母亲说完，推上马花婶家的自行车,骑上向东去了。"我和你一起去吧!"我对着有些慌张的母亲说。"上学去。"母亲瞪了我一眼,风一般地走了。望着母亲远去的身影,我一直站着,只到红彤彤的太阳升起来,从东坡的柿树缝里射到我的脸上,那熟透的柿子发出诱人的光芒,给整个少年时代抹上一道油画般的记忆。

三

那一次,丢了几十只鸡子。尽管母亲跑了几十里路赶到衙街集,也没有见到自己丢的鸡子。不甘心,回来的路上,母亲又拐到蚂蚱洼那个只有几十户人家的小村子,让一个独眼婆子给算一卦。独眼婆子在我们方圆五六十里都是出了名的能掐会算,不但有每天只在上午算十卦的规矩,而且无论问什么都是五块钱的卦钱。当时的五块钱,给割五斤猪肉。为丢的那几十只鸡子,母亲还是花了五块钱,让她算了一卦。"你家丢的鸡子没有出村子,被偷的鸡子里,现在还藏在红薯窑里。偷鸡子的是两个人,他们在长棍上绑一个小横梁,一下一下戳卧在树上的鸡爪子。鸡子不知不觉地就上了他们的棍。他们一个人放下长棍,另一个人将鸡的脖子一拧,掖在鸡子的翅膀下。鸡子连叫都不叫一声,被丢进了口袋里。""偷俺家鸡子的人叫啥?"母亲迫切地问。"我又不是你们村的人,我怎么知道他们叫什么。"独眼婆子有点怪嗔。"他们长什么样?"花了五块钱的母亲得不到有用的信息,不甘心。"晚上,我看不出他们长什么样,只看出来中等个子,三四十岁。""他们住在我们村的哪个位置?"母亲恨不得立即找到自己丢的鸡子。五块钱都舍得花了,自然也舍得多问几句话。独眼婆子那一只眼白了我母亲一眼,什么也不再说了,直到下一个算卦的人进来,母亲才怏怏而去。

算卦回来之后的母亲,那两天像中了魔一样,在我们村子里转，并叮嘱我们兄弟几个留意，谁家的红薯窖里藏有鸡子。我们也发动小朋友到处打听谁家红薯窖里能藏鸡子……星期天，父亲从漯河回来后，憋了两天的母亲大哭一场，把独眼婆子的话给父亲说了一遍。"她要是算得准，直接告诉你是谁偷的不就行了。我现在就去他家把咱的鸡子给要回来。"父亲一向不信算命问卦这一套，一下子把母亲说得，为花那五块冤枉钱心痛不已。

  事情过去几年后，我们家那次丢的鸡子真的有下落了，是我们村东头的黑头峰偷的。他偷别人家的化肥，被公安局的人抓住之后，绑到大队办公室里一阵子好打，问他还偷过别人的什么。他说偷过我们家的鸡子。公安局的人让我母亲去认。"你是不是偷了鸡子放在红薯窖里了？""是。""两天没有出村？""是。"黑头峰平时和我母亲很熟悉，但是听到我母亲这样问仍是很惊诧。"你们是不是两个人偷的，一个人用棍戳，一个人把鸡子头一拧掖在鸡翅膀下丢进口袋里？""是。但不是两个人，是我自己。"黑头峰吃惊得有些哀求地看着我母亲。我母亲也明白了什么意思，没有再问下去，而是转移话题说："那天晚上，我心焦得不行，天快明了才睡一会儿。你是怎么在我打盹的工夫就偷走了几十只鸡子的？""那天三更之后，我一直在你们家的窗台下，听到你在床上辗转反侧的一直没有睡熟，四更天了，我心想，这家伙怎么还不睡。本想走，可是看看你们家院子里没有什么东西。你知道贼的规矩——贼不落空。就和你飙上了。五更天刚过，听见你没有动静，就下手了。"黑头峰说完，还朝我母亲笑笑说："嫂子，你真不简单，那天晚上差一点把我熬失手。"

四

  独眼婆子的卦在黑头峰招供之后，经我母亲的亲历，在我们村

261

子传得更神了。东头老拐子家的牛丢了,也要去找独眼婆子算时,独眼婆子已经不在人世了。然而,关于"丢的"消息,几乎贯穿了整个年代,弥漫于我的整个少年时代。

谁家的架子车下轮丢了,在我们村黑槐树下扎一个草人儿,上面写着"偷我家车轮的人,不得好死"。同时,每到初一、十五还会用滚水往草人身上浇……

谁家的猪丢了,在我们村十字街的小庙里点上香,给土地爷发愿,如果能找到丢的猪,向土地爷许愿十斤刀头肉。让偷他家猪的人全家死光……

谁家地里的红薯秧子被人偷割了,晚饭后也在人多的大街上破口大骂……

在我的印象中,最离奇的"丢"是老盐贵家的麦子。夏天院子里躺着人,小偷能从他家把十多袋麦子偷走,最后还能把他们的架子车送还回来。因此,关于这次偷的争论,有人说小偷特别地高明,有人说老盐贵家的麦子很可能不是小偷偷走的,而是自家人偷卖了后,无法向家人交代,才说被小偷偷走的。

"有一个看瓜的老头向人打赌说,他的睡意特别地轻。在酣睡时,别说来一个人偷他的瓜,就是从他脸前飞过一只苍蝇,他都能感觉出来。那个人不服,说看瓜老头吹牛。三天之内,把他们地里留的那个最大的瓜种,给他偷走。老头说,那我等着你,如果你能把我的瓜种给偷走,我请你吃喝一顿。两个人定下盟约,各自回去。

第一天晚上,偷瓜种的人没有来。老头坐在瓜庵里,蹲了一夜。第二天,偷瓜种的人找他下棋,下了一整天,连饭都是家人送的。第二天晚上,看瓜的老头又在瓜庵里撑了一晚上,仍没有事。白天,偷瓜的人又陪他喷了一天空。临走时说,今晚我偷你的瓜种,你小心呀。看瓜老头笑着说,你今晚再不偷,明晚就得请我喝一盅。说完,笑眯眯地回到瓜庵里了。撑到半夜,瞌睡了,但他知道只要熬到天亮,就赢了。打了打精神,又撑不住了。苦熬了一小会儿,他灵机一动,把瓜种从地里摘下来,放在枕头下。心想,这会可安心了。头枕着瓜种,呼呼大睡起来。一觉醒来,太阳已老高了,感觉头下还枕着东西,长出了一口气。心想,晚上有酒喝了,可翻身用手一摸,瓜种不见了,枕的是砖头。"

  关于这段枕下偷瓜种的故事,在我们村子传了很多年,而且有名有姓的。"人有时睡着了,就像死了一样。"有些人,则不信。"要不,你去我家偷一偷试试,我保证能抓一个人赃俱获。"人们在茶余饭后,仍变换形式地打着这种赌……然而几年后,我们乡里出了一个震惊全省的大案——我们村北面的王庄,有一伙人连续偷了四十多辆农村四轮车。公安人员抓住他们之后,在他们家的麦秸垛里还搜出好几辆。警察审问他们:"农村四轮车,那么大的东西,你们怎么偷?是不是先踩好点,比如正在地里浇水,或者主人不在家,你们几个联手偷走了。""不是,我们也是像查户口一样,一家一家地看。见谁有,且容易下手,就偷。""那是一辆车,不是个茶壶、杯子,你们装在兜里就走了。不怕惊动人,你们被人抓住,打死你们?""凌晨四点时,人们睡着就像死了一样。这时,下手就像推自家的车一样……"

五

  独特的道德环境造就了独特的人格,也形成独特的社会风气。出来十多年后,我再回到农村老家,听到有关丢东西的消息,越来越少了,尤其是随着农民工"打工潮"的兴起,已经开了眼界的农民工,对农村的什件东西,早已不放在眼里。"现在地上掉一毛钱,估计都没有人捡。"我那二十世纪九十年代出生的侄子蒙,一语道破了农村这个时代这一代人的价值观念。

不知道是从小被偷的经历，或者自己一直缺乏安全意识。有关"偷"的概念，却一直没有退出我的记忆。在家小住两天，就能听到一些多年前才能听到的故事。尤其听到街坊邻居说："谁和谁关系不正当，好上了。谁撇下老婆孩子，领着谁家的大姑娘跑了。谁的媳妇表面上和某某外出打工的，在外面实际上住一起的……"我豁然开朗！

叫　魂

小四见过鬼。这消息不是小四说的,而是他母亲。

那天夜里,非常晴朗的后半夜突然刮起了大风,院里的洗脸盆被刮得咯咯愣愣地满地跑。小四娘喊:"四儿,四儿,快起来,下雨了。新托的坯子还在场里!"小四伸个懒腰后骨碌一下从床上爬起来,拎着手电抱着雨布就往地里跑。

天漆黑一片,小四抱紧雨布,另一只手拿着手电四下抡着顶风往村外走,黑漆漆的夜幕被小四的手电光撕开一道口子,习以为常的树呀墙呀反射过来那样地清晰与狰狞。一出村口,小四就越走越害怕,越害怕心里越发毛。雨点零零星星地散落下来。才托的土坯经不住雨,小四这时鼓起劲猛跑……手电不亮了,小四使劲地拍手电,拍得手疼,不亮,前面的玻璃都被小四拍烂了,手电仍是不亮,小四头上的汗在这个滴着雨点的秋夜里淌下来,平时怎么也想不起来的神鬼狐仙的故事,在小四拍手电的几分钟内一股脑儿地全闪了一遍,就连小时候听过吊死鬼的故事,这时在脑子里也栩栩如生。小四腿不由自主地有些打战,就在这时,天突然又打了个闪电,一只黑狗,一只大黑狗从小四胯下蹿过,又一个闪电,这时黑狗站起来变成人了,变成一个舌头伸得长长的身穿孝服的女人……

从那一夜起，小四犯起了梦游症，变得神神道道，一会儿说有一只黑狗精缠着他，一会儿说邻村新死的小媳妇每天晚上找他。一到半夜，小四就不由自主地从家里往村外走，到坡地之后再自动回来睡觉。白天有人问小四，昨晚你出门去坡地了？小四就会惊讶地说，没有呀，我怎么不知道我出门了。渐渐地，人们都知道小四有梦游的习惯。小四娘为小四不知跑了多少地方，请过多少巫婆神汉，都无济于事。后来，黑龙潭的一撮毛让小四娘晚上在家门口拴一根红绳，再围着院墙绕一圈。果真，小四再也不梦游了。只是有时小四说梦话时，不停地叫墙，墙，墙。

关于小四的传闻越来越多，也越来越神奇。从来没有给别人叫过魂的小四，自从见到鬼后，也会叫魂了。我们村的一些人发觉身上懒，或者是四肢无力，中午去找小四叫魂。小四会在地上画两个十字，让来者双脚站在十字上，从自家的院南墙上捏一点干土，先放在叫魂者的头上，手在空中左边抓三抓，中间抓三抓，右边抓三抓，口中念念有词后，喊着来者的名字，"××来家了，××来家了"。连叫三遍，来者在下面应三遍，"来家了，来家了，来家了"。小四拍拍来者头上的土说，"来了，来了"。就这样，有好多被小四叫过魂的人都说，小四叫魂真灵，一叫就不懒了，也有精神了。于是，小四在人们的心里就越来越神奇。

祸不单行，会叫魂的小四却又经历了一场劫难，一场神奇得叫天谴的劫难。

那天中午，小四和秋香在坡地里除草。在正午除草，草容易被晒死。正在这时，从远处刮过来一个旋风，旋风卷着地上的枯草、尘土，一旋一旋地由远而近，由小到大，由低到高越来越近。邻地的秋香指着旋风吃惊地对小四说，小四，你看那个好大的旋风，挺怪的，好像是冲着你来的。小四看了看，笑着说，旋风，有什么好奇怪的，不信，我能逮住它。秋香没有吭声，只是撇了撇嘴。小四看了看秋香那能拴住驴的嘴,突然摘下头上的草帽,随手掷了出去,正好掷在旋风头上。旋风驮着草帽一旋一旋地向上飞,而且是越飞越高,越旋越快,旋风夹杂着嗖嗖的声音如发怒一样,旋到小四身边,啪地落在地上了。小四拾起草帽吹了吹上面的土,又戴在了头上。

天说变就变,就在一转眼的时间,一团乌云飘了过来,一个响雷,下起了豆大的雨滴。秋香边跑边喊着小四。小四扛着锄头往家跑。"你那破锄有那么尊贵?还不先扔在地里,小心雷劈你。"秋香冲着小四说。小四竖扛着锄头如一杆旗一样,在雨中急奔。"锄再不值钱也是铁。雷要劈我,躲在床底下也跑不了。"小四这时也没忘和秋香打趣。话音还没有落地,秋香听到一声惨叫,等她回过头来再看小四时,小四早已被雷击倒在地上,肩上的锄头不见了。

小四住院时,秋香专门到县城医院里看过小四,看过小四后逢人就说,小四的命真大,雷都没有把小四给劈死,只是一条腿落个不灵便,真是命大造化大。那天,我不让小四招惹旋风,他非逞能说捉个鬼给我看看,用草帽去盖旋风。你可知道,正当午的旋风都是一些不干净的东西。你猜怎么着了,等旋风落下来的时候,小四的草帽里有一摊血。说着,说着,一个响雷,把小四劈了……后来,小四从医院一跛一跛地回家后,一字不提那天用草帽盖旋风和遭雷劈的事。不过,我们村的人从此更相信大难不死的小四不是个凡人。

去年夏天,我带儿子回老家,由于工作过度劳累,到家没两天就病倒了。母亲要找小四给我看看。我为此和母亲吵了半天,说,我不信那一套。小四说他见过鬼,你活五十多岁了亲眼见过鬼吗?雷劈小四,不是因为他那天中午捉旋风了,而是扛锄头的缘故。那是自然现象,我上小学四年级的时候就学过。母亲听后对我骂道,别以为你读几年书什么都懂,别想着在城里生活几天就把农村人看得什么都不是。信神有神在，不信有何碍。你不给我犟，会死呀！我不忍心看母亲伤心，由母亲陪着到了小四家。

小四家香烟缭绕，十里八村的人都到他家看邪病。一进他家，他就对我说，你的魂丢在城市了，没有跟回来。说着就在地上画两个十字，让我的双脚站上，给我叫魂。

在正中午的烈日下，蹲在小四为我画的十字上，听到他梦呓般喊着我的名字，"小五回家了，小五回家了"。在那一瞬间，我感觉有一股暖流，仿佛通过小四的手从我头顶上缓缓而下，且有一种舒缓的被安慰的失控感，在城市苦苦奋斗的千般辛苦，万般酸楚都顿时涌上了心头，冲得我鼻子发酸，泪不由自主地落了下来……

遥远得难以触摸

一

旧年的最后一天夜里,并没有想象得那么热闹,甚至可以说有些清冷。

父亲到老宅烧纸去了,家里只剩下母亲和三岁的蒙。蒙这时一个人坐在凳子上看电视,我母亲终于收拾停当了,才敬神上香。"人只有老了,才会对神彻底地敬畏。"这是我母亲常说的一句话。敬神前,母亲总是先洗洗手,点上蜡烛,焚上香,跪在正屋的草垫上将手中的烧纸点燃,口中还念叨,近三代的神,都回来过一个平安年吧。

烧纸点燃后先泛出橘黄色的火焰和蓝色的火心,而后逐渐变黄,变红,变白。火中的烧纸也先由黄变红,在蓝色的火焰中渐渐地蜕变成灰色,直至化为灰烬,一点一点地顺着火焰的方向,轻飘飘地上升到逐渐飘散的高度后,灰飞烟灭。

三岁孩子的耐性,是有限的。母亲顾不得收拾厨房里的东西,就要抱着蒙上床睡觉。蒙不想睡,在母亲怀里拧巴了一下,挣脱着还要看电视。有些意志是不能强加给孩子的，养了那么多孩子的母亲并不理会这一套，上前把电视机关了，又要过来抱蒙。冷不丁，蒙照着我母亲的脸抽了一个嘴巴。母亲愣了，一个三岁的孩子，怎么会一下子变得这么凶悍。母亲有些愠怒，冷眼看着蒙。这时，蒙也用一种敌视的目光看母亲。蒙的目光，怎么也和一个三岁的孩子不相称，母亲一下子觉得眼前这个孩子是那么的陌生。母亲的脸一下子冷了下来，不由分说把蒙推在床上，不理了。

母亲一声不响，心中有些怨气地一个人默默摸索着过年的东西。时间一点一点地滑过，如灰尘一样无声无息。

孩子毕竟是孩子。绝不能让孩子占上风，一定要他知道，自己做错了。母亲与蒙一老一少在屋内僵持着。当报时的钟表一次又一次地将时间抹去后，母亲有些急了，不时用眼瞟蒙。这孩子怎么会有这么大的怄劲？母亲觉得这种僵持有些熬人。但又不想向一个三岁的孩子屈服，母亲故意靠向床边，用那深沉得有些凝重的神情面对这个有些异常的孩子。"我要喝茶。"蒙终于说话了，尽管这时的声音有些刺耳。母亲仍一阵子暗喜，忙到堂屋给他倒茶。蒙一把推开了，脸上的表情有种泛着冷酷的笑意。"我要喝桌子上的饺子茶。小六，小六，我回不了家呀！"说这话时，蒙还用小手指指了指母亲。

"轰"的一下，我母亲好像听到耳边有一个巨大的声响，一下崩溃了。一个三岁的孩子，怎么会说出这么恶毒的话。同时，母亲也知道怎么回事了，在蒙身上连拍两巴掌，骂开了："我不管你是谁，过年不能难为孩子。好心好意让你们回来过年呢，你们却挑逗孩子！"在母亲的骂声中，蒙开始还很木讷，渐渐地，有些支撑不住了，一点点地向我母亲的怀里靠，最后躺在母亲的怀里，睡了。

迷糊了一会儿，蒙醒了。这时，母亲才和颜悦色地问。蒙恢复了往日的童真与稚气，用小手摸着我母亲的脸说："奶奶，刚才有一个老婆婆，一个劲地瞪我。"蒙这时恢复了往日的亲切，说出了那个瞪他的老婆婆的外部特征。我母亲断定就是蒙的外婆。

安息教春节是不请神的，信教的蒙的外婆成了孤魂野鬼。

那一年，这件事给我们家蒙上了一层阴影。当时，我一直揣测，三岁的蒙一出生就没有见过他外婆，怎么能说出他外婆的长相呢？难道真的是鬼魂附体了吗？这件事正疑云重重的时候，另一件更让人诧异的事接踵而来。

二

在我家做工的赵花喝药死了。这个消息无疑是一个天大的玩笑。赵花在我们村是有名的女强人。上和乡政府、县计生办交涉，下和街坊邻居打官司，赵花都靠她那男人般的性格和能说善辩取得意想不到的效果。

赵花和她婆婆的关系一直处得不好，并多次被小叔子们殴打。可这么多年都熬过来了，却因她骂儿子一句"七孙"，被儿子的爷爷听见，争执几句喝药死了。这不仅使我们这些街坊邻居感到意外，包括她自己的丈夫都想不通。然而，就这样一件令大家非常吃惊的事，三岁的蒙十天前就有了预感，并且表现得匪夷所思。

事情发生前的十天，赵花在我家做活时老走神，好像丢了魂一样，一有间歇就躲在内屋的床上睡。有几次，都需要我母亲喊才能醒来。她很歉意地说，我真的该死了吗？好像少了魂一样，大白天瞌睡得受不了。晚上，我可是早早地就睡了呀。我母亲一直关心地说，是不是生病了？要不，到村里邢华珍那里先看一下。"我身子不疼不痒的，就是瞌睡，会有什么病？"赵花自己都觉得不可思议。

那几天，才学会玩打火机的蒙，一看到赵花躺在内屋睡觉，就把她的鞋子拎出来，扔到外面，然后找几张书纸、本子纸或者卫生纸等,在赵花睡的床前用打火机点燃后,蹲在那里念叨,老太,(赵花,蒙该喊她祖奶,我们那儿叫老太)我给你烧钱了。每当这个时候,我二嫂拉住蒙就打。蒙的表演尽管滑稽好笑,但怕他玩出火灾来。挨过打的蒙,并没有像其以前一样,能吸取教训,一见到赵花躺在我家内屋的床上睡觉,仍会把她的鞋扔出来,仍要烧纸。为这件事,蒙至少挨了三顿打,持续了一个星期,弄得周围的大人哭笑不得,百思不得其解。

在赵花喝药死的前一天晚上,三岁的蒙在睡前用手指着我二嫂说,赵花老太死了,赵花老太死了。我二嫂瞪了瞪说,蒙,你就是欠揍。前几天,你一个劲地给你老太烧纸,今天你老太刚从咱家走,又说你老太死了。你怎么会这么咒你老太!你上一辈子和她有仇呀!小蒙什么也没有再说,木讷着脸,睡了。半夜里,蒙发烧,烧得小脸通红。

第二天早上,刚刚醒来的蒙一睁开眼,我二嫂讨好般地用手摸了摸蒙的头说,蒙子,醒来吃鸡蛋吧,你奶奶给你煮了两个鸡蛋。蒙睁开惺忪的眼,在屋内有些陌生地看了一圈,像喝酒一样用手比画着说,赵花老太死了,赵花老太死了。二嫂不耐烦地看了蒙一眼,给他穿衣服。就在蒙吃鸡蛋的时候,邻居小枝风风火火地跑来说,赵花喝药死了,赵花喝药死了。正吃饭的我二嫂像中了邪,呆了。小枝的讲述我一句也没有听进去,耳朵里一直轰鸣。蒙这时正慢条斯理地剥他手中的鸡蛋。

事后好长时间,我一直观察蒙,发现他与常人无异。有时,我问赵花死前的那天晚上,他听到什么或看到什么。他总是一副很迷惑的神情,让我越发地弄不明白,一个三岁的孩子,他怎么会在十多天前就嗅出死亡的气息?在赵花临死的前一天晚上,怎么会知道一定会在那天晚上死?谶言后,怎么会发烧?第二天早上,在没有任何人告知的情况下,他怎么就会知道人是喝药死的?百思不得其解……

三

时间会使一些事渐渐地淡化，时间也会使一些事更加地扑朔迷离。赵花的死和小蒙的种种异常反应，我找到了许多这方面的资料，包括世界上神秘现象和未解之谜类的文章，都让我找不到合适的答案。

有一天，我看日本的三维动画，突然想到一个解释这些现象的理论。最初人们认为只有二维，发现三维后好长时间，才认可三维。会不会有四维、五维，甚至 N 维呢？我们这个地球上的芸芸众生在这一维里，死后到另一维的空间去。这样周而复始，循环不止。这好比是我们活着的这么多人，生活在这个房间里，还有另外一个房间或多个房间，我们不知道或一直未发现，只有一些预感很强的人或者三岁以下或者快死的人能窥视到通向另一个房间的通道。他们窥视到后，做出一些我们解释不了的举动。后来，我读《金刚经》，了解佛经对大千世界的理解，特别是它所讲的一花一世界，觉得这个世界未解的东西太多了。为了印证《金刚经》上的说法，我重读霍金的《时间简史》，再一次觉得这个世界大得无边，大得让人不可思议。所以，霍金感叹一句，科学发展的终极目的，是用最简单的方法去解释这个世界。

再后来，待蒙长到我能和他沟通的年龄，我重提他在三岁时看到他外婆和预感到人死的事，他更说不清楚。难道是三岁的蒙在那时由于表述的错误向我们传递了错误的信息，或是那些具有灵性的东西只有三岁左右的孩童能洞察到？我苦苦思考了很长一段时间，始终找不到合理的解释，我又试图从其他孩子身上尝试，都无功而返。但有一点我能肯定，三岁的蒙不会恶意地制造这些令人费解的现象。

三岁的人到底能想些什么，那幼稚的内心真的能听到另一个世界的声音或窥视到另一个世界的神秘的东西吗？关于这个问题，我想了很长时间，一直没有一个可以说服自己的答案，虽然我也曾经三岁过。

幽暗的记忆

第一次遭遇鬼，我只有五岁。

那天夜里，天下起了瓢泼大雨，狂风夹杂着雷鸣电闪，发出瘆人的呼号声。我不是被雷电惊醒的，而是被我母亲喊醒的。我听到我母亲一声接一声地叫我二哥的名字："周，周，周。"我二哥脸朝下，直挺挺地趴在床上，一点声响都没有。

我感觉屋内的气氛有些异常，我三哥四哥都像受伤的小鹿一样，披着被子惊魂未定地坐在床边。我姑姑的脸色都变了，有些煞白。母亲仍是一声接一声地叫："周，周，周，你听到了吗？我是妈呀！"我二哥一点反应都没有。"要么，把周的身子翻过来？！"我姑小心翼翼地说。"别动他，千万别动他，你没有看到他的脖子都是硬的。恐怕是遇到什么不干净的东西。"我母亲说这话时仍是异常地平静。

外面的风声有些像狼嗥，又像鬼哭。屋内静得出奇，一根针掉在地上都能听到。屋里的好几个人都没有发出一点声响，就连我姑姑粗重的喘气这时也故意被她屏住了。我蜷缩成一团，躲在床旮旯里，瞅瞅直挺挺躺在床上的二哥，瞅瞅母亲，再瞅瞅惊魂未定的姑姑。这时，我感觉到我周围的空气有些凝重，母亲的脸，姑姑的脸，三哥四哥的脸，都是那样地凝重，且又遥远。我好像又不是坐在床上，而是漂流在一座孤岛上，孤立无援，孤立无助……过了好长时间，好长时间，我母亲的声音把我从孤岛上拉了回来。"小花，你和他们几个在屋里守着，别动，我去叫邢华珍去，让邢华珍用针扎它。"母亲说这话时，表面上是给我姑姑说的，但好像又是故意给别人说的。六岁的我，越发地惶恐不安。这屋子里难道还有其他人，我怎么看不到？

"嫂子，你走了这里怎么办？"我姑姑说这话时，嗓音都有些变了，几乎是在哀求我母亲。"我不去叫华珍，周怎么办？恐怕熬不到天明！"母亲的声音仍是那么的平静，一种听起来让人发冷的平静。"要么，你和三儿去叫华珍，要么你在家看着他们四个，我一个人去。"母亲盯着十七岁的姑姑，一字一句地说。姑姑泪汪汪地看了看外面疯狂的雷雨闪电，连正面回答的勇气都没有了，只是很无奈地点了点头。母亲拿着伞，拎着灯，披上雨布，出门了。在关门的吱呀声中，我看到我姑姑的身子颤了一下。

"吱呀"关门的回声在屋内回响了很长时间，连门上的门闩早已不晃了，姑姑仍直勾勾看着门。风在外面长一声短一声地呼号，雨紧一阵松一阵地下着。"小三，你下去解手不？如果解手，把门闩上。"姑姑眼睛盯着被风吹得一张一合的门，问我三哥。"我不解手。小四去不？"我三哥坐在被窝里，缩成一团，看着我四哥回答。四哥脸憋得有些发红："我想解手，但我不敢闩门。"四哥说后，屋内的气氛又骤然紧张起来。

门闩不停地晃动，伴随着那金属敲木板的脆响，如人的脚步声。"小四，你不去解手，小心你尿床。"我姑姑说这话时，声音有些硬，好像有些发怒了。四哥仍是不吭声。姑姑看了四哥足足有两分钟，又说了一句："你妈去这么长时间了，怎么还不回来呀！"声音中，明显地有些怨气。我先是看了看惊魂未定的姑姑，又看了看头低得想躲进被窝里的三哥,再看了看一脸通红的四哥,鼓起勇气说:"四哥,咱们两个一块下去吧,你解手,我闩门。"没等我的话音落下来,我姑姑就接着说:"小四,快下去吧,你连弟弟的胆子都没有?"我四哥磨磨蹭蹭地下来了,我一下床,三步两步蹿到门口,闭上眼睛喊里咔喳把门闩上后,跳跃着上了床。

外面的风长一声短一声地呼号,雨紧一阵慢一阵地下着。"你妈走了这么长时间了,怎么还不回来?"姑姑自言自语地诘问多少遍了,恐怕她自己也说不清了,但她仍不厌其烦地说。我二哥仍脖子硬得直挺挺地脸朝下躺着,一点声音都没有。屋内静极了,静得我不但能听到我自己的心跳,好像连我姑姑的心跳都能听到。姑姑把头埋在双膝间,仍不断地说:"你妈走了这么长时间了,怎么还不回来呀?"

回来了!回来了。我听到母亲的脚步声,同时也听到我母亲的说话声。屋内的气氛一下活了起来。姑姑急忙下去开门,四哥又下床尿尿去了。

邢华珍来了,邢华珍怀揣着一个长长的银针盒来了,对我母亲说:"快,把老二先翻过来。"说罢就动手把我二哥翻了过来。我二哥脸有些乌青,双拳紧握,牙关紧咬。邢华珍斜坐在床上,先是用手在我二哥两只手的大拇指与二拇指之间捏了捏,又在嘴唇与鼻子之间按了按,斜看着硬挺挺地躺在床上如死人一般的我二哥说:"我不管你是什么东西,是什么原因,先让小孩好了再说。小孩不懂事,怎么惹你了,你都担待着些。哪能和小孩一般见识。"说罢,又在我二哥的大拇指与二拇指、嘴唇与鼻子间按了按,仍不见我二哥好转。"再不走,我可下针了?"邢华珍说罢,把针拿了出来。在空中比了比,对着我二哥的大拇指与二拇指间、嘴唇与鼻子之间连扎三针,并不时地把针旋转一下,我二哥头上的汗如颗粒一样,下来了。

约有两根烟的时间,我二哥大叫一声:"累死我了,累死我了,我实在跑不动了。"说罢,长长地出了一口气。

"缓过来了,缓过来了。"我母亲不时地捶我二哥的背。

"不是我故意找你的麻烦,是你的手实在有些狂,今天下午,我坐在小庙里,没有招你,也没有惹你,你非来捣乱,还在我屋里尿一泡。"我发现姑姑这时口歪眼斜,坐在床上浑身如筛糠一般不停地抖着,说着。邪华珍脸对着我母亲,用眼角的余光看了看我姑姑,说:"我一进门就知道又是你,你好几百岁了,和一个小孩一般见识,小孩之所以叫小孩,就是因为爱捣乱。是我,让我和你乱,我还不乱呢!尿你屋里,你扫扫不就行了。""你认为我好欺?"我姑姑的声音变得有些凄厉。"你说咋办?"邪华珍用手掐着我姑姑大拇指与二拇指之间,斜着眼和我姑姑一问一答。"不,不,不。"我姑姑有些恼了,用另一只手打她自己的脸。邪华珍抽出针,又朝着我姑姑大拇指与二拇指之间连扎两针。我姑姑哎呀一声,躺下睡了。

邪华珍是天明走的,走时我刚睡一觉醒来。这时,天已大亮。我爬起来,飞一般向小庙台跑去。小庙台牌位被人扔在了庙门外面,左墙角还有一摊人尿的印渍。

最隐蔽的沟通

一

六岁的记忆特别地明亮，也特别地烙人。

准确地说，应该是六岁九个月零十天，我又一次地感觉到这个世界看不见摸不着的另一端，还有一个隐蔽的世界，它在触摸我的同时，也能让我触摸到它那温暾的氤氲，感受到毫无规律、气象万千的变幻。

我习惯于吃过饭后坐在屋子的一角，用脚撩起地上的尘土，让它在从窗棂射过来的温柔的阳光中升腾。我能从尘土在阳光的升腾中看到许多别人看不见的图像，如奔跑中被奇装异服的人杀死的野马，两窝蚂蚁为了争夺地盘或食物拼杀得血淋淋的场面，以及死去好几年的邻居。以前，我看到什么总把父母叫过来，给他们讲。父亲母亲开始睁大眼睛看着我，好一会儿，用手摸一摸我的额头自言自语地说，这孩子没发烧，怎么老说胡话呢。时间长了，他们也就习以为常地顺从我说，看到了，看到了。如果叫过来我大哥二哥，让他们也看尘土在阳光中升腾的图像时，他们也会睁大眼睛，看了一会儿后，准给我一个嘴巴，然后恶狠狠地对我说，今后再胡说八道，就把你的眼珠子抠出来当球踢。

那天，我刚吃早饭时，看到阳光从窗棂射过来，忍不住又要看尘土在阳光的升腾中那千变万化的图像。这时，大哥跟二哥刚说，上午咱们把二爷留下的小屋给拆了吧！那破房子实在碍事。听到后，我心里激灵灵打了个冷战，双眼直眯眯地看着尘土在阳光中升腾时变化的图像，开始是一个人，一个老婆婆，穿着一身黑衣从远处走来，那颤悠悠的步法，感觉到是那样的轻盈和妖艳，或者说像一个舞蹈的精灵。这个老婆婆从阳光的下面一点一点向上升腾，并且不断地向我做出各种不同的姿势和挑逗。可直到她爬上窗棂，我也没有看清她的脸。正当我失望的时候，我看到一间孤零零的房子，看到一个血淋淋的人，孤零零地躺在房子里。那人是那样熟悉，那样孤独。有一片阴云飘了过来，不是从阳光的尘土中看到的，而是从我的心头升起来的。一种不祥的预感压得我脱口对大哥说，今天不是才初七吗？听老人们说，不出十五是不能动铁具的，不吉利。"锅铲是不是铁具，不动锅铲你能吃饭吗？"二哥嘲笑我说。"我刚才从阳光的尘土中看到一个人血淋淋的，好像不是什么好兆头。""我看一看！"我二哥走到我的身边，也了看从窗棂中射过来的阳光说："哎呀，我也看到了，我也看到了，我看到我穿一身龙袍，当上皇帝喽。"在二哥与大哥那肆无忌惮的笑声中，满腹委屈的我，夺门而去。

童年什么对我最有吸引力，我现在一点印象都没有了。可是，就是那一天上午我跑出去后，一玩就把什么事儿都给忘了，而且是忘得一干二净。我经常用这种方法排解内心的郁闷与委屈。许多事是难以想象的，并且不是按照人们所说的逻辑发展。在我最疯玩的时候，我听到了一声响，最先的不是声响，是一个人的吆喝声。就在那一声的吆喝之后，我感觉到我的大脑里咔吧的一声炸响。我的头有些木了，木得什么也想不起来，而且头皮发紧，紧得像有什么箍子套着一样，耳朵又习惯性地扇动。耳朵会动的人很少，可我的耳朵不但会动，而且还能不对称地扇动。别人说我是猪投胎转世，可村里最有学问的双河爷说，我是返祖耳，说，人是由猴变成的，在进化的过程中，有一些猴的习性仍没有彻底改掉。也就是说，我的耳朵还保留着会动的猴性。

耳朵抖动了十几下后，我就往我二爷的小房子那儿跑，一路小跑，气喘吁吁地跑，失魂落魄地跑。我觉得我的心跳得厉害，脸也红得发紫，脑子里乱糟糟的，乱得什么也没有，只有一个念头——跑。后来，在我人生的印象是，那一段路是我一生中最长的路，我跑了很久很久，像经历了一个黑白世纪一样。

跑到了出事地点，我看到白晃晃的阳光下，孤零零的一个小房子，上面的屋顶已被掀了，前面的窗子也被拆掉了，破旧的土坯房，只剩下残垣断壁突兀在阳光下。几个人正在把被窗上的一块土墙砸伤的德超，往一张刚用床绑好的担架上抬。德超一身血迹，嘴里还不住地向外冒血，好像德超的母亲也从远处哭喊着过来了，场面乱糟糟的。

正午的阳光直射着我的头顶，我感觉眼前白茫茫的一片，只剩下一座三面墙的小屋。德超满身是血躺在那里，像是无声电影一样。我怎么会一点声音都听不到？我感觉到这时的风有些暧昧，好像是用手抚摸着我一样。我有一种想哭的感觉，或者说是想哭的释放感，这不是我早晨从尘土在阳光的升腾中看到的图像吗？一座孤零零房子，一个我非常熟悉的人，满身是血地躺在那里。我惊恐得真的想哭，但又一点哭意都没有。我傻愣愣地看着他们，像看无声电影一样，看着他们抬着满身是血的德超向北而去，地上还有断断续续的血滴。

我一个人傻愣愣地站在那里，暴露在肆无忌惮的阳光下。好像有一股凉风，从南到北缓缓地推了过来，我能感觉到我身上的汗毛突然好像长长了许多，在凉风的吹拂下，浮动。也就是从那时起，我体验到什么是孤独，彻骨的孤独与无助。

那天早晨我在尘土在阳光的升腾中看到的图像，与德超被砸死到底有什么样的因果关系，对于我来说，永远都会是一个谜。然而，那一天发生的悲剧的逻辑也是超常的难以理解，一个三十多岁没有娶到老婆习惯游手好闲的德超，怎么会在经过大哥与二哥扒房的地方突发奇想地要帮忙，而且就被窗户上一块皮球大的土坯给砸死了。那一天我的父母怎么都奇迹般的不在家，而十六岁的大哥和十五岁的二哥，两个在人们的眼中还是没有成人的大孩子怎么要做梦般地去扒二爷死后留下来的破房子，在大年初七扒房子竟然没有一个人拦。许多现实就像梦一样，并没有按人们理解的规律发生。可好多年以后，我一直难以摆脱那一天肆无忌惮的阳光给我造成的伤害，就好像难以摆脱那彻骨的孤独与无助一样。

我是一个敏感而又孤独的人，尽管别人都不会相信，可我自己明白，我这种敏感与孤独到底给我造成了什么样的伤害，伤害到底有多深。在漫长的二十多年中，我一直在和这种敏感与孤独斗争，还会在失眠中发出无声的悲号，并且学会了如何与这种像黑暗侵吞肌肤一样的敏感与孤独周旋——尽量地想一些现实的高兴的事，多做运动让自己尽量早一点入睡。然而这种敏感、孤独伴随着谶言般的预示，像水一样无孔不入，积习难改，防不胜防。

二

每天睡前，我总习惯看一会儿书。那天好像抓到的是一本杂书，其中看到这样一个章节：公元前555年，晋国的荀偃想讨伐齐国，一时不知成算如何。有天晚上做了个梦，梦见自己和晋厉公打官司，当庭败诉，被晋厉公用戈把脑袋砍了下来。过了几天，荀偃在路上碰到了梗阳的巫师皋，于是把梦的内容告诉巫皋，请他给自己搞个精神分析。巫皋说：

"看来您今年是死定了。不过如果跟齐国开战，倒是必胜无疑。"

果然，晋国率领一帮同盟军把齐国打得落花流水，而荀偃当真在回师途中病死了。

这还不算最神的，早些时候的公元前581年，晋景公梦见有个大鬼闯到宫里来追杀自己，还说是奉了天帝的命令。醒来后他请桑田巫预测吉凶，桑田巫说：

"您恐怕吃不到今年的新麦子了。"

晋景公当场就病倒了，派人到秦国去请专家来会诊，结果专家说已经病入膏肓，没治了。得，安心等死吧！没想到，六月初六这天，新麦子送来了。晋景公顿时神清气爽，叫人把麦子煮好，然后把桑田巫抓来杀掉，死前还让他最后再亲眼看看新麦子。杀了人之后，晋景公正准备安心享用宫廷煮的麦子，突然肚子痛要方便，也真邪门，他就在方便的时候掉进宫廷厕所里淹死了，还是没吃到新麦子。桑田巫虽然死了，但是他用生命捍卫了自己的预测巫术。

不知不觉就看了下去。直到一本书看完，大概是凌晨四点，便迷迷糊糊地睡了。第二天早上，等我赶到办公室里，已是九点半了。刚坐下打开电脑，屏幕上还没有任何显示的时候，在电脑那灰色的显示屏上我看到一个孩子，一个脸上流着血的孩子。是不是儿子阔阔，他是不是被磕着，磕在我家茶几的大理石台面上，而且要磕到眼？儿子的眼磕瞎了怎么办？看着电脑上逐渐显示的文字，我惊悚了，怎么会有这种噩运？我不敢想下去了，一种强大的悲怆感突然把我袭击得到了精神崩溃的边缘。尽量不要想了，人的命运和未来不是现在担心就能解决得了。我小心翼翼地与这种敏感、孤独伴随着谶言般的预示周旋，在平静几分钟后，又投入了一天的工作中去。

厄运来得太快，让人始料不及。快下班时，我习惯性地拿起电话像平常接待作者一样，电话里传来妻子那歇斯底里的哭诉，儿子磕着了，我感觉我身上的汗毛竖了起来，并且像六岁那一年一样，能够感觉到它的浮动。"是不是磕到眼了？""是。""是不是磕在咱们家茶几的大理石台面上了？""眼睛碍事不碍？""还不知道呢。"妻子听到我那失声的质问，竟然奇迹般地平静了下来。我狠狠地瞪了一眼我那可厌的电脑显示器，疯一般地从十四楼冲下去，面的也顾不上拦，骑着自行车向儿童医院冲去。

渐渐地，大脑由波涛汹涌转向风平浪静，平静得像所遇到的敏感、孤独和谶言般的预示一般。特别是我第一眼瞅到儿童医院的主楼，没有想象中的那么狰狞时，我的心一下子放了下来。我心里明白，一切都已过去，这只不过是一个灾，而不是难。我放慢了脚步，待到手术后，大夫说，没事，只是磕着眼角了，我们会尽最大的努力，把手术做得完美一些，根据肌肉的纹理不让他留疤，或者让疤小得看不见。我突然笑了，是那种喜极而泣的笑。

现在，每当我看到儿子眼角那一条小蝌蚪一样的疤痕，忍不住又想到这个世界的另一端——那个隐蔽的世界的敏感、孤独和谶言般的预示，以及我一直难以摆脱的六岁那一天肆无忌惮的阳光给我造成的伤害和彻骨的孤独与无助。从那时起，我就明白，无知是可怕的，但什么都知道未必就是好事。在以后的二十多年中，我一直权衡知与不知的界限。我尝试过许多躲避的办法，读《圣经》，抄《古兰经》和背诵《金刚经》，大多只能是在白天渐行渐远，而到失眠的子夜还会卷土重来。好多时候，自认为意志坚强却总多于气馁。我虽然未有像其他传说中一样的经历，可作为一种精神煎熬，我一直承受着与其他无可比拟的另一个空间和另一种负荷，并且，不断地在这种孤独与煎熬中通过写作与这种负荷辩论。再后来，在千册书的跋涉中我已明白，这是与生俱来的一种苦难，牛马般的劳作，可我的内心却在这种隐蔽中承受着无尽的伤害和煎熬。

灵魂难以走远

一

第一次面对死亡时，我只有八岁。

那一年的入夏雨水特别充沛，充沛得我们这一群刚入学不久的孩子们能坐在井沿，伸脚碰着井里的水面。也就因为这样的事，我们不少挨父母的打，不少受大人们的训斥。"就你们这一群野小子，掉进井里了，就像下个饺子一样，再也见不到你爹妈了。"当时，尽管我们内心里知道爹妈的重要性，可仍抵挡不住水的诱惑，几个人偷偷摸摸地下水，洗了个天翻地覆透心凉。洗过澡后，用手指在身上一划会有白印。为了躲避父母对这种洗澡常识验证后的皮肉之苦，我们会下有对策地洗过澡后，再坐在太阳下暴晒一会儿，让白印在阳光下晒消失。

以往，老师为了防止我们玩留很多作业。第二天检查作业时，老师变成了猫，写作业的同学成了小猫，没有写作业的则成了老鼠。那一次洗澡，有些特别。那天下午还没有放学，老师被家人喊走了，走时只叮嘱让班长照顾一下课堂秩序，便匆匆地走了。我们好不容易挨到放学，一窝蜂地跑了。没有作业，精神上放松多了，几个人大呼小叫地向西沙坑跑去。我们村有三个大坑。东大坑有一百多亩，在方圆数十里是大出了名的，三里五村的人都赶到那里洗。北极坑以深出名，据说连我们村水性最好的猴子都没有探到过底。而西沙坑，形成最初是因为挖沙子留下的，比较浅。因此我们最常去那里。

下午的水余温还在，跳进去不热不凉。身上滚了一天的汗在温水的亲抚下，有一种浸入肺腑的感觉。八岁的我，还不太会浮水，只能跟在大孩子后面，在最浅的地方学狗刨。脚下松软的沙地，身上清凉的水和眼前同伴在坑中央做出各种浮水的姿势，让我产生一种幻觉，一种由向往或者是幻想产生的幻觉。渐渐地，我学着他们的样子，一点点地向坑中间走去，让双手伸平，脚尖一点一点向前移，然后把身子前俯，两条腿向后蹬。身子浮了起来，并且随着水波的助力一波一波地向前走，开始我还有些怯怯的，渐渐地胆子大起来了。浮水就这样简单，我也学会了。我一下子兴奋起来了，并且使劲在水里扑腾。假象，绝对是假象。这时，同伴一个猛子向我冲来，我慌了神，下意识地把身子立起来，双脚想去着地。挨不着地。我双脚一探，惊惶起来，也就是在那双脚探不着地的一刹那，我脑海里一下子空白了。脑海里以前如何浮水的知识一下子跑得无影无踪。我的双脚又努力地向下探时，身子也随着下沉，"完了"，我的心情同时也往下沉。

这种惊惶是难以用语言来表述的。总之，也就是在身子失去平衡的那一瞬间，我最大的一个念头是后悔。不应该背着父母来洗澡，来洗澡不应该往水深的地方来等等。林林总总的后悔，并没有阻挡着我本能的挣扎，也没有阻挡着身子的下沉。我感觉到我的双眼涩迷，胸口闷气，吸气的同时被水呛得像吃了生姜一样。万般惊恐、千般惧怕在那一刻都涌了上来，我想哭，可连哭都没有机会了。人在恐惧时是无助的，越是无助，越想拼命地抓住什么，越抓不住什么就越慌乱，越慌乱越是什么也抓不住。我在水里扑腾了一阵子后，渐渐地失去了知觉，虽然还做着无谓的挣扎。

我的手在无谓的挣扎中抓住了一个东西——同伙的手。那应该是我这一生中最无助的时刻的一双手。那时，我已经懵了。待我被他们拉上岸后，头朝下一个劲地吐水。那天天黑透后，我才回家，也没有敢和父母说洗澡被淹着的事，一个人就偷偷地先睡了，连晚饭都没有顾得上吃。

我们那里的坑，每年都淹死人。这件事过去许多年了，这是我第一次向人提起，并且写成了文章。也就是从那时起，我知道想象的可怕性。那天，我是想象着自己会游泳了，一到水里就不行了。虽然想象很重要，但许多事不是靠想象就能成功的。我一直做着各种假设，如果那个叫战涛的小男孩不拉我一把，会是什么样子。我会不会从此在这个世界上消失了。同时，救我的男孩为什么叫战涛，这件事和名字有什么关系。这些问题，永远也找不到答案。

二

岁月对于任何伤害，都是一剂最好的药，对于记忆却像泉水冲刷岩石一样，越久越清晰。

1988年5月6日，那天的阳光明亮得有些异常，像挂着的风景画一样，给人一种清新得不真实的感觉。最初，我并没有感觉有什么异样，仍和别的同学一起嬉闹。什么原因，我不但现在记不起，事发的第二天，我都没有记起。我们班一个叫文田的男同学，上前勒住了我的脖子。这一次是在一瞬间，我失去了知觉。

时间并不长，我先是听到有人喊我的名字，好像是在很远很远的地方，我好像在什么地方游走，又好像不是，而是在什么地方躺着，身子也感觉很轻。待我感觉我渐渐地从很远的地方回来了，或者是我渐渐地感觉到我的身子没有那么轻时，我听到有一阵阵的哄笑，并且这种哄笑声是由远到近，越来越激烈。待我的意识完全清醒时，发现我在教室的地上躺着。这时，我还是多多少少有些蒙，搞不清同学们一个个前仰后合地笑什么，抬头一下，我尿了一裤子，"呀！"我惊叫了起来。

下意识的，绝对是下意识的。我一下子跳了起来，疯一样地冲出了教室，一路狂奔地向家跑去。我觉得从学校到家那一段路，成为我记忆中最长的一段路。虽然后来我走遍大半个中国，并且一个人徒步从漯河走到西安。但在我的记忆中，都没有从学校到家的这一段路漫长。一路上，我一个劲儿地自责，我怎么会尿一裤子，当着众人的面在教室尿了一裤子。我今后怎么和同学们见面呢，怎么上学呢！我一个劲地奔跑，两耳虎虎生风地奔跑，在我的记忆中最长的一段路上奔跑。从那时起，我习惯了奔跑，跑了大半个中国，跑到国外，后来，我的奔跑成了一种习惯，一种压力下的思维模式，成了奔跑的心态，像有什么在追着一样的心态。

那天我回家见到父母后，一个劲儿地恸哭，大热天把头埋在被子里哭。母亲在一旁束手无策。这时，印象里我做过一个梦，一个我尿裤子的梦。梦好像是连续的。我的梦做到我知道自己尿裤子后，梦醒了。我想接着做梦，想知道最后的结果是什么。在母亲的追问下，我竟然说起了梦。母亲有些不知所措，拉着我要找奶奶。路上，我用衣服盖住头，生怕见到人。当我走到大街上时，我发现，外面的天并不是我想象的，没有因为我哭得天昏地暗而有丝毫的变化，仍然是很明亮。奶奶有些神神道道的，见到我后，让我睡在她的身边，骂了一阵子鬼怪。在她的骂声中我睡着了。

十二岁的孩子，毕竟是个孩子。那天下午，刚刚在同学的面前尿了一裤子的我又上学去了。开始我还有些怯怯的，生怕见到我们班的同学。后来我走到大街上，发现并没有人注意我。走到教室门口时，我有些迟疑。后面的同学一推我，我进去了。走进教室时，我还故意留意了一下，看到我尿裤子浸在地上的尿渍。

那是我经历的一件心存感恩的事。从那以后，我们班的同学并没有提我尿裤子的事。只是听说，当我瘫在地上时，勒我脖子的文田吓得要死，拼命地喊我的名字。也是从那时起，我知道现实并没有我想象得那么可怕。是我的想象吓住了自己。不要把任何事想象得那么可怕，就像鬼一样，越想越怕，真要是面对了，也就见不到鬼了。那件事成了我人生的一个分水岭，不太喜欢动了，喜欢静了。喜欢一个人静静地待着，思考些什么问题，或者看一些闲书。

那一年，和我一起玩的同学只有我一个人考上了中学。

三

第二次经历晕过去时，和第一次相隔不到三年。

那时我已没有任何的惊恐，知道自己是晕过去了，尽管把我二哥吓得要死，一个劲儿地跟在我后面说好话，生怕我告诉父母，并一再地问我刚才怎么了，怎么会整个身子像没有骨头一样成了软的了。我只是轻轻地摇了摇头说，没事，只是因为你勒住我的脖子，造成窒息使我晕了过去。不过，晕过去之后，自己好像走了很长的路，又好像躺在一个很松软的地方。你说走了很远的路吧，自己的身子没有动；你说没有走很远的路吧，醒来之后浑身累得不行。这种疑问，困惑了我很长时间，直到现在。

后来，关于灵魂的事，我经历的和听说的很多。比如我家邻居坤山的娘，一生吃斋行善，会捉鬼驱邪之类的。临死那天，再三叮嘱坤山，一定要把门槛子去了，否则，她出不了门。那天晚上，她果真去世了。还有，我一个邻居喝药被救后，向人说，他走了很远很远，听到众多人喊他，他才又回来了。

我的两次晕死，难道也是灵魂没有走远吗？许多时候，关于灵魂的话题，我一直处在懵懵懂懂之中，说有吧，记忆老是那么地混沌不清，没有吧，印象中自己晕死后好像是走了很远的路或躺在一个很松软的地方，醒来后还感觉非常地累。有时我又想，灵魂，可能是有的，只是我的两次晕死是因为灵魂还没有走远，所以才又醒了过来。

我在不断地拷问中，试图得到一个让别人也能理解的答案。

抵达生命的彼岸

一

"爹病重了,下午三时开始就吐血不止。"三哥给我打电话时,焦躁不安的情绪在他那急切的表述中发挥得淋漓尽致。血缘关系的神秘之处就在于,它能通过感应让生命个体与个体之间,纵使远隔千里也能感觉到彼此间千丝万缕的联系。电话还没有放下,我就感觉到胸闷得不行,不停地在屋子里走来走去。妻子在一旁安慰我说:"别着急,别着急。现在不是还弄不清病情如何吗!""不要管那么多,不要管那么多。钱呢,钱呢!咱们赶紧回去。"话已出口后,我已经感觉到自己有些语无伦次了。妻子知道我的秉性,赶紧给我收拾东西。连儿子和妻子也顾不上带,我一刻未停从省城赶回漯河。

我见到父亲时,他已经躺在病床上,脸上一点血色都没有,医生正给他换药。三哥、四哥、嫂子和堂弟都在。母亲一脸倦意地坐在父亲的身边。"中午的时候他还在扬糠,二亩多地的麦子刚从地里收回来。过了晌午,还没有回家吃饭。回到家里,刚洗个脸往那里一坐,起不来了,说着说着,便大口大口地吐起血来。"母亲说着,流着泪。"没事,他很可能是胃里积血了,吐出来就好了。我爹那人,一辈子争强好胜,什么事都想和别人争个高下。这种人胃里很容易积血。"我安慰母亲,示意嫂嫂们让母亲回去休息一下。母亲说什么也不愿走。一再说,你父亲一辈子艰苦,什么都不舍得吃。上午到十几里外的牙街镇给猪拿药,中午三块钱一碗面条都舍不得吃,硬是饿着肚子顶着日头,一个人骑着车子再跑回来。这一住院,不知道要花多少钱呢!"钱的事你不要操心了,为我们兄弟五个犯了一辈子的钱难。现在,这个问题该我们想办法了。"我一边安慰着母亲,一边叫三哥四哥出来询问病情。

"咱爹就是,到医院已经昏迷了。医院的人手少,你四哥一个人要把他从担架往下抱时,昏迷中的他很微弱地对护士说,帮帮忙,我这个孩子有病,抱不动。"四嫂的话音未落,我的泪唰地涌了出来。

二

医院经过二次复诊,确定是胃癌。母亲听到这个消息,泣不成声。"你爹,怎么会得这个病。你爹年轻时,胃能消化石滚。每年春节,晚上新蒸的馍,别人都不敢吃,怕消化不了。你爹吃一肚子,第二天没事一样。"母亲一直不愿意相信父亲会得胃癌,一直用生活经验想推翻医生的结论。"唉!得胃癌的因素有多种,病理的,心情的。"医生给我母亲解释几句后,把我叫了出去。我能理解医生。等我回来时,母亲仍在说:"你爹年轻时,胃能消化石滚。"见我没有反应,明白胃癌已经是事实了,突然哭了起来,"你爹,没有过一天好日子。年轻时,一个月几十块钱养活七八口子,才说你们兄弟几个的经济条件稍稍好一些,他的工资也刚涨到七百多块，又得了一个这样的病。"我的眼圈一红，坚强地给母亲解释说："这种病现在太普遍了，胃癌是所有的癌症中最好治的一种。人家动了手术，有活三四十年的。"母亲没有上几天学，不识字，对许多事只能听别人说。听罢我这个在她五个儿子中学问最大的儿子的话，心里稍稍轻松一些。但仍不忘叮嘱我们几个说："你爹一辈子胆小，千万别告诉他是癌症，就说是胃穿孔。"母亲对父亲的了解，强过我们多少倍，于是，以后的治疗方案，我们都背着父亲。

父亲的身体比较弱，在医院里一直输营养液。从五月当五一直住院住到六月初才动手术。医生给我讲手术的方案和风险时，我没有听完就对主治医生提出了一个要求："无论采用何种方案，我的要求是无论他的生命还有多长，一定保证他的生活质量。"医生也说，是。用仪器检查得出来的结果和真实的情况毕竟有误差。如果打开胸腔一看，整个胃都感染了癌细胞，肺也感染上了，再缝上就行了。

为了把父亲的手术做得顺利，医生又为父亲输了两袋血浆。临把父亲推进手术室，我还安慰父亲说，不要怕，胃穿孔是一个小手术，只要切下一部分，胃很快就会长好的。但是，从父亲的眼光中，我明显地感觉到他的无助与悲凉。别无他言，我只能紧紧地握住他的手，直到他进手术室。

三

一个小时，两个小时，三个小时，四个小时。我心悬一线，一次一次地站起来，看从手术室里出来的医生，想询问手术情况。但都不是。母亲在一边越发地焦急，说，这么长时间了，怎么还不出来。话说到一半，又硬生生地咽了回去。等得倦了，在我到外面抽烟的工夫，医生手里端个碗，从手术室里出来了。把我们召集过来说，你们看一看老先生的病情。我们围了上去，当我看到医生碗里端的是一团肉时，心里一颤，感觉到心脏猛地收缩了一下。马上明白是从父亲身上切下来的胃。我立即对三嫂说："别让娘看到，你陪娘出去吧！"母亲也意识到了什么，一句话也没有说，在三嫂的搀扶下，出去了。

我看医生手里端着的陪伴了父亲六十八年的胃，感慨万分，开始牙打牙的发颤。医生很是平静，好像拎的不是人的胃，而是教学用的模具抑或是其他的物件一样，从上面的贲门开始给我们讲。这是老先生胃的上口，学术上叫贲口。往下，看到没，上面有两个点，并且形成了硬块，这就是癌细胞。由于现在医学上还弄不清这些癌细胞是怎么形成的，所以没有更有效的药物治疗，只能切除。现在，老先生的胃切除了三分之二。看清楚了，如果没有什么疑义，我拿走处理去了……

当我看到从父亲身上切下来的胃上最能致命的，竟然是两个绿头大小的点时，立即联想到了父亲暴怒之下的双眼怒睁与狂躁。想到了一生争强好胜、在我们心目中很强大的父亲，竟然因为胃上两个绿豆大的斑点，差一点要了命。一瞬间，我感悟到了生命是何等的脆弱与不堪一击。想到了父亲为了养活自己的五个儿子平日里的节俭，甚至是吝啬，此时是何等的没有意义。人，平常争利，争名，争气。可是，当生命遇到危险时，财产，都成了身外之物，甚至陪伴自己一生的身体器官，此时也毫不吝啬地切除。为什么？为了保命。命是什么？命是感知，一呼一吸间的感知。

父亲从手术室推出来之后，我看着父亲那苍白的脸，一下感觉到自己长大了许多，同时也深沉了许多。

四

父亲的脾气越来越不好了,时不时地把侍候他的母亲气得大哭。父亲的心理压力太重,本来三个月都能恢复好的,因为他的意识问题,吃过饭后,经常不断地呕吐。

父亲再也不吝啬钱了,三百多块的深脉血管针,他三天两头的让护士换。那一段时间,家里的人经常在电话或者是直接告诉我父亲的各种信息。在言语中,明显地感觉到对父亲的不满与无奈。暗示在医院住半年多了,别人早就可以出院了,因为他自身的原因,老是不能出院。同时,婉转地告诉我,父亲想到省城来住一阵子。母亲知道我忙,也非常了解我的性格。我的秉性像我父亲,说话太直,不会侍候人。但是为了父亲,还是很为难地给我说了,父亲想来。我把家里收拾好,找个车把父亲母亲接来了。

父亲明显地苍老了,也变得阴郁许多,本来就易暴躁的性格,无名之火更加频繁了。虽然在我这儿住,比在家和医院里有所收敛,仍不时对来给他输液的社区护士,因为一些很细小的问题狂躁不已。

父亲仍经常地呕吐,呕吐得很夸张。我托朋友找省肿瘤医院的专家。他们说,病到这个时候,特别是胃病,信念的成分太重要了。一个身体很健康的人如果在信念上一直想胃上有个洞,胃上有个洞,不过多久,他的胃在信念的作用下会真有一个洞。老先生的呕吐是因为手术时把他的贲门给切除了,他吃过饭后,就像我们平常人喝过酒要吐一样。这时,必须要有信念压下去,先是吃一些往下推的药,慢慢适应了就好了。

要想祛病,思想比药更重要。

那天,我抽出时间专门和父亲交流了一下。"你一生见过的,认识的人，从小到现在死亡的不下几万。人这一生，许多事都不平等。但就有一样是平等的，死亡。任何人，无论多么灿烂的一生或是龃龉的一生，无论是小人物，或者大人物，都会有这么一天。对于人类的所有知识来说，最能令人超脱的，直面死亡的，就是佛教。他的三千世界，四大皆空，生死轮回，给人一个庞大的虚幻的世界体系。一个未知世界的心灵寄托。由于现在没有足够的证据证明，人死之后有没有灵魂。因此，他成为人们思想解脱的最好的学问。"一向自负的父亲听后，显得很阴郁，什么也没有说。

我给父亲找了一本了凡大师的《了凡说空》，让他无聊之时读一读。想通过读书减轻一下他的精神压力。他没有拒绝。事后母亲给我说，父亲没有读。他现在，根本看不进去书，满脑子都是他的病……

五

一件很小的事，父亲突然大哭起来。我从小到三十岁，从来没有看见过父亲流泪。此时，看到号啕大哭的父亲，我惊呆了，惊呆得手足无措，一片茫然。这时，我真正地发现，这场病让父亲，原本一个很刚毅的人变得如此脆弱。而这一切，最根本的原因是他的意志力在一年多的折磨中，在自身力量的消失中，越来越脆弱，越来越脆弱。于是，个人精神在对死亡未知的焦虑中，形成一种巨大的精神压力，一种难以超脱的压抑。

父亲在我这儿住了两个月。每天白天我陪他输液陪护，晚上父亲经常折腾到凌晨四五点。母亲看我身体吃不消了，提出来要回去。父亲虽然表现得很勉强，最后还是同意了。父亲走后，我明显地感到自己的胃也出问题了。吃晚饭，只要感觉到吃饱了，晚上睡前必吐。否则，辗转难安。从那时起，我想到了死，想到了我死后灵魂会到哪里去？是不是一个人很孤独地要经过一个很黑的、很幽长的能听到水滴声响的隧道？想到面对夕阳西下的苍凉与无奈，想到一个人游弋在漆暗旷野的孤独与无助，陡然间，我意识到了什么是恐惧，什么是孤独。同时，也真正地理解了宗教存在的现实意义。切肤地感觉到精神彼岸，对生命将熄的巨大安慰与精神寄托。而这个平常被人伤害我无数次的，被我认为非常丑陋的人世间，真正地等我要离它而去时，是多么地值得留恋与眷眷难舍。

设身处地、无数次地想死后的情景。想象自己生命终结时种种情景，想到生命的意义与遗憾。能想得毛骨悚然，想得感觉到浮动在空气中的尘埃。想得浮光掠影，一片深寂。夜越深，越想，心越寒。无奈之时，掌灯起来，诵读一遍《金刚经》，方能入睡。

事后，我到医院做了一个胃镜。浅表层胃炎。最常见的病。渐渐地，胃再也没有呕吐过。

六

春节回家，见到一天堪忧一天的父亲，我已经理解父亲现在承受的思想压力。虽然此时我内心里深深地明白，生命就是一个过程，一个从出生到死亡的过程。人生的所有意义，就是在这个过程中，在路上的林林总总。可是，我更清楚，对于父亲来说，给他讲什么道理都无济于事。人本能地对人世间的留恋，对未知的恐惧，是一般的心灵难以超越的。

后来，父亲又住院了。在和我通话的过程中，我已感觉到自己力量的消失，感觉生命的空虚，感觉到电波那头的抑郁与不甘。可是，面对死亡——这个亘古的哲学问题，看到无助的父亲，我也感觉到生命的无助与苍凉。

无法打捞的忧伤

一

断定我家祖坟上长有一棵蒿草的人,是一个外乡逃犯。

那一年,我刚刚八岁,好像记得那一天下了一场小雨,把秋天一下子拉深了好长。我急匆匆地回到家,见到一个陌生人,一个很奇特的长着鹰隼一样目光的陌生人。这个陌生人在我家住下了,一住就是一个冬天。就是这个陌生人,后来断定我家祖坟上长有一棵蒿草,一棵他也说不准能长多大的蒿草。

有时,好的记忆并不是一件好事。

老陈那一双鹰隼一般的眼睛,从我见到他的第一天起,就深深地埋进了我的记忆中,一直持续了二十多年,特别是夜深人静抑或是失眠多梦之夜,就会魔幻地闪现,与静谧而又鬼魅的夜相互融合,交织在一起,勾起许多沉淀多年的记忆,痛苦的,悲伤的,无奈的,欣慰的,失落的,后悔的,并且将整个夜包裹得严严实实。直至东方初亮,那一双鹰隼一般的眼睛才随着他那谜一般的身世悄然隐退。

越是谜一样的东西，越想打开。这不仅是我的特性，恐怕也是整个人类的特性。老陈谜一般的身世困扰了我十多年后，才被揭开冰山一角，知道他是怎么来到我们家的，那时，我已经大学毕业，从事写作多年了。

许多缘分是前世已经埋下来的。老陈在我家常说这句话。老陈到我家是由于和他一块干活的孬。那时，他们俩一起在平顶山建筑工地上干活，工作之余，两人到街上转悠，见一算命先生。孬说，这些算命的都是一些骗子，能给别人算命，为何不先给自己算一算怎么落魄到流落街头的地步。老陈不以为然，世上没有一个先生能给自己看病的，算命的也是如此。孬，别看我过去没有给你看，自从我见到你的第一面，我就知道你少年丧父，而且是家风不严。原因是你的爷爷娶个媳妇，刚一过门，便死了。死了之后，你爷爷没有按照正常的穴位把她埋在你们祖坟的东南角，才闹出了家风不严的事情了。老陈这一番揭短的话，让脖子里多长一根筋的孬服了。两个人成了相当要好的朋友。在孬的引见下，老陈来到我们家里。

在我的记忆中，整个冬天老陈就在我家烤火。那张瘦弱的，青筋暴起的手小心翼翼地伸到火边，试探性地又向前一些，再伸一些。闲暇无事，我总是坐在他的对面，静静地看着他，听着劈柴在火中"噼噼啪啪"的声响，和他时常梦呓般的自言自语，又都总是听得似懂非懂，一头雾水。年少时的适应能力大得惊人，我竟能在这懵懂与一头雾水中渐渐地习惯了老陈，特别是他在农历腊月二十三过小年离开后，我才感觉到没有了懵懂与一头雾水的坏习惯。

老陈临走前告诉我预言，我们的老坟地里能出一位"文书"，但是我们的老坟地因为新开了一条路，破坏了风水，再埋人意义不大了，建议我们另选坟地。老陈在我们村周围转了好长一段时间，给我家选了新的坟址。临走时，又叮嘱我父母说，南京有个王百万，栗门有个张百万。

由于老陈走得慌忙，简直是逃跑一般突然走了，致使多年之后，我们周围所有认识他的人都不知道他叫什么，什么地方的人，唯一的信息是他自称姓陈……

二

我爷爷去世后引起两大家族的争斗，争斗的原因，就是因为新选的坟茔地。

老陈走后两年，我爷爷去世。父亲没有按照老陈为我们选的坟址葬在村后，而是选了村南护寨河的南沿。据我父母讲，之所以选在那里，一是因为那块地是我们自己家的责任田，并且地势较高。二是我们每年在那块地种庄稼，发现那片地有雾时，比其他地方的雾大。没有雾时，也是烟雾缭绕。

我父亲就坚决要改坟地，不仅是因为老陈说的原因，更多的是因为他自身的命运。尽管我们的坟地曾经是长门里（老大的意思）旺得我爷爷兄弟五个，我父亲兄弟五个，我们仍是兄弟五个，但是父亲仍是要改坟地。父亲在我们村子可谓是有头有脸的人，长得相貌堂堂一表人才。方圆三里五村提到红脸轩，都知道是指的我父亲。但是，父亲一生坎坷，二十世纪五十年代我父亲上过中专，书法绘画什么都拿得起放得下。在漯河工作没有几年就被人侮蔑偷盗下放到老家种地，而且无师自通地学会了木匠和裁缝。平反恢复工作就用了八年时间。为了找到那个侮蔑他偷盗的人，他找了八年的时间，几乎找遍了几个省。等他再上班时已四十七岁。一生中最好的时光已经过去了，可谓是一生郁郁不得志，而且几次都险些要了命。于是，父亲自作主张地改换了坟地，把我爷爷葬在了他认为风水比较好的村南，我们的责任田里。

我爷爷临下葬那天，我们掘的墓坑被人封了，并且我们事先一点都不知道。这在当时农村可是奇耻大辱的事，一生争强好胜的父亲疯了一般，从家里拎一把铁锹要找人拼命，而此时，封墓坑的人如鬼魅一样躲了起来。农村作为族姓社会，有它的组织特点。在父亲四处找不着拼命的人时，有人给父亲捎话说，我爷爷的坟茔地，挡住了沉他们家族的风水，对他们构成了威胁，才封了我爷爷的墓坑，想让我们重新选址。

傲气的父亲拎着铁锹往地里一站，没有一个人敢出来。农村埋人下葬是有时辰的，在一片慌乱中，我们将爷爷的墓坑重新挖挖，入土下葬了。

事情远远没有就此结束。沉先是让他在部队当兵的弟弟给地方政府写信，说是我爷爷的坟影响了他们，而后又是到民政部门和公安机关四处活动。要求我们把我爷爷的坟迁走。地方政府接到部队的信，十分地重视，协调有关部门到实地勘察。因我爷爷的坟离他们的坟还有三百米左右，大家一看没明白。如果说是我爷爷的坟挡住了他们的风水，这种所谓的风水说，或许大家心里都知道，可是在马克思主义主导的中国共产党的机关里，又是一个上不了桌面的事。这件事，最后自然不了了之。

祸不单行。没过两年，沉的二儿子夭折。他们一家老少到我们家吵闹，说是因为我爷爷的坟镇住了他们，致使他家死人。我父亲说，如果你能拿出证据，能够证明是因为我们的坟地造成你们家死人，我们迁坟。否则，不要给我提这个事。证据，身为教师的沉知道，他是拿不出来的。但是，人们悲情的舆论却倒向他们。好像就是因为我爷爷的坟才造成沉家死人一样。好在我们家族人多势众，虽然偶尔能从我爷爷的坟边找一些所谓辟邪的桃木橛子、狗血喷过的镜子之类的，倒也没有什么大的波折。

沉对风水的迷信已经达到走火入魔的程度。他的亲叔叔死后，沉坚决不让葬在他们的老坟里，说是风水不多了，得给他母亲和他自己留些地气。他叔叔没有儿子，两个堂妹几次商讨没有结果的情况下，围着我们的村子骂了几天，最后才达成妥协的方案。从此，关于我们家族与沉家族争风水的舆论，才发生有利于我们的变化。

三

这次换坟地并没有给我们带来好的运气。父亲退休后带着两个哥哥办皮鞋厂，赔了二三十万元。父亲出车祸，断了两根肋骨，住医院一个多月。母亲车祸，骨折住了一次医院，一次意外又住了一次医院。大哥喝农药一次，得救。大哥的第一个儿子，意外夭折⋯⋯

这时，我们才理解老陈临走时叮嘱我们的"南京有个王百万，栗门有个张百万"的寓意，才知道预言有时不能正面理解。

四

十五年后，奶奶去世，我们再一次换坟地。

靠读书和写作从农村一步一步走到省城的我，在我们村里被认为是读书最多的人之一，同时，也是懂得最多的人。因此，奶奶这一次改换坟地的事，责无旁贷地落在了我的身上。

2003年农历正月初九，奶奶去世。家人打来电话后，我连夜赶回老家。屋里三叔二大爷的满满地坐了一屋子，大家都在等我最后拿主意，是火葬，还是土葬？土葬是换坟，还是和我爷爷合葬？

我选择了土葬，因为这不仅是我奶奶的心愿，更多是农村的现实和目前中国火葬制度在农村的扭曲。国家施行火葬制度，一方面是为了节省土地资源，另一方面反对因操办丧事造成铺张浪费。政策在执行过程中发生了变形，火葬时收取各种费用，火葬后还要将骨灰葬在土中等，不仅比土葬花费高，而且还多了一道将尸体火化的程序。土葬是中国农村几千年的风俗习惯，这种观念非一朝一夕就能得以改变。同时，土葬只要深埋，完全可以达到节约土地的目的。因此，尽管我明白土葬后，可能有人举报，但我还是决定土葬。另外，选择改换坟而不和爷爷合葬，并不是怕沉一家他们再闹事，而是这么多年的风风雨雨波波折折，如果真的有风水的话，也说明我爷爷的坟地的风水不好。很早以前，我爷爷的墓穴开圹时从下面挖出两块砖，当时开圹的人认为是我们很早以前做的标记。其实是三年前我们在此处打的井，后来淡忘了误选此地。直至我们和沉两大家族发生争斗，挖墓的人提到标记时，我母亲才想起。而此时，说什么都晚了。

那天，雪下得正紧。我和父亲、叔叔、哥哥等至亲到村北空旷的野地时，看着旷野皑皑白雪，我想到的第一句诗就是"青山处处埋忠骨，白雪片片掩玉体"。坟地最后确定在我三叔的责任田里，他们问我选这里的原因。我说一是这里空旷一片，没有坟地，咱们可以独享这片的风水；二是这是一个高岭，让一辈子吃斋的我奶奶头枕王灵寺大庙（我们方圆数十里香火最旺的庙），脚蹬首阳山，找一个好的归隐的地方罢了。

其实，从葬我奶奶的那天起，我对风水都已经有了另一番认识。虽然我读过许多这方面的书，熟读《易经》，会推阴阳八卦，可是，无论什么理论，都无法为明天下保票。人们也就是因为对明天的未知，才生活在这充满憧憬和希望的未知之中，否则，无论你的生活多么的优越，如果你能知道你的生命一共有多少天，那不也是一种煎熬式的有期徒期吗？

所有的风水，所有的预言，只不过是人们对生命未知的恐惧所产生的心理的安慰。这一切，都抵不过一个人在命运中的强大的奋斗。细论命运，它又不过是人生命中从出生到死亡的过程。既然是过程，一切都让它尘归尘，土归土吧。

五

2007年8月17日，年仅六十八岁的父亲带着一腔的遗憾与对生命的无限不甘心，离开了这个令他经历无数坎坷的人世间。那年，我整整三十岁，而立之年。从那时起，我才发现自己真正地长大了，开始思考生与死这个古老而又愚蠢的问题。

失落的精神家园

一

自从父亲不在了,我对老家陡然有一种无限苍凉的陌生感。特别是每一次从漯上路下车,走村后那条走了三十余年的土路,看到父亲孑然孤立的坟,心中的悲凉会和暮色融为一体,让我感觉到破败的荒凉与死亡的压抑。

我不知道父亲是否泉下有知,感知到我对他无限的爱,和作为他唯一凭借倔强的思考与坚韧的创作走进城市的儿子已经学会冷峻理性思考,已经学会了权衡人世间的亲情利益、悲喜荣辱,学会了承担责任与道义,并在不拘小节中以一种荒诞的方式保护自己极易受伤的情感。可是,每当我想到父亲临终前的那一刻,仍是心如刀割,仍是不能原谅自己。虽然我曾设身处地为父亲想过,一个患癌症的人对死亡的恐惧和生命的无奈,曾在无数个深夜假设过,躺在病床上的如果不是父亲而是我,会是什么样的心境。在无数个假设的深夜陡然变生出无数个对黑暗的恐慌与对死亡的心有不甘,也在这种无奈与无助中安慰自己,这不仅是我的父亲,我自己个人,周围的人，过去的，现在的，未来的人都要面对的问题。这是整个人类的宿命，也是一个永远无法解脱的悲剧。我们除了承受，别无他途。理性与感性永远是硬币的两面。虽然在历经无数个夜晚的反复推演，可每当夜幕降临时，我仍能从内心深处升起一丝愧疚，在黑暗的遮掩下让我陷入父亲临终的过程。

二

父亲已经是三进三出医院了，身体虚弱到极点，经常陷入昏迷状态。我们问医生，有没有更好的办法延长他的寿命。医生说有，输高蛋白吧！虽然一瓶三百多一点，但比常输的营养液好得多，最后叮嘱我们说，就是再花十万块钱，意义也不大了，随着癌细胞的过度繁殖，这种高蛋白输进去前几个小时还可以，到晚上恐怕又支持不住了。断断续续住了一年半医院对于母亲来说，十多万的现金交到医院已经让她筋疲力尽、心惊胆战。给我们商量说，这样吧，不要再住院了，同样的药在家用，比在医院少花三分之二的钱。当时，父亲也没有怎么反对，每天白天输高蛋白时，还能半睡半醒地和来看他的人聊天，但是每到晚上便整夜地不敢合眼，一直让人陪着他。

半个月过后，病情果真加重了，昏迷时间的间隔短了。医生告诉我们，准备后事吧。此时，父亲的恐惧一天天地加重了，非要让再进医院。由于我们一直向他隐瞒着他的病情，他说难道胃穿孔就能要了我的命吗？此时，母亲把远在甘肃的大哥又叫了回来，也让我无论如何先回去一段时间。

三叔、四叔和所有的沾亲带故的人的目光都集中在我的身上，是按父亲的遗愿到医院住院，还是在家给他准备后事。我说，最好不要让父亲住院了。因为我知道他怕火葬。这一次住进医院里，一定是出不来了。如果人老在医院里，非火葬不可。此时，父亲已经是极为虚弱，极易暴怒。一直质问我们，为什么还不去医院？母亲、大哥、我都很为难，到底告不告诉他病情的真相。想来想去，最后我们实在不忍心看到父亲那绝望的眼神，就让医生告诉他，说他是胃癌，我们已经尽了最大的努力了。

我看到父亲一声大哭："难道真的活不成了吗？"我的心一下子掉了下去，浑身如悬空一般的无助与恐慌。父亲知道我们隐瞒他病情之后，一直狂躁不已，说我们为什么隐瞒他，为什么给他动手术。这样的煎熬还不如早点了断。母亲一个劲地安慰他说，这一切都是为了他好，为了让他康复。父亲知道自己来日不多后，渐渐地不再那么狂躁了。我们还是一天十多瓶的水给他输着营养液，想尽一切办法跑多家药店去调最好的高蛋白，维持他的生命。

三

坚持了近一个月后，情况一天比一天糟，父亲的双臂已经因输液扎得扎不下针了，就开始在肩上输，往脖子上输。每一次叫医生给他输水，医生就紧张。输后就告诉我："小五呀，你的孝心已经尽到了，一年半了，也花有十多万了。人就这么回事，早一天晚一天。把药停了吧！像他这种情况，你们用这种药还能坚持一段时间，可是对于你的父亲，对于你们已经没有意义了。你看着他受罪，他看着你们痛苦。"每一次看到医生沮丧的面孔和无限惋惜的神情，我的泪唰地就流了下来。"输吧！输吧！直到哪一天水滴不进去为止。我对于父亲，一点遗憾都不想留。"每次说完这话，我都要找一个无人的地方，像婴儿一样恸哭一场。

大哥侍候父亲一个多月了，另外三口在甘肃已经乱成一锅粥了，生意也一塌糊涂了。大嫂一个劲地打电话，让他返回去一趟。

母亲每天晚上陪着对黑暗惊恐的父亲，一年多下来头发全白完，而且胃起了幻想性的反应，什么也不能吃，隔三岔五地伴随痉挛式的呕吐。大哥给父亲商量，想回甘肃一趟，父亲双目圆睁，一口痰吐在大哥身上。近四十岁的大哥顿时哭得像个女人一样。母亲知道父亲的秉性，也知道大哥的两个孩子在甘肃闹腾得收拾不住了，而且大哥一家赖以生存的生意也受到很大的影响，硬是违背着父亲的意愿，让大哥先走了。等我回家时，父亲已经是一脸的怒气。我说什么，如何给他解释，他都不听了。看着父亲那种神情，我的心酸透了。

母亲病倒了。父亲输水时，医生每一次都扎一头汗。医生劝说，小五，别输了，一点意义都没有了。我说："输吧。我花得起这个钱。"医生说，这不是钱的问题。我们都知道你尽到心了。人终要有这一天的，再输个十天八天，也是一个结果。三叔三婶都劝我说，不行，停了吧。不为别人，为你母亲。

促使我点头不再输水的原因，确实是母亲的身体极为不适，再熬两天怕是会垮了。那天早上，医生再也没有拎着大瓶小瓶到我家去。父亲也没有再说什么。临中午时，我把父亲从床上抱起来放在正屋的沙发上，用被子围着，我和他聊天。谈起父亲从我出生到三十岁，一次也没有打过我。谈起当我学习不好时，父亲也不像其他的父亲那样——逼我外出打工，而是把他的儿子看得很高，将来一定是一个干大事的人。谈到父亲一生耿直火爆的性格，谈到父亲同情弱者不佩服好汉的倔强。父亲听着我说，偶尔睁开眼看了我一下。他那眼神中，是那么地冷漠，偶尔泛起一丝丝暖意与慈祥，在与我目光的短暂对视中，立即消失得无影无踪。

周围的人也都在陪着他说话。此时，父亲是异常的清醒，对别人谈起他年轻时过五关斩六将的壮举，时不时地默笑一下。我猜想，父亲是对他最疼的儿子——我那种态度，不再送他到医院，怨恨我。或许每一个人到这个时候，在以秒计算生命的时候，都不能理性地看待任何一件事了，或者父亲确实有太多的遗憾，让他这样面对自己的生命尾声产生一种矛盾得冷酷的不甘心。

四

那天晚上，我一个人坐在大门前的槐树下，狠狠地对着自己扇了两个耳光，痛痛快快地呜咽着哭了一阵子，生怕母亲听到。那天晚上，三叔和付喜叔陪父亲坐到十二点，父亲还劝他们说，夜深了，让他们回去吧。那天晚上，我和二哥、四哥都躺在堂屋的地上，以防父亲不测。

父亲每到天快亮时，都会昏迷得很厉害。这时，我迷迷糊糊地听到二哥、四哥在劝母亲，不要再延长他的痛苦了，再输一天，能不能支持一天都很难说。我们可谓不是不尽心。但是，再花多少钱也无法和命相抗了。我爬起来去看父亲，见他紧闭着双眼，一声不吭。我对母亲说，不行让医生过来吧！再对父亲抢救一次。母亲叹了一口气，没有再说什么。我明白母亲的意思，没有再坚持。

天亮时，父亲好了一点，睁开了双眼看了我一下。我发现父亲的眼神已经是很呆滞了。我不忍心再看，借口问父亲渴不渴，他没有回应。我连忙"逃"了出去。我舅舅的儿子来了，中午我陪他喝了一点啤酒，倍感身体不适，就到我三叔家小憩一下。躺下没有几分钟，三叔叫我。我蹿起来往家跑，三叔比我跑得还快。紧赶慢赶，跑到父亲床前。母亲、姑姑正在给父亲穿寿衣。姑姑一边给父亲穿着，一边拖着哭腔说："大哥、大哥，把你的衣服穿上。大哥、大哥，把你的衣服穿上。"此时，我已经明白，父亲已经不在了。

一阵子手忙脚乱，我们趁父亲身上的余温还在，好不容易给父亲穿戴整齐。按照当地的风俗，把他抬到正屋当中，铺上他平时的衣盖。在场的秀峰叔说，小五，你父亲不在了。你们看，不能不哭几声呀！这时，我才回过神来，一声长嚎，我顿时觉得我头痛欲裂，四肢发冷，压抑多日的悲痛、内疚、幽怨、愤懑如山洪一样爆发出来。

五

父亲不在了，享年才六十八岁。父亲不在了，临死前的一天晚上，还是异常的清醒。父亲不在了，带着无限的遗憾与说不出的愤懑离开了他无限留恋的人世间。父亲不在了，而我却一直觉得对不起他，没有做到仁至义尽。

在把父亲送往墓地的送葬人的队伍中，我听到我的哭声有点像狼嚎，我感觉到我胸闷得像要炸开，我感觉到我的四肢一点点地木得不听使唤。

六

三个月后，我还一直感觉父亲活在人世间，进而还能感觉到他的音容笑貌。

虽然那是一次纯粹的意外，我忘记了输了头孢不能喝酒的常识，几杯下肚，我的心跳得异常，胸闷得要命，渐渐感觉到的是自己视力一点点的模糊，模糊，逐渐地看着眼前的灯变成一点点的黄花，后来一点点黄花也看不到了，自己完全堕入了黑暗之中。这时，我开始想，这难道就是死亡？死亡就是这样一点点地走进黑暗，走进阴冷。这时，我感觉到生命就像一个漏斗，自己是在一点点地流失。这时，我想到了我父亲临死前，是不是也是这样的感受。想到父亲临死前那无限遗憾的神情。想到自己就这样死了，儿子和妻子怎么办，想到我这么年轻，刚三十岁就离开了这个人间。想到了我有两本书，还没有写完就这样走了，是多么地不甘心。想到了这会不会就像睡着了一样，一觉醒来，第二天还是明媚的早晨。想到死亡原来也没有别人传说的那么可怕，只是一点点地走进了黑暗与阴冷。想着想着，意识开始混乱，感觉到知觉是一点点地在消失。直到我一口酒猛地吐出来，顿时产生柳暗花明的畅快。

七

　　从看到父亲带着无限遗憾离开人世到我亲历自己一点点走进黑暗与阴冷，我真是切肤地感受到，命运的戏剧性对于每一个人都是一个荒唐的过程。在这个过程中，我们只要不自欺欺人，不忍辱含垢，过程的长短都无所谓了。在无奈的叹息中，我也曾暗暗发誓，明天一定要按自己的生活方式生活，做自己想做的事。

　　再后来，我会时常想着想着，天也就亮了。时常在睡前产生无限的恐惧，不能再这样无休无止地想下去，无数个夜晚让自己在这样的漫想中睁开眼天大亮，这样无休止的和浸入肌肤的孤独与黑暗斗下去，自己只能陷下更大的孤独与黑暗之中。想到自己有这样生与死的经历，或许一下子真的会大彻大悟，从此看淡世事纷争，坐想云舒云卷。想到自己面对许多生活的现实时的情绪冲动、利益冲突，争强好胜的念头都又魔幻般地出现了，自己曾经经历生与死的大彻大悟是那么地肤浅，那么地经不起阳光的暴晒和不堪一击。想着父亲不在了，在这个遗失的精神家园里，我怎样才能找回自己，怎么面对一个未知的未来？

十年忆父亲

一

父亲逝世十年了,我一直没有去过他坟前。每到清明,母亲电话中都有意无意地暗示,我都以种种借口给拖延过去了。我觉得自己一直没有达到父亲期望的样子,到坟前有愧于他的期望!

我是家里的老小,执拗的脾气很像父亲,所以父亲一直都很看重我,觉得我就是他的翻版,将来一定能干出一番轰轰烈烈的事业。从小到大无数次考试的好与坏,父亲没有批评过我一句。做了任何的错事,父亲除了看着我叹一口气,没有揍过我一次……所有的教育方法都会产生不同的结果。父亲的宽松一方面培养出了我的强大自尊意识,另一方面也因为成长过程中自尊意识过强反而容易受到伤害……

二

没有揍过我,并不代表父亲溺爱。清晰地记得父亲第一次用眼剜我，是一个大年三十的晚上。

我小的时候，每到春节都是盼着穿新衣服。其实那时，过年穿上新衣服的孩子是有数的。父亲在城里上班，虽然我们兄弟五个，每到过年都要为我们"包一层"，做一身新衣服。二十世纪八十年代初，成衣是孩子眼里的星星，即使穿的是新衣服也是皱皱巴巴，不像成衣熨得平平展展。好在父亲无师自通地会做衣服，也懂得如何用烙铁熨衣服，自然感觉比其他的孩子有一种自豪感。

那年，我是小学二年级，清清楚楚地记得父亲是用国库券（当时，农村的人不知道国库券能换钱。农民交公粮后，村里领到的国库券因为不能花，就认为不是钱。最离谱的是，有一个拿到国库券的妇女，竟然用它绞"鞋样子"）。买的蓝布，做的是"五四青年装"式的衣服，上面一个不带盖的兜，下面两个带盖的兜。人多，要做的新衣服就多，外加上其他人求父亲裁剪，几乎是年年拖到年根月底。那一年也不例外。父亲坐在缝纫机前，做到天黑看不见，终于大功告成。此时，年夜饭已经做好，一家人团聚在厨房里吃饺子，连缝纫机都顾不上抬进屋里。我从小机敏，饺子吃到一半，听到正屋里有响动，放下碗过来看。那时，农村里还没有通电，点的是煤油灯。虽然大年三十点了两根祭祖的蜡，整个世界仍然是昏暗昏暗的。

没进正屋，我就听见猪哼哼。猪开绳了（那时，农村的猪多是绳子拴着，而不是圈养）！屋里都是新炸的油条，刚蒸的馒头。我一惊，迅速跑进正屋，照着猪的屁股踢了一脚。猪也知道来错地方了，倒头往外跑。门口有一台缝纫机，慌不择路，猪从缝纫机的下面钻过去了。缝纫机脚踏板与机头下面的空间小，猪身子大，卡在那里了。我却在后面使劲用脚踢猪的屁股，猪又惊又怕，嘶叫两声，一使劲，轰一下子撑破缝纫机，跑出去了。"咋了，咋了？"厨房里的人都听见猪叫了，出来一看，缝纫机被撑破了。"你是干啥的?"那年月,缝纫机是一件大家具,父亲心疼地瞪了我一眼说。"猪开绳进屋了,我撵猪。它从下面钻就……"我也觉得责任重大,竭力证明自己是无辜的。"猪卡住时,你就不会叫大人?"父亲见我狡辩,扬起手推我的肩,在挨着我的刹那,变成了滑。"我……"我本想再说什么,但觉得父亲说的更有道理,说不出来了。"你……"父亲烦躁地看了我一眼,回厨房吃饺子去了。我呆呆地站在那里,直到母亲过来安慰我。

三

我第一次发表作品,是在东北的一个杂志,好像是叫《松花江》。

1991年,全国还在文学热的余温中。我十四岁,正被文学梦烧得一塌糊涂,整天拎着个本子挤灵感写诗,好不容易感觉有几首像诗了,就用方格纸端端正正地抄好,按文学杂志后面的"征稿启示"四处投递!开始是满心的希望,等着邮局送信的给我送发表自己作品的杂志,然后是整个学校沸腾。等了好长时间都没有发生这一幕,渐渐地我有些失望了,再后来,就羞于向同学们提起自己投稿的事了。

农村学校的暑假很长,也很热。那时,我正读初中二年级,无聊时读小说,正当我靠读"失败是成功之母"类励志文学给自己打气时,我的诗发表了。在那个漫长的假期发表了,并且和许多个想象的场景不一样地发表了。

邮递员将书送到家里,我正好去姑姑家了。那两天父亲感冒,接到杂志后在村卫生室边输液边看……我从姑姑家回来,识字不多的母亲说:"外面给你寄的书收到了,你爸看了几遍,自言自语地说了几次,在上面没有找到你的名字。"失败的多了,我以为文章没有发表，只问书在哪？母亲从父亲的枕头下找到，递给我。翻开目录，一目十行，《不辜负生命》跃入眼帘。"这首诗就是我写的！"我激动地指给母亲说。"那怎么没有你的名字呀！你爸找了很多遍。"母亲侧过脸也在杂志上找。"我用的笔名。"说后，我才意识到母亲不知道什么是笔名。"噢！你爸一直都认为你是那种不会轻易认输的人！"母亲的话看似平淡，却包含着太多他们对子女的期望与失落、心酸与辛苦！

"做事，就得有一种头撞南墙死不回头的劲！"父亲经常这样告诫我们。但是，我上面的四个哥哥都没有达到父亲的要求，既没有考上大学，也没有自己的爱好钻研，成为一种可以自豪的技艺。"既然写作，就得折腾出来成就！"父亲有意无意的话一直激励着我。无论是后来在《未来》杂志上，还是当地的报纸、文学刊物上发表文章，父亲都视为我有成果了，有意无意地告诉别人，我会折腾出来一番事业的。

四

1999年毕业时，就业形势已经比较严峻了。好在我会写文章，很早就发表过不少文学作品，在没有文学杂志的漯河，与此最相近的单位就是《漯河日报》，有副刊，可以发小说、散文、诗歌。那时叫《内陆特区报》，尽管早不是什么特区了。

我们村里的人听说我毕业就进了报社，都伸出大拇指："文化单位呀！""仅是先实习！"我知道报社的体制，要么找关系，要么熬下去。虽然我毕业时，父亲已经退休了。但是，父亲上班的单位离报社不远，我小时候的假期一半时间就在漯河度过的，六点就吃晚饭，雪白雪白的馒头，每一顿饭都有菜……这些都是当时的农村没有的。后来学习写作，经常去送稿，认识好几个人，算是轻车熟路了。

报社文艺部的余飞、夏春海、蒋春婷都非常熟悉了，尤其是余飞老师对我特别照顾——我那年轻气盛时的偏激之作到他手上，每次发稿前都要先和签版的副总编沟通一下："这小子将来很可能写成一个人物。现在不发他的文章，将来他成名了会笑话我们报社无人。"因此，我毕业后到报社算不上意外。父亲呢，将自己每个月三百五十多元的工资抽出来两张一百的，让我买双黑皮鞋。二十世纪末，流行的皮鞋，价格低一点的多是革。我上几年学穿的都是很像真皮的革，一出脚汗，臭得要命。

第一次花两百块钱买一双真牛皮，那个美滋滋，那个心疼，从专卖店出来穿在脚上了，没走几步又脱了下来，将旧鞋穿上，新鞋装在鞋盒里。走到漯河五一路，我见有钉鞋掌的，十块钱钉了八个鞋掌，才舍得穿上。那时，我们从老家去漯河，还不习惯坐公交车，而是骑自行车。回来骑着自行车到村口时，我就从车上下来了，一路脚撂老高，只怕别人看不见我的新皮鞋。二十年前，农村都是土路，走没有多远满是尘灰，况且又是傍晚，别人都是寒暄地给我说，什么时候去报社上班，到时去找你别装着不认识呀！没有人留心我穿的新皮鞋是真牛皮的或是革的……

我有几个发小，上学时关系一直不错，几个人祝贺我，约着晚上去村东头的小饭馆喝酒。去时，我怕新皮鞋踩上屎了，脱下来放在门台上，穿旧鞋去了。那晚高兴，我喝到十点多才回来，醉着躺下就睡上了。早上醒来，八点多了。周一就到报社上班去了，我开始收拾自己的书呀，写的小说呀，平时换洗的衣服呀，自然也忘不了刚买的皮鞋。"我的鞋呢？"门台上没找着，我在床下找。仍没有见，我问母亲。"你问你爹，我见他昨晚拿了。"母亲在厨房回应。"在茶几下！"父亲在院里瓮声瓮气地说。我听着有些不对劲，在下屋的茶几下找到刚买的新皮鞋，一看鞋底下的八个铁鞋掌都没有了，只留下十六个钉子眼。"谁把我刚钉的鞋掌拔了？"我有些惊奇地喊。"我！"父亲的声音很闷。"我钉鞋掌，怕鞋底子磨偏了，拔了干吗？"我有些懊恼地说。"报社楼道都是水泥地，才去报社实习，走路要响声干嘛！"父亲那愠怒的声音一下子把我给震住了……

五

虽然父亲希望我进报社后先悄然无声，然后无声之处响惊雷。但是，初入社会时那目高于顶，那恃才傲物，那不可一世，一直觉得假以时日自己能写出一部《红楼梦》来。当时，领导与老记者见我天天坐在办公室，劝我："新闻是跑出来的！""新闻有什么好写的，初中毕业就能写新闻。我不喜欢写新闻，我生来就是写小说的，写诗的！""报社需要的是新闻记者，而不是小说家、诗人！"虽然领导没有当着我的面说，却决定了一切。实习结束后，没有让我留下，而是建议我去适合写诗与小说的文联。出了报社大门，我才知道父亲的睿智，因为中国的社会，哪个机关的大门都不是那么容易进的。

性格决定命运，命运反过来又强化性格。文联属于党委部门，在漯河进文联需要打通市委的关系。我有一个同学在市委当秘书。我就给当时的市委书记刘炳旺写信："尽管我生活在苦难之中，总有人仰望星空……"我的那个同学借着给市委书记送报纸的机会，把我的信夹在里面。市委书记看了我的信后，批了一个"酌情处理！"后，就进入程序了。宣传部副部长找我谈了一次话，我还大谈我的理想，想徒步考察一下黄河。宣传部副部长笑了笑。当时，我不懂规则，就傻乎乎地等，等到失望了，就拿着自己写的诗集、发表过的文章去找广播电视局局长兼电视台台长熊广田。熊局长看了看我的文章，立即给文艺部主任王勇打电话，要求他将我接收了。

当时的市级电视台就分好多等级，有编制的，局聘的，台聘的，栏目聘的。"有一个小伙子，最初是往省里送片的，一周送两次。送了几年，领导觉得这小伙子很不错就解决了手续问题。"进电视台后，很多人给我讲职场心得，处世哲学。父亲知道我的秉性，语重心长地说："小五，在那些单位尽量少说话。如果是开会实在是憋不住了，去一趟厕所，冷静一下回来再说……""市级电视台也不是我久留之地。我正在写出一部类似《白鹿原》的长篇小说，一旦出版了什么都有了。"我憋着劲说。父亲复杂地看了我一眼，直至后来我长篇小说没有写出来主动离开电视台，也没有再说过我一句……

<h2 style="text-align:center">六</h2>

　　"你现在得到的是三年前的努力。现在的努力，三年后才能得到。"父亲的许多话没有记住，这句话我一直铭记于心。因此，无论遇到什么样的困难，受到什么样的打击，我都没有放下手中的笔，一直坚信自己能写出一番名堂来。果真，我的一篇文章《高高的栗木门楼》被《东文艺术》的总编、著名剧作家姚金成看中，经过一番波折，将我与爱人弄到杂志社当编辑，算是进入了文化机构，之后又跳到很有影响力的《销售与市场》做记者，主任记者。我这才在父亲眼里成了一个地地道道的文化人。

　　那时，父亲已经退休在家，经常给我打电话，问我的工作情况，写作情况，偶尔还会给我找点麻烦，谁谁谁家里的事很让人气愤，能不能想想办法，找找关系给他办了。谁谁谁在打官司，作为省城的记者能找着关系不？我理解父亲的初衷，也感觉到了他的自豪。父亲在城里工作了那么长时间，家却在农村。农村对这种现象有一个很智慧的叫法"一头沉"（夫妻两人，一个在城里，一个在农村)。因此,父亲是一个社会阶层的矛盾体。他一方面排斥着他所处的社会阶层,另一方面又融入不了他希望进入的社会阶层。退休在家后,农村的婚丧嫁娶找他当主宾,他一概拒绝,说自己不喜欢应酬。"你爹这个人呀!谁家嫁个女儿娶个媳妇,让他当个排场人,他死活不去。""和他们那些人有什么好说的。"从父亲那不屑的口气中我品出来的不仅是傲,还有苦涩。

农村的世俗,是鸡毛缨蒜皮子的斤斤计较。当时,农村婚丧嫁娶,有血缘或者亲缘关系的都要随礼。一次二元。父亲说二元太少,涨到十元。"当年我家办事时,他都给我二元。""当年,鸡蛋五分钱一个。现在,二毛。"父亲的一句话,让我们大家族的礼金一下涨了上去。因此,不仅是我们,整个大家族知道我父亲傲,背后一百个不服,面对他时,是惧的。

七

人到四十岁,要么是自己想明白,要么是被别人想明白。因此,"靠写作,争取人应有的尊严"这句话不仅是我自己的座右铭,也包含着父亲的想法与他一生不屈的精神。西谚说:父亲是大自然的银行。时间越长,我越体味到这句话的含义。

十年了,回忆父亲的点点滴滴,音容笑貌,如在眼前。

十年了,第一版《故乡在纸上》在春风文艺社出版,父亲看到了。当时,他病得太重,没有太多的言语。十年后,这本书的第三版在美国出版了,我终于有勇气向父亲的在天之灵表白:执着写作,永不放弃。

十年了,时间虽长不长,虽短不短。悼念父亲既是亲情犹在,又能客观理性。趁这个距离,将父亲的点点滴滴记下。时间再久了,我怕不由自主地附上想象与传说……

母亲七十岁

一

"两根黄头发,翘愣(方言:翘着)着。个子不高,胖胖的。从她走下马车的那刻起,我心里就凉了半截。"三十多年前,奶奶给我形容她对母亲的第一印象。"那是她胡说哩!我出嫁那天戴着帽子哩!她怎么会看见我两根翘愣着的黄头发。"母亲的反驳绝不会到此为止。"你爷爷第一次去俺家时,只拿了十个小糖。""来娶亲时,你奶没有起床呢!你五爷在马车上铺上一层麦秸,上面丢个被子。赶到方庄时上午了……"有些事情的真相无须弄得很清楚,但婆媳之间的矛盾从这一段对话中可见一斑。

母亲是商水县大武乡方庄人。中原大战,十一师从那儿经过,以剿匪的名义将几十个村民用苞谷秆围在东夏庄的白果树下,统统烧死了。其中,有我母亲的奶奶。十四岁的我姥爷领着五岁的弟弟逃荒,一路要饭到汝南。为了养活弟弟,我姥爷不要工钱在城关郭记胡辣汤店当伙计,后来娶了店老板的女儿。二次土改前夕,我姥爷怕被划高成分返回方庄,不久患上了肺病。母亲在姊妹五个中排行老二，从小就操持家务，没上过一天学。

相反的是，我父亲受过高等教育，一米七八的个子，高鼻梁大眼睛，因为耿直的性格在那场史无前例的运动中回农村接受再教育。"拔了毛的凤凰"在我母亲眼里仍是"凤凰"，亲戚介绍大八岁的我的父亲与她相见后，一口答应了。

二

我小时候，常听奶奶说她祖上是方圆百里有名的兽医世家，怎么厉害，说着说着还能背上一段兽医口诀。奶奶出生时已家道中落，但虎死不倒架。奶奶的兄弟姊妹们不仅形象好，教养也高。尤其是我舅爷，一生保持着温文尔雅的形象。外甥像舅，我父亲无论是身材、面貌都很像我舅爷。母亲不识字，个子低，这让我奶奶，乃至整个家族觉得与我父亲不般配。

我爷爷兄弟五个，姊妹二个，一家人只有两间房子。我奶奶嫁给我爷爷后便要出门谋生，分家时得的一瓢面坐着独轮车走到唐桥村的桥上，又撒了。奶奶抱着脚脖子在桥上哭了半天，连土带面的撮起来后，一路哭着到衙街（以前设过衙门，驻马店西平县五沟营街的俗称），以银圆换铜钱的生意谋生，几年的时间买了三十五亩地。人在时代面前什么都不是。土改后，奶奶回到栗门张。奶奶的出身和做生意的经历决定着她操持家务不擅长。我父亲兄弟五个，姊妹六个。父亲是老大，姑姑又排行第五。十九岁的母亲嫁到我们家后，做饭、纳鞋、纺花、织布……一下子操持了十余口的吃穿，母亲认为只要任劳任怨，一定得到家族的认同。然而，有些差距一辈子也撵不上……

或许是穷怕了，或者是秉性使然。做一辈子生意的我爷爷喜欢算计，严重到算计家人，怕家人吃，自己的亲子女不忍心，就防着唯一的外姓人——我母亲。知道我母亲不吃豆面，就在做的饼里掺豆面，面条锅里撒豆面，稀饭锅里也撒豆面。我母亲天天做饭，经常吃不饱。好不容易改善生活包一次饺子，一家人都端起碗吃时，爷爷说我母亲做饭时吃过了。母亲偃，真的不吃了。收麦季节，她和家人一起下地干活，回家又做饭，却忍着不吃。第三天在院子里洗菜时，晕了过去。三奶见我母亲脸色蜡黄，体虚气弱，一看就知道是饿的，用面条汤将我母亲救过来后，骂了我爷爷几天……

三

农村人的矛盾，多是那些鸡毛缨蒜皮子的事。闲暇时，母亲讲过她受的委屈，我排行老小，没经历的印象不深。亲眼看见的一次是1983年，我已七岁。那时，父亲已经恢复工作进城上班，母亲带着我们兄弟五个在家挨日子。那时，农村一旦麦黄时，人们都如临大敌，准备夏收时的食物，整理农具……母亲找割麦的镰，发现只剩三个缺胳膊少腿的。"我三大（叔的意思）来过！"一向顽皮的二哥面对母亲的质问，也不敢撒谎了。"叱！"母亲对于我的几个叔叔接二连三地从俺家里拿东西很是恼火，气冲冲地找三叔讨要。

三叔和奶奶前后院，离我们家有二百米。母亲三步并两步赶到奶奶家时，三叔正在压井边（农村用杠杆原理淘的水井）磨镰。"藏轩，你拿俺的镰了吗？"母亲指着地上放的镰，问三叔。"哪个是你的？"三叔眉毛一拧。"这两把不是俺的？镰的木把子上有你大哥写的字。"我家小孩子多，怕和别人家的混了，父亲做镰时写上字。"我拿的是我大哥的镰……"三叔要赖说。"你大哥和我是一家，拿你大哥的不是拿我的……"母亲对于三叔搅缠很是厌烦，说着从地上拿镰。"你的？我和大哥还是亲兄弟哩！"三叔说着，去夺母亲手中的镰。"亲兄弟也要明算账哩！"因父亲不在家，母亲在农具上犯太多愁，自然不相让。"你想挨打哩吧！"恼羞成怒的三叔照着我母亲的脸抽了一巴掌。"你个王八蛋！"我母亲被激怒了，抬手还击。"你是欠挨打！"三叔抡起胳膊照母亲身上脸上猛打。我正在看院子里小鸡啄虫，见母亲被打了，"哇"一下子吓蒙了。尽管三叔平常待我很亲，本能让我去保护母亲，哭着去推三叔……"藏轩，你干啥哩，你干啥哩！"五爷与三爷听到吵骂声，出来呵斥三叔。"老三个憨孙，我一个家庭妇女带几个小孩子做什么都难得不行，非要拿我的镰！"挨了打的母亲哭着说。"我拿的是……"三叔犟嘴，我三奶踮着小脚拎着棍往我三叔背上敲着骂着："你七八岁了还赤光脚哩，不是你大嫂来了没日没夜地做，你能穿上鞋！""这个家庭娘们不讲理！志轩（我父亲的名字）在城里上班哩，缺啥不能买！"爷爷奶奶过来火上加油！"你儿子本事大，咋不把河上街（漯河的方言）给你搬回来……"三奶看不惯奶奶那护短的性格，怼她说……

挨了打的母亲经常指望父亲回来主持公道！谁知父亲知道后像没有听见一样。"你不收拾他们，总能给他们说，你大嫂一个人带一窝孩子不容易，今后谁再惹她，我不愿意！让他们有个警觉吧！""唉！"父亲长叹一口气。"作为一个脸朝外的人（方言：农村人称在城里上班的人的俗称），我在家挨他们的打，你脸上有光吗？"有时母亲抱怨父亲说。"血亲一窝子哩！如果别人敢摸你一指头，我不剥了他们……"父亲一怒吼，母亲不吭声了。时间长了，母亲学会忍了，直到我大哥二哥长大……

四

母亲不识字，又是农村人，觉得比父亲矮三分，异常地能吃苦耐劳。农忙季节，一样地和父亲下地干活，回来还要钻进厨房里做七八个人的饭。那时，农村做饭烧柴火。我和四哥一轮一天烧火。我经常看到母亲脖子上搭一条毛巾，衬衣湿得像河里刚上来一样在擀面条……父亲在城里养成睡午觉的习惯，夏忙收麦中午也要眯上一会儿。体谅父亲，母亲饭做好盛上了，才让我们喊睡午觉的父亲……

在我印象中，父亲的工资一直都不够花，经常子吃卯粮，这个月没有过完，下个月的账已经欠下了。父亲一旦没钱时，就会莫名其妙地发火，尤其是我们兄弟几个开学要交学费，家里有一个意外情况……这时，母亲就会小心翼翼地对父亲说："知道你是脸朝外的人，不让你借，我去借！"

最尴尬的一次是父亲和母亲从漯河骑车回家，身上没有一分钱。父亲饿了，急躁，又羞于说，故意找碴……同样承受着饥饿的母亲坐在自行车后座……终于熬到家了。母亲跳下车子，冲进厨房，以最快的速度给父亲做了一碗面片……"如果我身上有五毛钱，就得给你爹买一个火烧……"三十多年过去了，母亲说这话时悲切的表情，凄然的音调一直印在了我脑海里。

五

农村把不识字的人称为"睁眼瞎"！其实，以前农村人不识字影响不大，尤其是母亲这样的农村妇女。农忙时，忙得饭都吃不上，农闲时还要做鞋，打草喂猪养鸡子，没有个稍停的时候，识字也基本派不上用场。

既然是"睁眼瞎"，就有不方便的时候。1993年，我三哥去湖北当兵，走时母亲就哭："从小在我身边像一个小奶孩一样。这次一出门就是几百里，好几年。""这是好事呀！农村的孩子要想有出息，要么考大学，要么当兵！"街坊邻居劝。"是，是，小孩子要想有一个好前程,就得出门闯一闯……"母亲也自己劝自己,可是没过三天就说:走几天了,怎么没有一个信呢?过去部队在农村招兵,事先不说去哪。三哥第一次出远门,到新兵连后的第一件事就是写信。我从学校将信拿回家后,母亲让我给她念念,听着听着,泪就出来了。

第一年的新兵,信多,一星期一封,后来基本上没有什么新内容了。有一次,我将信带回家后,直接放在桌子上了。"你三哥的信回来了?"母亲问。"嗯""给我念念!"正在擀面条的母亲扭脸给我说。"没啥事!有啥念的!"我随口说。"没啥事,也得给我念!"母亲一顿擀面杖,说。"多是一些问候的话!"我有情绪地说。"问候的话,我也听!我不识字,你连个信都不念,不是白供养你读书了吗!"母亲一发怒,我只得乖乖地把信念了。母亲听完,唉一口气说:"你们哪个不是我身上掉下来的肉,哪个不挂念!"听得我心头一热!

六

我和四哥是双胞胎,上面三个哥哥。"想要一个闺女,又来两个儿子,怎么养呀!"1977年的农村条件很差,父亲还没有恢复工作,坚决要送人一个。母亲拗不过父亲,同意把我送给本村一户没有儿子的人家。农村什么都有规矩,孩子送人也一样。中间说和的,请客吃饭,该有的仪式都举行了,只剩下人来抱孩子了。母亲哭着不放手,哭得在场的人心软得不忍心把我抱走,只好作罢。

舍不得送人,就得自己养着。条件差,母亲的奶水少,我们兄弟两个经常饿得嗷嗷叫……父亲无师自通学会做土耧(农村种麦子的农具)后,在东乡用土耧换一只奶羊……那时,农村还是大集体。母亲就背上背一个,怀里抱一个,拎着农具跟着社员们一起混工分……

母亲养了五个孩子,却没有养够。我二哥参加工作早,生儿子也早。五十岁不到的母亲抱孙子后,那个亲呀!自己走到哪儿带到哪儿!做豆腐脑是一个技术活,我们村里没有人会这门手艺,母亲就骑着自行车到七八里的镇上给孙子买豆腐脑喝,以至于把孙子养得成年娶妻生子后,有什么事从来不找父母,而是找奶奶……

十年后,我儿子出生未满月,妻子奶水不足,母亲从郑州抱回农村老家养。那时,我们夫妻俩刚上班,没有积蓄。儿子出生后,我发誓一定不能让儿子在租的房子里长大,拼命地挣钱……两年后,我穷尽所有的手段,借钱、贷款与按揭买了房子,提出来把儿子接回省城。"你上班干的是脑力活,晚上回家还要写作,哪有精力带孩子?"每次,我和妻子回去带孩子,母亲都是连哄带骂地阻止……

农村的奶粉价格低,母亲去漯河市里买贝因美牌,过大马路时被一个酒驾的司机撞断了右腿……我回去照顾母亲,趁机把两岁的儿子带回了郑州……母亲刚出院,腿还不怎么灵让我把孩子送回去。"儿子两岁了,我自己带吧!"我温言细语地给母亲说。"你性格傲,什么事不干出个名堂不撒手!白天干公家的事,晚上写自己的文章,哪有时间照顾孩子?""我找了一个保姆!""你亲娘连一个外人都不如了!"母亲说完,把电话摔了。隔了一天,母亲忍不住又打电话说:"小保姆没有生过孩子,怎么会带孩子呢?""孩子两岁了,该上幼儿园了。"我以教育为头等大事,劝母亲。"两岁的孩子屎尿都不知道哩!上什么幼儿园。你一天学前班没有上,不也一样考上学……"母亲摆事实讲道理。我的工作单位是一家在全国非常有影响力的媒体,知道自己在农村长大造成的有些知识上的缺陷,打定主意让儿子从小受到良好的教育,给母亲软磨硬泡。"你再不把小孩送回来,你爹非有大病一场不行。你爹亲阔阔,晚上发了癔症就喊阔阔。"母亲使出了撒手锏。"我父亲比我心劲还大，更知道早期教育的重要性。"我使出浑身解数，终于抵挡住母亲的各种套路，直至母亲和父亲到郑州住上一段时间，亲眼看见了阔阔在新环境里的成长情况，不再提带回老家的事了。尽管如此，母亲离开郑州时仍是泪眼婆娑地抱着阔阔亲了又亲……

七

父亲心傲！我和妻子上学时谈的恋爱，假期第一次回家，父亲在饭后悄悄地给我说，个子低。"我们毕业后在城里上班，不干农活了，个低个高不一个样。"我抵触地说。"嗯！"父亲再也没有提过这个事，直至 2007 年他患胃癌去世，也没有和我岳父岳母见过一面。

父亲去世那一年，六十岁不到的母亲头发一下子白了。不识字，又整夜整夜地失眠，母亲就让我找戏曲碟片，一个人反复地听。此时，我才发觉不识字的母亲的寂寞。"逢年过节，去阔阔的姥爷那看一看他们。虽然几百里，现在坐车方便，半天就到了。人老了，念人！"每次打电话，母亲叮咛我去看一看岳父岳母，借以弥补她心中的失落与遗憾！

八

国家二胎政策允许，四十岁的四嫂又生了一个儿子。从四嫂怀孕，母亲就住在漯河四哥家。"我早上四点就起来锻炼身体，白天接送悦悦（四哥的女儿）上学，无聊时就去河堤上转转。晚上睡不着，听戏。不想听了，就纳鞋垫。总之，我要保养一个好身体，把这个小的操练（方言：养的意思）大。"我听出的不是母亲对美好生活的向往，而是满腔的责任与滴水的寂寞。其实，不仅是我母亲一个人，许多在农村生活大半辈子的老人跟着孩子们进城后等于被"囚"了起来，只是大多数人不愿意戳穿这个事实罢了。

　　前天，四嫂给我打电话说，她的儿子十几斤了，白胖白胖的。七十岁的母亲每天抱着，提劲，越来越年轻了。我的泪唰一下子出来了，想到母亲这一辈子生养这么多孩子的艰辛，想到一个不识字的老年人在城里所承受的寂寞，想到认真地生活给每一个人带来的磨难，唏嘘不已！正如母亲经常说的一句话：在世上，活个人真不容易！

附 录

在远方了解故乡（第一版序）

写作是一种责任。

从写这本书开始，我才深深地体味到这句话的内涵。我写了十五年，却没有写出我们的村子，我的一生或许会永远地写下去，会不会永远在村子里面，我不得而知，但有一点我可以肯定，我的故乡不仅是生我养我的地方，同时也是我创作的精神故园，一个来自灵魂深处和骨子里体验生命痛感和出走欲望的最原始的出发点。虽然我蓦然回首，再一次审视我的精神家园，有一种无限怅然的陌生与无形的距离。但也正是这种陌生和距离感，让我对它有种来自艰难的生活而获得的对自由的痛感和来自卑贱的人性而获得的对生命的悲悯感，体味到了"百鬼狞狞，上帝无言"的冷峻和抚摸伤痛的记忆与感悟。

在栗门张这个村子里，我生活了十六年，从懵懂的童年，无知的少年，到初涉世事的青年，我都是在这个村子里度过的。我怎么会对这个村子感到陌生了呢？细想起来，首先它一定是有了距离，不但是时空的距离，而且还是一种心灵上的距离；其次是有了沉淀，一种对岁月风尘和前尘往事的模糊影像产生一种斑驳记忆的沉淀。一种由时间的轮转和观念的交替对以往再认知和重新评判的沉淀。于是，有了创作的冲动，有了审视的心态，有了悲悯的情怀，虽然我以前置身其中，却不知其味，可也就是有了这种冲动和心态，我才知道，它不仅是我对故乡再一次的认识，同时也是我的另一个精神起点。

"胸中千万事，援管了无踪。"我也有难以下笔的时候，有时也觉得自己手中的笔有些多余或者是怕玷污了他们所经历的生命的歌哭与灵魂的悲怆，怕不能写出他们的精神实质和心灵生态，甚至有时憎恨自己长大。"长大对每一个有思想的人都是一种不幸。"以前，我并不了解这句话的含义，可是，随着自己一天天地长大，特别是自己小时候崇拜的人一个个地死去，从精神上感觉到自己一天天地失去精神的依靠，尽管自己理智清楚，这些人活着也并不见得能为自己做些什么。可是，那可是小时候的精神见证，能影响自己一生做事的原则和做人的原则的精神见证。

就是这一种责任感和精神见证，一种由距离和沉淀产生的思考使我在夜深人静时，使我在凄婉忧伤中，参照自己的心灵史诗，参照别的生存状态，将我身边的人和事当作一个个故事，自言自语地浮动在纸上。我的写作，从十岁想当作家到二十几岁的不吐不快，再到现在成为一种精神的负担或者是一种责任，我突然觉得自己活得是那么的被动和充满思考的挑战性，尽管我明白，作为文学的叙述，我早已锻造得轻车熟路，但思考的负担和压抑着的倾诉的欲望，夜夜折磨着我那不安的灵魂。

就是在这种折磨与压抑中，我找到了责任背后的理由与崇高感，找到了自己创作的使命。虽然我笔下有些人，是那么的龌龊，是那么的可怜，是那么的不可理喻。可也就是这种龌龊、可怜和不可理喻使我找到了人性的边际，找到现象背后的困顿与旋涡。中国农村两千多年的族姓结构，在近二十年中土崩瓦解，人类内心压抑多年的对旧有秩序的冲动与憎恨，在短短的二十多年中洪水猛兽般地脱笼而出，又因为在逼仄的生存空间中释放的无所适从与失去方向感后产生的虚幻的强大欲望，又由于我们没有在原有的族姓统治中找出一种更为合理的人际关系的秩序和对规则的视若无睹，便有了仇杀、偷情、恃强凌弱，有了追求人格平等不惜抛命，有了追求爱情不顾亲情与学业，有了人们从生存到生活转变过程中的无序与紊乱。

对太熟悉的事物，容易产生两种结果：一种是无话可说，一种是滔滔不绝。我庆幸自己属于后者，是因为有了近二十年记日记的功底，才会使我对故乡的一花一草，一颦一笑，一枯一荣，一事一伤，点点滴滴，件件桩桩，古往今来，枝枝蔓蔓如拉家常一般，在我的笔下自然般地生长出来。

我没有经历过过去我们村子是怎么的一个变迁，文章中写到的，都是道听途说或是从只言片语中体味，经过思考的加工，写出一种厚重与质朴。现在我经历过的，看到了他们历经的心灵灾难和精神蜕变，我会避重就轻，写出一种黑色的幽默与橘色的记忆。

真正的大喜无声，真正的大悲也是无声的。我对我们村子又一次地进行了梳理，我发现，所有的公理，所有的善恶，在时间的长河中只是一个符号或者印痕，对于个体生命来说都是一个过程与一个场景。这时，我深刻地明白我作为一个记录者的责任，一个思考者的责任，一个文学创作者的责任。因为，这对我不仅是一种记录，更是一种思考与提升，在发生中寻找动因，在紊乱中寻找合理，在悲剧中寻找美丽。于是，我在爱与无奈之间制造了一组组美丽的悲伤，将底层民众的生存以原生态的形式变成一种文学艺术，把中国农村的社会现状缩影成一个文化标本。

我所做的这一切，都源于我对这片土地的爱，源于文学不但需要深刻，更需要美丽的认知，源于内心的力量和骨子里的悲悯感。

时间为众生守夜（第二版序）

作家的故乡有两个：一个在纸上，一个在心上。

三十岁那年，我将心上的故乡搬到了纸上，用而立之年的青涩与愤慨，真实地记录了我出生的那个村子——栗门张的家长里短、喜怒哀乐、爱恨情仇、悲欢离合。用一种远离故乡的姿态抒写着俯视的矫情，以童真的眼光审视着每一个从我眼前走过的人生，从纸上得来的标准来判定是非，处子激情般地抛洒着三十年的沉淀，历史的，传说的，演绎的，真实的，戏剧的，荒诞的，歌着，哭着，敬着，骂着，走着，梦着……披肝沥胆地写了四五年，洋洋洒洒的数万言，并渴望用一种史诗般的歌调来诠释群体的生存状态与个体命运，让生命变成历史，让悲剧变成警示，让生活变成文字，让善良变成希望，让行动变成思考，让厚道变成崇高……刀耕火种般地书写着自己的爱与憎，悲与喜，思与忧，折射当下农村在城镇化变局中的歌与哭，梦与醒，苦与乐。

《故乡在纸上》出版后，我自以为在我们村子做了一件天大的事，就像故乡的孩子们说的那样，我们村的作家让栗门张躺在纸上，让过去变成现在，让现实值得怀念，让普通人走进了全国人的视野……事实上，作品的出版并没有我想象中的那样火热，更没有家乡的孩子想象的那么神圣。先是这本书在每年数万个图书品种中并没有脱颖而出，没有引起什么文坛轰动，而后是父亲胃癌晚期，我第一次经历亲痛生死，感受生命的脆弱无奈。连续一年来，我又一次次地奔赴在省城与故乡之间，重温自己心中的故乡与纸上的故乡在创作中的差异，重读这个熟悉而又陌生群体的行为方式与做事逻辑，重新思考自己写作的意义及与故乡的关系。

远离十年，再一次走近，蓦然发现我写在纸上的故乡与现实的故乡，还是有着不一样的气质。我也发现在远方根本无法真正地了解故乡——栗门张作为中国千千万万个农村的缩影，在农村城镇化的变局中，在潜移默化的互联网与电视媒体的强力干扰下，已经产生了"润物细无声"的变化，并以一种蚕食的方式让主导农村几千年的伦理观念在极端事件中呈现出雪崩式的瓦解，让坚守了数百年的道德舆论显出前所未有的苍白无力。尤其是随着生活空间的扩展，人们在农村土地与城市建筑群来回奔波之后，生存空间转换导致身份转化，给每一个人造成不同程度的思想异化，曾经的朴实厚道在商业社会与现实利益的讨价还价中，在真实的摸得着的金钱关系的你来我往中，让感性的农民越来越急功近利，让浓浓的乡情在相互攀比中越来越无足轻重，让利他法则下积累出的伦理观念分崩离析……曾经唾弃的自私与张扬渐渐地被人们容忍，群体维护的生存法则在机器劳作中越来越老死不相往来，工业复制与强力崇拜的浮躁风气迅速传染……人们除了物质条件明显改善，消费能力的提高与所谓的信息时代下视野的扩展，并没有表现出精神层面的提升与人文素质的明显改善，更没有表现出与经济发展相匹配的和谐与文化积累。

栗门张这几年的变化，超过二三百年变化的总和。变化得连我儿时一起玩大的伙伴，因为生活环境的变化与距离的疏离，再次对话已是心照不宣的客套与隔膜。从远及近，从他人到自身，尤其是我父亲在病魔的折磨下，他那种对自己以前个人英雄主义的颠覆和自然法则的否定，对生命的无限留恋与对命运的无限愤慨，让我在审视父亲的同时，再一次地审视自己的灵魂，审视身边的一个个过去的，现在的，亲密的，陌生的生命……阅读别人的生命时，再一次阅读自己的作品，思考生活本身时，再一次思考生活的意义，顿然发现，歌德老先生的高明之处："凡是值得思考的事情，没有不被人思考过的。我们必须做的只是试图重新加以思考罢了。"恍惚感觉，生活中没有对错，只有对错中的不同立场。现实中没有真正的英雄，只有对英雄的传颂。世界永远没有真实，只有对真实的无限接近……

父亲溘然离世的那一天，我猛然觉得父亲不仅不在了，还带走了我生命中的一道屏障。我体验到了什么是切肤之痛，感知到了什么是生死离别，觉察到无处不在的命运之手，在一个又一个失眠的深夜，我离死亡也是那么的近，好像近在咫尺，伸手就能触摸到悲怆离去的父亲。这时，我发现生命的过眼烟云与生命个体的不可替代性，每一个人都是那么竭力要差异化地活在茫茫人海中，每一个人又都是这么孤苦伶仃地生活在这个世界上，所以，人都是那么渴望得到理解，却永远在为知音孤独，但又永远无法真正地彻底理解与相互沟通。在漫无边际的思考与对无数生命的不同解读后，我以宗教般的虔诚与赤子般的热忱继续书写着故乡，以一个旁观者的角度重新解构村庄，我才清晰地意识到——听着传说，我们正走进传说；书写历史，我们将要变成历史。记录真实，心灵却被现实击碎。理性上，我知道故乡，具有三百多年的栗门张就是这样生死轮回着一代又一代地繁衍过来的，可感性上的恐惧，并非用文字就能全部表达。因为对于我们来说，增加的不仅是年纪，还有时光的年轮，消失的不仅是岁月，还有渐走渐远的青春；等待的不仅是辉煌，还有不可避免的人生谢幕。正如，我在努力而又思辨般地写这个村子，总有那么一天我也会躺在纸上一样。

《抵达生命的彼岸》《失落的精神家园》《在记忆中奔跑》，当我忧伤地写出一篇篇回忆我父亲的文章时，我却在忧伤中越陷越深，直到难以自拔地抑郁成病。于是，我又一次次悄然潜回到我们的村子，寻找生死离别中的希望，寻找悲欢离合中的人文精神，以及正在延续的起起落落的人生故事，便写出了《传说中的寨墙》《沧桑的缅怀》这些以前未曾发现的人文价值与道德传统。用一种发掘的心态，我再次梳理般地探究栗门张时，我感觉事实就像一头大象，每一个人摸到的都不是全部，而是大象的一部分。因此，我不但要继续写作，更应该有修正自己作品的勇气。于是，我又续写了《纸上的痛苦》，用一种秋风掠过天空的心态真实地写下《民间智慧》《偷鸡蚀把米》这样典型的作品。这期间，作为一个而立之后的男人，在对生命意义浴火重生的思考，经历荣誉与泪光的洗礼，我知道，我对村子的写作虽然永远没有真正的真实，却是对真实的无限接近，对尝试创作经典的心境磨砺和一丝不苟的艺术抱负。

"书面文字远不只是一种简单的提醒物：它在现实中重新创造了过去，并且给了我们震撼人心的浓缩的想象，而不是什么寻常的记忆。"很早，我就读过伟大的文学批评家诺思洛普·弗莱的这种观点，并竭力维护他的观点警示自己的创作。每一次回到村子，看着物是人非的改变，看着越来越城镇化的楼房及一个个曾经熟悉的父老乡亲的消失，看着新陈代谢的一张张陌生的新面孔，想着故乡在时间面前一天天地老去，我已经没有了作家的感觉，也没有三十岁前是非评判的能力，更没有所谓的责任感的矫情。我有的，只有对村子的记录，对生命的敬畏，对生命意义的原点回顾，以及我发现自己的灵魂在世俗飘荡的悲苦与独立秋风中的怆然无助。

时间的线性，决定了每一分一秒的独一无二性，也决定了每一个差异化人生的独一无二性，更决定了我对故乡每一次记录的独一无二性，并因我寻找精神归属感的固执与执迷，有了《故乡在纸上》每隔几年的新版本和栗门张的独一无二性。

为责任而写作

李铁城

为责任而写作的追求在近年的文坛大大地被冷落了，似乎是不合时宜的守旧者的专用符号。而除了那些不堪一提的格调粗俗庸劣鄙下者外，还出现了一些标榜张扬个性，以文艺复兴为己任的旗手，还有以追求个人愉悦"玩文学"的自娱者，还有以追逐时尚写一些不知所云的弄潮者，等等。在这样的背景下出现了潦寒的《故乡在纸上》，不能不使人刮目相看。

潦寒，这个年轻人似乎有些"另类"，你如果和他谈话，他总会时不时地冒出一些与人不同的"另类"观点，让人觉得是些奇谈怪论，但有的的确让人感到新颖而独特，有些不乏创见。其中有的颇有市场价值，如"文化产品营销"这一概念就是他创议的，在全国文化产业领域内产生不小的影响。潦寒生于中原农村，长于农民之家，由于亲历亲行、耳濡目染，他对农村和农民的情况可以说了如指掌。他在这本书里向读者打开了他的故乡栗门张村的大门，展示了这个村庄的方方面面，描绘了形形色色的人物。他是个以动脑思考为习惯与爱好的人，还是个感觉敏锐、感情细腻而丰富的人，更麻烦的是他又是个有正义感与悲悯情怀的人，这就注定了他对他看到并与之打交道的人和事不可能见惯不怪、熟视无睹、麻木不仁，因为在他眼里这都是一个个"问题"和"病症"，有必要拉开帷幕让公众加以了解和认识，并进行思考。如邪子华珍的风光和沦落，身怀绝技的宝德，孤独而高傲的二叔，聪明能干的父亲，儿子横死不讣人高贵的运发，能说出"做生意赔了下次还可翻本，娶媳妇娶错了可害八辈呀"警句的双河，绝唱的小文，逃婚的莲子，不幸婚姻的焕，自杀的军华，消失的文帝，神秘被杀的铁吨，众多的婚变、非正常死亡的故事，势利小人、奸诈之徒的行径，以及善良懦弱的人在不幸命运下的无奈、忍耐和坚忍。他们的性格、个人品质、经历和命运千差万别，纷纭复杂，有的使人亲和敬仰，有的令人鄙视厌恶，有的让人扼腕叹息……一个个个体的历史和命运组成了一个村庄的历史和命运，从中作者自觉和不自觉地流露出自己的好恶悲喜。但令人感兴趣的是在这本书里与这些"主旋律"掺杂一起的还有一些怪力乱神的故事，如黑老婆的神秘，作者的子侄阔和蒙的不可解释的神秘遭遇，这使本书既反映了物质的农村世界，也反映了精神的农村世界，从而反映了作者的两个故乡：肌体生存的现实的故乡和受传统文化势力影响的精神的故乡。而精神世界这一部分更增加了这幅农村画卷的丰富性和深刻性。

由于地域的广阔，人口的众多，时间的久远，积淀的深厚，中国的农村和中国的农民在很大程度上可以说是中国和中国人的原版照片。作者正是为我们提供了一帧具有厚重历史感、丰富人文内涵的当代农村有趣的广阔现实画卷，提供了一个个生动具体、真实可信的"病例"和"标本"，使不同职业、不同地位、不同权力持有者（相对也包括无权者）得以了解和警醒，探索和审视，研究和决策。

"凡是存在的都是合理的。"这句话几乎已被人引用得滥了，其实并非所有的存在都是合理的，正确的说法应该是："凡是合理的存在都是合理的。"或者说是"凡是存在的都是有原因的"。再有一句话是"性格决定命运",这句话也不够准确,应该说是"环境加性格决定命运";还有一句话"悲剧的可能性即是命运",那么喜剧的可能性呢,正剧的可能性呢,那不也是一种命运吗?作者在每一部分前引用了一些这一类人云亦云的"格言",但我们从作者在这本书中提供的大量个案可以看出人物的行为和命运是由众多复杂的原因决定的。首先是人性中共有的对财、色的爱好和追求(适度是合情合理的,过度便成为贪婪堕落);其次是个人的性格和文化教养,当时的经济生活水平,当时的社会环境,传统观念与习惯势力。正是由于这些深层的原因才形成了人物形形色色的不同命运,而要改善或改变人的生存环境和生存质量,也非要从以上几方面着手不可。以上这些话正是笔者读过这本书后的思考,但希望不要引起读者的误解,似乎这本书是一部严肃枯燥的理论探讨,恰恰相反,它是一个个十分有趣的故事,读者只要展卷便可知所言非虚。

行走的忧伤

郑彦英

秋天是旅行的好季节，秋天也是看书的好日子。我就是在2006年白露时节往返于北京的途中，阅读完潦寒这部作品的。公共交通工具上总是纷乱与嘈杂的，但因为作品吸引了我，所以那些杂乱的声音和行动不但没有影响我的阅读，反倒成了我阅读时活动的背景。作者独特的叙述语言和多方位的思考，不但给了我阅读的快感而且给了我心灵的撞击，恍然间似乎是在读《一个孤独的散步者的暇想》，又似乎在看《查拉斯图拉如是说》，但分明又是不一样的，因为作者的笔下是他的故乡，从字里行间吹出来的风是乡间的带有泥土气息的风，在故事里游走的人物是典型的东方形象。于是我想，作者的文章之所以有如此效果，重要的原因是作者离开了故乡，而且离开了一段时间，再回头观看记忆中的故乡，再细细品咂乡间人事，就带有审视的目光，就会透过现象看本质，若透视一般。就像查拉斯图拉在山洞里待了一段时间，在一个日出的早晨走下山冈时，心中才飘溢出悟道后的智者语言。

在上篇和中篇中，作者俨然以一位学者的姿态，以冷静的叙述，诉说栗门张村的形成和历史变迁；又以睿智而深刻的思索，探究一个村落的各种生存状态以及背后深层次的原因。"历史的演变在人们的繁衍中显示着深沉无比的内涵和生命的悲怆……在许多无法考证的前提下，思考显得无比深沉与迷茫。我站在我们老祖先坟前，不停地想，栗门张是什么时候建庄的？在没有任何文字记载的情况下，我只能推理，失望中嬗变自己的思想认识与思想观念。"作者一边翻阅着厚厚的县志，试图从中找出答案。一边进行着认真的思索，几乎把写作当成学术研究。面对自己非常熟悉的人和事，"胸中千万事，下笔了无踪"，这种状态是常常困扰一位作者的现实问题，但潦寒更多地采用了较为客观的叙述方式，再理性地去剖析，以发掘人性的内涵。于是，木工张道、乡村的贵族运发、父亲、五叔、双河先生等等一个个鲜活的人物呈现在了我们面前。

回顾历史，思考过去，总是很容易让我们留恋古朴人性中的真善美，在本书中，作者更是通过对自己家乡的一点一滴地梳理，非常强烈地表达出了对传统美德的向往和怀念。在《高高的栗木门楼》一文中，作者写道："我著此文的目的，不仅仅是对过去的一种追忆与复述，更多的是对以后的思考与担忧。"在《传统的覆灭》一文中，作者更是直接表露了对传统美好品德的赞扬。该文讲述了两个故事。一个是老几辈子发生在栗门张的一个故事，说是有一位技艺精湛的木工张道，被一位地位显赫的贡生请去为女儿做嫁妆，因为做得好，贡生不但重礼酬谢张道，还提出要与张道义结金兰，张道自然受宠若惊。然而吃饭时，贡生环顾四周，不见张道的父亲，张道随口说，家父年长，不便入席。贡生一听脸色立变，厉声责问：亲生父母尚且如此，何况兄弟之谊？说罢拂袖而去。另一个故事是发生在栗门张的真实事件：说是弟兄三人如何不孝顺，竟然在父母去世后也没人收殓。由此，作者感叹人心不古。这种事情也许极为罕见，但我理解作者的良好愿望。

在中国千千万万个村庄中，栗门张只是并不起眼的一个，但由于是作者的家乡，作者在写作中倾注了太多的情感。那里虽然人少,但也是一个相对独立的社会单元。作者用自己的笔,写出了农村生活的无奈、悲哀和痛苦,也写出了踏实、勤劳和幸福的小家庭。在《纸上的痛苦》一文中,作者在叙述韦根一家不幸生活之后,也发出了"真正的痛苦源于心灵,归于麻木"的感叹。这种感叹类似于鲁迅对笔下一些人物"哀其不幸,怒其不争"的感慨。在《邪子》一文中,作者不惜笔墨地描写了邪子华珍"心歪眼斜"外表下的高尚人格。他看病不按职位,而按先来后到。不论身份,什么病吃什么药一视同仁。邪子的邪还在于他公正,敢说公正话,不因个人利益得失歪曲事实。他还敢于打抱不平,甚至把乡里胡作非为的计生干部暴打了一顿。虽然也写了他一些生活作风方面的问题,但因此使邪子的人物形象更加丰满。在下篇里,二犟、小文、秀莲、绑紧、谭毛爷等人物与其他各篇的人物相互映照,所能感觉得到的是作者独具的匠心。《谭毛爷和他的情人》,是本书中形象最丰满的一个,所用篇幅也比较长。找情人,在相对封闭的小村庄里无疑是一件令人难以容忍的事情。然而却被作者写得非常生动,其间不乏真情流露,甚至还有几分幽默感。

　　本书的后篇,作者谓之为"隐藏多年的私人心灵札记",一改超然物外的客观叙述,而是直接置身其中,将自己家族的一些隐秘的甚至是神秘的事件讲出来,使读者有了释秘的快感。我们无从衡量作者以第一人称所写出来的这部分作品的真实程度,按照本书所分的三篇来看,作者有意识地跳出了单纯文学体裁的束缚,把散文、随笔等都当作小说来写,可以看出作者是想让自己热爱的故乡飞扬起来,更加美好更加丰满起来。就像放风筝,风筝飞得再高,线总在放风筝人手里牵扯着。

　　掩卷深思,我觉得作者似一位放射科大夫,用一个巨大的机器透视自己的故乡,透视诊断书写得条理清晰而又异彩纷呈,于是他给诊断书取了个名字:《故乡在纸上》。